Mitschnacker

Sabine Vesper ist in Hamburg geboren und studierte dort deutsche Literatur, Sprachwissenschaften und Kunstgeschichte. Seit 1990 arbeitet sie freiberuflich als Poesiepädagogin und schreibt mit Kindern, Jugendlichen und Erwachsenen.

SABINE VESPER

Mitschnacker

KRIMINALROMAN

emons:

Bibliografische Information der Deutschen Nationalbibliothek
Die Deutsche Nationalbibliothek verzeichnet diese Publikation in der Deutschen Nationalbibliografie; detaillierte bibliografische Daten sind im Internet über http://dnb.d-nb.de abrufbar.

FSC
www.fsc.org
MIX
Papier aus verantwortungsvollen Quellen
FSC® C083411

Umschlagmotiv: photocase.com/Gräfin.
Umschlaggestaltung: Tobias Doetsch
Gestaltung Innenteil: César Satz & Grafik GmbH, Köln
Druck und Bindung: CPI – Clausen & Bosse, Leck
Printed in Germany 2014
ISBN 978-3-95451-310-9
Originalausgabe

Für den Leser, die Leserin

Leicht wird ein kleines Feuer ausgetreten,
das, erst geduldet, Flüsse nicht mehr löschen.
König Heinrich VI., Shakespeare

Intro

Alles war still, auch das unentwegte Rauschen der Autos war verstummt. Die Dielen hatten ihre Feuchtigkeit längst an die warme Nachtluft abgegeben und ruhten, wie alle Dinge, die in sich selbst zurückgezogen schliefen. Aber nicht er. Ihm war diese Gnade nicht gegeben. Im Gegenteil, sobald die Stille selbst die unruhigsten Gedanken und wildesten Träume verschluckt hatte, war für ihn die Zeit gekommen, zu erwachen.

Er schlug die Augen auf, und wie beinahe jede Nacht fühlte er sich wie ein Phantom, das eine geheimnisvolle Kraft erweckte und ins Leben rief. Er setzte sich auf, gewöhnte seine Augen an die Dunkelheit und strich mit den Händen das seidene Pyjamahemd glatt, bevor er aufstand und seine Schlafzimmertür öffnete, um mit dem leicht hölzernen Schritt eines Blinden den dunklen fensterlosen Flur zu durchschreiten. Der Geruch der polierten Holzkommode kam ihm wie ein vertrauter Freund entgegen, und als das Dielenbrett an der bekannten Stelle unter seinem Gewicht knarrte, nickte er dem Geräusch wie einem guten alten Bekannten zu.

Im Wohnzimmer umging er die schweren dunkelroten Sessel und öffnete den linken Flügel des Fensters, bevor er reglos stehen blieb. Der Geruch der Berberritzenblüten, deren staubige Sträucher eng an der Hausmauer wuchsen, stach ihm in die Nase. Er rührte keine Miene, sondern drang mit seinem Blick in den kleinen, dicht belaubten Hain ein, der bis zur A 7 reichte und zwischen der Autobahnbrücke und seinem Wohnhaus wuchs. Die schlanken Baumstämme standen unbewegt im Dunkeln. Nirgends klappte eine Autotür, kein menschlicher Laut, weder nah noch fern. Er atmete tief ein und ließ es zu, dass sich die Dunkelheit wie schwerer Moder über die aufkommenden Erinnerungen legte.

Seine fleischigen, runden Schultern sackten herab, und der nun unbeschwerte, wortlose Geist strömte in die warme, bewegungslose Luft, die sich vor seinem Fenster wie ein unendlicher Ozean ausbreitete, in dessen Weiten etwas nach ihm zu rufen schien. Als er zu sich selbst zurückkehrte, tastete seine Hand wie von selbst nach dem Fenstergriff. Vorsichtig drückte er das mit Sprossen durchzogene Glas an die Leiste des Zwischenpfostens und drehte den Griff mit einer kräftigen Bewegung, sodass es festsaß.

Immer noch ohne eine klare gedankliche Regung kehrte er ins Schlafzimmer zurück und hob vom Stuhl, auf dem er seine Kleidung abzulegen pflegte, Hose, Hemd und Strickjacke auf. Bevor er seine Füße in die raulederen Slipper stellte, legte er die drei dünnen Haarsträhnen, die ihm neben einem schütteren Haarkranz verblieben waren, ordentlich von rechts nach links über seine glänzende Schädeldecke. Er zog die Schlafzimmertür geräuschlos hinter sich zu und fischte im Vorbeigehen das Schlüsselbund aus der flachen Bambusschale, die im Flur auf der Kommode stand.

Der Knopf des Lichtschalters leuchtete rot an der Wand des Treppenhauses, doch die schmale Mondsichel warf durch das Rundbogenfenster genügend Licht auf die ausgetretenen Stufen. Er ertastete am Bund den passenden Schlüssel und steckte ihn ins Schloss. Zwei Mal schnappte der Schließzylinder, hallte das Geräusch von den hohen steinernen Mauern zurück. Er lauschte kurz und stieg wie ein Dieb die wenigen Treppenstufen ins Parterre hinab.

Die Autobahnbrücke war schnell überquert, und gleich darauf erhob sich vor ihm der Turm der Lutherkirche. Seine spitz zulaufende Silhouette verwies über die Wipfel alter Bäume hinaus auf den sternenklaren Himmel. Er überlegte kurz, entschied sich gegen den Weg durch das tief eingeschnittene Tal des kleinen Wäldchens, vorbei am Gefallenendenkmal, sondern erstieg mit federndem Schritt den erhöhten Rundweg, der direkt am Schiff der Kirche vorbeiführte. Nach einigen Metern richtete er sein Gehör hinunter in die schmale Schlucht, aber es drangen keine lallenden und grölenden Stimmen zu ihm hinauf. Heute Nacht hatten die Toten ihre verdiente Ruhe. Höhe Holstenkamp, vis-à-vis der Kleingartenkolonie, verließ er den Park.

Jetzt war er auf seiner Fährte, auf dem Weg entlang der Friedhöfe. Es waren nicht wenige Nächte, in denen er den Holstenkamp hinunter bis zur S-Bahn Diebsteich gelaufen war. Aber heute zog es ihn nicht vorwärts, heute rief es ihn in den Friedhof gleich hinterm Forsthaus, an dessen Einfahrt er gerade vorbeikam. Er hielt kurz inne, versicherte sich, dass er richtig gehört hatte, und legte einen Schritt zu. Von Weitem nahte ein Auto. Noch nie, da war er sich sicher, hatte ihn jemand während seiner Streifzüge beobachtet. Er war ein Schatten der Nacht, und das wollte er auch weiterhin sein.

Er sprang zur Seite, und bevor das Scheinwerferlicht ihn erfasste, war er durch das schmiedeeiserne Tor geschlüpft. Als der Wagen vorbeifuhr, verharrte er reglos hinter den mannshohen Rhododendren, die den vorgelagerten Parkplatz der Anlage umsäumten. Er hatte sich nicht getäuscht. Der Wagen verlangsamte seine Fahrt. Es war kaum zu glauben, aber als die Scheinwerfer durch die Büsche aufblitzten, duckte er sich unwillkürlich. Der Wagen hielt mit leise tuckerndem Motor direkt auf der anderen Seite des Metallzauns.

Er hielt den Atem an und versuchte, anhand der Geräusche, die zu ihm drangen, herauszufinden, was vor sich ging. Jemand öffnete eine Autotür, stieg aus. Schritte. Er neigte den Kopf, um besser hören zu können. Wurde die Haube des Kofferraums geöffnet? Ein kurzes Ächzen und Stöhnen. Ein vorsichtiges Klappen. Wieder Schritte. Die Wagentür, dann das leise Quietschen des Keilriemens, als das Auto anfuhr.

Er wartete. Minutenlang, bevor er sehr vorsichtig das Tor öffnete und den kurzen Weg zurück zur Hauptstraße schlich. Wie ein scheues, nachtaktives Tier betrat er den unbeleuchteten Parkplatz, huschte dicht an den Zaun gedrückt ein paar Schritte vorwärts und hielt einige Male inne, um sich nach allen Seiten umzusehen, bevor er sich weiter vorwagte. Da, wo der Wagen zuvor gehalten hatte, blieb er stehen und rief mit hoher Fistelstimme: »Mein Liebchen. Mein Liebchen.«

Er presste seine weiche bleiche Hand auf den Mund, drehte sich abrupt um und eilte, so schnell er konnte, zurück durch den Park, über die Brücke in die Lutherhöhe zu seinem silbergrauen Opel Astra. Sein Arm schleuderte unkontrolliert hin und her, und es dauerte viel zu lange, bis er den Schlüssel endlich ins Schloss gesteckt bekam.

Als er kurz darauf den Opel in die Wittenbergstraße lenkte, um den Park zu umfahren, haspelte er unentwegt dieselben Worte hervor.

»Warte, mein Liebchen. Bitte, lass mich nicht zu spät kommen! Mein Liebchen. Bitte warte, lass mich nicht zu spät kommen! Bitte!«

Skelett

»Ich hatte für heute den Auftrag, die Baugrube auszuheben. Um sieben fängt meine Schicht an. Ich steig also in den Bagger und fang mit dem Aushub für den Keller an. Wer hier baut, kann sich ein Haus mit Keller leisten. Ich bin ja froh, dass es solche Aufträge noch gibt. Aber ... «

Der Mann im blaugrauen Firmenanzug prustete wie ein erschöpftes Pferd, bevor er Kriminalhauptkommissar Münze ansah und dessen eingeworfene Frage nach Namen und Sitz der Baufirma beantwortete. Als der Baggerführer, aufgefordert durch das Kopfnicken des Kriminalisten, den Faden seiner Erzählung wieder aufnahm, zitterte seine Stimme.

»Mein Kollege hier«, er deutete auf den schmalen Mann neben sich, »hat hinterm Steuer gewartet, solange ich den Boden in den Laster abgekippt hab. Schaufel für Schaufel. Reine Routine, bis mich der Schlag trifft, als da auf einmal aus meinem Greifer ein Skelett rauspurzelt. Schlimmer als im Horrorfilm! Die muss als Ganzes in der Erde gelegen haben, die Leiche. Die Knochen waren noch mit Kleidung bedeckt.«

Er wischte sich die Stirn mit dem Ärmel ab und schüttelte stumm den Kopf. Seine Stimme sackte ins Flüstern, als er weitersprach.

»Aber richtig begriffen, was aus meiner Baggerschaufel heraushängt, hab ich erst, als der Kopf mit den langen Haaren abgerissen ist. Und als gleich danach ein Knochen aus dem Ärmel rutschte, hab ich sofort den Motor ausgeschaltet und bin zum Laster gerannt.«

Kriminalhauptkommissar Münze nickte dem bleichgesichtigen Baggerführer mitfühlend zu, sagte aber nichts, weil er spürte, dass der mit seiner Aussage noch nicht fertig war.

»Mein Kollege hat die Polizei gerufen. Ich selbst war viel zu schockiert.«

»Verständlich!« Annegret war vor einigen Minuten neben ihren Kollegen getreten und beobachtete, wie Kollege Fechner von der

Kriminaltechnik vorsichtig den kleinen Torso des Skeletts aus der am Boden liegenden Baggerschaufel hob.

»Oh Gott, das sieht doch aus wie eine Kinderleiche!« Der Baggerführer wischte sich wieder mit dem Handrücken über die schweißtropfende Stirn und kippte rückwärts gegen den Vorderreifen des Lasters.

»Brauchen Sie ärztliche Betreuung?« Annegret schaute dem übergewichtigen Mann durch seine getönte Brille in die weit geöffneten Pupillen.

»Nein.« Er zuckte mit dem Kopf, sodass die Haut seiner massigen Wangen vibrierte.

Für mich sind es Knochen, dachte sie, Knochen, die angeregt durch einen geheimnisvollen Plan vor Jahren gewachsen sind. Die da haben sich zu Rippen gewölbt. Ich sehe nur Knochen, weil ich mir abgewöhnt habe, Tote mit Phantasiebildern oder den Erinnerungen an sie zu verwechseln. Aber wer seine eigenen, lebenden Kinder mit Hilfe schauriger Phantasie in der Baggerschaufel sieht, hat es schwer. Und die, zu denen das Kind gehörte, auch. Annegret riss sich aus ihren Betrachtungen. Man könnte meinen, ich sei gefühlskalt, spottete sie nach innen und schüttelte sich, da die Morgenluft noch frisch war.

»Ich schau mir mal die Gegend an.«

»Gegen elf Uhr ist Einstand für die neue Kollegin und Scheschonka!«

Annegret nickte ihrem langjährigen Kollegen Münze zu und sah auf die Armbanduhr. Acht Uhr siebenunddreißig. Sie drehte sich um und ging wortlos davon. Fechner und Münze wussten, was zu tun war, das war die Hauptsache. Zuerst musste das Skelett in die Forensik und auf Alter und Geschlecht bestimmt werden. Beide waren erfahrene Kriminalisten, und da Münze bereits dabei gewesen war, die Aussagen des Bauarbeiters und des Fahrers aufzunehmen, als sie den Leichenfundort betrat, gab es keinen zwingenden Grund, zu bleiben. Er war im Bilde, sie konnte getrost ihrer Intuition nachgehen. Sie zögerte kurz und bog von der fußweglosen geteerten Straße in einen für Autos gesperrten Weg ein.

Der sandige Durchgang zwischen zwei mit Zäunen umfriedeten

Gärten führte sie direkt in einen kleinen Park. Unser Baugrundstück hat also ein hübsches grünes Hinterland, dachte Annegret und wiegte wohlwollend ihren lockigen Kopf, als sie nach wenigen Minuten am schmalen Ufer eines Teiches stand. Nette Gegend. Sie schaute sich um und ließ sich auf der wenige Meter entfernten Bank unter dem dichten Blätterdach einer jungen Buche nieder. Sie fröstelte und schlang ihre Arme um den Oberkörper. Die Morgenluft war noch kalt und abweisend, aber im Laufe des Tages würde es warm werden. Es war das erste Jahr seit Langem, in dem der Juni den Sommer einläutete.

»Jeder Monat wie im Bilderbuch«, hatte Josef gesagt und durch das neu eingebaute kleine Sprossenfenster aus seiner Datscha in den Garten geschaut.

»Im März ein guter Wechsel aus Regen und Sonne. Ein freundlicher, nicht zu polarisierender April und das milde Klima im Mai, das alles neu gemacht hat. Perfekt!«

Ja, nickte Annegret ihm im Geiste zu, die Welt war wieder grün, und der Juni ließ auf ein kleines Wunder hoffen. Einen langen, sonnigen Sommer. Schön wär's jedenfalls, dachte sie und sprang auf. Es war einfach noch zu ungemütlich, um die Luft im Sitzen zu genießen. Wenn es tatsächlich eine Kinderleiche ist, fiel ihr plötzlich ein, werden wir wohl, sobald die Forensik das Alter zum Zeitpunkt des Todes bestimmt hat, die Vermisstenmeldungen aus dem entsprechenden Zeitraum durchkämmen müssen.

Sie seufzte und schaute sich nach Enten um. Das Gras neben den hellen, beinahe weißen Sandwegen leuchtete saftig, die Bäume ragten hoch auf, und auch die Büsche und Sträucher zeugten von einem beachtlichen Lebensalter, und doch hatte die dicht bewachsene Anlage einen eher künstlich angelegten Charakter. Annegret schnalzte mit der Zunge. Natürlich! Der Teich war zu tief, deshalb gründelten hier keine Enten. Das hier war mal eine Kies- oder Lehmgrube gewesen! Sie ging ein paar Schritte, stellte sich ans Ufer und starrte in das milchig trübe Wasser.

Vielleicht ist das Kind ertrunken! »Vielleicht«, maßregelte sie sich selbst und schüttelte unwillig den Kopf. Ein, zwei Einfälle und schon bastelt der Verstand an einer hübschen Geschichte. Warten wir erst einmal ab, ob es zu einer odontologischen Untersuchung kommt. Erst wenn das Skelett identifiziert ist, wissen wir, ob das Kind hier überhaupt in der Gegend gelebt hat.

Sie orientierte sich kurz. Der Weg, der sich vor dem Teich gabelte, führte zurück zur Straße.

Heute war ihr erster Arbeitstag nach einem dreiwöchigen Urlaub. Die kurze Zeit, die ihr noch blieb, bevor im Landeskriminalamt der Trubel um ihre neue Kollegin und den Nachfolger von Pilgenröther, Frank Scheschonka, begann, konnte sie am Leichenfundort verbringen oder für einen kleinen Spaziergang nutzen. Was für eine Wahl!

Sie folgte dem Pfad, der sich einerseits dicht am Wasser entlangschlängelte und andererseits, mit großzügigem Abstand, an stattlichen Häusern inmitten von ausladenden, wohl gepflegten Gärten vorbeiführte. Keine Gegend, in der vernachlässigte Kinder leben, dachte sie. Aber was wissen wir schon!

Wirbelwind

Jemand hatte sogar bunte Girlanden aufgehängt. Das hat es hier noch nie gegeben, meuterte Annegret stumm und schob sich an einigen Kollegen, die das Büro bevölkerten, vorbei zu ihrem Schreibtisch. Auf dem Besprechungstisch kleckerte aus geöffneten Sektflaschen Schaum und weichte letzte verstreute Reste des Salzgebäcks auf. Das Buffet war bis auf einige ranzig werdende Käsewürfel, fünf, sechs zersprengte Cherrytomaten und lieblos mit Margarine beschmierte Weißbrotscheibchen bereits geplündert.

Gut, dass ich mit Josef gefrühstückt habe, dachte sie und entschied sich gegen ein Glas Sekt, das sie nur kurz aufheitern und ihr sodann Kopfschmerzen bereiten würde. Sie sah auf die Uhr und setzte sich auf die Schreibtischkante. Ein Kollege aus dem K2 blinzelte ihr zu, und sie hob lahm den Arm. Das Büro war voll, aber die Enge wurde nicht von den Kollegen verursacht. Ein dritter Schreibtisch verstellte den Raum, ein großes weißes Ungetüm mit diversen Unterschränken und einem beigestellten Bord.

Er stand genau vor der südlichen Fensterfront, von der aus sie bisher auf die City Nord und die Baumkronen des Stadtparks geschaut hatte, wenn sie ihren Geist schweifen lassen wollte. Münzes schmaler brauner Schreibtisch war weiter nach links hin zum Besprechungstisch verrückt. Ihr Schreibtisch stand unangetastet dort, wo er immer stand. Annegret fühlte, wie Blut in ihren Kopf wallte, und sah Münze entgegen.

»Ich hab ihr gesagt, dass sie es besser bleiben lässt.«

»Was? Wem?«

»Der neuen Kollegin. Dass sie besser deinen Schreibtisch nicht verschiebt, ohne dich zu fragen.«

»Das hast du gut gemacht«, knurrte Annegret durch ihre Mundwinkel, bevor sie sie breit zog. Vor ihr postierte sich eine junge stramme Frau mit blondem Pferdeschwanz. Aus den blaugrauen Augen im glatten rosigen Gesicht blitzten mutwillige Blicke, und der kleine, aber beinahe herzförmige Mund entblößte eine kecke Zahnlücke zwischen den Schneidezähnen. Ein muskulöser Arm mit einer ebenso kraftvollen Hand schnellte vor und streckte sich ihr entgegen.

»Frauke Froboess!«

Annegret ergriff reflexartig die Hand, fühlte, wie die ihre gequetscht wurde, und machte keine Miene zum Spiel. Kommt ja wie aus dem Effeff geschossen, konterte sie böse nach innen und vergaß dabei, sich vorzustellen. Ein Mädel wie ein ungestümer Wind, dachte sie, beherrschte das Bedürfnis, ihre fünf Finger zu spreizen, trat einen Schritt zurück und griff unwillkürlich nach ihrer Strickjacke, die sie über ihren Schreibtischstuhl gehängt hatte.

»Hier drinnen ist nie Sommer!« Sie trat einen Schritt zurück und setzte sich.

Ihr Schreibtisch war ein gutes Bollwerk, um diesen weiblichen Minitornado auf Abstand zu halten. Frauke Froboess wippte auf ihren Füßen und sah Münze fragend an. Er grinste und rollte alles- und nichtssagend die Augäpfel. Die neue Kollegin presste ihre Lippen aufeinander, klatschte einmal kurz in die Hände, schaukelte ihren Oberkörper wie ein aufgeregter Bullterrier, drehte sich um und stürzte sich in ein Gespräch mit einem attraktiven Kollegen aus dem K2.

»Ein richtiger Wirbelwind«, flüsterte Münze und lachte auf, als Annegret ihn gespielt fassungslos anschaute.

Als die Bürotür aufging und der Geräuschpegel auf ein erträgliches Maß herabsank, wusste sie, dass es nicht mehr lange dauern würde, bis sie den neuen Chef der Mordkommission kennenlernen würde. Sie überlegte kurz, ob es der Anstand gebot, sich zu ihm durchzudrängeln, aber da ihr nicht danach zumute war, zuckte sie unschlüssig mit den Schultern und ging lieber ihrem Bedürfnis nach einem Becher heißen Kaffee nach.

Über dem kleinen Kühlschrank, auf dem die Kaffeemaschine stand, hing immer noch die Postkarte an der Wand. Brechende grün schimmernde Wellen und ganz oben auf dem Kamm, klein und verletzlich, ein Surfer. Sie hatte die Karte, die im Mai mit der Post gekommen war, während ihres Urlaubs vergessen. Ihr Herz wurde für Sekunden von einer süßlich schmerzenden Woge angehoben und nötigte sie, einen Seufzer auszustoßen. Gonscho. Jürgen Gonschorek.

Sie kannte den kurzen Text der Postkarte auswendig. *Habe Dienst quittiert. Fange hier ein neues Leben an. Wir vermieten Zimmer!* Er hatte die Adresse aufgeschrieben. Ein Strand irgendwo an der Atlantikküste hinter Bordeaux. Sie vermisste ihn immer noch, ihren Kollegen. Sein unerklärliches Strahlen, seine aufrichtige Art, seinen ungebrochenen Geist.

»Und Sie sind also die Chefermittlerin des Teams!« Der Tonfall des Nachfolgers von Pilgenröther klang natürlich, weder gönnerisch noch gespielt kollegial. Annegret drehte sich um und war gespannt, was für eine Gestalt dieser Stimme wohl ihre Resonanz gab. Sie sah direkt in sein Gesicht. Er stand auf Augenhöhe vor ihr. Ein Meter zweiundachtzig. Dunkles, mit grauen Strähnen durchzogenes Haar. Gerade so lang, dass es noch polizeilich korrekt wirkte. Schmales Gesicht und gesprenkelte Augen, die einen anschauen konnten. Seine dünnhäutigen Wangen bildeten seichte Einbuchtungen rechts und links von der mit einem kleinen Höcker versehenen Nase. Und als ihr Blick kurz an ihm hinunterhuschte, kam es ihr vor, als sei sein Anzug eine Nummer zu groß. Sie mochte ihn sofort, setzte aber trotzdem eine verhaltene Miene auf.

»Ich sag es gleich, damit keine Missverständnisse aufkommen. Ich bin schlecht im Small Talk.« Während sie das hervorbrachte, schaute sie geradeaus und trank einen Schluck Kaffee.

»Geht mir genauso.« Scheschonka blieb neben ihr stehen und beobachtete wie sie die miteinander schwatzenden Beamten, in deren Gesichtern sich inzwischen angeregte Röte verbreitete. Fechner trat durch die offen stehende Bürotür, und Annegret stöhnte innerlich auf. Ihrem Kollegen sah man weiß Gott nicht an, dass er zu den fähigsten Kriminaltechnikern der Republik zählte. Sein einst kupferrotes Haar verlor von Jahr zu Jahr an Farbe, und dieser Prozess machte es anscheinend unkämmbar. Überhaupt schien er selten in den Spiegel zu schauen, denn seine ausgewaschenen Hosen und Hemden wurden von seiner zunehmenden Leibesfülle inzwischen beinahe gesprengt.

Fechner stellte sich vor die Garderobe, um seine leichte Windjacke, die er nach Annegrets Erinnerung auch bereits seit mindestens zehn Jahren trug, aufzuhängen. Sie warf schnell einen Seitenblick zu Scheschonka. Er beobachtete den Kollegen und schien amüsiert.

»Ist das Stroh?«, fragte er.

Annegret verengte ihre Augen. Es sah tatsächlich wie Strohhalme aus, was aus der aufplatzenden Mittelnaht am Hinterteil seiner Hose herauslugte. Wie um Himmels willen kommt das dahin, fragte sie sich und sah ihrem neuen Chef direkt in die Augen.

»Er ist der Beste!«, zischte sie und kam sich wie eine große Schwester vor, die einem zugezogenen Burschen klarmachte, dass sie ihren kleinen Bruder mit Zähnen und Klauen verteidigen würde.

»Zweifelsfrei.« Scheschonka hob seine Arme, als hielte Annegret ihm ihre Dienstpistole unter die Nase. »Sie werden doch nicht auf mich schießen, oder?«

Annegret kniff, wie um ihn schärfer in den Blick zu bekommen, die Augen zusammen, hielt sich den Zeigefinger ihrer rechten Hand vor den Mund und pustete, als sei es die Mündung eines rauchenden Colts. Er erwiderte ihren Blick. Ernst und prüfend. Das Spiel war aus.

Das bin nicht ich, die diese Nummer abzieht, schoss ihr erschrocken durch den Sinn. Das passiert alles von allein. Sie lächelte, dachte, scheiß der Hund drauf. Schauen wir, was kommt. Und während sie tief durchatmete, um zu entspannen, wechselte sie das Standbein. Er wirkte nicht, als fühle er sich angegriffen, aber der Ausdruck seiner Augen kündigte an, dass er sich gleich verabschieden würde.

»Na, dann werde ich mal eine kleine Rede halten, bevor ich wieder das Weite suche. Wir sehen uns morgen früh, zehn Uhr, zur Besprechung. Schönen Tag noch.«

Galoppierende Einhörner

Der Wecker tickte. Laut und stetig. Durch die zugezogenen Vorhänge schimmerte das erste Tageslicht, und die Taube, die auf dem Balkon unter dem geschlossenen Fenster auf lose zusammengelegten Ästen nistete, zog ihren verborgenen Kopf aus dem Gefieder.

Im Gegensatz zur frischen Luft des anbrechenden Morgens enthielt die im Wohnzimmer kaum noch Sauerstoff, denn sie war mit schalem Bierdunst und kaltem Zigarettenrauch gesättigt. Sie schlief auf der Couch, und ihre dünnen schwarz gefärbten Haare verteilten sich wirr auf dem samtenen Kissen. Sie lag auf dem Rücken, ihre langen Beine hingen schräg von der Sitzfläche herab. Es sah unbequem aus, und vielleicht schnarchte sie deshalb. Auch ihre braun gebrannte und beringte Hand ragte über das Sofa hinaus. Bisweilen wippte sie auf und ab, als durchströmten sie elektrische Impulse. Ihr gegenüber, auf der anderen Seite des Tisches, schlief, vollkommen in sich zusammengesunken, ein Mann. Sein dicht behaarter Kopf hing beinahe auf seiner Brust, und an der Bewegung seines Oberkörpers konnte man sehen, dass er sehr flach atmete. Seine Beine streckten sich bis unter den Wohnzimmertisch, und als wäre es eine stumme Anklage, zeigte der Hals der umgekippten leeren Flasche Korn auf der braun gekachelten Tischplatte in seine Richtung. Zwei Biergläser in nassen Pfützen und mehrere Untertassen, randvoll mit Zigarettenkippen, sowie eine heruntergebrannte Kerze in einem Messinghalter zeugten, wie auch die beachtliche Gruppe von Bierflaschen unter dem Tisch, von einer durchzechten Nacht.

Die Frau schnarchte laut auf, die metallene Uhr auf der Fensterbank antwortete mit einem kleinen Knacken, und unmittelbar darauf raste der kleine Hammer des mechanischen Weckers zwischen den Schellen hin und her. Die schlanke Gestalt richtete sich auf, wischte sich das strähnige Haar aus dem Gesicht und runzelte die Stirn, als fiele es ihr schwer, sich zu erinnern, wo sie war.

Der Mann hingegen bäumte sich nur kurz auf, zog lauthals röchelnd Luft durch seine Nase und sackte wieder zusammen.

Als ihr dämmerte, dass sie in ihrem eigenen Wohnzimmer auf dem Sofa saß, nahm sie, während sie ihren BH zurechtrückte, den Störenfried ins Visier. Vor ihren Augen tanzten schwarze Punkte, und als sie aufrecht stand, dauerte es noch etliche Sekunden, bis sie sich vorwärtswagte, um den Wecker auszuschlagen.

»Steh auf. Raus hier. Hau ab!« Sie war hinter den mit braunem, zerschlissenem Samt überzogenen Sessel getreten und zerrte grob am dichten, verfilzten Haarschopf des Mannes. Da ihr Gehabe keine Wirkung zeigte, drückte sie ihre Hände gegen seine breiten Schulterblätter, um ihn wachzurütteln.

»Was ist denn? Blöde Kuh.« Er blinzelte durch seine verquollenen Augen und schmatzte auf seiner Zunge herum.

»Raus hier, sag ich, hau ab, die Party ist vorbei.« Sie stand jetzt vor ihm und versuchte, ihn aus dem Sessel zu hieven.

»Lass mich!« Er wollte seine Handgelenke aus ihrem Klammergriff befreien, aber sie gab nicht nach.

»Ich will nicht, dass meine Tochter dich sieht, also hau ab, bevor ich dir 'ne Flasche über den Kopf zieh!«

»Alte Hexe!« Er drückte sich mit ihrer Hilfe aus dem Sessel, zog, als er aufhörte zu schwanken, den Reißverschluss seines Hosenschlitzes zu, griff nach seiner fleckigen Jeansjacke, auf der er gesessen hatte, kämmte mit gespreizten Fingern der rechten Hand sein Haar zurück und torkelte wortlos zur Tür.

Als er sie hinter sich zuschlug, atmete Manuela Jakob erleichtert durch. Zuerst Zähne putzen, dachte sie und stakste ins Badezimmer. Nicole sollte nicht riechen, dass sie getrunken hatte. Bevor sie ihre Tochter weckte, würde sie aufräumen und gründlich lüften. Es war erst wenige Minuten vor fünf Uhr. Sie hatte noch Zeit genug, sich frisch zu machen und alles in Ordnung zu bringen. Sobald Niki in der Schule war, würde sie sich ins Bett legen und ihren Rausch ausschlafen.

Als sie einen Streifen Zahnpaste auf die Bürste drückte, begann ihr Herz zu rasen. Sie starrte ihr Spiegelbild an und ließ die Bürste fallen. Ihre Hände begannen unkontrolliert zu zittern, und obwohl sie noch zu betrunken war, um zu begreifen, weshalb sie plötzlich so aufgeregt war, lief sie zum Zimmer ihrer Tochter und stieß die Tür auf.

»Niki. Nicole?«

Die Gardinen standen offen, das Nachtlicht war unbewegt und warf keine Schatten von galoppierenden Einhörnern an die rosa bemalten Wände, und als sie es schon wusste, aber trotzdem immer noch nicht wahrhaben wollte und die Bettdecke hochhob, sackte sie auf die Knie. Das Bett war leer.

»Niki!« Ich hab ihr doch gesagt, dass ich nicht da bin, dachte sie weinerlich. Um sechs, ich hab doch gesagt, dass sie um sechs Uhr zu Hause sein soll!

Manuela Jakob plumpste von den Knien auf ihren Hintern und kratzte sich nervös den Kopf. Ganz ruhig, redete sie sich selber zu. Wo war das Biest gestern! Stimmt, bei Josie. Sie krabbelte ein Stück zur Kinderzimmertür, richtete sich langsam auf, da ihr schwindelig wurde, und wankte ins Wohnzimmer. Im Sideboard. Die unterste Schublade bewahrte das Telefonbuch auf.

»Josie Meister. Oder Meise? Ich weiß genau, dass ich die Nummer hab«, knurrte sie und blätterte wild in den Seiten des kleinen goldenen Buchs. Beim zehnten Klingeln nahm endlich jemand ab. Sie wartete nicht, bis sich Josies Mutter meldete, sondern fragte ungestüm, ob Nicole da sei.

»Aber sie sollte doch um halb sechs Uhr nach Hause gehen! Ich hab sie pünktlich geschickt.«

»Neieieieinnn!« Manuela Jakob schmiss mit einem lang gezogenen Aufschrei den Hörer auf die Gabel und raufte sich die Haare.

»Was jetzt, was jetzt, was jetzt?« Sie drückte die Wahlwiederholungstaste, und Josies Mutter nahm sofort ab.

»Also, sie ist nicht mehr bei euch!«

»Nein. Ist denn etwas passiert? Manuela, was ist denn!«

Ihr Arm sank wie von selbst herab. Diesmal legte sie den Hörer vorsichtig zurück. Als sie ins Badezimmer stolperte, hielt sie mit der einen Hand ihren flachen Bauch und hob mit der anderen den Toilettendeckel an. Sie hatte seit gestern Mittag kaum etwas gegessen, trotzdem warf sich ihr Magen auf, um alles, was darin war, auszuspeien.

Leuchtfeuer

Der Tag war verhunzt gewesen, von Anfang an. Bereits beim Frühstück hatte Josef ihr einen Tiefschlag versetzt.

»Wolnyczak fliegt im Herbst rüber nach Dakota, er hat mich gefragt, ob ich ihn begleite.«

Sie hatte nichts erwidert, ihn nur angesehen. In seine weichen braunen Rehaugen geschaut, gegen deren Blick sie sich nicht wehren konnte, in die sie sich von Anfang an verliebt hatte.

»Ich werde es wohl machen«, hatte er weitergesprochen, »so ein Angebot bekommt man kein zweites Mal.«

Sie hatte zustimmend genickt, weil ihre Energie in die Füße gesackt war und dabei ihr Vermögen, Einwände zu formulieren, mit sich gerissen hatte. Und was, stöhnte Annegret nach innen, hätte ich auch vorbringen können? »Trotzdem! Fahr nicht! Ich brauche dich, abends nach Feierabend, ich weiß nicht, mit wem ich sonst sprechen könnte! Fahr nicht, bitte, ich bin sonst einsam und allein!«

Annegret heulte kurz, aber laut auf. Josefs erstes Buch, das die Leichtigkeit der Lebensweise von Joe Wolnyczak beschrieb, war wider Erwarten ein kleiner Erfolg geworden. Klar, dass er Joe begleiten wollte, um die Suche nach seinen indianischen Wurzeln zu dokumentieren. Der Verlag unterstützte das Projekt.

»Und außerdem«, hatte Josef erzählt und sein silbrig durchzogenes Haar gerauft, »hat eine von Joes Klientinnen ihm ein beträchtliches Erbe hinterlassen, er will sehen, ob er Stammesgenossen findet, die das Geld gebrauchen können.«

»Toll!« Annegret stand, den Griff der Autotür in der Hand haltend, auf dem Parkplatz vor dem sternenförmigen Bau des Landeskriminalamtes und war sich bewusst, dass sie laut mit sich selber sprach. »Herrgott«, wetterte sie, »wieso glaubt Joe Wolnyczak, unbedingt seine indianischen Wurzeln ausfindig machen zu müssen, wozu um Himmels willen soll das gut sein! Was zum Teufel ändert das!«

Sie wusste, dass sie blind gegen etwas anredete, was nicht mehr aufzuhalten war, und deshalb gab sie, sobald sie ihre Handtasche auf den Beifahrersitz geworfen hatte, wenn auch widerwillig, auf.

»Ich klammere mich an Josef, weil ich sonst niemanden hab«, murmelte sie resigniert, während sie ihr rechtes Bein unters Lenkrad schob. »Mein Job isoliert mich. Ich hab nicht einmal ein Hobby, mit dem ich mich ablenken könnte. Ich bin den ganzen Tag nur mit mutmaßlichen Mördern beschäftigt. Spurensuche!«, fauchte sie missmutig. »Wolnyczak ist wenigstens sich selbst auf der Spur, und ich, ich deute Zeichen, die andere hinterlassen. Jeder hergelaufene Mörder findet durch Kriminalisten Aufmerksamkeit, und wer denkt an mich!«

Sie beobachtete es genau. Selbstmitleid und Trotz rüttelten an ihrer Verfassung, waren im Begriff, Besitz von ihr zu ergreifen, aber sie schob dem keinen Riegel vor.

»Dann soll er mal sehen, was er heute ohne mich anfängt!«

Der milde Abend lud zwar geradezu ein, mit Josef im Garten auf der Terrasse vor seiner Datscha zu sitzen. Es war sonnig und warm, und der blaue Himmel spannte sich weit und glänzend, wie ein kosmischer Spiegel. Aber Annegret fühlte in ihrem Innern einen Sturm aufziehen, der sich nicht so bald legen würde. Die trotzige Energie, die sie umtrieb, wollte weiter an seinen Plänen rütteln und sie am liebsten mit Stiel und Stumpf entwurzeln. Sie seufzte und biss die Zähne aufeinander. Aber mit Josef war das nicht zu machen. Sie konnte ihm mit ihrer Wut kein Feuer unterm Hintern entfachen. Ein hübsches, heißes Feuerchen, das ihm Beine machte. Beine, die einknickten und von dem Plan, davonzufliegen, abließen. Aber einfach still neben ihm zu sitzen war ebenso undenkbar. Unmöglich.

Also, dachte sie grimmig, lenke ich mein Auto heute Abend in Richtung Kiez, in die Simon, ins Stübchen, zu Eddy. »Wird Zeit, mal wieder meinem guten alten Freund die Ohren vollzuheulen.«

Sie bog, sobald die Fahrbahn frei war, vom Bruno-Georges-Platz in die Hindenburgstraße. Es war bestimmt zwei Monate her, seit sie zuletzt in ihrer Stammkneipe gewesen war. Seit Gonschorek sie nicht mehr begleitete, war ihre Lust auf ein Feierabendbier merklich abgeklungen. Außerdem kränkelte Eddy und hatte sich in letzter Zeit häufiger vertreten lassen. Und in Eddys Stübchen am Tresen zu sitzen ohne Eddy dahinter war jedenfalls für sie als heterosexuelle Frau eine trostlose Angelegenheit.

Ohne Eddy war das kleine Tanzlokal für schwule »Jungs« nicht mehr ihr zweites Zuhause. Da war auch ihr Freund Leo keine Hilfe, zu dem sie sich jederzeit an den Tisch setzen konnte, vorausgesetzt, sein notärztlicher Dienstplan erlaubte ihm einen Besuch in seinem Lieblingslokal, denn Leo interessierte sich nicht die Bohne für weibliche Seelenlandschaften.

»Eddy«, seufzte Annegret und hoffte heimlich, dass er ihr, sobald sie ihm ihr Leid klagte, mit seinem Talent für klare, schonungslose Worte wieder auf die Beine half. Ich trink einen über den Durst, dachte sie, hör mir seine Standpauke an, und morgen sieht die Welt schon wieder anders aus.

Der Feierabendverkehr war mäßig. Sie kam erstaunlich gut über den Eppendorfer Markt. Wegen des frühen Sommerbeginns hatten viele wohl schon gleich zu Beginn der Ferien die City in Richtung Nord- und Ostsee verlassen. Klar, dachte sie, wer weiß, wie lange die Wärme anhält? Freda hatte sich auch schon abgemeldet. »Sie fliegen für sechs Wochen auf die Malediven«, hatte Josef gesagt.

»Das kommt auch noch dazu«, rief sie sich selber zu und bremste ab, da der Autofahrer vor ihr im Zeitlupentempo die Auffahrt zu einem Wohnhaus hinauffuhr. »Idiot!«

Ohne Josef würde sie auch den Jungen nicht sehen! Julian, Josefs Sohn, war inzwischen vier Jahre alt und gehörte zu ihrem Leben, auch wenn er nur zweimal im Monat für ein Wochenende bei ihnen war.

»Julian!« Annegret rief sich das Gesicht des Jungen vor Augen und benutzte das geistige Bild, um in ihrem selbstmitleidigen Gemüt herumzustochern. Das laute Geheul eines Martinhorns ließ die zwei aufquellenden Krokodilstränen versiegen. Sie sah den Krankenwagen im Rückspiegel rasend schnell herannahen und bog schwungvoll von der Budapester Straße in die Simon-von-Utrecht-Straße.

Als sie in der Talstraße aus ihrem schwarzen Cabriolet ausstieg, zeigte die Uhr auf dem Armaturenbrett halb sieben. Eddy öffnete um sechs, bestimmt war sie, wie oft, sein erster Gast. Annegrets Stimmung hob sich, als sie sich in ihrer Phantasie bereits auf den

Tresenhocker schwang, ein Weizenbier bestellte und in seine warmherzigen und mit Kajal ummalten Augen schaute. Er würde sich ein Zigarillo anzünden und sich mit ihr von Frau zu Frau unterhalten.

Die braune Eingangstür stand weit aufgestellt, und zu Annegrets Überraschung hantierte Manuel hinterm Tresen. Der fensterlose Gastraum mit der dunkelbraun gebeizten Bestuhlung war unbeleuchtet, und überhaupt wirkte der Laden geschlossen. Aus der Küche duftete kein Essensgeruch, und die Boxen der Musikanlage brummten nicht einmal. Manuel hörte ihre Schritte und sah hoch.

»Annegret, sieh an, dich haben wir ja lange nicht gesehen!«

»Wo ist denn Eddy?«

Der Lebenspartner ihres Freundes Leo fixierte sie ernst, und Annegrets Magen begann zu gurgeln.

»Im Krankenhaus.«

»Im Krankenhaus?«

»In Eppendorf auf der Onkologie. Aber er zieht morgen ins Leuchtfeuer.«

»Ins Hospiz!«

»Ja, er ist austherapiert.«

Annegret stiegen Tränen in die Augen, und eine nach der anderen quoll über die Unterlider und tropfte an ihren Wangen herab. Erst verlässt mich Josef und dann auch noch Eddy! Sie schämte sich, aber der Satz war gedacht, hatte sich gebildet wie eine Wolke am Himmel. Ich bin eine Heuchlerin. Manuel denkt jetzt bestimmt, ich weine, weil ich darüber schockiert bin, dass Eddy stirbt. Sie schniefte. Aber die Wahrheit ist, es geht mir nur um mich. Wütend wühlte sie in ihrer Handtasche nach Taschentüchern, griff aber, wie es ausschaute, an ihnen vorbei. Verdammt. Ich bin eine elende Egoistin, schimpfte sie still und wischte sich mit dem Handrücken über die Wangen.

»Und was machst du hier?« Annegret zeigte mit ausgestrecktem Arm in die Runde.

»Ich bereite alles für den Verkauf vor.« Manuel erwiderte ihren trüben Blick, bis sie sich wortlos umdrehte und mit schleppendem Gang zum Ausgang strebte.

»Lass uns zusammen ein Bier trinken!«

Seine Stimme war pure Erlösung. Sie drehte sich erleichtert um. Ihr Freund Leo hatte diesmal bei seiner Partnersuche den richtigen Instinkt gezeigt. Manuel hatte sie alle von Anfang an beschützt und Gonschorek sogar das Leben gerettet. Eddy hatte ihn von der ersten Sekunde an geschätzt, ihn als den inoffiziellen Bodyguard des Stübchens angesehen und ihn gehätschelt, wie einen Wachhund, den nur der Halter anfassen durfte.

Und ich, haderte sie, während sie sich umdrehte und mit hängenden Schultern zurück zum Tresen tappte, ich liebe einen Mann, der einfach keine Rücksicht auf mein Leben nimmt!

Schluss jetzt! Annegret kam es vor, als wäre es Eddys Stimme, die durch ihr Hirn hallte, und sie stoppte. »Ja«, flüsterte sie, weil sie plötzlich wusste, was er ihr vorhalten würde, wenn er sie derart reden hören würde. »Wovon träumst du, Anne-Greta Garbo! Wach auf! Willst du aus Josef ein menschliches Schoßhündchen machen? Soll er mit dir jeden Abend wie Oma und Opa auf dem Sofa sitzen und Händchen halten! Hör auf zu heulen. Nimm dir ein Beispiel und lebe dein Leben!«

Annegret schniefte ein letztes Mal und nickte Manuel zu. Sein Geist lebt jetzt schon in mir weiter, dachte sie und setzte sich friedlich und mit einem zaghaften Lächeln im Gesicht an Eddys Tisch, den einzigen Tisch, gleich neben dem Tresen, dessen Stühle nicht hochgestellt waren.

Springinsfeld

Ab Mitternacht hatte es zu regnen begonnen. Erst sehr sanft, aber dann waren schwere, dicke Tropfen wie aus einem gigantischen Wasserfall-Duschkopf niedergeprasselt. Die brausenden Fluten hatten Annegret auf ihrem Fußweg nach Hause bis auf die Haut durchnässt. Es hatte sich gut angefühlt. Das Wasser hatte alles fortgespült. Den Staub von den Blättern der Büsche und Bäume gewaschen und auch ihr Gemüt gereinigt, obwohl Josef nicht angerufen, nicht nachgefragt hatte, wo sie abbliebe.

»Natürlich nicht!«

Sie überquerte die Holstenstraße und streckte die Zunge raus, als die junge Frau, die unmittelbar vor ihr von einem pullenden Kampfhund hinter sich hergezogen wurde, sich neugierig grinsend umschaute. Warum hätte er auch anrufen sollen?, dachte sie still. Er machte es nicht zu seiner Sache, wenn sie ihre Aussetzer hatte. Nie. Er wartete einfach ab, bis sie sich beruhigte.

»Josef!«

Annegret lief die Paul-Roosen-Straße hinunter und überlegte auf Höhe der Bäckerei Schumann, ob sie sich Gebäck oder Brötchen kaufen sollte. Während sie darüber nachsann, taxierte sie geistig abwesend das gegenüberliegende Kneipenschild. »Zur lustigen Mamma«. Als sie den Sinn der Worte erfasste, entschied sie sich weder das eine noch das andere mitzunehmen. Sie war spät dran und beschloss, heute in der Kantine Mittag zu essen.

Beim Weitergehen fiel ihr mit einem Mal auf, wie hübsch die überwiegend mit Wohnhäusern aus dem neunzehnten Jahrhundert bebaute Straße war. Beinahe pariserisch, mit den Szeneläden, den Wettbüros und den alten Kneipen, die, wie es schien, rund um die Uhr geöffnet waren. Ihre Augen wanderten über die alten Fassaden, und deshalb wäre sie beinahe mit einem älteren Mann zusammengestoßen, der den plakatierten Pfahl einer Straßenlaterne streichelte. Der schräg aussehende Vogel mit rotem Brillengestell und gestreifter Hose machte einen Schritt rückwärts, und Annegret schaute neugierig auf den bunten Aushang. »Katze entlaufen!«, prangte fett auf dem Papier und darunter zwei schräg gestellte hellblaue Augen in einem weißen Fellgesichtchen. Ach so, dachte sie, seine Miezekatze ist entlaufen, und bis er sie wiederfindet, streichelt er ihr Abbild! Sie grinste und konzentrierte sich die letzten Meter auf den Weg.

Bevor sie sich hinter das Lenkrad ihres Wagens setzte, den sie gestern Nacht stehen lassen hatte, hob sie ihren Blick. Nur eine einzige große weiße Wolke mit einem grauen Bauch schwamm am Himmel. Sie hatte beinahe die Form eines Fischs, ansonsten erinnerte nichts an den nächtlichen Regen. Kein noch so feiner Schleier trübte die Klarheit dieses Morgens. Wenn es doch nur immer so wäre, dachte sie und meinte nicht den Himmel.

Frank Scheschonka saß bereits am Besprechungstisch, als sie die Tür zum Büro öffnete.

Annegret sah sicherheitshalber auf ihre Armbanduhr. Zehn Minuten vor zehn. Münze kochte Kaffee und vom »Effeffchen« keine Spur. Sie legte ihre Jacke ab und runzelte die Stirn. Frauke Froboess hatte ihren Schreibtisch mitten im Büro postiert. Mit freiem Blick zur Tür, zu Münzes Platz und auf den Besprechungstisch. Im Rücken die Fensterfront. Nur zu ihrem Arbeitsplatz hin hatte sie sich durch einen Aktenschrank abgeschirmt. Annegret verzog das Gesicht, ignorierte aber die herannahenden Gedanken, die ihre hellblaue Geisteshaltung zu verdunkeln drohten, zuckte mit den Schultern und setzte sich zu ihrem Chef, der kurz von seinen Notizen hochschaute und sie mit einem freundlichen Lächeln streifte.

Münze verteilte Becher sowie Kaffeelöffel, setzte sich neben sie und drehte Däumchen. Die Kaffeemaschine zog röhrend den letzten Wasserdampf hoch, der Stundenzeiger der Wanduhr sprang auf die Zwölf, und wie auf ein geheimes Kommando lenkten alle drei Kriminalisten ihre Blicke erwartungsvoll auf die sich öffnende Tür.

Frauke Froboess haspelte etwas von schwacher Blase, setzte sich und entblößte ihre Zahnlücke durch ein schiefes Grinsen. Scheschonka räusperte sich und ergriff das Wort. Entschuldigte Fechners Fehlen. Wartete, mit unbewegtem Gesicht, bis Münze reihum

Kaffee in die Becher gegossen hatte, und erklärte, dass die Ergebnisse aus der Forensik noch nicht vorlägen. Verständlicherweise. Die Anwesenheit des Kriminaltechnikers sei bei diesem Stand der Ermittlungen deshalb nicht erforderlich. Er machte eine winzige Sprechpause, die ankündigte, dass er jetzt zum Wesentlichen käme, und fasste Annegret ins Auge. Er habe gestern Nachmittag bei INPOL reingeschaut. Es gebe dort zwei Vermisstenmeldungen. Jeweils Mädchen. Beide blond. Siebenjährig. Erstklässlerinnen. Das eine, Fleur Wiesmüller, werde seit zwei Wochen vermisst und das andere seit vorgestern. Von beiden fehle jede Spur.

»Vielleicht«, gab Scheschonka zu bedenken und wechselte jetzt einen schwermütigen Blick mit Kollege Münze, »sind wir durch den Fund des kindlichen Skeletts auf dem Baugrundstück in Bahrenfeld auf die Spur eines Serienmörders gestoßen.« Denn es gebe außerdem, fuhr er schwer atmend fort, bei INPOL eine Vermisstenmeldung, die beinahe drei Jahre zurückliege. Bis heute keine Spur von dem Mädchen. Beatrice-Marie Meyer.

Scheschonka las den Namen von seinen Notizen ab. Blond. Siebenjährig. Er machte wieder eine Sprechpause. Annegret zählte die Sekunden. Eins, zwei, drei.

»Der Fall Nicole Jakob wird noch von der Schutzpolizei untersucht. Die weiter zurückliegende Vermisstenmeldung ist inzwischen Sache der Kripo. Ich möchte, dass Sie«, Scheschonka taxierte jetzt einen nach dem anderen, »schnellstmöglich klären, ob wir es mit einer Serie zu tun haben.« Er sah auf seine Armbanduhr. »Ich will keine unnötige Zeit verlieren und vor der Presse im Bilde sein. Frau Pries, Sie werden die Recherchen über den aktuellen Stand der Ermittlungen koordinieren und klären, ob wir tatsächlich von zwei weiteren Kindsmorden ausgehen müssen. Freitag werten wir die Ergebnisse aus. Selber Ort, selbe Zeit. Dann wird entschieden, ob wir eine Soko einrichten.«

Sie mochte sein Aftershave. Es hatte einen schweren, erdigen Geruch. Überhaupt empfand Annegret seine Anwesenheit als angenehm. Trotzdem wartete sie, bis ihr Chef die Tür hinter sich zugezogen hatte, bevor sie ihren Kugelschreiber zwischen Daumen und Zeigefinger klemmte und ihn von dort aus durch ihre Finger balancierte. Mit Münze allein hätte es jetzt keine weiteren Diskussionen gegeben. Seine Stärke lag darin, Akten zu analysieren. Protokolle zu sichten und ermittlerische Lücken und Widersprüche zu entdecken. Er war der Falke. Ohne großen Überblick lief bei ihm gar nichts. Er brauchte eine Karte, eine Übersicht über das Feld, bevor er Mutmaßungen anstellte.

Und ich, dachte Annegret, ich bin der Schnüffler, ich stöbere das Wild auf. Ich laufe mit der Nase dicht über dem Boden los, um Witterung aufzunehmen, auch wenn ich das Gelände noch nicht kenne. Sie dachte kurz an Wolnyczak und den Hund Paik, aber Münze räusperte sich, und der lose Gedankenhaufen stieb auseinander.

»Ich lass mir Kopien der Akten zukommen. Wir sehen dann, welche Maßnahmen bisher eingeleitet wurden. Ob es Verdächtige gibt, wer, was, wo und so weiter.«

Annegret nickte ihm zu. »Ich spreche mit den Familien, den Müttern. Schaue, aus welchem Umfeld die Kinder kommen. Ob es über das Aussehen und Alter der Mädchen hinaus weitere Ähnlichkeiten gibt.«

Münze nickte, und Frauke Froboess trommelte mit den Fingern auf den Tisch, während sie ihren Blick aus den schmal gezogenen Augen zwischen Münze und Annegret hin- und herwandern ließ. Annegret empfand es als Drohgebärde. Sie fixiert uns, dachte sie einerseits belustigt und andererseits gereizt. Da haben wir wohl jemandes Absichten vereitelt.

»Sie, Kollegin Froboess, werden Kollege Münze bei der Auswertung der Akten behilflich sein und die Augen offen halten. Ihre Einfälle notieren. Eventuell Hintergründe recherchieren, die noch nicht genügend beleuchtet sind.« Damit sie klarsieht, knurrte Annegret innerlich, damit hier keine Missverständnisse aufkommen. Sie war nicht überrascht, als das Effeffchen aus dem Stand zur Gegenrede anhob.

»Aber … «

Annegret zog fragend die Augenbrauen hoch.

»Ich hatte eigentlich gedacht, dass ich die Mütter aufsuche. Zumindest könnten wir die Hausbesuche teilen!«

Münze senkte die Augen und unterdrückte ganz offensichtlich

ein schadenfrohes Grinsen. Ich kann es nicht leugnen, dachte Annegret, dieser kleine Springinsfeld erinnert mich verdammt an mich in meiner Anfängerzeit.

»So ist das mit dem Denken«, seufzte sie schließlich mit Seitenblick zu ihrem Kollegen, »bisweilen hat es herzlich wenig mit der Wirklichkeit zu tun!«

Verglühende Sterne

Das Haus wirkte freundlich und einladend, trotzdem spürte Annegret, dass sie noch nicht bereit war, es zu betreten. Der beinahe klassizistische Bau schloss rechts und links nahtlos an die Fassaden von Wohnhäusern an. Die Möglichkeit, es zu umrunden, um herauszufinden, ob im Garten eine Bank oder ein Gartenstuhl frei standen, fiel weg. Sie strich sich eine widerspenstige Locke hinters Ohr, machte auf dem flachen Absatz ihrer silbernen Römersandale kehrt und lief die zwei, drei Schritte, die sie bereits auf dem Plattenweg durch den Vorrasen gegangen war, zurück zum Bürgersteig. Tivoli. Das Theater mitten auf der Rotlichtmeile Reeperbahn unterhielt im Foyer ein Café. Sie brauchte nur durch die Hein-Hoyer-Straße dorthin zu laufen. Nein! Annegret strich die Idee kopfschüttelnd von ihrer gedanklichen Liste. Sie brauchte frische Luft, keine abgestandene Kaffeehaus-Atmosphäre!

Der beinahe nebeldicke Zigarettenrauch, der Dunst von Schnaps, Bier und sauren Magensäften, das abgedunkelte Wohnzimmer, die kaum erträgliche Tristesse, in der Manuela Jakob verweilte, aufbegehrte und im Sumpf des Jammers versank, hing ihr noch in den Kleidern und im Gemüt. Annegret gab sich einen Ruck und setzte sich in Bewegung. Planten und Blomen lag zwar etwas weiter entfernt als Schmidts Tivoli, aber sie saß ohnehin die meiste Zeit des Tages. Sie musste nur durch die Detlef-Bremer-Straße und links den Kiez runter. Vorbei an der U-Bahn St. Pauli, über den Millerntordamm, und schon stand sie vor dem Südeingang des Innenstadtparks.

Ihre Nackenmuskulatur entspannte sich, sobald das dichte Buschwerk sie vom Feierabendverkehr abschirmte. Die Sonne stand noch hoch genug, und während sie ihren Rücken bestrahlen ließ, bewegte sie ihr Rückgrat langsam hin und her, wie eine aufgerichtete Kobra. Der Sandweg führte auf eine Gruppe von Parkbänken zu, die vor dem Museum für Hamburgische Geschichte zum Verweilen einluden.

Sobald sie sie erreichte und sich niederplumpsen ließ, stiegen ihr Tränen in die Augen. Für einen sehr kurzen Moment war sie versucht, aufzugeben und sich vom Fluss der Selbstverleugnung hinwegtragen zu lassen, aber sie widerstand der Versuchung. Ich will nicht, dass Josef in die USA fliegt. Das macht mir Angst, dachte sie schniefend. Angst vor dem Alleinsein. Angst vor dem unendlichen Universum, das sich in mir ausbreitet, sobald mein Dienst endet und ich nichts mit mir anzufangen weiß.

Annegret atmete tief durch und genoss es, in der warmen Abendsonne beinahe unmerklich zu zittern. Mir geht es wie ihr. Wie dieser Manuela Jakob. Nur dass ich mich nicht permanent mit Alkohol betäube! Sie hatte es sofort gesehen. Ihr Töchterlein hatte die Frau bis zu ihrem Verschwinden vor dem endgültigen Absturz bewahrt. Annegret seufzte, als sie an das liebevoll eingerichtete Kinderzimmer dachte. Wenn Josef monatelang weg ist, bin ich jeden Abend ganz allein, und ich kann nicht mal, wie sonst, in Eddys Stübchen flüchten, wenn mir die Decke auf den Kopf fällt.

Scheiße, dachte sie und hackte mit dem Absatz ihrer Sandale in den fest gestampften Sand des Weges. Lebenspartner und Kinder sind wie Stützpfeiler des Lebens, und wenn sie, aus welchen Gründen auch immer, wegfallen, kommt der ganze Stumpfsinn in einem selbst ans Licht. Annegret schniefte und suchte in ihrer Umhängetasche nach dem Paket Taschentücher. Sie seufzte. Manuela Jakobs trübe verhangene Augen hatten sie an verglühende Sterne erinnert. Ausgehende Lichter. Während ihres Gesprächs hatte sich die immer noch als herbe Schönheit zu bezeichnende Frau unbeirrbar an ihren letzten vertrockneten Strohhalm geklammert.

»Mein Exmann hat Nicole entführt! Warum hört keiner auf mich? Ihr müsst die Wohnung von dem Schwein richtig auseinandernehmen. Er lügt. Er lügt. Er hat mich immer angelogen. Immer!« Ihre Stimme war ins Kreischen geraten und in immer höhere Stimmlagen gewirbelt. »Keiner hört auf mich. Keiner. Nicole!«

Als Annegret sich verabschieden wollte, hatte sich Manuela Jakob auf dem Sofa zusammengekrümmt und gewimmert. »Nicole. Ich hab ihr hundertmal gesagt, dass sie um sechs zu Hause sein soll. Aber auf mich hört ja keiner. Keiner. Niki! Mein Baby! Oh Gott, oh Gott!«

Annegret stand auf, löste die verknoteten Ärmel ihrer Strickjacke, die sie über die Jeans um ihre Hüften gebunden hatte, und streifte sie über. Sie würde diese Frau ein zweites Mal, und wahrscheinlich auch darüber hinaus, aufsuchen müssen. Um Vertrauen aufzubauen, so lange, bis sie sich an die vergangenen Tage erinnerte. Vielleicht fiel ihr etwas ein, was auf einen möglichen Täter hinwies. Vielleicht! Leider war die Zeugin alkoholkrank und lehnte jede therapeutische Hilfe ab. Blieb ihr nur zu hoffen, sie bei der nächsten Vernehmung halbwegs nüchtern anzutreffen. Sie sah auf die Armbanduhr. Halb sieben Uhr. Und immer noch kein Tiefdruckgebiet im Anmarsch. Kaum zu fassen. Mal schauen, dachte sie, wie es um Eddy steht.

Der Eingangsbereich des Hospizes umfing seine Besucher mit einer hellen, beinahe heiteren Stille, die sofort Annegrets aufgeregte Stimmung besänftigte. Die Blätter der Palmen und Grünpflanzen glänzten im natürlichen Licht des hohen Raumes, das durch ein großes geflügeltes Fenster einfiel und von den hellgelb gestrichenen Wänden geradezu gefeiert wurde. Die Sozialarbeiterin, die ihr die Tür geöffnet hatte, hieß sie wortlos willkommen und nickte freundlich, als sie nach Eddy fragte.

»Herr von Boettcher ist auf seinem Zimmer. 1d. Im ersten Stockwerk.«

Annegret schaute die Treppe hoch, die von einem Rundbogen überspannt war und deren Geländer mit eisernen Ornamenten verziert zu den Zimmern der Sterbenden hinaufführte. Himmelwärts, dachte sie und wandte sich wieder der Mitarbeiterin des Hauses zu.

»Unsere Küchenhilfe ist noch da. Sie bereitet Ihnen, wenn Sie mögen, einen Tee?«

»Sehr gerne.« Annegret schaute der adretten Frau hinterher, wie sie eine Tür hinter der Treppe öffnete und beinahe lautlos verschwand.

Langsam stieg sie Stufe für Stufe der Begegnung entgegen, und als sie an der Tür leise anklopfte, fürchtete sie, dass das Pochen ihres

Herzens seine Stimme übertönen könnte. Sie lauschte, hielt ihr Ohr ans Türblatt, aber Eddy rührte sich nicht. Annegret nahm all ihren Mut zusammen, verbannte die angstvolle Vorstellung, dass sie ihn womöglich tot vorfinden würde, und öffnete sehr sacht die Tür.

Das große Zimmer war von warmem Licht durchflutet, und Eddy lag vor der offen stehenden Balkontür in seinem Bett. Das Kopfteil war aufgestellt, und es schien, als badete er in der milden Sonnenenergie des schwindenden Tages. Sie schlich zu ihm, setzte sich auf einen der gepolsterten Stühle und schloss die Augen. Sein Atem ging ruhig und stetig. Sie war froh, als die Küchenhilfe mit dem Tee kam, das Tablett auf den hölzernen Tisch abstellte und auf Zehenspitzen wieder davonschlich. Sie hatte Gebäck beigelegt, Annegret griff danach und schluckte mit dem zerkauten Keks das traurige Gefühl hinunter, das in ihr aufstieg. Als sie einen Löffel Honig in ihren Tee rührte, fühlte sie seinen Blick. Seine tiefer in die Höhlen gesunkenen Augen lächelten.

»Erkennst du mich noch«, krächzte er leise.

Sie nickte.

»Du bist schön, weil du schön bist«, flüsterte sie, »auch ohne Kajal. Dein Herz leuchtet immer aus deinen Augen. Weißt du das nicht?«

Er griff nach ihrer Hand, und sie konnte nichts dagegen tun. Aus ihren Tränenkanälen flossen, wie aus geöffneten Schleusen, Rinnsale von salzigem Wasser.

»Und wie viele Mörder hast du heute zur Strecke gebracht, Anne-Greta Garbo!«

»Eddy!« Annegret weinte und lachte zugleich. »Ich höre gleich auf, aber gesteh doch einer altgedienten wie auch hartgesottenen Kriminalhauptkommissarin ein wenig Sentimentalität zu. Bitte!«

Langeweile

»Aids-Vollbild. Lymphdrüsenkrebs!« Annegret lag in Josefs Armen und schluchzte.

Er war, sobald sie die Terrasse betreten und ihre rot geschwollenen Augen gesehen hatte, aufgestanden, hatte die Arme ausgebreitet und nachgefragt, was denn sei.

»Eddy stirbt! Alle gehen weg, und ich bleibe allein zurück!«

Er hielt sie, bis sie sich beruhigte und ihn mit laut knurrendem Magen fragte, ob er bereits zu Abend gegessen habe.

»Auf dem Herd steht noch Bauernfrühstück.« Sie ließ sich in einen der blau gestrichenen Gartenstühle fallen, und er brachte ihr eine Portion in Rührei eingeschlagener gebratener Kartoffeln. Annegret schlang die mit Gewürzgurken durchsetzte Masse in sich hinein und schnaufte dabei ab und an auf. Als sie den Teller von sich schob und ihn anschaute, sagte er einen Satz, der sie gegen ihren Willen zum Lachen brachte.

»Vielleicht habe ich unser Haus am See gefunden! Was beweist, dass ich vorhabe, wiederzukommen.«

»Ich weiß aber nicht, ob ich mit einziehe.« Annegret zog einen Schmollmund und warf sich gegen die Rückenlehne des Gartenstuhls.

»Du kannst es dir ja überlegen.«

»Und wo?«

»Meckpomm. Richtung Schwerin.«

»Und was machst du mit der Datscha? Und deiner Wohnung?«

Josef langte nach seinem Glas und nahm einen Schluck Rotwein, bevor er antwortete.

»Die Wohnung ist vermietet.«

Annegret runzelte die Stirn und legte ihren Kopf schief.

»Joe hatte von drei Studenten erzählt, die eine möblierte Wohnung suchten.« Er zuckte mit den Schultern und ignorierte ihr betont langsames Kopfgewackel.

»Wenn einem da nicht die Alarmglocken schrillen!« Annegret lehnte sich vor, griff nach der Flasche, kippte sich einen Schwall

Rotwein ins Glas, setzte es an die Lippen und ließ den Wein, ohne abzusetzen, die Kehle hinunterrinnen.

»Sei gewiss, liebes Biest, dass es Aktivisten sind!« Josef sang den Satz beinahe.

»Josef, ist dir eigentlich klar, was ich mir deinetwegen schon von den Kollegen anhören musste!«

Er griff nach seinem Notizblock, schlug ihn auf, kritzelte schnell etwas hinein und las.

»Mund ist Mund. Und. Mund atmet ein. Lebensstrom zum Seelengrund. Mund atmet aus. Schlägt Wellen. Korallenmund! Was gibst du kund?«

Sie verschränkte die Arme über der Brust und wusste zugleich, dass sie sich jetzt entscheiden musste, ob sie ihn weiter provozieren wollte, um ihren Ärger und die Traurigkeit besser ertragen zu können, oder ... Sie schniefte. Jedenfalls war das seine unmissverständliche Art, ihr mitzuteilen, dass er genug von ihrer kindischen Plänkelei hatte.

»Fragst du mich, was mir auf der Seele liegt? Warum mein Korallenmund mit spitzer Zunge spricht?« Sie wartete keine Antwort ab, sondern seufzte laut, bevor sie den nächsten Satz ausstieß. »Ich weiß nicht genau. Aber irgendwie lauert in mir eine furchtbare Angst vor dem Alleinsein. Ich fürchte mich vor den einsamen Abenden, die ich ohne dich verbringen muss.«

Er nickte, und sie schwiegen. Warteten, während die Dämmerung sich verbreitete. Die Amseln hören viel zu früh im Jahr mit ihrem Gesang auf, dachte sie plötzlich, während sie beobachtete, dass ein schwarzes Männchen, nachdem es sich ausgiebig umgesehen hatte, seiner Partnerin ins Efeudickicht folgte, das Josefs Kleingarten zur rechten Hand begrenzte. Sie bleiben immer zusammen. Annegret atmete schwer und spürte zugleich, wie der Gedanke ein niederdrückendes Gefühl anzog, sich mit ihm verband und dies der Anfang einer selbstmitleidigen Litanei sein konnte.

»Die hat jeder, die Angst. Bei mir hat es viel Langeweile gebraucht, einige Flaschen Rotwein und Hunderte Stunden depressives An-die-Decke-Starren, bis der Zwang des Geschäftig-sein-Müssens von mir abgefallen ist und ich meine Tage unaufgeregt und entspannt genießen konnte.«

»Ja du!« Annegret bewegte ihren Kopf unmerklich, schaute durch Josef hindurch und gähnte. Du alter Einsiedler, du wolltest es ja so. Sie schniefte, obwohl ihre Nasenschleimhäute trocken waren, und rief, während ihr rechter Fuß unwillkürlich vorschnellte: »Mir wird wohl oder übel nichts anderes übrig bleiben, als mich mit ihr vertraut zu machen. Mit der langweiligen Langeweile!«

Vielleicht such ich mir aber auch ein Hobby, dachte sie und pustete ihren angehaltenen Atem aus.

Sie hatte schlecht geschlafen. Sich die ganze Nacht gewälzt, jedenfalls war es ihr so vorgekommen. Aber Josef hatte, als sie sich bei ihm beklagte, gemeint, sie habe wie ein Bauarbeiter geschnarcht.

Blödmann, dachte Annegret und drückte den Klingelknopf, unter dem das getöpferte und handbemalte Schild mit dem Nachnamen »Wiesmüller« angebracht war. Es dauerte eine Weile, bis sich die Schritte aus der Wohnung näherten und direkt hinter der Wohnungstür ein Schnaufen hörbar wurde. Als sie kurz darauf geöffnet wurde, stand eine dieser jungen, dicken Mütter in Leggins und XL-Longshirt vor ihr. Mit prallen Oberarmen, prallen Schenkeln und ausladenden Hinterbacken, die sich beim Gehen abwechselnd hoben.

»Ich hab noch nicht geschafft, aufzuräumen.« Die blonde Frau studierte für einen Moment Annegrets Gesicht, drehte sich um und ging voraus ins Wohnzimmer. Von ihrem Balkonfenster aus konnte man direkt auf den Busbahnhof der U-Bahn-Station Billstedt schauen. Während Annegret aus müden, noch verschlafenen Augen beobachtete, wie zwei aufgebrezelte türkische Mädchen ihre Köpfe reckten und misstrauisch in alle Richtungen lugten, bevor sie sich eine Zigarette anzündeten, klopfte Fleurs Mutter Krümel von der Sitzfläche eines Sessels. Kurz darauf zwängte sie sich mit schnaufendem Atem durch den Spalt zwischen Couchtisch und Sofa, um sich zu setzen. Vor ihr stand eine angebrochene Zwei-Liter-Colaflasche, umlagert von angebrochenen Tüten fabrikgefertigter Minibrötchen und drei bunten Plastikbechern.

»Die Jungs frühstücken lieber hier. In der Küche ist es zu eng.« Ihre Stimme klang lahm, und über ihre blassblauen Augen legte sich ein trüber Schleier. »Ich habe zu nichts mehr Lust«, sagte sie und schaute zur Seite.

Dicke Frauen haben oft kleine, zierliche Nasen und sind ausgesprochen hübsch, solange der Speck ihre Konturen nicht aufweicht, dachte Annegret, wischte ihre Gedanken beiseite, seufzte, presste kurz ihre Lippen zusammen und fragte Melanie Wiesmüller, ob ihr der Name Nicole Jakob etwas sage.

Sie schüttelte den Kopf. »Nein. Ist das ein Mädchen aus Fleurs Klasse? Aus ihrer Schule?«

»Es ist ein Mädchen, das ebenfalls vermisst wird.« Annegrets Herz schlug hart, als sie weitersprach. »Ich frage deshalb, weil ich herausfinden möchte, ob Fleur und Nicole sich kannten, ob es eine Verbindung zwischen den Kindern gab, die uns … «

»Glauben Sie, dass Fleur tot ist?« Die Frau sah plötzlich gefährlich weißhäutig aus, sodass Annegret aufsprang und »Ich hole Ihnen jetzt mal ein Glas Wasser« ausrief. Als sie aus der Küche zurückkam, saß die junge Mutter immer noch mit rundem Rücken und hängenden Schultern auf der Kante des Sofas.

Annegret reichte ihr das Glas, aber sie nahm es nicht, sondern fing stattdessen zu sprechen an.

»Der Vater der Kinder ist abgehauen. Vor zwei Jahren. Seitdem war hier kein Mann, nicht einer. Fleur ist nach der Schule immer gleich nach Hause gekommen, zu mir, zu ihrer Mama. Immer. Ein besseres Kind als Fleur finden Sie nicht!« Melanie Wiesmüller stierte zu Annegret hoch und schaute sie mit einem Gesichtsausdruck an, als bohre ihr gerade jemand ein Messer in die Eingeweide. »Sie hat die Jungen vom Kindergarten geholt und mit ihnen gespielt, damit ich mich ausruhen kann. Ich nehm Tabletten. Gegen Depressionen. Ich hab einfach keine Kraft mehr, seit Malle weg ist. Fleur ist ein Engel! Mein kleiner Engel! Und den, das muss man sich mal vorstellen, wollten sie mir auch noch wegnehmen!«

Melanie Wiesmüller jaulte auf und beäugte sie aus waidwunden Augen. Annegret zuckte zusammen und fühlte sich genötigt, das Glas Wasser endlich auf dem Tisch abzustellen.

»Der einzige fremde Mann, der hier aufgetaucht ist, von Amts wegen, ist dieser Fritze vom Jugendamt. Dieser Fiesling, der mir

Fleur wegnehmen wollte. Und Sie suchen doch nach einem Mann? Das sind doch immer Männer, die kleinen Mädchen was antun. Oder?«

Annegret nickte widerstrebend.

»Haben Sie den Namen von dem Mitarbeiter des Jugendamtes?«

»Fritze, sagte ich doch bereits.«

Melanie Wiesmüller griff nach der Cola, schraubte den Deckel ab und trank aus der Flasche. Als sie sie absetzte, blieb auf ihrer Oberlippe ein braun schimmerndes, feuchtes Bärtchen zurück. Sie wischte es mit dem gewölbten Handrücken ab, stellte die Flasche zurück, verschraubte sie ordentlich und fing leise an zu wimmern.

Verschwunden

Der Sommerhimmel war tiefblau, strahlte schon am Morgen wie im Süden. Auch das Hellgrün der Blätter war nachgedunkelt, hatte seine junge, zarte Frische verloren. Das Jahr schritt voran, und im Radio sprachen sie von drohenden Ernteausfällen, wenn nicht bald ergiebiger Regen fallen würde.

»Wie es auch kommt, ist es nicht recht«, kommentierte Annegret den Bericht und gähnte. Bei Sonne schreien wir nach Wolkenbruch, bei Kälte nach Wärme, und wenn es eine Flaute gibt, sehnen wir Tiefausläufer über dem Atlantik herbei. Sie schaltete das Radio aus und bog von der Kieler Straße in die Rellinger ab. Sie hatte nur noch diesen einen Tag, um herauszufinden, ob sie und ihre Kollegen von einem Serientäter ausgehen mussten oder ob zufällig drei Kinder mit ähnlichen Merkmalen in unterschiedliche Verbrechen verwickelt worden waren. Wie auch immer, sie sah auf die Uhr im Armaturenbrett. Sie konnte nur hoffen, dass Nicoles Mutter zu dieser frühen Stunde wach zu klingeln war.

Es ist meistens anders, als man es sich vorstellt, staunte Annegret, als Manuela Jakob die Tür, wenn auch reichlich verschlafen, nach nur ein Mal Läuten öffnete. Ihr Haar hing in filzigen Strähnen herab, und ihr dürrer Körper im fleckigen Jogginganzug dünstete Alkohol aus. Sie drehte sich wortlos um, ging voraus ins Wohnzimmer, das ihr offensichtlich auch als Schlafzimmer diente, und verschanzte sich auf dem Sofa. Annegret riss, ohne um Erlaubnis zu bitten, die Gardine zurück und öffnete die Balkontür. Als eine Taube aufflatterte, hielt sie unwillkürlich ihre Hand schützend vors Gesicht. Der Schreck hatte ihrem Herzen Beine gemacht. Bevor sie sich umwandte, um sich zu Manuela Jakob zu setzen, die sich wie eine alte Indianerin mit gekreuzten Beinen in eine Wolldecke gehüllt hatte, stieß sie ihren Atem heftig aus.

Das helle Tageslicht brachte dicke, schmierige Staubschichten auf Fensterbank, Sideboard und allen übrigen Flächen zum Glänzen, und Annegrets Widerwillen, sich auf einen der speckigen

Sessel zu setzen, war groß. Auf dem Tisch zwischen ihnen standen eine leere Flasche Wodka Gorbatschow, zwei Flaschen Bier und ein trübes, halb geleertes Glas mit einem Rest braungelber Brühe, in der Zigarettenkippen schwammen.

Annegret setzte sich mit gerade aufgerichtetem Rücken auf die Kante des Sessels und legte ihre gefalteten Hände auf ihren Knien ab. Sie wartete, und als sich die heisere Stimme von Manuela Jakob über die von draußen hereintreibenden Geräusche legte, begann ihr oberer Rücken zu schmerzen.

»Ich hab mir fast den Kopf zerbrochen. Echt. Aber ich kenne nur Nikis beste Freundin. Josie. Niki und Josie sind schon seit dem Kindergarten befreundet. Sie sind wie Schwestern. Und Niki ist fast jeden Tag bei Susanne. Josies Mutter. Deshalb. Wie soll ich da andere Leute kennen? Ich kenn nicht mal Nikis Lehrerin. Bei ihrer Einschulung war ich krank. Susanne hat Niki abgeholt. Aber eine Schultüte hatte sie, die hab ich ihr gekauft.«

Manuela Jakob begann am ganzen Körper zu zittern. »Ich weiß bis heute einfach nicht, was passiert ist. Ich weiß einfach nicht, wo ich sie suchen soll!«

»Hat Nicole ihren Vater denn regelmäßig besucht?«

Die um Jahre gealterte Frau hatte, während Annegret die Frage stellte, angefangen, ihren Körper vor und zurück zu schaukeln, und Annegret wusste nicht genau, ob sie sie wahrgenommen hatte. Aber Manuela Jakob unterbrach kurz die Bewegung, wandte den Kopf langsam hin und her und antwortete endlich.

»Niki wollte nicht. Sie hat geweint, wenn ich sie gefragt habe. Er säuft. Aber nicht alleine, wie ich, während sie schläft. Er hat immer Kumpels zu Besuch. Niki hatte Angst vor den Typen.«

»Glauben Sie denn immer noch, dass Ihr Exmann mit dem Verschwinden Ihrer Tochter etwas zu tun hat?«

Aus ihrer Nase rann dünner, glasiger Schnupfen. Sie hob die Decke, in die sie ihre Hände gekrallt hatte, um sie vor ihrer Brust zusammenzuhalten, und wischte ihn fort.

»Nein. Ich wollte sie wiederhaben, deshalb hab ich ihn beschuldigt. Er würde so etwas nie tun. Er ist sowieso zu gutmütig.« Sie schluchzte hart auf, bevor noch ein Satz aus ihr herausbrach. »Aber irgendjemand sollte sie mir wiedergeben!«

Annegret verstand. Diese Frau musste sich gefühlt haben, als sei ihr plötzlich das Augenlicht genommen worden, als ihr deutlich wurde, dass ihre Tochter ein Leben führte, von dem sie nicht die Bohne wusste. Als sie keinen Anhaltspunkt ausfindig machen konnte, um nach ihr zu suchen, als sie fasste, dass ihr nichts anderes blieb, als wild und unkoordiniert mit den Armen durch die Dunkelheit zu fuchteln. In dieser Situation war ihr einziger greifbarer Rettungsanker, den Kindsvater zu beschuldigen, damit es in ihrer hilflosen Verzweiflung etwas gab, woran sie sich festhalten konnte.

Sie seufzte, und da es aussah, als sei Manuela Jakob in Trance gefallen, gähnte Annegret ausgiebig. Sie betrachtete still das Gesicht dieser alkoholkranken Mutter, aber da Manuela Jakob ihre Augen geschlossen hielt, erhob sie sich und unterdrückte, sobald sie neben dem Sessel stand, das Bedürfnis, ihren Hosenboden zu befühlen.

Die Kripo hatte alles gründlich recherchiert. In der Wohnung von Kai Jakob waren keine Spuren von Nicole gefunden worden, und seine Kumpane hatten allesamt geschworen, dass er nichts mit dem Verschwinden seiner Tochter zu tun habe. In den Vernehmungsprotokollen war vermerkt, dass Manuela Jakob, trotz ihrer Sucht, das soziale Umfeld ihrer Tochter pflege. Nicole sei ein gesundes, intelligentes Mädchen, was auch von der Grundschullehrerin bestätigt wurde.

Zuständiger Familienpfleger war ein gewisser Szerner. Jochen oder Joachim. Sie erinnerte den Namen nicht genau. Aber das war jetzt auch nicht wichtig, den konnte sie nachlesen. Nach seiner Aussage zu urteilen, hatte er Mutter und Kind regelmäßig besucht, und Nicole hatte jedes Mal einen ausgesprochen guten Eindruck hinterlassen. Was das Verschwinden des Kindes betraf, war er, wie alle, absolut ratlos.

So weit also der Stand der Dinge, dachte Annegret und betrachtete das eingewickelte Häufchen Frau auf dem Sofa. Im Augenblick, so schien ihr, war dringlichste Aufgabe, abzuklären, wie diesem Weibe geholfen werden konnte, damit es nicht vor die Hunde ging.

Und morgen, dachte sie, morgen werden wir eine Richtung finden, in die wir unsere Ermittlungen lenken, um dieses Morden an unschuldigen und offensichtlich herzensguten Kindern zu stoppen!

Rosika

Was grinst der denn so blöd? Annegret wäre am liebsten sofort zur Damentoilette gelaufen, um sich im Spiegel zu begutachten, unterdrückte aber den Impuls. Sie hielt ihre Hand auf der Klinke der geschlossenen Bürotür und blickte dem Kollegen hinterher, der gerade mit einem dampfenden Becher Kaffee aus der Gemeinschaftsküche gekommen und an ihr vorbeimarschiert war. Hatte es sich vielleicht bereits herumgesprochen, dass Josef radikale Aktivisten beherbergte? Sie zuckte mit der Schulter. Münze würde es ihr schon stecken, wenn es Gerede gab.

Sie öffnete die Tür, nickte Scheschonka zu, der mit einem ihr unbekannten, blutjung aussehenden Kollegen am Besprechungstisch auf ihr Kommen wartete, und hielt unvermittelt in der Bewegung inne, weil ein dunkler Schatten am Boden sie irritierte. Sie assoziierte flüchtig eine heruntergefallene Jacke, bis das schwarze, nicht identifizierte Ding seinen Kopf hob und in ihren Augen die Kontur eines tierischen Monstrums annahm. Sie konnte nicht anders und erwiderte wie gebannt den Blick des ausgewachsenen Rottweilers, der hinter dem Stuhl des Fremden lag und verhalten hechelte.

»Am besten, Sie beachten ihn gar nicht. Und bitte fixieren Sie ihn nicht mit Ihrem Blick, das kommt bei Hunden seiner Rasse nicht gut an.«

Seine auffällig weiblich klingende Stimme half ihr, die Augen abzuwenden und auf den Sprecher zu richten. Babyface und Killerhund. Ihr Verstand hatte sofort den Obertitel für das Mann-Hund-Gespann parat. Große, runde Köpfe. Alle beide. Sie schluckte einen nachfolgenden gehässigen Gedanken hinunter, musterte kurz sein hellblau-weiß gestreiftes Hemd und verwarf auch das aufsteigende Bild einer bügelnden Mutti.

»Darf ich vorstellen. Tatortanalytiker Gerd Rosika und sein Assistent Herkules, gerufen Kule. Kleiner Scherz! Das mit dem Assistenten!« Scheschonka deutete mit der Hand erst auf den mittelgroßen Mann, dann auf sie. »Chefermittlerin Annegret Pries.«

Annegret nickte irritiert, und weil ein innerer Widerstand ihr verbot, sich neben den Chef der Mordkommission zu platzieren, schlich sie an dem ruhig liegenden Hund vorbei, atmete auf Rückenhöhe des Kollegen den strengen Geruch von Tabak ein und setzte sich an die gegenüberliegende Stirnseite des Tisches zu ihrem Kollegen Münze.

»Dieser Hund wird hier nur geduldet, weil er aufs Wort gehorcht.«

Annegret nickte Scheschonka aus Höflichkeit zu, faltete ihre Hände und wartete. Fechner betrat das Büro, und gleich nach ihm platzte das Effeffchen herein. Frauke Froboess entdeckte den Rüden, stürzte mit einem Aufschrei des Entzückens auf ihn zu, ging in die Knie, umschlang den mächtigen Hals des Rottweilers und erzählte mit strahlenden Augen, dass ihre Familie seit Jahren, nein, eigentlich schon immer, Rottis halte.

»Die besten Hunde der Welt!«

Gerd Rosika leckte sich kurz die kirschroten Lippen, und als Frauke Froboess auf ihren Stuhl plumpste, bat er darum, den Hund zukünftig und prinzipiell nur dann zu liebkosen, nachdem man sich ihm unaufgeregt genähert habe. Sonst wolle der Rüde am Ende seinem Vornamen noch alle Ehre machen.

Annegret kratzte sich den Hinterkopf, ahnte vage, während ihr ein Schauer über den Rücken lief, was er meinen könnte, beugte sich über den Tisch und angelte mit ausgestreckten Händen nach einem Kaffeebecher. Münze blinzelte ihr von der Seite zu, aber sie reagierte nicht darauf.

Fechner, der endlich seine Windjacke aufgehängt und seine Nase geschnäuzt hatte, ignorierte vollständig die Anwesenheit des Hundes, setzte sich neben Scheschonka und legte seine Aktentasche auf den Tisch. Ohne seine Kollegen weiter zu beachten, fischte er daraus einen Schnellhefter hervor, und während er die Aktentasche auf den Boden stellte, sammelte er mit der linken Hand einen zerknitterten Halm von seinem Hemdsärmel.

»Herr Fechner! Woher stammt das Stroh an Ihrer Kleidung? Haben Sie einen Leichenfundort in einem Heuschober, von dem ich nichts weiß?«

Kriminaltechniker Fechner betrachtete einen Moment den Halm, als wäre es ein Relikt aus einer vergangenen Zeit, legte ihn beiseite, sah Scheschonka an, als säße ein Außerirdischer neben ihm, und erklärte mit plötzlich aufleuchtenden Augen, dass seine Nichten im Stall Kaninchen, Meerschweinchen und Hühnerküken hielten. Er baue abends, zusammen mit seinem Bruder, ein Haus für die Tiere, und dabei würde wohl der eine oder andere Strohhalm an seiner Kleidung hängen bleiben.

Scheschonka stieß ein lang gezogenes »Aha« aus und verfolgte, wie der Rottweiler sich erhob, unterm Tisch verschwand, an der Stuhlseite von Kollege Fechner wieder vordrängte und seinen mächtigen Kopf auf dessen linkem Oberschenkel ablegte.

»Gut«, sagte der Kriminaltechniker, als wenn weiter nichts wäre, »der forensische Befund ist da.«

Der Rottweiler sank mit einem wohligen Stöhnen zu Boden, schmatzte ein wenig und schloss die Augen. Fechner klappte den Pappdeckel des Schnellhefters auf und überflog den Inhalt.

»Kurz und knapp. Es handelt sich um ein weibliches Skelett. Liegezeit an die drei Jahre. Geschätztes Alter bei Eintritt des Todes sechs bis sieben Jahre. Sobald wir es einer vermissten Person zuordnen können, können wir auf einen odontologischen Befund hoffen!«

Annegret beobachtete, dass Gerd Rosika nickte, und war ein wenig enttäuscht, als er still blieb.

»Beatrice-Marie Meyer. Seit drei Jahren keine Spur von ihr. Sieben Jahre alt, als sie verschwand. Die Daten bei INPOL treffen genau auf unsere unbekannte Tote zu.« Scheschonka sah von seinen Notizen auf und seufzte tief. »Ich hatte es befürchtet und deshalb Tatortanalytiker Rosika gebeten, bereits an dieser Besprechung teilzunehmen.«

Er klingt, als wenn er persönlich betroffen wäre, dachte Annegret und senkte, bevor Scheschonka ihren Blick treffen konnte, die Lider und stürzte den letzten Schluck Kaffee in ihren Rachen.

Frauke Froboess hingegen rutschte, sobald sie die Aufmerksamkeit ihres Chefs erhielt, aufgeregt auf ihrem Stuhl hin und her und bat mit glänzenden Augen, dass der Kollege sich vorstellen möge.

Das Lächeln, das Tatortanalytiker Rosika der interessierten jungen Kollegin schenkte, roch nach Selbstverliebtheit. Fand Annegret. Sie verschränkte wie Kollege Münze ihre Arme vor der Brust und lehnte sich im Stuhl zurück.

»Um einen Täter zu finden, muss man seine Tat betrachten!«

Gerd Rosika setzte an, seine Aussage zu begründen, aber Frauke Froboess unterbrach ihn, bevor er auch nur ein weiteres Wort hervorbrachte, mit einem offensichtlich spontan entwichenem Zwischenruf.

»Man glaubt gar nicht, dass Sie über dermaßen viel Erfahrung verfügen!«

Annegret hätte sich beinahe am Kaffee verschluckt, aber der Kollege Tatortanalytiker schien es gewohnt zu sein, mit derlei Bemerkungen konfrontiert zu werden. Jedenfalls war ihm keine Irritation über die Anspielung auf seine jungenhaft anmutende Erscheinung anzusehen und auch nicht anzuhören.

»Sie spielen sicherlich darauf an, dass ich wie zwanzig aussehe«, sagte er, aber sie solle sich keine falschen Hoffnungen machen, denn das Geheimnis seines jugendlichen Aussehens würde er bewahren, und ob sie jetzt erlaube, dass er über die Phänomenologie von Serienverbrechen etwas sage.

Frauke Froboess zog eine beschwichtigende Es-war-nicht-so-gemeint-Grimasse, und Fechner sprang ein Lächeln ins Gesicht, das Annegret aus längst vergangenen Tagen kannte. Aber ihr Kollege hatte sich schnell wieder eingekriegt und jegliche Regung männlichen Überlegenheitsgefühls im Keim erstickt. Er ruckte nur etwas übertrieben mit dem Kopf.

»Der Corpus sterni des Skeletts ist eingedrückt«, sagte er, »so viel zur Tat. Das Mädchen ist höchstwahrscheinlich an Herzversagen gestorben. Oder erstickt.«

Herkules gähnte jaulend auf und bannte abermals für einen Augenblick alle Aufmerksamkeit der Tischrunde.

Für die kurze Zeit, die er brauchte, um sich müde vor Annegrets Schreibtisch zu schleppen, um dort seitwärts zu Boden zu kippen, war der schreckliche Mord vergessen. Es gab nur den Hund, sonst nichts.

»Er durfte gestern Schafe hüten.« Rosikas helle Stimme brachte die Leichtigkeit des Seins zum Einsturz und band sie wieder in die Gedankenfolge um den mutmaßlichen Kindsmord ein.

»Zwei Mädchen sind bisher verschwunden. Und wir haben das Skelett eines Kindes, das wahrscheinlich erstickt worden ist. Von Kollegin Pries und Kollege Münze haben wir erfahren, dass es sich bei den vermissten Mädchen um sehr liebenswerte, sozial ausgerichtete Kinder handelt, die sich um das Wohl ihrer Familien sorgten. Mädchen, die Mütter für ihre Mütter sind. Frühreife Kinder, für die es selbstverständlich ist, das Wohl anderer über ihr eigenes Wohl zu stellen. Kinder mit alleinerziehenden Müttern, die dem Jugendamt bekannt sind.«

»Womit wir einen gemeinsamen Nenner hätten. Jugendamt. So weit sind wir bereits auch vorgedrungen.« Münze sah erst Annegret an, bevor er sich mit übertrieben hochgezogenen Augenbrauen an Rosika wandte. »Nur, dass Nicole Jakobs Familie im Bezirk Eimsbüttel lebt und Fleur Wiesmüller in Billstedt. Es wird sich demnach also nicht um ein und denselben Familienpfleger handeln.«

»Und genau deshalb bin ich hier«, rief Rosika, »um ein Profil zu erstellen, das uns ermöglicht, eine Täterpersönlichkeit herauszufiltern. Um die Liste der Verdächtigen einzugrenzen.«

»Aha. Einer mit schwerer Kindheit, einer asozialen Mutter, der Tiere quält und Häuser anzündet.« Münze trommelte lautstark mit den Fingern auf der beschichteten Tischplatte.

»Sehen Sie, genau darüber will ich hinaus.« Rosikas Stimme klang, als sei er über Münzes Einwurf hocherfreut. »Unser Mörder mag von einer kaltherzigen Mutter zu einem Monster herangezüchtet worden sein und aus einem lieblosen sozialen Umfeld stammen. Aber das ist sekundär. Worum es mir geht, sind die Phantasien, die unser Täter von klein auf genährt hat. Gewalttätige Phantasien, die er bis heute füttert, verfeinert und bis ins Detail gestaltet.«

Münzes Mimik schrie: »Soso und was soll das für ein hirniges Kopfkino sein!«, aber er verkniff sich jedes weitere Wort. Auf Messers Schneide. Rosika balanciert auf Messers Schneide, dachte Annegret; ein Tritt daneben, und er hat es sich mit Münze verdorben. Es war das reinste Schauspiel. Sie selbst und alle anderen

Kollegen wirkten nur ruhig und relaxt. In Wirklichkeit lastete eine zum Zerreißen angespannte Stille im Raum.

Wie zur Unterstreichung ihrer Wahrnehmung schob sich eine Gutwetterwolke vor die Sonne, und im selben Moment, als man meinen konnte, jemand habe das Deckenlicht heruntergedimmt, hob der Rottweiler den Kopf. Der Rüde musterte seinen Halter, aber als der gelassen weitersprach, ließ er sein Haupt augenblicklich fallen und schloss, nachdem er seine Lefzen beim Ausatmen hatte flattern lassen, seine Augen.

»Stellen Sie sich einen Löwen vor«, sagte Rosika, »einen großen, starken Löwen, der eine Antilope erlegt hat. Sie liegt vor ihm, und er leckt ihre Nase. Immer wieder fährt er mit seiner Zunge darüber, als liebkose er seine Beute. Auf eine unpersönliche Art und Weise tut er es wahrscheinlich auch, denn ihr Fleisch erhält ihn am Leben.«

Münze seufzte laut, aber der Tatortanalytiker sprach unbeirrt weiter. »Was hat das mit unserem Täter zu tun? Nun, unser Täter ist auch ein Jäger. Ein Jäger, der, genau wie ein Raubtier, seine Beute gründlich studiert, bevor er sie sich schnappt.«

Er muss die Vorbehalte spüren, ging Annegret durch den Sinn, trotzdem buhlt er mit keiner noch so kleinen Geste um Zustimmung. Um unsere Gunst, darum, anerkannt zu werden.

»Und was ist sein Motiv, warum tut er, was er tut!« Rosika betrachtete Münze, trank einen Schluck Kaffee und gab sich selbst eine Antwort.

»Weil auch er sich erhalten will. Nur im Unterschied zum Löwen geht es ihm nicht um den Erhalt seiner körperlichen Kräfte, sondern um die Erhaltung seiner geistigen Innenwelt.«

Annegret nickte. Ihr war, als könne sie endlich durchatmen. Sie ahnte, worauf er hinauswollte, öffnete ihre verschränkten Arme, legte die Hände in den Schoß und senkte lächelnd den Kopf.

»Ein Serienverbrecher kreist innerlich immer wieder um ausgefeilte Tötungsphantasien. Wie ein Löwe um ein schwaches oder krankes Tier. Er liebt seine speziellen Phantasien. Er braucht sie wie die Luft zum Atmen. Ohne sie ist er haltlos, weiß er nicht, wer er ist.«

Alle sahen zum Rottweiler. Er hechelte, zuckte mit den Tatzen und bewegte seine Beine, als würde er im Liegen laufen.

»Er treibt Traumschafe.« Rosika versprach, dass er jetzt auf den Punkt komme, und bat die Kollegen, sich einen Knaben vorzustellen, der, warum auch immer, nur eine Möglichkeit kenne, auf starken äußeren Druck zu reagieren. Nämlich mit mörderischen Phantasien. »Sehen Sie, das ist der Trick, damit verhindert das Kind, sich aufgeben zu müssen, denn mittels seiner Phantasien kann es der Mächtige sein, der Täter. Ein magischer Trick, um nicht das bedrohte Opfer sein zu müssen. Seine Phantasien werden zu seinem Ich. Ich dominiert. Ich kontrolliert. Ich überlebt. Immer wieder will Ich darauf zugreifen, um sich ein gutes Gefühl zu verschaffen. Aber je länger dieser Tanz um die eigenen mordlüsternen Phantasien andauert, desto mehr entlarven sie sich als substanzlose Schatten und genügen nicht länger, um den ungeheuerlichen inneren Druck abzubauen.«

Alle fühlten es. Münzes Ohren leuchteten rot, und als er endlich mit seinem Vorbehalt herausplatzte, erleichterte es merklich die Atmosphäre.

»Alles schön und gut, aber ich zumindest kann nicht sehen, wie uns das bisher Gehörte hilft, unseren Täter zu fassen.«

»Dann lassen Sie uns konkreter werden. Soweit wir wissen, hat unser Mann mindestens zwei Schulkinder unbemerkt aus ihrem Umfeld entfernt. Sehr wahrscheinlich hat er die Persönlichkeiten der Mädchen zuvor studiert und kennt ihre verletzliche Seite, nämlich, sich Erwachsenen und ihren Bedürfnissen unterzuordnen. Was lässt mich zu dieser Schlussfolgerung kommen? Nun, unser Täter sucht sich seine Opfer nicht wahllos aus. Sie müssen ihn stimulieren können, damit er seine gewalttätigen Phantasien entfachen kann. Er braucht Opfer, die er in eine bestimmte Rolle drängen kann. Er braucht Kinder, die er zur Unterwürfigkeit treibt, die er verhöhnen und verachten kann. Kinder, die ihm einen Grund liefern, sie zu töten, so wie er einst sein Mitgefühl mit sich selbst im Keim erstickte.«

Rosika räusperte sich, schwieg einen Moment und schien zu überlegen, wie er seinen Gedankengang fortsetzen wollte.

»Erinnern wir uns. Um den Täter zu finden, muss man seine

Tat betrachten. Vorausgesetzt, unser Mann drückt den Brustkorb der Kinder mit der Absicht ein, sie zu ersticken oder ihr Herz einzuquetschen. Welche Gedanken und Überlegungen teilt er dadurch mit? Worauf weist er unbewusst hin?«

Die Sonne strahlte hinter der Wolke hervor, und Annegrets Hirn begann wie auf Knopfdruck zu arbeiten. Natürlich! Das macht Sinn. Egal, was einer tut, er bringt damit etwas zum Ausdruck, ob bewusst oder unbewusst. Selbst wenn ich schweige, gebe ich noch die Information, dass ich nichts sagen will oder kann. Auch Verbrechen spiegeln geistige Perspektiven von Tätern. Ganz klar. Sie runzelte die Stirn. Ersticken. Erstickende Umarmung. Totgeliebt. Sie nickte sich selber innerlich zu, aber bevor sie in der Lage war, ihre lose Erkenntnis als aussprechbare Antwort zu äußern, brach Rosika das Schweigen.

»Meiner Ansicht nach haben wir es mit einem männlichen Täter zu tun, der in einer exklusiven, aber auch erdrückenden Beziehung zu seiner Mutter gestanden hat. Ein Mann, der wahrscheinlich ohne männliches Vorbild groß geworden ist. Zwischen dreißig und vierzig Jahren. Intelligent. Ein Lehrer oder Sozialarbeiter. Ein Mann«, sagte Rosika mit leiser werdender Stimme, »der Frauen fürchtet und sich deshalb ihren Launen unterwirft, sie insgeheim aber verhöhnt, verachtet und abgrundtief hasst.«

»Aber es sind Kinder! Kleine harmlose Schulmädchen. Keine Frauen.«

Annegret reagierte auf Münzes verbalen Ausbruch, indem sie mehrmals heftig nickte. Ihr Kollege hatte höflich abgelehnt, mit in die Kantine zu gehen, und sie hatte auch abgewinkt. Frauke Froboess' aufgeregtes Gehabe und ihr eifersüchtiges Wachen darüber, dass ihr niemand die Nähe zum Tatortanalytiker und seinem Rottweiler streitig machte, schlug ihr auf den leeren Magen. Sie räusperte sich.

»Unser Täter scheint eine Art Größenwahn zu pflegen. Er verachtet Frauen, wie wir gehört haben, und er fürchtet sich gleichzeitig auch vor ihnen. Vielleicht deshalb die Kinder. Junge, weibliche Menschen. Wehrlose Mädchen, die er als kleine Erwachsene ansieht. Als Frauen in Kinderschuhen!« Sie steckte sich einen Keks in den Mund und legte ihre Beine auf die Sitzfläche des Stuhls neben sich.

»Du glaubst also jedes Wort, das dieser rosige Jungspund ausgebreitet hat!«

»Es leuchtet mir zumindest ein. Außerdem widerspricht es nicht dem, was wir bisher wissen. Warten wir ab, was die Praxis sagt.«

Solotänzer

Der Himmel wirkte wie ein über Kopf stehendes, regloses Meer, dessen Wasser von grau-weißen Nebelschleiern verhängt war. Hier und da waren die Wolken zwar so dünn, dass man das Blau dahinter ahnte, aber kein Hauch, nicht ein Lüftchen bewegte die dunstigen Schwaden.

»Flaute«, flüsterte Annegret und rieb sich ihre nackten Arme. In der Nacht war es nur wenig abgekühlt, und es sah auch an diesem Morgen so aus, als ob die Sonne spätestens bis zum Mittag die Feuchtigkeit aufsaugen würde. Der Wetterbericht hatte Rekordtemperaturen vorausgesagt. Noch war die Luft weich und angenehm warm, und solange kein Sonnenstrahl die Wolkendecke durchstieß, würde es auch so bleiben.

Sie ließ die Tür zur Datscha offen stehen und setzte in der kleinen Kochzeile die Kaffeemaschine in Gang. Die Bettdecken waren zurückgeschlagen, und im Badezimmer brummte der Rasierer über Josefs Dreitagebart. Sobald er die kleine Nasszelle verließ, würden sie die Plätze tauschen. Er würde das Frühstück bereiten, wie meistens, und sie konnte sich unterdessen waschen und anziehen.

»Weißt du eigentlich inzwischen, was deine Mieter so treiben?« Annegret wischte sich mit einem Küchentuch Eigelb von ihren vollen Lippen und musterte fragend sein Gesicht.

»Das sind Garten Guerilleros.«

»Was sind das?«

»Leute, die wildes Grün in die Städte bringen. Samenbomben werfen. Brachliegende Flächen zu Gemüsegärten umbauen. Ach ja, und Wildbienen retten.« Josef biss von seinem Käsebrot ab, grinste und schmatzte das Wort »Spie-ße-rin!« zusammen, bevor er mit einem Schluck Kaffee seine Mundhöhle freispülte. »Wolnyczak kommt heute Abend.«

Sie starrte ihn sekundenlang stumm an. »Um eure Reise ins Indianerland zu planen?«

Er nickte.

Ihr wurde eng um die Brust, und zum ersten Mal empfand sie Joe Wolnyczak gegenüber Ablehnung. »Stellen Sie sich einen Löwen vor!« In Annegrets Kopf hallte die helle Stimme von Rosika. Eine Löwin, verbesserte sie die geistige Aufforderung. Eine sprungbereite Löwin, mit gefletschten Zähnen und ausgefahrenen Krallen, im Begriff, auf den Konkurrenten loszugehen, um ihn in die Wüste zu jagen.

»Räumst du ab?« Ihre Stimme klang sorglos und heiter. Die Leichtigkeit des Seins, spottete sie innerlich. Vorausgesetzt, es kommt einem keine Mordlust dazwischen.

Annegret hatte die Mitarbeiterin des Hospizes, die ihr die Tür aufhielt, noch nie gesehen, trotzdem verstand sie ihren milchigen Blick als Hinweis, dass etwas in der Luft lag, das durch Worte gestört wurde. Sie betrat sanften Fußes, wie sie es viele Male bei der grau melierten Katze beobachtet hatte, die Eingangshalle, und als sie an der Wand neben der Treppe die brennende Kerze bemerkte, wusste sie, dass heute Nacht ein Herz aus der tickenden Zeit gefallen war. Die Totenstille, die sein Schweigen hinterließ, war immer noch hörbar. Annegret setzte einen Fuß auf die unterste Stufe. Eddy wusste, dass sie kam. Sie hatte sich den Vormittag extra freigenommen und erst um vierzehn Uhr einen Termin mit Gerd Rosika vereinbart.

»Von heute an werden Sie beide eng zusammenarbeiten«, hatte Scheschonka am Freitag nach der Mittagspause angeordnet, »und Kriminalhauptkommissar Münze wird zusammen mit Kollegin Froboess die Ermittlungsergebnisse koordinieren und veranschaulichen. Ich möchte, dass jedes Teammitglied jederzeit den Fall vor Augen hat.«

Und ich möchte, dachte Annegret, mich mehr den Lebenden zuwenden. Sie neigte ihren Kopf, roch ein letztes Mal an dem Strauß roter Freilandrosen und klopfte leise an die Tür. Eine tiefe, aber eindeutig weibliche Stimme rief »Herein«. Annegret öffnete die Tür einen Spaltbreit und wurde einer Dame ansichtig, die mit sehr geradem Rücken, übereinandergeschlagenen Beinen und einem schwarzen Hütchen mit hochgeschlagenem Tüllschleier neben Eddys Bett saß. Eine große, schlanke, beinahe hagere Person mit eindringlichem Raubvogelblick. Annegrets erster Impuls war, sich zu ducken und langsam zurückzuziehen, aber Eddy krähte ihren Namen und winkte sie herein.

»Geh bloß nicht«, krächzte er heiser, »du musst mich retten!«

Die Dame mit der Präsenz einer starrenden Eule ignorierte Eddys Ausruf, stand auf, strich den glänzenden blaugrünen Stoff ihres Kostümrockes glatt, stellte sich als Eduards Mutter, »Berlinde von Boettcher«, vor und nahm Annegret, nachdem sie ihr die Hand gereicht hatte, die Blumen ab, um sie in eine Vase zu stellen.

»Du hast eine Mutter«, witzelte sie flüsternd dicht vor seinem Ohr, als sie Eddys abgemagerten Körper so zart wie möglich umfing.

»Sie gibt vor eine zu sein, aber in Wahrheit ist sie ein Generalfeldmarschall.« Eddy hustete bei dem Versuch zu lachen, und Annegret stellte sich einen Stuhl neben den von Berlinde ans Bett.

»Und was machen Sie, wenn man fragen darf?« Frau von Boettcher stellte die Blumen auf den Tisch und setzte sich mit dem Posing einer kameraerfahrenen VIP auf ihren Platz. Sie benutzt in ihrem Alter noch Make-up, staunte Annegret und bemerkte, dass die Augenbrauen über den von Krähenfüßen umsäumten Augen nachgezogen waren und dies dem ausdrucksstarken Gesicht seine beinahe grimmige Note verlieh.

»Na ja. Eduard hat ja eine große Karriere in den Wind geschlagen. Wussten Sie das? Wussten Sie, dass John Neumeier ihn an die Hamburger Oper holen wollte? Tja, auch ansonsten war er ein vielversprechendes junges Talent. Und das ist nicht übertrieben. Eduard ist musisch begabt, er spielt Klavier und Geige. Konzertreif. Wussten Sie das? Hat er Ihnen erzählt, dass er Griechisch und Latein spricht? Ja!«

Annegret schluckte und sah Eddy aus weit aufgestellten Augen fragend an.

»Aber was macht er? Mein Herr Sohn? Mein einziger Herr hochbegabter Sohn! Er kauft sich vom Erbe seines Vaters eine Kaschemme auf der Reeperbahn!«

»Mutter«, krächzte Eddy, und Annegret erwartete, dass er gleich »I want to kill you!« drohen würde, aber er flüsterte stattdessen:

»Halt den Mund, wen interessieren die ollen Kamellen von gestern?«

»Mich! Mich interessieren sie, denn *so etwas* verwindet eine Mutter nicht.«

»Sie heult immer noch der Vergangenheit hinterher.« Eddy umfasste Annegrets erschrockenes Gesicht mit seinen Augen und sprach, als wäre Berlinde nicht anwesend.

»Sie will nicht wahrhaben, dass ich sterbe. Sie gibt nie auf. Niemals. Sie will immer noch ihre Sohn-Vorstellung in mein Leben zwingen. Lächerlich, nicht wahr? Geradezu absurd!«

Annegret nickte und atmete schwer.

»Mach dich nur lustig. Aber jeder denkt so wie ich. Jeder. Man gibt eine Karriere als Solotänzer nicht für … «, Berlinde von Boettcher hielt kurz inne, und Annegret spürte geradezu, dass sie sich nur mühsam beherrschte, dass diese Raubvogelfrau auf einen riesigen Berg voller Vorwürfe stierte, der sie zu übermannen drohte.

»Man gibt so eine Chance nicht für *das* auf!«, stieß sie endlich hervor und streckte ihren ungefiederten Hals.

Das treffe nicht zu, entgegnete Eddy müde, er selbst kenne jede Menge Leute, die anders dächten, einschließlich seiner selbst.

»Ach die!« Berlinde machte eine unerwartet heftige Handbewegung. »Die zählen doch nicht!«

Worte, nur grausame Worte, und kein bisschen Herz! Annegret sprang unwillkürlich auf ihre Füße und sah fassungslos von der Mutter zum Sohn und zurück. Am liebsten hätte sie ihre MP 9 gezogen und sie dieser Matrone unter die Nase gehalten.

»Eddy, es tut mir leid!«

Er tastete ihren Arm entlang, suchte nach ihrer Hand und hielt sie fest.

»Sie schießt nur mit Worten«, bellte er heiser, »sie prallen an mir ab. Ich fang sie mit den Zähnen auf und spuck sie zu Boden.« Er grinste sie breit an. »Was soll ich machen, sie gehört zu meinem Leben. Zu dem letzten bisschen Leben, das noch in mir ist. Sie kann nicht aus ihrer Haut. Sie hat noch keine meiner Entscheidungen akzeptiert. Keine. Sie wird es auch niemals tun. Und dass ich sterbe, wird sie auch nicht akzeptieren, bis ich es ihr beweise!«

Eddy schaute sie mit glänzenden Augen an, und Annegret entdeckte den Schalk darin. Dieses Glitzern, das aus seinen Pupillen sprühte, bevor er Gespräche beendete, sein Geschirrhandtuch von der Schulter zog und damit alles Gesagte vom Tresen wischte, um es für den lebendigen Augenblick zu opfern.

So ist er, dachte sie und hörte, wie sich sein bellender Husten immer deutlicher in heiseres Lachen klärte. Er lachte und hielt sich mit der freien Hand die Brust. Annegret, die ihre Hand auf seine legte, spürte, wie er von seinem Zwerchfell auf- und niedergehoben wurde. Das Lachen schüttelte ihn heftig, aber er hörte nicht auf, obwohl sein Griff immer fester wurde.

Sie beobachtete, wie Eddy vor Atemnot hechelte, aber blieb vollkommen ruhig und ließ ihn gewähren. Soll er lachen, dachte sie, Berlindes verkniffenes Gesicht betrachtend. Über dieses absurde Theater. Über diese lächerlichen Rollen, die wir alle von Zeit zu Zeit einnehmen, und mit aufgesetzten Masken darum kämpfen, die Oberhand zu gewinnen, um den eigenen Willen durchzusetzen. Sie lachte laut auf und fing sich einen mehr als abschätzigen Blick von Berlinde ein.

Wie oft, dachte sie, diese Frau im nächsten Moment vollkommen vergessend, habe ich schon gegen das angekämpft, was ist. Sie schüttelte den Kopf, ohne sich dessen bewusst zu sein. Sein Wille geschieht! Die Einsicht ließ ihre angespannten Muskeln weich werden, und es störte sie nicht im Geringsten, dass sie nicht wusste, wer oder was mit »sein« gemeint war.

Blütenblätter

Der Lack des schwarzen Landrovers glänzte in der Sonne. Gerd Rosika saß bei offener Fahrertür hinterm Steuer, hielt in der einen Hand einen Becher, in der anderen eine Zigarre und blies Rauchschwaden in die heiße Mittagsluft. Annegret steuerte mit zwanzig Stundenkilometern über den Parkplatz des Landeskriminalamtes, parkte ihr Cabriolet zwei Plätze entfernt von dem schwergewichtigen Geländewagen und überlegte, ob sie das Verdeck schließen sollte, bevor sie ausstieg. Die Sonne stach vom Himmel. Schmolz den Asphalt, und es sollte noch tagelang so bleiben, trotzdem entschied sie, es hochzufahren.

Als sie die Beifahrertür des Landrovers öffnete, verstand sie, weshalb das runde rosige Gesicht des Tatortanalytikers, im Gegensatz zu ihrem, frisch und unverschwitzt aussah. Die Klimaanlage lief. Er drehte seinen runden Kopf und zwinkerte ihr mit seinen farblich undefinierbaren Augen freundlich zu.

Annegret konnte sich nicht helfen, er erinnerte sie an ein Riesenbaby. Seinen Schädel bedeckte feiner blonder Haarflaum, und in nur wenigen Jahren würde es eine Glatze sein. Wieder eine Glatze, dachte sie, wie bei einem Neugeborenen. Und er guckt auch so. Unschuldig. Ohne Ausdruck, als staune er einen an. Das ist es vielleicht, deshalb wirkt er so jung. Denn bei näherer Betrachtung, wie jetzt, entdeckte man doch die eine oder andere Spur des Alterns.

Sie nickte ihm zu und schaute, um sich von ihren Gedanken abzulenken, rückwärts über die Schulter. Alle hinteren Scheiben waren mit dunkler Folie überzogen, und ein metallenes Gitter trennte den Kofferraum von den Rücksitzen. Rosika warf den glimmenden Stummel der Zigarre in den Hartplastikbecher. Es zischte kurz, und bevor sich Qualm verbreiten konnte, drückte er den Deckel auf den Becher und stellte ihn in die Halterung gleich neben der Automatikschaltung.

»Oldesloer Straße, richtig!« Er startete das längst programmierte Navigationsgerät, zog die Fahrertür zu und gab gefühlvoll Gas.

»Sie hat gesagt, wir sollen um das Haus gehen. Ihr Atelier steht hinten im Garten.«

Rosika nickte und folgte Annegret um das große, aus roten Ziegeln gemauerte Einfamilienhaus mit den hübschen grün-weißen Fensterläden.

»Stadthaus in Schnelsen!«, bemerkte er, »das lässt Geld vermuten.«

»Vielleicht war es ihr Adoptivkind.«

Annegret glaubte zu wissen, worüber Rosika nachdachte. Wie das Kind einerseits und das Jugendamt andererseits in dieses idyllische Bild hineinpasste. In den Akten, die sich Münze hatte aushändigen lassen, stand nach seinen Aussagen nichts darüber.

»Aber es geht doch, soweit ich es sehe, zunächst um den odontologischen Befund, oder? Ob das Mädchen in zahnärztlicher Behandlung war. Bevor wir unnötig Pferde scheu machen, sollten wir doch wohl sichergehen, dass es sich wirklich um das Skelett von Beatrice-Marie Meyer handelt.« Rosika hatte nach Münzes Stellungnahme mit überschwappendem Tonfall »natürlich« ausgerufen, und ihr langjähriger Kollege hatte den Kopf geschüttelt, als stünde ein Scharlatan vor ihm.

Das gläserne Haus mit Backsteinfundament stand unter den ausladenden Ästen zweier alter Obstbäume. Pflaume und Apfel. Die Tür stand weit offen, und alle Dachfenster waren aufgestellt.

Helene Meyer residierte hinter einem großen Werktisch, der mit Körbchen voller leuchtender Blütenblätter in allen Farben vollgestellt war. Vor den gläsernen Wänden des geräumigen Gewächshauses standen, gepresst von jeweils zwei aufeinandergelegten und gerahmten Glasscheiben, phantasievolle Blumenblättercollagen. Der Raum wurde dadurch in ein beinahe sakrales Licht getaucht. Die Bilder wirkten wie Bleiglasfenster in Kirchen.

Eine Arbeit stach Annegret besonders ins Auge. Eine aus verschiedenen Rot- und Rosatönen zusammengesetzte Rosenblüte. Ein Raum voller Blüten, kam ihr in den Sinn, aber keine einzige betört mit ihrem Duft. Tote Blumen.

Annegret runzelte die Stirn. Was, dachte sie, geht mir da für Unsinn im Kopf herum! Sie erinnerte sich an ihr Poesiealbum. Beinahe jedes Mädchen, das ihr schriftlich seine Freundschaft bekundet hatte, hatte eine gepresste Blume ins Büchlein gelegt, hatte es durch die Blume gesagt. Aber was? Was gesagt? Freundschaft über den Tod hinaus!

Ihr kam Eddy in den Sinn und die Frage, ob ihm dieses lichtdurchlässige und filigrane Bild gefallen würde. Ich werde später nach dem Preis fragen, entschied sie, sobald die Wunden, die wir gleich aufkratzen, nicht mehr bluten.

»Setzen Sie sich!« Helene Meyer deutete auf die schlichten Holzstühle, die den Tisch umstanden, und strich sich eine naturblonde Strähne aus dem rosigen Gesicht. Ihre hellblauen Augen strahlten Annegret an. Sie könnte Gonschoreks Schwester sein oder eine Schwedin, die in Bullerbü aufgewachsen ist. Manche Menschen, schoss Annegret in den Sinn, sehen aus, als würden sie von innen beleuchtet.

»Ich mache diese Arbeiten in Gedenken an Beatrice. Es ist, als wenn mich aus allen Bildern ihre Augen anstrahlen. Als sie noch da war, hat sie immer versucht, mich aufzuheitern, indem sie mir etwas erzählte, was mich zum Lachen bringen sollte, und im Sommer hat sie mir auf dem Heimweg von der Schule immer Blumen gepflückt. Bunte Blumensträuße, und ich habe jeden einzelnen traurig in Empfang genommen.«

Annegret beobachtete aus den Augenwinkeln, dass Rosika sich eine Notiz machte. Aber Helene Meyer sprach unbeirrt weiter, als hätte sie darauf gewartet, endlich ihr Innerstes nach außen zu kehren.

»Mein Mann hat mich geschlagen. Abends, wenn das Kind im Bett war. Schon tagsüber hatte ich meist Angst. Nackte Angst. Ich konnte an nichts anderes denken als daran, wie schlimm es wieder werden würde und ob ich es vertuschen könnte. Aber Beatrice hat natürlich mitbekommen, dass etwas nicht stimmte, und alles darangesetzt, mich glücklich zu sehen. ›Lach doch mal, Mama!‹ – Aber ich hab meistens geweint.« Helene Meyer nahm eine Margeritenblüte in die Hand und zupfte, während aus ihren Augen Tränen quollen, ein weißes Blättchen nach dem anderen aus dem Blütenkranz. »Die Bilder hätten sie entzückt«, sagte sie und schaute Annegret mit großen, schwimmenden Pupillen an.

»Hat Ihr Mann Beatrice geschlagen?«

Annegret horchte auf. Rosika fragte, wie er schaute. Offen.

Ohne Unterstellung oder Anspielung. In seiner Stimme schwang keine noch so versteckte Anklage mit.

»Nein, niemals.« Es klang beinahe liebevoll, als sie es sagte, aber in ihren jetzt trockenen Augen lag ein Schatten. »Nur ein einziges Mal ist es zu einem Zwischenfall gekommen. Beatrice ist wohl von meinen Schreien wach geworden und nach unten in die Küche gekommen. Er war gerade dabei, meine Hand auf die heiße Herdplatte zu drücken. Ich wehrte mich, hatte furchtbare Angst, und plötzlich kam sie angerannt. Ist ohne zu überlegen auf ihn los. Wollte ihn vertreiben, aber er hat sie weggeschleudert. Einfach so, als wäre sie ein tollwütiger Hund. Sie ist gegen den Kühlschrank geprallt, und dabei ist ihre Unterlippe aufgeplatzt. Die Wunde musste genäht werden. Außerdem sind ihr mehrere Zähne abgebrochen. Zum Glück nur Milchzähne.«

Helene Meyer hielt inne, weil sie merkte, dass ihr letzter Satz klang, als könnte ihre Tochter, wie zum Beweis ihrer Unversehrtheit, mit einem Lächeln ins Atelier schneien und dabei zwei Reihen perlweißer gesunder Zähne aufstrahlen lassen.

»Deshalb die Anfrage vom Jugendamt, nicht wahr?«

»Ach, das hatte ich fast vergessen. Aber ja, ich glaube schon. Die behandelnde Ärztin betrachtete es wohl als ihre Pflicht, die Behörden zu informieren. Was ja auch richtig war.« Sie lächelte schüchtern und faltete ihre Hände.

»Und dem Mitarbeiter vom Jugendamt, sind ihm die Blumensträuße aufgefallen?«

In Helene Meyers Augen ging ein Staunen auf. »Ja! Ja, und auch ihre vielen Blumenbilder, die in der Küche hängen. Er hat tatsächlich nach den Blumen und den Bildern gefragt. Woher wissen Sie das?«

»Blumensträuße von Kindern haben ihre eigene Schönheit. Sie sehen nicht aus wie die von einer ausgebildeten Floristin.«

Sie nickte und als diese beinahe engelsgleiche Frau den Kopf senkte, die Stirn in Falten zog und an ihren Fingern herumspielte, kam es Annegret vor, als ob sie selbst im Geiste nichts anderes täte, als Blütenblätter zu zupfen.

»Ich hab dem Herrn vom Amt gesagt, dass ich mich trennen werde, dass es nicht wieder vorkommt, dass Beatrice verletzt wird. Dass ich es verspreche.« Sie atmete tief. »Ist es auch nicht. Sie ist verschwunden, und dieser Schmerz war brutaler als jeder Fausthieb meines Mannes. Ist es nicht verrückt?« Sie schaute auf und kämpfte wieder gegen Tränen an. »Ich hatte keine Angst mehr, ihn zu verlassen. Ich hätte alles gegeben, jedes Opfer gebracht, damit ich Beatrice wiederbekomme, aber … « Sie zuckte mit den Schultern und fiel in Schweigen.

Annegret wartete. Aus Anstand. Schluckte aufkeimenden Ärger hinunter, den sie für unpassend hielt, und fragte nach dem behandelnden Zahnarzt. Da Helene Meyer, statt zu antworten, nur schweigend durch sie durchschaute, erklärte sie unnötigerweise, dass die Patientenakte ihrer Tochter mit den prämortalen Untersuchungen am Skelett von der Rechtsmedizin verglichen würden.

»Dr. Walter. Am Dorfteich 4.«

Rosika notierte die Adresse und stellte die Frage, die Annegret selbst gerade verworfen hatte.

»Erinnern Sie sich an den Namen des Mitarbeiters vom Jugendamt?«

Helene Meyer stand auf, ihre Wangen glühten. »Er hat mir seine Karte gegeben. Sie liegt bestimmt noch in der Schublade vom Küchentisch, drüben im Haus.«

»Ich hoffe, sie ist es«, flüsterte sie mit flackerndem Blick, nachdem sie die Tischschublade des antiken Möbels in der Schöner-Wohnen-Küche durchkramt hatte und Rosika die an den Ecken angestoßene Visitenkarte reichte, »dann lag sie wenigstens die letzten Jahre geborgen in der Erde, statt … « Sie sprach auch diesen Satz nicht zu Ende, verschränkte hilflos ihre Hände und schaute durch das Fenster, in den vor blühendem Leben strotzenden Garten.

»Dirk Schmidt«, las Rosika laut, »Fachamt Jugend- und Familienhilfe.«

»Hatte sie denn ihr Kettchen noch um?«, flüsterte Helene Meyer, ohne sich von der vielfältigen Blumenpracht ihres Vorgartens abzuwenden.

»Ein Goldkettchen mit eingearbeiteten Perlen aus Korallen. Sie hat es Tag und Nacht getragen. Ich hatte es ihr geschenkt, zu ihrer Einschulung. Es ist ein Erbstück meiner Mutter gewesen.«

Wolfsmann

»Ich könnte mir in den Arsch beißen!« Annegret nahm einen großen Schluck Rotwein, knallte das Glas haarscharf am leeren Teller vorbei auf den blau lackierten Terrassentisch und gestikulierte aufgebracht mit den Händen. »Ich hatte die Frage natürlich auch im Kopf. Aber nach der langen Zeit. Drei Jahre. Und es hat nur einen Hausbesuch gegeben. Nur diesen einen. In den Akten steht gar nichts davon. Nicht ein Wort. Es war eine Vermutung, dass auch in dieser Familie das Jugendamt tätig war. Die Idee, dass dies der gemeinsame Nenner sein könnte. Weil wir damit einen Ausgangspunkt für unsere Ermittlungen gehabt hätten. Haben. Aber bei Familie Meyer war es ein einmaliger Besuch, ich bin davon ausgegangen, dass sie den Namen des Mitarbeiters vom Jugendamt nicht kennt, und hatte mir deshalb die Frage geschenkt!«

Annegret heulte kurz auf und ließ ihre Hände auf die Oberschenkel klatschen.

»Ich wäre einen Umweg gegangen. Hätte beim zuständigen Amt nachgefragt. Dort müssen sie ja einen Aktenvermerk haben.«

Josef legte sein Besteck auf den Teller, lehnte sich im Gartenstuhl zurück und verfolgte, wie Joe Wolnyczak, der ihm am Terrassentisch gegenübersaß, die Gabel mit der Faust haltend, einen Happen vom letzten Kartoffelpfannkuchen abtrennte. Er isst wie ein Strafgefangener, dachte Annegret missmutig und führte ihr Glas an die Lippen.

»Hast du das auch Rosika erzählt?«

»Jaaaa!« Annegret atmete das Wort aus und setzte das Glas ab. »Er sagt, er sei trainiert, gedanklich nichts vorwegzunehmen. Dass es ihm in Fleisch und Blut übergegangen sei, nur zu beobachten, zu registrieren. Dabei würden in ihm von ganz allein Fragen auftauchen. Wie Dampfblasen aus einem Geysir. Und so sieht er auch aus«, schickte sie böse nach, »wie ein aus Kulleraugen glotzendes Riesenbaby!«

Wolnyczak hustete, hielt seine Hand vor den Mund, schluckte den letzten Bissen hinunter, grinste, schob seinen Stuhl zurück, streckte seine leicht o-förmigen Beine aus und schaute in den Garten.

»Klingt interessant«, grunzte er, setzte den Flaschenhals an den Mund und nahm einen langen Schluck vom alkoholfreien Bier.

Annegret krauste kurz ihre Stirn. Meinte Joe Wolnyczak ihren verbalen Ausbruch oder das, was sie über die Person Gerd Rosika erzählt hatte? Sie entschied sich, die Unsicherheit zu übergehen, und redete weiter.

»Die Blumen, hat er gesagt. Wie bei Rotkäppchen und der Wolf. Vielleicht habe der Täter das Kind mit sich gelockt, indem er ihm erzählt habe, dass er wisse, wo es noch schönere Blumen für seine Mama pflücken könne.« Annegret stoppte ihre Rede, hob die Hände zum Himmel und stieß einen jaulenden Schrei aus. »Aber was mich eigentlich rasend macht, ist, dass diese Frau, diese Mutter, nicht eine Sekunde daran dachte, dass der Mitarbeiter vom Jugendamt der Mörder ihres Kindes sein könnte. Dass zwischen seinem Auftauchen und dem Verschwinden ihrer Tochter womöglich ein Zusammenhang besteht.«

»Klassisch«, bemerkte Wolnyczak. »Die Frau konnte gar nicht anders, als ihr eigenes inneres Inferno wahrzunehmen. Ihre Sinne waren abgeschirmt. Sie war wahrscheinlich überflutet von Angst. Von der Angst, dass ihr das Kind genommen wird und sie allein in dieser schmerzlichen Beziehung zurückbleibt. Sie war besorgt, dass ihr Familiendrama auffliegen und dies unabsehbare Folgen nach sich ziehen könnte. Wahrscheinlich wollte sie ihn schnell wieder loswerden und hat ihm alles Mögliche aufgetischt, um ihn zu beschwichtigen, ohne zu ahnen, dass sie den Wolfsmann damit auf die Fährte setzte, dass er sich all das zunutze machen würde.«

Ja, dachte Annegret, so muss es gewesen sein. So in etwa. Sie nickte, als Wolnyczak bemerkte, dass dies jedem passieren könnte.

»Du kannst es bei dir selbst beobachten. In vielen aufregenden Lebenssituationen läuft eine virtuelle Filmrolle ab, und du reagierst auf das, was längst in deinem Gedächtnis abgespeichert ist. Alte Schinken, die nichts mit dem, was gerade ist, zu tun haben.«

Erschreckend. Annegret strich sich mit der Hand über die Gänsehaut auf ihrem Arm und machte ein Gesicht, als sei ihr jemand auf den Fuß getreten.

»In meinem Job kann es Leben kosten, wenn ich während der Vernehmung eines Tatverdächtigen unbewusst eine Schwäche von mir preisgebe oder mich in meine eigenen Interpretationen, wer da vor mir sitzt, verstricke.«

So ungefähr hatte es doch Rosika ausgedrückt, und sie hatte es im ersten Moment belächelt, für reichlich übertrieben gehalten. Aber er hatte recht. Sie sah es jetzt ein. Dem Täter, mit dem sie es zu tun hatten, ging es um Macht und Kontrolle. Er war ein Grenzgänger und Meister der Manipulation. Und solch einem Menschen zu begegnen war eine gefährliche Angelegenheit. Das konnte man am Verhalten von Beatrice' Mutter studieren.

Aber, überlegte sie stirnrunzelnd, welche Schwäche von Helene Meyer war es denn, die der Wolfsmann ausgenutzt hatte? Annegret vergaß Wolnyczak und versank mit der Frage in sich selbst.

Ein kleiner schwarzer Schatten huschte im letzten Licht des Abends über die Terrasse, und kurz darauf erklang vom Dachfirst das Zetern eines Amselmännchens. Ihre Ohren hörten den Sänger, lauschten aber zugleich auch in ihr Inneres hinein.

War diese Frau in eine verrückte Hassliebe zu ihrem Mann verstrickt? Hing sie etwa der Leidenschaft an, gequält zu werden? Und ich, dachte sie weiter, welche Schwäche habe ich, die mich verleiten könnte, mich täuschen zu lassen und in ein Unglück zu rennen?

Sie stellte ihren Blick scharf und schaute zu Josef. Das Alleinsein, fiel ihr ein, die Angst vor dem Leerlauf. Sie fühlte nach, aber in diesem Augenblick hatte der Gedanke merkwürdigerweise wenig Gewicht. Soll er fliegen! Sie lächelte ihn an, atmete tief durch, langte nach ihrem Glas und nahm einen Schluck. Erst jetzt, staunte sie stumm, schmecke ich den Wein. Solange ich wütend war, war es nur rote Flüssigkeit.

Risikomanagement

Fechner hatte es ihnen am Morgen bestätigt. Das Skelett war zugeordnet, es waren die Knochen von Beatrice-Marie Meyer.

»Ab heute hat unsere Soko einen Namen«, hatte Scheschonka gesagt, »Soko Beatrice.«

Annegret schaute ihm ein zweites Mal ins Gesicht. Waren ihrem Chef beinahe Tränen in die Augen gestiegen? Sie zuckte mit den Schultern, ihr Verhältnis zu Scheschonka war nicht gerade vertraulich, er würde ihr bestimmt nicht erzählen, was ihn an dem Fall so stark berührte. Aber das tat es, der Fall ging ihm unter die Haut, darauf würde sie jede Wette eingehen.

Annegret tastete nach dem Griff der Beifahrertür, drückte sie auf und verwarf ihre Gedanken, während sie aus dem Landrover sprang, bevor sie sorgenvolle Ausmaße annehmen konnten.

»Ich würde mir gern, bevor wir dem Familienpfleger Dirk Schmidt einen Besuch abstatten, den Fundort des Skeletts ansehen«, hatte Rosika gebeten, »ich will mir ein Bild davon machen, wo der Täter die Leiche abgelegt hat.«

Sie hatte einen Moment gezögert, gedacht, dass doch alles in den Protokollen beschrieben stünde, sich aber in der nächsten Sekunde eingestanden, dass er aus der direkten Anschauung Schlüsse ziehen könnte, auf die sie bisher nicht gekommen waren.

Er hatte direkt vor dem Baugrundstück geparkt und ging ums Auto, um Kule aus dem Kofferraum springen zu lassen. Die Baustelle war verlassen. Dort, wo noch vor wenigen Wochen der Bagger die Erde ausgehoben hatte, war bereits der Keller hochgemauert und das Betonfundament für das Erdgeschoss eines Mehrfamilienhauses gegossen.

Annegret drückte sich zwischen Bauzaun und Buchenhecke, putzte sich vertrocknete Blätterschnipsel aus den Haaren und von den Schultern und blinzelte. Sie hatte es nicht mitgenommen, das Foto. Es war nicht nötig. Das Abbild eines kleinbürgerlichen Idylls hatte sich in ihr Gedächtnis eingeprägt.

Münze hatte das Zeitzeugnis dieser niedergehenden Wohnkultur von dem ehemaligen Besitzer bekommen und war für die umsichtige Idee von Rosika gelobt worden. »Er glaubt wohl, wir sind Provinzsheriffs!« Ihr Kollege hatte sich keineswegs gefreut, sondern sich über das Lob empört. Er konkurriert! Wie ein großer Bruder mit dem kleinen, talentierteren, dachte Annegret und drehte sich kurz um.

Der Hund war ihr immer noch nicht geheuer, obwohl er vorbildlich gehorchte und erstaunlicherweise sogar darauf achtete, sie nicht umzurennen. Aber ihr Rücken war frei, und als sie das Fundament wieder ins Auge fasste, ließ ihre Phantasie das abgerissene kleine Siedlerhäuschen aus den Nachkriegsjahren wieder auferstehen.

Auf dem Bild lächelte ein altes, kinderloses Pärchen vor ordentlich gejäteten und eingefassten Rabatten in die Kamera. Hinter ihnen ragte das graue anstrichlose Einfamilienhaus mit seinem spitzen Dach in die Höhe. Das Nachbild von Menschen, die einst im Geiste ihrer Zeit lebten, dachte Annegret wehmütig und neigte ihren Kopf zur Seite, damit eine torkelnde Hummel sich nicht in ihren Locken verfing.

Nach Münzes Recherchen war der Mann zuerst verstorben. Seine Frau zog wenig später in ein Altersheim. Die alte Frau verfügte testamentarisch, dass ihr einziger Neffe erst nach ihrem Tod das Haus erbe, da sie befürchtete, dass der Schlawiner sie nicht mehr besuchen käme, wenn das Grundstück zu ihren Lebzeiten in sein Eigentum übergehe. Seine Tante habe immer zuerst an das Schlechte im Menschen geglaubt, hatte der behauptet. Wie auch immer. Die Erbtante sei sechsundneunzig geworden, deshalb sei das Haus in bester Lage zehn Jahre unbewohnt gewesen, zusehends verfallen und eingewachsen. Der Neffe hatte angegeben, dass er selbst keine Zeit gehabt habe, den alten Kasten zu pflegen. Aber das eigentlich Wertvolle sei ja ohnehin das Grundstück gewesen!

»O-Ton des Neffen«, hatte Münze noch erwähnt.

Tja, dachte Annegret, und dann das! Ein totes Kind im Garten. Scheschonka hatte darauf bestanden, dass Leichenspürhunde das Grundstück abschnüffelten und der Fundort nach dem Kettchen abgesucht wurde. Sie hatten voller Spannung gewartet, aber die vierbeinigen Experten hatten nicht angeschlagen.

Annegret ging ein paar Schritte und umrundete das Fundament. Aus dem Boden, in den nach Bauabschluss sicherlich Rasen gepflanzt werden würde, sprossen hier und da Löwenzahnblätter, gelbblütige Disteln und Gräser aller Art. Wenn die Halskette hier verloren gegangen ist, dachte sie flüchtig, dann wird man sie wohl selbst mit einem Metalldetektor nicht wiederfinden.

Dem Land sah man seine einstige Wildheit noch an, denn obwohl es im Großen und Ganzen gerodet worden war, wucherten entlang der Grundstücksgrenzen noch die alten, ineinandergewachsenen Hecken. Es war bestimmt ein Leichtes gewesen, dachte Annegret, nachts unbemerkt in die Einfahrt zu fahren, das Kind um das Haus zu tragen und im Garten zu vergraben. Sie zuckte zusammen.

»Er muss sich in der Gegend auskennen.« Rosika war, ohne dass sie es gehört hatte, neben sie getreten, und der Rottweiler trabte schnüffelnd über die nackte aufgeworfene Erde.

»Er muss beobachtet haben, dass das Haus leer stand. Vielleicht hat er sogar mit Anwohnern gesprochen. Getan, als sei er am Kauf des Grundstückes interessiert.«

»Sollen die Nachbarn befragt werden?«

Rosika nickte. »Unser Täter ist schlau, aber er kann nicht alles nahtlos planen. Irgendein Detail, das er übersieht, könnte zur Falle werden, mit der wir ihn schnappen!«

Er pfiff, der Rüde drängte mit seinem riesigen Kopf voran durch verholzte Forsythien und folgte ihnen zum Landrover.

Dirk Schmidt war ein kleiner, dünner Mann mit kurz geschorenen braunen Locken und vorsichtigem Händedruck. Sein Büro war unpersönlich und funktionell eingerichtet. Keine einzige Topfpflanze, nicht einmal ein Kaktus, belebte die kahlen Fensterbänke. Er war aufgestanden, um ihnen die Bürotür zu öffnen, und begrüßte sie mit fahrigem Blick und nervös flackernden Augen.

»Ich hätte mehr Zeit für Sie gehabt, wenn wir einen Termin ausgemacht hätten.«

Er hielt sich seine Armbanduhr vor Augen, die ein Lederband an seinem knochigen Handgelenk festhielt, und legte ein fragendes Gesicht auf.

»Es geht um Beatrice-Marie Meyer, sie … «

Annegret kam nicht dazu, den Grund ihres unangemeldeten Besuchs zu erklären.

Dirk Schmidt unterbrach sie mit einem harsch ausgerufenen »Moment«, stellte sich vor seinen Aktenschrank, öffnete ihn und fuhr mit dem Zeigefinger über die ordentlich in Reih und Glied gestellten Ordner und Schnellhefter.

»Seit dem Todesfall Chantal, in Jenfeld, Sie erinnern sich, bewahre ich jede Aktennotiz auf. Risikomanagement! So, hier haben wir sie ja.« Er zog einen dünnen Schnellhefter aus dem Regal, ließ ihn in seiner Hand auffallen und las die wenigen Zeilen mit bewegten Lippen.

»Ich kann Ihnen zu dem Kind wenig sagen.« Der Fachamt-Mitarbeiter Schmidt klappte den Hefter zu und stellte ihn zurück. »Bitte wenden Sie sich an den Kollegen Jens Rennicke. Rathaus Altona. Er koordiniert dort den Kinder- und Jugendschutz. Ich hatte es dunkel in Erinnerung. Er hatte damals den Hausbesuch wahrgenommen … Eine Ärztin aus dem Krankenhaus Eppendorf hatte den Verdacht von Kindesmisshandlung gemeldet.«

Dirk Schmidt unterbrach seine Rede und fragte kurz mit seinem Blick, ob Annegret und Rosika im Bilde seien. Als Annegret nickte, sprach er weiter.

»Meine Frau ging damals hochschwanger, es war ihr Stichtag. Er ist der Sache nachgegangen, und nach meiner Aktenlage hat er die Verletzungen des Kindes als Unfall gewertet und die Familie als integer eingeschätzt.«

Der Fisch

Er hatte ihn angesehen. Auf dem Flur. Das Babyface war ihm entgegengekommen, mit dieser Bohnenstange an seiner Seite. Sein Blick war förmlich in ihn eingedrungen. Wie Hochwasser durch Tür- und Fensterritzen. Kein gutes Zeichen. Oh nein! Die meisten Menschen, das war ihm schon als Kind aufgefallen, schauten über einen hinweg oder durch einen hindurch. Aber der, der hatte ihn bemerkt. Und bestimmt nicht einfach so! Nein, das war nicht zufällig gewesen. Da war was am Laufen, da kam etwas auf ihn zu. Und er konnte sich auch denken, was es war.

Jens Rennicke schaute zur Tür, hinter der die Treppe hinunter in den Keller zur Kantine führte. Er schüttelte seinen dunkelblond behaarten Kopf und wandte sich dem Ausgang zu. Sein Appetit war ihm jetzt sowieso vergangen.

Er zog die schwere Eingangstür zum Rathaus auf, hob wie jedes Mal, wenn er seinen Arbeitsplatz verließ, seinen Blick zur Hinterhand des mit erhobenem Schweif dastehenden gusseisernen Pferdes, auf dem Kaiser Wilhelm I. mit gerecktem Rücken thronte, und hielt sich links, um im Schatten der Ahornbäume am Altonaer Theater vorbei zum Stuhlmannbrunnen zu gehen.

Seine Bank war mittags von der Sonne beschienen, der ideale Ort, eine kleine Siesta zu halten, denn zu dieser Stunde hielt sich kaum jemand am nördlichen Ende des Parks auf. Der Platz der Republik war zu schmutzig. Zu viele Hinterlassenschaften von Pennern, Punks und ihren Hunden, die sich spät am Abend hier versammelten und feierten. Aber ihn störten die Glasscherben, Zigarettenkippen und leeren Bierdosen wenig. Er genoss seine Ruhe, seine Anwesenheit unter Menschen, ohne wahrgenommen zu werden, da die meisten Leute, die den parkähnlichen Platz besuchten, mit sich selbst beschäftigt waren.

Gut, hin und wieder scannte ihn der Laserblick einer dummen Gans ab, die Richtung Grünanlage, Rathaus, Elbterrassen oder in ihr Wohngebiet watschelte, aber der konnte ihm nichts anhaben. Diese Tanten ertasteten nur seine Oberfläche, weil er aussah wie einer aus »Gute Zeiten, schlechte Zeiten«. Smart, braun gebrannt und sportlich gekleidet. Wie der zukünftige Papa ihrer Kinder. Sie konnten ihn mit ihren zur Schau getragenen gleichgültigen Mienen nicht täuschen. Er wusste, welche stupiden Überlegungen in den Windungen ihrer muttertierischen Gehirne lauerten.

Ob er wohl noch zu haben war. Für ein häusliches Glück. Ob er es wohl war, auf den sie warteten. Der Traummann zum Heiraten, mit dem sie endlich glücklich wurden. Er lauschte erschrocken. Hatte er versehentlich laut aufgelacht. Nein. Niemand starrte ihn schräg an. Alles war wie immer.

Seine Lieblingsbank war frei. Aus den Büschen mäanderte der Geruch von Hundekot, wilden Rosen und anderen Blütendüften, aber seine Gedanken spulten ihn ein, und er vergaß es. Dass sie nie erwähnt worden war, mit keinem Wort, in keinem Revolverblatt, nirgends, das lag ihm quer im Magen.

Jens Rennicke runzelte die Stirn, lehnte sich langsam auf der hölzernen Bank zurück und betrachtete das Wasserspiel des mehrfigurigen Brunnens. Die Ärmel seines weißen Hemdes waren hochgekrempelt, seine schlanken, langen Beine steckten in hellblauen ausgewaschenen Jeans und seine Füße in Treckingsandalen.

Ich könnte ein Tourist sein, dachte er, ein Tourist, der von nichts weiß.

Was ist bloß mit ihr passiert?, dachte er und kratzte seinen Hals, bis rote Striemen sichtbar wurden. Er hatte damit gerechnet, dass es groß in den Zeitungen stehen würde, vielleicht sogar in den Nachrichten Erwähnung fand, aber nichts. Nichts!

Er starrte auf seine Füße und schüttelte sich, als würde er frösteln. Beinahe, durchzuckte es ihn, hätte ich es gar nicht mitbekommen, und dann! Was, wenn er den Müll nicht gegen sein Prinzip zum Container gebracht und dieser dickbäuchige Blödmann auf dem Fahrrad ihn nicht gefragt hätte, ob es auf seinem Grundstück auch Rattenlöcher gebe!

Jens Rennicke umklammerte die Kante der Sitzfläche. Ein plötzlicher Schwindel erfasste ihn und ließ seine Gesichtshaut erblassen. »Was für Ratten?«, hatte er gefragt. Noch ganz ahnungslos und die Konsequenz aus dem Gefragten gar nicht begreifend. Er erinnerte sich genau an den Dialog. »Na, Mann, hier rennen doch überall die ekligen Viecher rum! Morgen kommt der Kammerjäger. Der will rausfinden, woher die Biester kommen. Wo sie ihre Nester haben!«

Ihm war gar nichts anderes übrig geblieben. Er hatte sie entsorgen müssen, noch in derselben Nacht. Jens Rennicke löste seine Finger und warf sich gegen die Rücklehne der Bank. Wenn ich nur wüsste, grübelte er zähneknirschend, was sie wissen!

Er kniff seine Augen zusammen und bog die Finger seiner rechten Hand zur Kralle. Wie der Zentaur in der Mitte des Brunnens, wie der, der mit seiner überlegenen Kraft den anderen Pferdemann zum Straucheln brachte. Wie der, der den dicken Fisch im Netz hielt, der Wasser speiend zwischen den beiden Kämpfenden hoch herausragte. Sollten die Wassernymphe, der hässliche fischschwänzige Triton und die Echse ihn ruhig bespucken. Es nutzte ihnen nichts.

Er würde sich nicht irremachen lassen. Die Beute war so gut wie erkämpft. Der andere würde sich gleich zurückziehen. Im wilden Galopp über die schäumenden Wellen davonstieben. Und er, er würde tief aus den Eingeweiden heraus wiehern, voller Triumph, so laut, dass selbst Neptun erschrocken von seinem Thron auffuhr.

Er hatte es gewusst. Frau Brandt musste ihnen gesagt haben, dass er nur über Mittag außer Haus war. Sie hatten auf ihn gewartet. Erst in der Kantine zu Mittag gegessen und sich dann auf den Stühlen im Flur vor seinem Büro aufgepflanzt.

»Herr Rennicke?«

Die Bohnenstange stand auf und schaute ihm auf die Finger. Er drehte den Schlüssel im Schloss zu seinem Büro, bevor er sie ansah und nickte.

»Ja?« Er ließ das Ja absichtlich ahnungslos klingen. Ahnungslos, aber freundlich, so, als wüsste er nicht, wer sie seien und was sie wollten.

»Kriminalhauptkommissarin Pries. Das hier ist mein Kollege Rosika.«

Er nickte wieder, ging voraus ins Büro und öffnete das Fenster.

»Sie wissen, weshalb wir hier sind?«

Er fühlte ihre Blicke in seinem Rücken und spürte gleichzeitig die Kraft in seiner rechten Hand, die Kraft, die den Gegner schon viele Male in die Flucht geschlagen hatte, und drehte sich um.

»Es wird wohl um eines der von uns betreuten Kinder gehen, nehme ich an.« Die Wörter tanzten auf einem lang gezogenen müden Seufzer aus seinem Mund. Mit einem vorgespielt sorgenvollen Gesicht setzte er sich hinter seinen Schreibtisch und deutete mit der Hand auf die beiden gepolsterten Stühle.

»Wir kommen von Ihrem Kollegen Dirk Schmidt.«

Am besten, ich sage gar nichts, bis sie Klartext sprechen, entschied er. Das ist doch ein abgekartetes Spiel. Ich lass mich von Dick und Doof nicht an der Nase herumführen.

Er faltete die Hände und legte einen fragenden Blick in seine Augen. Gut, dass sie das Wort führte und nicht das Babyface. Sie wirkte, als müsse sie überlegen, als sei sie unsicher, wie sie das Spiel beginnen sollte. Er würde sie mit ausgestrecktem Arm auf Abstand halten und dafür sorgen, dass sie ihm nicht zu nahe kam.

»Wir kommen wegen eines Aktenvermerks Ihres Kollegen. Es geht um Beatrice-Marie Meyer. Sie sind vor etwa drei Jahren in ihrem Elternhaus einem Hinweis vom Eppendorfer Krankenhaus auf Verdacht von Kindesmisshandlung nachgegangen.«

»Oh!« Er hob seine Arme, zeigte seine leeren Handflächen. »Das kann schon sein. Es gehört zu meinen Aufgaben, dem Verdacht von Kindesmisshandlungen nachzugehen und zu prüfen, ob zuständige Stellen eingreifen müssen. Aber Sie müssen entschuldigen, dieser Fall ist lange her, und wir leiden keinen Mangel an Arbeit!«

»Erinnern Sie sich an den Fall?«

Er zuckte mit den Schultern. Behielt die diensteifrige Miene bei, obwohl sie mit keiner irgendwie gearteten Gesichtsmimik auf ihn reagierte. »Vage, sehr vage.«

»Sie arbeiteten damals noch in Eidelstedt.«

»Richtig. Da war ich noch im Bezirk Eidelstedt tätig und habe eng mit Kollege Schmidt zusammengearbeitet.«

»Und weshalb haben Sie bei Frau Meyer die Visitenkarte Ihres Kollegen hinterlegt statt Ihrer eigenen?«

Er unterdrückte ein hämisches Grinsen, warf die Stirn in Falten und tat, als überlege er ernsthaft.

»Bitte«, stieß er endlich hervor, als bettle er um Erlösung, »sagen

Sie mir doch, um was es sich genau handelt, sonst kann ich Ihnen nicht helfen!«

»Beatrice-Marie Meyer. Sie wurde am 11. Juni 2007 als vermisst gemeldet. Genau eine Woche später, nachdem Sie Helene Meyer, der Mutter, einen Besuch abstatteten und die Visitenkarte Ihres Kollegen hinterließen.«

»Aha!« Der Ausruf klang glaubwürdig. Nicht zu überrascht, sondern wie ein Groschen, der endlich gefallen war. »Ja, ich erinnere mich dunkel. Ich hatte mit der Ärztin gesprochen, obwohl es eigentlich ein Fall war, der in Dirks Zuständigkeitsbereich gehörte. Er hätte der Sache nachgehen müssen, aber seine Frau konnte zu der Zeit jede Stunde niederkommen, und deshalb bat er mich, ob ich den Besuch übernehmen könnte. Bestimmt hab ich aus diesem Grund seine Karte hinterlassen. Ich erinnere mich nicht genau. Aber so muss es gewesen sein.« Er schwieg, senkte den Blick, tat, als würde er nach innen sehen, sich die Erinnerung vergegenwärtigen, bevor er weitersprach. »Ja, jetzt erinnere ich mich. Ich habe Dirks Karte weitergereicht. Stimmt. Denn zum einen sah es ohnehin nicht danach aus, dass es zu einer Herausnahme des Kindes oder zu familiären Hilfen kommen würde, und außerdem stand meine Versetzung ins Rathaus, nach Altona, bereits fest.«

Er schaute ihnen in die Augen. Beiden. Strahlte aus sich heraus, als hätte er etwas ans Licht gebracht und weil er damit auch seinen Triumph verbergen konnte, weil sie es mit keinem Wort erwähnt hatten. Weil sie anscheinend nichts wussten, denn warum sonst kamen sie mit Knochen ohne Fleisch daran? Fragten Fragen, die er damals erwartet und in seiner Phantasie bereits tausendmal beantwortet hatte. Gleich, dachte er, stehen sie auf und schließen die Bürotür hinter sich zu.

»Ich hoffe«, sagte er, »dass ich Ihnen weiterhelfen konnte.«

Er verzog sein Gesicht zu einer Miene des Bedauerns, erhob sich aus seinem Schreibtischstuhl, streckte seinen Arm aus, reichte seine Hand hinüber, aber weder er noch sie nahm sie. Sie blieben sitzen. Sein überraschter Gesichtsausdruck war echt, und als ihr Begleiter den Mund öffnete, wusste er plötzlich, dass er voreilig gewesen und das Match noch nicht gewonnen war.

»Und nach Ihrem Besuch bei Familie Meyer, was haben Sie die Woche darauf tagsüber und abends gemacht? Können Sie sich daran noch erinnern?«

Für den Bruchteil einer Sekunde war er verunsichert, weil er befürchtete, dass sie etwas hinter dem Berg hielten. Babyface war vorgeschnellt wie eine Muräne. Hatte die ganze Zeit in seinem Unterschlupf darauf gewartet, zuzuschnappen. Dafür musste es einen Grund geben. Er streckte den Rücken, peitschte in seiner Phantasie mit dem Schweif, wurde zu Ross und Reiter in einer Person. Ihr könnt mich nicht einschüchtern, sagte sein Körper, ich bin euch überlegen, um meinen Hals legt ihr keine Schlinge. Niemals! Sein Blut schäumte, und er hatte Mühe, die innere Aufgebrachtheit verborgen zu halten. Aber als er den ersten Satz heraushatte, fühlte er, dass er der Herr über die in ihm lauernden Gewalten war. Sein Hass verkroch sich zurück in sein Versteck und würde ihn nicht dabei stören, die Sache gut zu beenden.

»Ich habe Wohnungsanzeigen studiert. So viel weiß ich noch. Da haben Sie Glück, das müssen Sie zugeben, dass ich mich nach so langer Zeit noch erinnern kann, aber meine Frau wollte sich scheiden lassen und hatte mich aus heiterem Himmel vor die Tür gesetzt. Deshalb weiß ich es noch. Reiner Zufall, wenn auch kein schöner. Ich hab meine Sachen gepackt und bin vorübergehend zu meiner Mutter gezogen.«

Es kostete ihn keine Überwindung, ein trauriges Lächeln zu ziehen. Allein die Erinnerung an diese erniedrigende Phase seines Lebens drückte ihn nieder.

»Das muss ein Schock für Sie gewesen sein.«

Er nickte nur, blieb stumm, gab den immer noch tief Niedergeschlagenen, um zu verhindern, dass sie ihn in ein Netz aus Worten verwickelten und zur Beute machten.

»Haben Sie Kinder?«

»Zwei.«

»Bestimmt süße Mädchen.«

Er spürte, dass das Blut aus seinem Kopf wich. Der andere, das Babyface, verstand sein Handwerk.

»Blonde hübsche Dinger, was? Die Trennung von ihrem Vater muss hart für sie gewesen sein.« Er nickte jetzt, ohne es zu wollen.

»Erlaubt Ihre Frau, dass Sie sie besuchen? Als Vater hat man ja die schlechteren Karten. Aber wem erzähle ich das?«

Er atmete schwer, verbarg es nicht, gab es als Kummer aus.

»Verzeihung, das alles ist sehr schmerzhaft für mich. Wenn es noch offene Fragen bezüglich Beatrice Meyer gibt, versuche ich sie gern zu beantworten!«

Er hat nichts in der Hand, er blufft. Jens Rennicke erwiderte mit traurig verhangenen Augen den Blick dieser menschlichen Muräne und wartete. Er kannte den kritischen Punkt, hatte ihn oft genug durchlebt. Diese heimliche Lust, einzuknicken, die Kontrolle aufzugeben, zu kapitulieren, alles zuzugeben, aber bis jetzt hatte er ihn immer verstreichen lassen. Denn schließlich, führte er sich vor Augen, war dieser süße Moment der Schwäche nur kurz, und danach! Danach würde die Reue sein täglich Brot sein. Für den Rest seines Lebens.

Er seufzte. Sie erhoben sich. Endlich. Es war vorbei. Sie hatten nichts gegen ihn in der Hand. Nichts. Er war unbesiegbar. Er hatte es doch gewusst.

Groll

Sie war noch am Abend bei ihm gewesen. Hatte mit Manuel, Leo und Karli zusammen an Eddys Bett gesessen. Karli, dem Lebensgefährten von Eddy, mit dem er seit einem Jahr in dem kleinen Stadthaus an der Palmaille, »mit Blick auf die Fischköppe«, zusammenlebte. Karli, von dem Annegret viel gehört, aber noch nie etwas gesehen hatte. Ein junger Spanier, Mitte dreißig, mit einem wunderschönen bronzefarbenen Gesicht.

Müsste ich in einem Film die Rolle eines jungen aztekischen Häuptlingssohns besetzen, war ihr durch den Sinn gegangen, würde ich ihn aussuchen. Genau ihn. Eddy und er hatten geflirtet, was das Zeug hielt, und alte Geschichten aufgewärmt. Ihrem Freund ging es ausgezeichnet. Er hatte beinahe gesund gewirkt. Immer wieder, wenn sie in sein weiches, verliebtes Gesicht schaute, hatte sie gehofft, dass seine Mutter womöglich recht behielt und Eddy gar nicht sterben würde.

Annegret lachte bitterböse auf. Als ihr Handy heute Morgen um sechs Uhr mit dem Aufklingen dreier Tonfolgen den Eingang einer SMS mitteilte, hatte sie es sofort gewusst. Dass es eine Nachricht von Manuel oder Leo war, die nur eine Botschaft überbringen konnte. *Eddy, unser lieber Freund, ist endgültig eingeschlafen. Mit einem heiteren Lächeln im Gesicht und ohne Schmerzen. Er wird, so der Wunsch der Familie, im kleinen Kreis beerdigt.*

»Greifvogel Berlinde hat ihn mit ihren scharfen Krallen aufgeklaubt und dahin gebracht, wo er ihrer Meinung nach hingehört«, murmelte Annegret, schlug die Autotür zu und warf einen resignierten Blick in den Himmel.

Graue Schleier verschmutzten das Blau. Die Vorboten eines Gewitters, das laut Wetterbericht am frühen Abend den Norden erreichen sollte. Die Leichtigkeit des Seins! Warum nur, verdammt noch mal, wetterte sie nach innen, ist es so schwer, mit dem einverstanden zu sein, was längst passiert und nicht mehr zu ändern ist!

Sie schnalzte mit der Zunge, als sie sich vorstellte, wie Mutter

Berlinde am einen Arm und Karli am anderen Arm von Eddy zerrten.

»Das ist mein Leichnam. Nein, der gehört mir!«

Wozu, fragte sie sich selbst, rege ich mich eigentlich auf? Eddys Freunde hatten längst eine kreative Lösung gefunden.

»Wir werden ihn beerdigen. So oder so. Auch ohne die Anwesenheit seines Leichnams!«, hatte Leo gesagt, als sie telefoniert hatten. »Karli richtet ein Abschiedsfest aus, du bekommst die nächsten Tage eine Einladung.«

»Mist!« Sie bemerkte es erst jetzt, im hellen Tageslicht, dass sie gekleckert hatte beim Frühstück. Der gelbe Eifleck auf dem weißen T-Shirt wirkte beinahe wie Vogelkacke. Sie hob erst das eine, dann das andere Bein, entdeckte auf der hellblauen Jeans keinen weiteren Fleck und stapfte endlich die steinernen Stufen zum Eingang des Landeskriminalamtes hoch, um so schnell wie möglich die Damentoilette aufzusuchen.

»Melde dich krank. Nimm dir frei, um zu trauern«, hatte Josef gemeint, aber sie hatte den Kopf geschüttelt und für sich behalten, dass sie sich in erster Linie gar nicht traurig fühlte, sondern wütend. Dass in ihr Inneres eine kühle Wut eingezogen war, ein dunkler Groll, der Gonschorek, Eddy und ihre Mutter einschloss und beschuldigte, sie, die arme Annegret, im Stich gelassen zu haben. Und du, hatte sie in Josefs Angesicht stumm gebrüllt, bevor sie ihm zum Abschied einen Kuss auf die Wange gedrückt hatte, du lässt mich auch allein. Du auch!

Ich habe nur meine Arbeit, dachte sie grimmig, während sie darauf wartete, dass die Fahrstuhltür aufrollte. Ohne sie bin ich wie ein Komet, der eine unberechenbare Laufbahn um die Sonne zieht. Ein losgelöster Schweifstern, der irgendwann durch den Abendhimmel fällt und verglüht. Ein Stern, der allen anderen schnuppe ist, schniefte sie und stürmte die Toilette.

Mit nassem Fleck, direkt auf ihrem rechten Busen, und immer noch geladen wie eine Panzerhaubitze, drückte sie die Bürotür auf. Die Energie, mit der sie in den Raum einbrach, nötigte Herkules, augenblicklich auf seine vier Pfoten zu springen und ihr mit aufgereckter Brust zwei, drei Schritte entgegenzupreschen. Rosika pfiff leise, der Hund verharrte, drehte ab und ließ sich auf den

Boden plumpsen. Gut so, grollte Annegret, sonst hätte ich deine Vorderläufe gepackt und dich auseinandergerissen!

Barbara. Die soeben erlebte Situation hatte das Abbild ihrer ehemaligen Studienkollegin, mit der sie in grauen Urzeiten durch Umbrien gereist war, vor ihre Augen geführt. Barbara und ihre panische Angst vor Hunden. Barbara, die jedem Köter, egal, wie nah oder fern er vorbeitrottete, androhte, ihm den Brustkorb auseinanderzureißen, sobald er auch nur Anstalten machte, ihr zu nahe zu kommen.

Und es hatte funktioniert. Jeder wilde Straßenhund, der ihnen auf ihren Wanderungen über sanfte Bergrücken und durch liebliche Täler begegnet war und dem ihre Freundin diese Gewaltphantasie durch ihre zusammengebissenen Zähne entgegenzischte, hatte einen großen Bogen um sie beide gemacht.

Es stimmte also! Die Einsicht, die urplötzlich in Annegret einschlug, ließ sie wie vom Donner gerührt stehen bleiben. »Kule tut nichts!«

Der Ausruf von Frauke Froboess, die wie Scheschonka, Münze und Gerd Rosika bereits am Besprechungstisch wartete, erreichte zwar ihren Gehörgang, blieb jedoch, weil sie sich nicht angesprochen fühlte, ohne Resonanz. Sie runzelte die Stirn. Aber nicht, um ihrer jungen, vorwitzigen Kollegin ein mimetisches Feedback zu geben, sondern weil es ihr half, den gedanklichen Faden nicht zu verlieren.

Es ist wahr. Nicht nur Serienmörder tun es. Wir alle tun es. Wir wehren Ängste mit gewalttätigen Phantasien ab. Ja, dachte Annegret und nickte, ohne es zu bemerken, während sie im Begriff war, einer auftauchenden Erinnerung nachzuhängen.

Schwarzes Fell, glänzende Augen, aufgeregte Energie. Koko, der kläffende Pudel von Uschi. Die Hündin der Busenfreundin ihrer Mutter. Uschis Babylein, das ihre Mutter ab und an in Pflege nahm.

Koko, die unbedingt nachts in ihrem Kinderbett schlafen wollte und der man doch kein hündisches Verlangen abschlagen durfte. Weil Uschi das nicht aushielt. Koko, das kleine, wilde Energiebündel, vor dessen Zähnen die kleine Annegret solche Angst hatte, da Koko, mit Hilfe kindlicher Phantasie, zur fletschenden Bestie mutieren konnte. Natürlich vollkommen grundlos! Einfach so, aus heiterem Himmel. Koko konnte das. Konnte im Gegensatz zu ihr gefährlich und unberechenbar werden. Denn sie, die kleine Annegret, musste ja gehorchen. Gehorchen und lächeln.

Musste Mamis liebes Mädchen sein.

»Frau Pries, geht es Ihnen gut!«

Annegret blinzelte ihrem Chef zu und hängte gedankenverloren ihre Regenjacke an einen der freien Kleiderhaken. Sie seufzte und beobachtete, wie das Effeffchen belustigt lächelte, und vergaß es, blieb einfach stehen, vor der Garderobe, weil die Worte weiter in ihren Verstand purzelten und sich zu Sätzen aufreihten, die Gehör verlangten.

Aber diese Magie fordert ihren Preis, dachte sie und schritt wie eine Schlafwandlerin langsam zum Tisch, um sich zu ihren Kollegen zu setzen. Solange dieser Teufelskreis aus Angst und Gewaltphantasie nicht durchschaut wird, bleiben die eigenen animalischen Instinkte gut ausgesperrt. Man darf sie anschauen, von Weitem, in Büchern davon lesen, aber sich nicht vertraut machen. Das weiche Fell der Bestie wird nicht gestreichelt, Augenkontakt vermieden. Nur gruseln darf man sich, über das Wesen, von dem gesagt wird, dass es unberechenbar sei. Der Feind, da draußen, im dunklen Wald. Das unbekannte, ungewollte Wilde, auf das man all seine furchteinflößenden Phantasien projizieren kann. Weil es ja ausgesperrt ist und einem nicht gefährlich werden kann. Solange es nicht einbricht!

Annegret versank tief in Rosikas Augen und nickte ihm mehrmals selbstvergessen zu. Du kennst die Abgründe des Menschen, sprach sie ihn still an, du weißt, dass der Tiger hinter seinen Gitterstäben niemals Schmusekatze wird, und wenn sein Käfig noch so komfortabel ist.

»Heute Nacht ist ein sehr guter Freund gestorben«, sagte sie laut, »deshalb bin ich etwas spät dran.«

Freestyle

»Die Scheidung könnte der Auslöser gewesen sein. Er war im Begriff, seine Töchter zu verlieren, und wusste einfach nicht, wie er mit der Situation umgehen sollte. Er war furchtbar wütend, aber seine Phantasien kühlten das Feuer nicht mehr herunter. Und als er die kleine Beatrice sah, die Umstände erfasste und ihm klar wurde, dass er nur noch die richtigen Fragen stellen musste, um einen Plan auszuhecken, mit dem er sie ködern konnte, war der erste, entscheidende Schritt aus der Phantasie zur symbolischen Tat getan.«

»Du willst uns diesen Jens Rennicke also als Täter schmackhaft machen«, sagte Münze, warf sich in die Lehne seines neuen rückenfreundlichen Stuhls und wippte vor und zurück. »Dann erklär uns doch mal, wie die Verbindung von Rennicke zu den beiden anderen Opfern aussieht!«

Frauke Froboess riss ihre Augen auf und verfolgte den Blickkontakt zwischen Münze und Rosika. Aber es war Annegret, die den Ball fing und zurück übers Netz schlug.

»Risikomanagement! Auf den regelmäßig stattfindenden Fachtagungen zum Thema Risikomanagement wurden die Fälle Nicole Jakob und Fleur Wiesmüller ausführlich vorgestellt und besprochen. Das wissen wir von … «, sie suchte kurz in ihren Notizen, »von Joachim Szerner. Er ist der zuständige Kinder- und Familienpfleger von Nicole Jakob. Die Bezirke richten reihum diese Fachtagungen aus. Als Prävention, damit sie sich vor der Öffentlichkeit rechtfertigen können, dass sie alles getan haben, um gefährdete Kinder zu schützen. Falls wieder etwas passiert und ein Kind umkommt. Verhungert oder tot geschüttelt wird. Was weiß ich? Jedenfalls sind diese Fachtagungen für Kinderschutz-Koordinatoren Pflichtveranstaltungen. Wir müssen uns nur noch bei den Jugendämtern versichern, ob er tatsächlich in den Teilnehmerlisten auftaucht.«

Kollegin Froboess machte sich eifrig eine Notiz, und Münze hörte abrupt mit seinem Geschaukel auf.

»Okay!« Seiner gespannten Körperhaltung war abzulesen, dass sein kriminalistischer Spürsinn arbeitete und der Jäger in ihm sich aufschwang, um nach Beute zu spähen. »Dann lasst uns doch schauen, wie wir die Jagd eröffnen, mit welchen Mitteln wir diesen Rennicke in die Enge treiben!«

Das ist der Münze, den ich schätze, dachte Annegret erleichtert: kooperativ, engagiert und mit Blick für das Wesentliche.

»Wie sind Sie auf die Kinder gekommen? Woher wussten Sie, dass er Kinder hat? Töchter!«

Rosika hielt an der roten Ampel, Ecke Jahnring/Saarlandstraße und warf ihr einen schnellen Blick zu. »Ich wusste es nicht, aber seine Taten lassen darauf schließen. Die Mädchen sind wahrscheinlich Stellvertreteropfer für seine Mutter.«

Oh Gott, womit machen sich Mütter eigentlich so unbeliebt bei ihren Kindern?, stöhnte Annegret stumm und trat mit dem rechten Fuß das nicht vorhandene Gaspedal im Fußraum des Beifahrers. Die Ampel zeigte Dunkelgrün, und Rosika stand noch immer vor dem Haltestreifen des Rechtsabbiegers.

»Ich muss noch Hundefutter kaufen«, rief er unvermittelt und fuhr an.

»Und wieso tötete er nicht seine eigenen Töchter?«

»Vielleicht einfach nur deshalb nicht, weil er weiß, dass er sofort als Täter in Verdacht gerät. Serienmörder sind keine Idioten. Zu Beginn ihrer Karriere ziehen sie oftmals große todbringende Kreise um ihr eigentliches Hassobjekt. Erst wenn sie immer wieder erfahren, dass sie unentdeckt bleiben, wächst in ihnen die Überzeugung, unverwundbar zu sein. Und aus diesem Gefühl der Überlegenheit heraus kann es vorkommen, dass irgendein Vorfall sie dazu verleitet, den vermeintlichen Erzeuger ihrer Qualen zu töten.«

Annegrets Augen traten vor, als sie nach vorne schleuderte und sich mit dem Oberkörper unsanft in den Sicherheitsgurt legte. Ihr Kollege hatte scharf gebremst, da der Fahrradkurier, der sie an jeder roten Ampel einholte, kurzerhand vom Radweg auf die Straße geschwenkt war und ihnen in halsbrecherischer Manier die Vorfahrt nahm.

»Haben Sie gerade eben gesagt, dass Rennickes Mutter potenziell gefährdet ist, von ihrem eigenen Sprössling getötet zu werden?«

»Ja, genau das.« Rosika blinkte, wechselte auf die linke Fahrspur, gab Gas, fuhr bei Gelb über die große Kreuzung am Wiesendamm und versicherte sich mit einem Blick in den Rückspiegel, dass er den lästigen zweirädrigen Verkehrsteilnehmer abgehängt hatte.

»Werden Sie sie warnen?«

Kollege Rosika lachte hell auf und warf ihr einen seiner schnellen Seitenblicke zu.

»Frau Rennicke, wir glauben, dass Ihr Sohn ein gefährlicher Mörder ist und der Tag kommen wird, an dem er Sie um Ihr Leben bringt!« Er hustete und fragte, ohne Fistelton, in normaler Stimmlage: »So etwa?«

Annegret spürte, wie ihr das Blut ins Gesicht pulste und gleichzeitig ein mehr als ärgerliches Gefühl Richtung Schädeldecke aufwallte. Sie presste die Lippen aufeinander und schwieg.

»Aber Scherz beiseite. Sobald wir wissen, dass er unser Täter ist, sollten wir uns darauf konzentrieren, Rennicke festzusetzen. Und das ist doch die beste Sicherheitsvorkehrung, die es für sein liebes Muttilein gibt, nicht wahr?«

Rosika bremste, wartete, bis ihm kein Pkw mehr entgegenkam, und bog scharf links in die Großheidestraße ab.

Annegret tastete mit der Hand nach dem Haltegriff in der Beifahrertür. Ich weiß gar nichts von diesem kleinen, kindlich aussehenden Mann. Nur, dass er offensichtlich keine Angst davor hat, in die Abgründe menschlicher Seelen zu schauen. Sie löste den Sicherheitsgurt und betrachtete sein Profil. Was für ein Wesen steckt eigentlich im Tatortanalytiker Gerd Rosika, überlegte sie, während er rückwärts in eine Parklücke fuhr.

Er drehte den Zündschlüssel, und sobald der Motor schwieg, setzte sich der Hund auf und gähnte jaulend. Rosika schaltete den Zwölf-Volt-Ventilator, der am Armaturenbrett befestigt war, an, und im selben Moment, als die kleinen Rotorblätter zu surren begannen, verschwand der Kopf des Rottweilers hinter dem Sicherheitsgitter zwischen Kofferraum und Rückbank.

Der Ausstieg aus dem klimatisiertem Auto in die Mittagshitze war entgegen Annegrets Befürchtung erträglich, denn am Ende der von alten Bäumen beschatteten Straße spannte sich eine kleine Fußgängerbrücke über einen Kanal, und von dorther wehte ein angenehmer Wind, der die Blätter zum Rauschen brachte. Sie gähnte und wäre gern einer jungen Frau im apfelgrünen Sommerkleid gefolgt, die einen in der Armbeuge schaukelnden Korb trug, aus dem die Krone einer Ananas ragte, aber die Hausnummer, nach der sie suchten, führte sie von der Straße auf einen kleinen Gehweg entlang des geschwungenen sechsgeschossigen Backsteinhauses, direkt zum Ufer des Stadtgewässers.

Schweigend stieß Annegret die dunkelgrün lackierte Hauseingangstür auf und stieg, ohne sich umzudrehen, die Treppen voran, bis ins dritte Stockwerk, bis sie das Klingelschild mit dem Namen »B. Rennicke« entdeckte. Im selben Moment, in dem sie auf den runden schwarzen Knopf drückte, setzte hinter der Tür ein wildes Gekläffe ein. Kurz darauf öffnete eine stattliche Frau, Mitte sechzig, im senffarbenen Unterrock und hellblauem offen stehenden Morgenmantel die Tür. Sie trug den Kläffer, einen Yorkshireterrier, im Arm und drückte mit ihm ihren Busen gen Ausschnitt. Das ergraute und mit blonden Strähnen durchzogene Haar war, genau wie bei ihrem Hund, mitten auf dem Kopf zu einem Zöpfchen zusammengebunden und vibrierte bei jeder ihrer Bewegungen wie eine Antenne. Ihr breiter Mund schimmerte rosafarben und betonte ihre gebräunte Haut, aber dieser hübsche Kontrast wurde von den gemalten Balken über ihren hellen Augen zunichtegemacht.

»Ja, Mädel, du brauchst gar nicht so zu gucken. Ich bin noch nicht angezogen. Was dagegen? Ich muss in drei Stunden auf Arbeit und solange lauf ich freestyle durch die Gegend. So bin ich eben. Was dagegen? Ich verstell mich nicht. Wirst du bei mir nicht erleben. Ich leb frei nach Schnauze. Und wem das nicht passt, der kann ja gehen. So, und jetzt kommt rinn in die gute Stube, damit ich den Köter wieder auf seine eigenen Füße stellen kann!«

Eine Frau wie ein Wellenbrecher, ging Annegret durch den Kopf, wie ein steiles, felsiges Riff, an dem Schiffe zerschellen und Knochen zersplittern. Sie atmete tief durch, drehte sich kurz zu Rosika um und folgte Beate Rennicke ins Wohnzimmer.

Sie war froh, dass die Fenster offen standen, denn der mit rosa und weißem Plüsch ausgestattete Raum, inklusive einer beachtlichen Sammlung von Porzellan-Yorkshireterriern, war schockierend. Sie roch durch die weit aufgestellten Fenster das Wasser des Kanals, das wie alle freien Gewässer ein Gefühl von Sehnsucht in ihr hervorrief, aber diese Frau verstellte ihr, breitbeinig und mit in die Hüften gestemmten Armen, den Weg und deutete mit einer gebieterischen Kopfbewegung zum Sofa.

Sie habe keine Zeit, und schließlich sei ihr Besuch keine Wohnungsbesichtigung. Annegret versank in einem Haufen rosa Sitzkissen, sprang aber, weil es unter ihrem Gesäß erbärmlich quietschte, sofort wieder auf. Schuldbewusst wühlte sie, verfolgt vom strengen Blick der Eigentümerin, ein graues Gummischweinchen hervor, legte es beiseite und setzte sich wieder, aber diesmal auf die Kante der weißen fünfteiligen Couch.

Rosika hatte einen Sesselplatz zugewiesen bekommen und lehnte mit dem Rücken gegen ein Sofakissen, in dessen Mitte das Gesichtchen eines Yorkshireterriers prangte. Er lächelte wie ein kleiner Buddha, und Annegret fühlte sich plötzlich, als säße sie direkt in der Schusslinie.

Alle unterschätzen ihn, die auf seine Oberfläche hereinfallen, dachte sie, als sie sich bei seinem Anblick wieder an einen kindlichen Erwachsenen erinnert fühlte. Sie schluckte, ihr Hals fühlte sich trocken an, aber Beate Rennicke dachte nicht daran, Wasser, Tee oder Kaffee anzubieten. Sie hockte wie eine Spinne auf einen mit einem weißen Fell belegten Ledersitz und öffnete, sobald Annegret sie ansah, ihren großen Mund.

»So, dann lasst mal hören, die Dame und der Herr Kommissar, was wollt ihr von mir?«

Irgendwie war Annegret klar, dass Rosika bereits in den passiven Beobachter-Modus umgeschaltet hatte, seine Gesichtsmuskulatur wirkte schlaff, und seine Mundwinkel hingen herab, deshalb ergriff sie, wenn auch widerwillig, das Wort.

»Ihr Sohn ist vor drei Jahren, weil seine Frau sich von ihm scheiden ließ, wieder bei Ihnen eingezogen?«

Als Jens Rennickes Mutter nickte, vibrierte das Zöpfchen auf ihrem Kopf, und Annegret konnte sich nicht helfen, es wirkte irgendwie bedrohlich.

»Gemeldet ist er immer noch bei mir!« Ihre Stimme klang herausfordernd. »Aber«, räumte sie ein, »in letzter Zeit ist er meistens bei seiner Freundin. Und ich sag es gleich, bevor Sie fragen, ich kenn die Deern nicht. Will sie auch nicht kennenlernen. Denn *eine* Schwiegertochter reicht mir, nämlich die, die die Mutter meiner Enkel ist. Punkt. Fertig. Aus. So, und ich sag Ihnen noch was, wenn Sie nicht bald mit der Sprache rausrücken und sagen, was Sie wollen, setz ich Sie vor die Tür!«

»Vor Kurzem wurden die Gebeine eines Kindes gefunden. Wir haben sie als ein Mädchen identifiziert, das von Ihrem Sohn sozialpflegerisch betreut wurde. Ihr Sohn hatte mit diesem Kind, kurz bevor es verschwand und ermordet wurde, Kontakt. Professionellen Kontakt. Wir gehen jeder Spur nach, das ist unsere Pflicht gegenüber diesem unschuldigen Wesen. Deshalb suchen wir Sie auf.«

»Aha!« Beate Rennicke griff nach dem Yorkshireterrier, der neben ihr schlief, schleuderte ihn beinahe in ihre Armbeuge und begann ihn heftig zu streicheln.

»So, unschuldige Kinder, ja! Sie glauben also, Kinder sind unschuldig. Ja! Da bin ich aber ganz anderer Meinung. Die haben es faustdick hinter den Ohren, die Kleinen! Einmal umgedreht und nicht aufgepasst, und schon brennen die Gardinen. Hat sich Jens bei Ihnen ausgeheult? Ja! Aber ich erzähle Ihnen die ganze Wahrheit. Wenn ich nicht wie der Teufel aufgepasst hätte, hätte der mir doch das Dach überm Kopf angezündet. Und deshalb musste er eben jeden Nachmittag mit ins Bett. Als Alleinerziehende blieb mir gar nichts anderes übrig.« Sie beugte sich vor und funkelte Annegret an. »Haben Sie Kinder? Ich hab morgens Heringe und Aale verkauft und abends im Altonaer Theater als Garderobiere die Pelzmäntel der Herrschaften weggehängt. Uns hat keiner was geschenkt. Und einen Babysitter konnte ich mir nicht leisten, obwohl man den Jungen einfach nicht alleine lassen konnte. Der hat nichts als Unsinn angestellt. Ich musste Jens abends in sein Zimmer sperren, ihn unter Kontrolle halten. So sieht das aus. Ist mir egal, ob Sie das verstehen oder nicht!«

Jens, dachte Annegret, ein Name, aus dem man keinen Kosenamen machen kann. Jensi. Jenschen. Jensilein. Sie war verwirrt, dachte an Hänschen Klein und fühlte sich wie von einer Wortlawine überschüttet, unter der sie sich wieder hervorwühlen musste. Abwehr und Angriff, das hatte sie erwartet. Erwartet, dass eine Furie ihren Sohn in Schutz nehmen würde. Ihren Jens verteidigte. Jens. Annegret schauderte. So wie sie es aussprach, ein metallenes Wort, wie eine Gabel, die über einen blanken Teller kratzte.

»Hatte Ihr Sohn denn keinen Freund, zu dem er mal gehen konnte?«

Die Frage war einfach da gewesen, und als sie sie selbst hörte, irritierte sie das, denn schließlich saß sie nicht als Sozialarbeiterin am Tisch, um ein kindliches Wohl zu überprüfen.

»Ach was! Jens musste doch immer alles gleich kaputt machen. Er hat sich zwei-, dreimal mit einem Jungen getroffen und dann nie wieder. Irgendwie konnte ich verstehen, dass die anderen Burschen wütend auf ihn waren. Jens hat jeden zum Heulen gebracht. Jeden. Dann muss man sich auch nicht wundern, hab ich ihm oft genug eingetrichtert, wenn einem ›Rennnigger‹ hinterhergerufen wird. Aber der Junge hat ja nie auf mich gehört. Nie!«

Beate Rennicke setzte den Hund unsanft auf den Boden, stieß ihren Atem schnaubend aus und stemmte die Arme in die Hüften.

»So, aber wenn Sie mir einreden wollen, dass er deshalb ein schlechter Junge ist, können Sie gleich die Türklinke in die Hand nehmen. Jens bringt mir immer Blumen mit, wenn er sonntags zum Essen kommt. Welcher Sohn tut das schon? Also erzählen Sie mir nichts!«

Unterschlupf

Sie war mitten in der Nacht aufgewacht und hatte sofort zu weinen begonnen. Eddy.

Nie mehr. Sie würde nie mehr in seine kajalummalten Augen schauen können. Nie mehr nach Feierabend im Stübchen am Tresen sitzen und sich bei ihm wie zu Hause fühlen. Nie mehr. Eddy. Ihr Freund, ihre Zuflucht, war weg, gestorben. Annegret schlug das Bettlaken vorsichtig beiseite und tastete sich durch den stockdunklen Raum zum Badezimmer.

Schon als sie um elf Uhr todmüde zu Bett gegangen war, hatten dunkle Wolken den Mond verdeckt. Und noch während sie einschlief, war Vorfreude auf den Regen in ihr aufgekeimt. Auf sein Klopfen gegen das Fenster, das Trommeln auf dem Dach und darauf, dass die kalte Flut die brütende Wärme nach und nach vertreiben würde. Aber Pustekuchen.

Die Schwüle lastete immer noch schwer unterm Himmel, und bis jetzt war kein einziger Tropfen gefallen. In der Datscha war es warm und stickig. Sie hörte, wie Josef sich auf die Seite drehte, und schloss die Tür hinter sich. Schon als Kind hatte sie sich in die Toilette geschlichen und mit angezogenen Beinen auf den Klodeckel gesetzt, wenn sie sich verletzlich fühlte. Allein sein wollte, um in Ruhe nachzudenken.

Nicht mehr lange, dachte sie, und Josef ist weg. Nicht mal eine Freundin hast du, warf sie sich in der nächsten Sekunde selbst vor und besah im Licht der kleinen Spiegelbeleuchtung ihre großen Füße. Und wieso eigentlich nicht? Weil ich nicht um Hilfe bitten mag? Weil Freundschaft allzu oft eigentlich die unausgesprochene Übereinkunft ist, sich gegenseitig zu benutzen? Ich besuch dich heute, du besuchst mich morgen. Ich helf dir damit, du hilfst mir hiermit. Ich hör mir deine Sorgen an, du hörst dir meine Sorgen an. Und, weil ich bereits bei dem Satzanfang »Du musst … « auf die Barrikaden gehe?

Eddy! Annegret wackelte mit den großen Zehen, um nicht wieder weinen zu müssen. Er hatte sich nie beklagt, wenn sie sich wochen- oder monatelang nicht hatte sehen lassen, aber immer gefreut, wenn sie ihren Hintern auf einen Barhocker schwang, um mit ihm zu plauschen. Sie seufzte. Eddy war Freund und Freundin in einem gewesen, und, es war nicht zu überfühlen, er fehlte ihr. Sehr.

Annegret ließ den Kopf hängen und verfolgte mit glasigen Augen, wie einzelne dicke Tränen auf ihre nackten Knie tropften. Sie rollte Klopapier ab, schniefte in das weiche Vlies und driftete im Geiste zum gestrigen Nachmittag ins Büro, als Rosika gemeint hatte, dass Rennicke einen Unterschlupf haben müsse.

»Er wohnt offiziell bei der Mutter, ist aber meistens bei seiner Freundin in Hammerbrook. Also, wenn er der Täter ist, wohin verschleppt er die Kinder? Wo lebt er mit ihnen seine Phantasien aus? Hat jemand eine Idee, wo das sein könnte?«

Annegret wiegte den Kopf, als sie an die Zusammenkunft kurz vor Feierabend dachte, in der sie und Rosika Kollege Münze und dem Effeffchen ihre Eindrücke vom Besuch bei Beate Rennicke wiedergegeben hatten. Sie selbst hatte zunächst mit den Schultern gezuckt, aber das Effeffchen hatte sofort auf die Frage von ihrem angebeteten Tatortanalytiker »Ich!« gekräht und übereifrig, wie sie nun einmal war, ihre Überlegungen ausgebreitet.

»Ich hab mir auf der Karte das nähere Umfeld vom Fundort angesehen. Westlich vom Ziegelteich gibt es eine Kleingartenkolonie. Kiesgrube e.V. Ist doch interessant, oder? Der Holstenkamp verbindet den Kleingartenverein und das Wohngebiet um den Ziegelteich. Jedenfalls fast. Man fährt immer nur schnurgeradeaus an Friedhöfen vorbei, dort gibt es jede Menge davon, und biegt hinter den Bahngleisen links ab.«

Annegret verzog ihr Gesicht zur Grimasse. Frauke Froboess' rosa Wangen hatten wie Weihnachtskugeln geleuchtet, als Rosika sie gelobt und darum gebeten hatte, eine Mitgliederliste von diesem Kleingartenverein zu besorgen.

Sie lachte bitterböse auf. Sei nicht so gehässig, rief ihr eine innere Stimme zu. Erstens hat sie gute Arbeit geleistet, und zweitens solltest du dich, wenn du schon keine Freundin hast, wenigstens mit dem Effeffchen gutstellen. »Halt die Klappe!« Annegret war es gleich, dass sie sich quasi selbst den Mund verbot, wenn es sich auch so anfühlte, als weise sie eine innere Widersacherin in die Schranken. Sie setzte die Füße auf den gekachelten Boden, schniefte und wischte sich mit dem zerknüllten Toilettenpapier in ihrer Hand die Augen trocken.

»Was soll's?«, meuterte sie halbherzig und beinahe versöhnt, weil eine spontane Erkenntnis ihre aufgewühlte Psyche befriedete. Ich bin, wie ich bin, und es passiert, was passiert!

Annegret blinzelte. Sie lag auf dem Rücken und verdrehte ihren Kopf, um aus dem kleinen Fenster nach draußen zu schauen. Eine dichte graue Wolkendecke verbreitete ein unangenehmes, schmutziges Licht. Außerdem war die Luft derart mit Feuchtigkeit vollgesogen, dass sie selbst hier drinnen in der Datscha schwer auf ihrem Kopf zu lasten schien. Noch hatte sie keine Kopfschmerzen, aber weit entfernt war sie nicht mehr davon. Sie drehte sich auf die Seite und versuchte, ihre Nackenmuskulatur weich zu halten.

Das Gewitter war ausgeblieben. Und es sah auch nicht danach aus, als braute sich eines zusammen. Die Atmosphäre brütete eher aus. Hielt die Wärme. Wie eine geduldige Henne, die im Nest auf ihren Eiern saß. Sie seufzte. Der Tag würde lang werden. Der Samstag. Und der Sonntag auch. Sie setzte sich auf, stopfte sich ihr Kissen und das von Josef in den Rücken und betrachtete das leere Zimmer.

Die beiden Schaukelstühle mit den Lammfellen vor dem kalten Kamin. Den runden Holztisch, dessen Beine Josef abgesägt hatte, damit die Sitzhöhe der vier neuen, unterschiedlichen Sessel passte. Julians weißmähniges Schaukelpferd vor dem Tresen, der die Küchenzeile vom Wohnraum trennte und in der Josef vor einigen Stunden so leise wie möglich Kaffee gebrüht hatte, bevor er aufgebrochen war. Nach Günzburg! Zu einem Lakota-Pow-Wow.

»Das Pow-Wow wird von hier stationierten amerikanisch-indianischen Soldaten veranstaltet«, hatte er erklärt. Ein authentisches Fest. Der Besuch der traditionellen Tänze sei Vorbereitung für ihre große Reise. In die Great Plains. Nach Dakota, zu Joes indianischen Wurzeln.

Annegret knirschte mit den Zähnen. Sie wollte es nicht, aber es war eine Tatsache, sie war wütend. Auf Joe und auf Josef. Keiner der beiden hatte gefragt, ob sie mitkommen wollte. Sie mit keinem Wort, keiner Andeutung ermutigt, sich selbst einzuladen.

Ich könnte ins Landeskriminalamt fahren und arbeiten, dachte sie missmutig, rutschte auf den Rücken, legte sich auf die Seite, zog die Beine an, rollte sich zusammen und verbarg ihren Kopf unterm Laken.

Tabu

Als sie erwachte, wusste sie zunächst nicht, wo sie war. Annegret stierte durch die Düsterkeit auf die weiß gestrichene Wand des Wohnraumes, und als sie das Papier daran als Julians Kritzelbilder identifizierte, fuhr ihr Orientierungssinn langsam hoch. Mit einer trägen Bewegung drehte sie sich auf den Rücken und streckte ihre Glieder. Der Wecker auf dem Schränkchen am Bett zeigte sechzehn Uhr. Es waren demnach schwere Regenwolken, die den Anschein von Abenddämmerung hervorriefen.

Ich liege noch ein Weilchen, werde langsam wach und fahre, sobald ich angezogen bin, nach Hause, dachte sie, gähnte mit weit aufgerissenem Mund und stützte die Arme auf, um sich in eine sitzende Position zu hieven. Die Tür stand immer noch offen, aber das beunruhigte sie nicht. Von fern drang Schlagermusik durch die dichte, stehende Luft. Wahrscheinlich irgend so ein Sommerfest. Vom Schützenverein oder der freiwilligen Feuerwehr.

Sie lauschte. Die Melodie kam ihr bekannt vor. Sie summte sie mit, und plötzlich war eine Zeile da. »Sonne und Feuer. So nah am Tabu.« Sie seufzte, wälzte sich aus dem Bett und trat vor die Tür. Kein Tropfen Regen, nicht ein einziges kleines Tröpfchen war niedergegangen. Die Luft war im Begriff, sich zu Wasser zu transformieren, während die knochentrockene Erde zu verdorren drohte. Wie albern, dachte Annegret, das als Ungerechtigkeit zu bewerten und sogar ärgerlich zu werden.

Auf die Wolken, auf den Himmel, auf das Wetter! Weil es nicht regnet, obwohl der Boden danach lechzt. Als verfolge es eine persönliche Absicht und erlöse deshalb die Atmosphäre weder mit Blitzen, Wolkenbruch und Donnerschlägen. Als sei das Wetter jemand, der provozieren wollte, indem das Wolkengebräu sich genauso quälend langsam verflüchtigte, wie es sich verdichtet hatte.

Sie lachte laut auf. Man sollte die Menschen vielleicht wie Naturgewalten betrachten, dachte sie müde, das spart eine Menge Ärger und Frust.

»Doch«, rief sie laut, als wenn jemand ihre Überlegung in Frage gestellt hätte. Denn was tun die Menschen letztendlich! Sie brauen Gefühle zusammen, entladen sich, fauchen wie Windböen, verbergen wie die Nacht, strahlen wie die Sonne, funkeln wie die Sterne.

»Und was steckt dahinter! Nichts als Energie«, sagte sie laut zu sich selbst. »Energie, die sich beständig wandelt. Sich auf- und abbaut und wahrscheinlich selbst nicht einmal weiß, warum sie macht, was sie macht.«

Sie lauschte ihrer eigenen Stimme nach, überlegte, ob sie zwei, drei Schritte gehen und sich in einen Gartenstuhl werfen sollte, um von dort aus in den Garten zu stieren, verwarf aber den Gedanken. Allein die Idee wirkte auf ihr Gemüt wie eine starke Schlaftablette. Annegret stöhnte lang und anhaltend, drehte der Welt ihren Rücken zu, trat ins Haus, drückte die Tür ins Schloss und verriegelte sie.

Was soll's?, dachte sie, gähnte jaulend wie Rosikas Rottweiler Kule, stieg ins Bett, langte nach Josefs Bettdecke, kroch darunter, rollte sich trotz der brütenden Wärme darin ein und sank wie ein schwerer Stein in die Tiefen des Schlafes.

Es war halb zwei Uhr nachts, als das Ticken der Uhr sie aufweckte, weil es in ihren Ohren unnatürlich laut durch die Datscha hallte. Früher, in den ersten Monaten ihrer Beziehung zu Josef, war sie von der nächtlichen Ruhe, die im Gebiet des Kleingartens herrschte, beinahe jede Nacht wach geworden, bis sie sich daran gewöhnt hatte. In Ottensen gab es kaum Nächte, in denen die Welt stillzustehen schien, in der die Ruhe wirklich tief herabsinken konnte. Irgendjemand hatte immer einen Grund, sie aufzustöbern. In diesem Stadtteil gab es einfach zu viele Bewohner, die die Nacht zum Tag machten. Irgendjemand war immer unterwegs, egal zu welcher nächtlichen Zeit. Aber hier, in diesem Gartenidyll, umgeben von Wald und Wiesen hörte man allenfalls Igel schmatzen, Eulen rufen oder die Schreie von kämpfenden Katern.

Ihre Augen hatten sich an die Dunkelheit gewöhnt, trotzdem überlegte sie, ob sie die Leselampe über dem Bett anzippen wollte, doch sie führte den Gedanken nicht aus. Das Lied spielte mit einem Mal in ihrem Verstand, der Schlager. »Feuer und Flamme. Zu nah am Tabu.« Es sang in ihrem Kopf. »Zu nah am Tabu.«

Sie summte die Melodie mit, starrte durch die Dunkelheit zur Tür und fühlte sie aufkommen. Die Phantasie. Die ihr vorspielte, dass draußen ums Haus ein wildes Tier schlich. Ein Mann. Ein Wolf. Ein hungriger Wolfsmann. Annegret setzte sich auf und tastete nach ihrer Dienstwaffe, die sie bereits Freitagabend auf den Nachtschrank gelegt hatte. Weil sie ja damit gerechnet hatte, das Wochenende hier zu verbringen, ohne Josef, ganz allein, um auf ihn zu warten, damit sie den Sonntagabend zusammen verbringen konnten.

Aber die Dienstwaffe lag auch noch aus einem anderen Grund dort. Nämlich für den Fall, dass sie an diesem Wochenende erwägte, nicht vor ihr davonzulaufen. Vor der Langeweile. Nicht wie ein Reh vor dem Jäger zu flüchten, um sich vor dem Fernseher in Sicherheit zu bringen.

Und da ist er, dachte sie und lachte laut, obwohl ihr das Herz bis zum Halse schlug. Der Jäger, das Phantom, das reißende Untier, das mich stellen will. Das in meine Ruhe einbricht, um mich zu zerreißen. Der Thriller, die Todesangst, die sich gerufen wähnt, sobald die Gedankenmühle einmal für Sekunden stillsteht.

Jetzt weiß ich, was Wolnyczak meinte, fiel ihr ein. Jetzt verstehe ich erst wirklich, worauf er abzielte, als er davon erzählte, wie er sie entdeckt hatte, die Leere, das Niemandsland, in der Nacht, als er in Paiks Augen geblickt hatte. Als er sich, in ihrem braunen Glanz, wie der Mond im See, gespiegelt hatte. In diesen tiefen Hundeaugen, die, egal, was sie betrachteten, kein großes Ding daraus machten, weil sie dafür gemacht waren, jeden Augenblick neu zu schauen und unbeschwert von irgendeinem gedanklichen Drama oder schwerwiegender Erinnerung die Leichtigkeit des Seins zu leben. Eine Lebensweise, der Wolnyczak von Stund an nacheiferte und die zu leben sie nicht in der Lage war.

Talking Heads. Ja, dachte Annegret, ich bin ein sprechender Kopf auf zwei Beinen. Wie fast alle, die herumlaufen. Alles sprechende Köpfe, die die eigenen Gedanken für die Wahrheit halten. Psychokiller.

Sie lauschte.

Draußen war alles still. Er schlich allein in ihrem Kopf herum, der Psychokiller, und griff jeden Gedanken auf, solange er das furchteinflößende Schweigen nur wirkungsvoll überspielte. »Zu nah am Tabu.« Annegret lachte nervös.

Sie wusste jetzt, warum dieser Ohrwurm sie nervte. Worauf er sie aufmerksam machen wollte. Unser Täter ist ein Psychokiller, der Tabus bricht, dachte sie, er lebt seine Gewaltphantasien aus. Er hat die Unterscheidung zwischen Gewaltphantasie und Wirklichkeit aufgegeben, sie aufgehoben. Sein Psychokiller hat ihn dazu gebracht. Ihn überredet, wehrlose Kinder, die zu ihrem Schutz unberührbar gesprochen sind, zu töten. Er tötet, weil er Wehrlosigkeit an sich negiert. Sie aus der Welt schaffen will. Immer wieder, weil er nicht begreift, dass die Köpfe, die er abschlägt, nachwachsen werden. Weil Hilflosigkeit der untrennbare Bruder von Macht ist. Und keine Macht der Welt für immer regiert. Weil alles, was sich aufbaut, irgendwann zusammenstürzt. Zusammenstürzen muss. Weil das Leben niemals auf irgendeinem Gipfel haltmacht, stillsteht. Weil es Totsein bedeutet. Konservierung. Das Ende der Welt.

Und deshalb müssen auch wir, wir anderen, uns nichts vormachen. Wir leben alle nah am Tabu. Näher, als wir glauben!

»Eine Nachbarin erinnert sich tatsächlich daran, dass mal jemand wegen des leer stehenden Hauses bei ihr geklingelt hat!«

Frauke Froboess führte bereits seit Minuten das Wort. Stand mit einem Whiteboard-Stift in der Hand wie eine Oberlehrerin vor der großen Tafel und fasste die bisherigen Ermittlungsergebnisse zusammen. Jens Rennicke, so ihre Recherche, hatte an den fraglichen Fachtagungen zum Thema Risikomanagement teilgenommen, aber er sei nicht eingetragenes Mitglied im Kleingartenverein. Und ebenso wenig im Schützenverein, der auf dem Gelände der Gartenkolonie residiere.

Annegret stützte ihren Kopf mit der rechten Hand und bemühte sich, die Augen offen zu halten. Josef war erst spät gekommen, am Sonntagabend, und hatte bei zwei Flaschen Wein die Gesichtsbemalung, Kostüme und Tänze der Oglala-Lakota-Indianer derart detailliert beschrieben, dass bunt geschmückte Krieger mit perlenbesetztem Kopfschmuck, wippenden Federbüscheln, Tiermasken und klirrenden Fußschellen bis zum frühen Morgen durch ihre Träume getanzt waren. Stampfende Füße, die einem monotonen Trommelschlag folgten. Wilde, ungezähmte Männer, dicht am flackernden Feuer, mit bunten Bändern an ihren Kostümen, die sie immer mal wieder durch eine drehende Bewegung aufwirbelten.

»Jetzt haben wir ihn!«

Gerd Rosikas heller Ausruf schreckte nicht nur Annegret auf. Auch Kule war auf die Pfoten gesprungen und schnüffelte aufgeregt seinen Halter ab.

»Bitte klären Sie uns doch auf, Kollege Rosika!«

Frank Scheschonka schüttelte skeptisch den Kopf, weil er wohl dachte, was allen als Frage ins Gesicht geschrieben war. Womit denn? Womit sollen wir ihn denn plötzlich haben?

»Jetzt haben wir einen Vorwand, mit dem wir Rennicke vorladen können!« Rosika klopfte mit der flachen Hand auf den Kopf seines Hundes und schickte ihn wieder vor Annegrets Schreibtisch.

»Wir haben eine Zeugin, und das können wir so aussehen

lassen, als wären wir dem Täter dicht auf der Spur. Wir benutzen die Zeugin als Vorwand, um Rennicke zu erschüttern, ihn nervös zu machen und unter Druck zu setzen. Das ist, was wir haben!«

Münze schaute in die Runde.

»Du willst Rennicke mit der alten Dame, die ihn eventuell gesehen hat, aufscheuchen!« Rosika nickte und strahlte. »Ja, ja genau! Wir veröffentlichen, dass wir eine neue und vielversprechende Spur haben. Erklären, dass alle drei Fälle in eine Richtung weisen, der Täter berufsbedingt die Kinder kannte, wahrscheinlich als Sozialarbeiter tätig ist und so weiter. Und während unser Koordinator darüber grübelt, wohin die neue Spur führen könnte und ob er am Ende gemeint ist, vernehmen wir seine Exfrau und seine Freundin. Er weiß ja, dass wir mit seiner Mutter gesprochen und ihn auf dem Kieker haben. Dann laden wir ihn vor, sagen, dass es wichtig sei, und machen eine Gegenüberstellung. Rennicke weiß ja nicht, dass unsere Zeugin sich nur vage erinnert und selbst daran zweifelt, ihn identifizieren zu können. Wichtig ist nur, dass wir einen glaubwürdigen Vorwand haben, ihn vorzuladen, und die Sache so inszenieren, dass er mächtig ins Schwitzen gerät.«

Annegret nickte zustimmend, sagte, dass sie einverstanden sei, und dachte, dass die Froboess dastand, als erwarte sie, dass ihr jemand gleich eine Medaille umhängt, da ihr glitzernder Blick verkündete, dass dies alles ihr Verdienst, ihrer Recherche zu verdanken war. War ich auch so, in meiner Anfängerzeit, so bedürftig nach Anerkennung?, fragte sie sich in der nächsten Sekunde und schaute zu Münze. Er nickte und stimmte der vorgeschlagenen Vorgehensweise ebenfalls zu.

»Damit können wir zumindest prüfen, ob sich unser Tatverdacht erhärtet und ob er wirklich unser Mann ist! Und schaden kann es nicht, besser, als untätig abzuwarten, bis er sich noch ein Kind schnappt!«

»Wenn ihr die Exfrau von Rennicke vernehmen wollt, solltet ihr es noch heute tun.«

Frauke Froboess' Stimme gurgelte, klang, als würde sie sich gleich an ihrer eigenen Spucke verschlucken. Annegret richtete sich im Stuhl auf und machte sich nicht die Mühe, ihr »Warum?« freundlich oder interessiert hervorzubringen.

»Weil sie in die Schweiz zieht, zu ihrem neuen Lebenspartner.«

Ihr schwillt gleich der Kamm, dachte Annegret ärgerlich, aber als ihr sofort darauf einfiel, dass nach dem Aufplustern irgendwann auch das Luftrauslassen dran war, bedankte sie sich bei ihrer Kollegin, bevor sie darum bat, ihren und Rosikas Besuch telefonisch anzukündigen.

Der Möbelwagen stand genau auf Höhe der Haustür des alten Wohnhauses und hielt den Verkehr in der Friedensallee Richtung Altona auf. Rosika parkte mit einem eleganten Schlenker direkt vor dem Lkw, behinderte damit mindestens zwei Pkws auf dem Parkstreifen, setzte seelenruhig den Ventilator in Betrieb und stellte das Warnblinklicht an, bevor er ausstieg, sich seitwärts zwischen den parkenden Autos durchschob, drei abgestellte Fahrräder umging und vor der Ladefläche des Möbelwagens auf Annegret wartete.

Der Euro-Transporter war beinahe bis unters Dach vollgestellt.

»Allerhöchste Eisenbahn«, meinte Rosika, bevor beide Seite an Seite dem Hauseingang zueilten, in dem gerade der breite Rücken eines Möbelpackers verschwunden war.

Die Männer haben heute Glück, dachte Annegret, als sie das Treppenhaus des Altbaus betraten und feststellten, dass Sybille Rennicke im Parterre wohnte. Sie trat einen Schritt beiseite, und auch ihr Kollege quetschte sich dicht an die Wand, um einen Hünen mit einer Standuhr im Arm vorbeizulassen.

Die Wohnungstür stand weit offen, und als die Kriminalisten durch den langen, hohen Flur zum Wohnzimmer vordrangen, von dem aus man auf eine kleine Hinterhof-Terrasse treten konnte, sahen sie Rennickes Exfrau, wie sie eine alte hölzerne Gartenbank musterte. So also sieht sie aus, die Frau unseres Tatverdächtigen, dachte Annegret. Die Frau, die nicht ahnt, dass sie mit einem Mann lebte, der verdächtigt wird, kleine blonde Kinder zu töten. Mädchen wie die ihren. Oder täuschen wir uns? Schlummert in dieser dünnen, drahtigen, beinahe weißhaarigen Person mit Bubikopf und wasserhellen Augen doch tief verborgen ein geheimes Wissen, eine Ahnung, die sie nicht anrührt und lieber verborgen hält?

»Ich überlege, ob ich sie mitnehme. Irgendwie häng ich an meinen alten Sachen.«

Ihre Stimme tönte im Kontrast zu ihrem harten sportlichen Aussehen beinahe lieblich. Sie schaute von Rosika zu Annegret, und es war zu sehen, dass sie aus Erinnerungen auftauchte und mit einem Mal wusste, wer vor ihr stand.

»Ich muss in einer halben Stunde meine Töchter aus dem Hort holen. Pünktlich. Unser Zug fährt um vierzehn Uhr siebenundfünfzig. Und vorher muss ich noch die Schlüsselübergabe erledigen. Also, ich hab höchstens zehn Minuten. Allerhöchstens.«

Annegret sah irritiert zu Rosika. Die Eile, mit der hier ermittelt werden sollte, fegte ihr Gehirn blank.

»Uns interessiert beispielsweise, warum Sie sich scheiden ließen?«

»Ach Gott!« Sybille Rennicke stieß die Wörter in die Luft. Rosika lächelte und bat nochmals um Auskünfte, auch wenn es lange her sei.

»Es ging einfach nicht mehr!«, rief sie, warf ihre Arme in die Luft, ließ sie fallen und klatschte die flachen Handinnenflächen gegen ihre hervorstehenden Beckenknochen.

»Er schlief kaum noch nachts. Musste raus. Herumlaufen. Irgendwohin. Aber fragen Sie mich nicht, wohin. Ich weiß es nicht. Ich hatte aufgegeben zu fragen, und er hat mir nichts gesagt. Er hat einfach nicht mit mir gesprochen. Ich hab ihn in den letzten zwei Jahren unserer Ehe gar nicht mehr interessiert. In keiner Hinsicht, wenn Sie wissen, was ich meine. Dazu kam, dass er andauernd krankgeschrieben war und unseren Tagesablauf durcheinandergebracht hat. Wenn ich ihn nur depressiv auf dem Sofa vor dem Fernseher habe liegen sehen, hätte ich ihn schon erwürgen können.«

»Wie war denn sein Verhältnis zu seinen Töchtern?«

Sie schüttelte den Kopf, sah Rosika mit einem Was-soll-die-Frage-denn-jetzt-Blick an, hob resigniert die Schultern und antwortete ergeben.

»Ach, ja. Gut. Außer, wenn er mit ihnen Quatsch gemacht hat. Sie durch die Wohnung gejagt hat. Oder Wasserschlachten veranstaltete, bis sie pitschnass waren. Da ist er immer so extrem geworden. Und alles aufräumen durfte am Ende natürlich ich!«

»Hatten die Mädchen Angst vor ihm?«

»Nein!« Ihr Ausruf klang entschieden, beinahe empört, aber in ihrem Gesicht zeichneten sich, wenn auch schwach, Zweifel ab.

»Außer, wenn er zu grob wurde«, gab sie zu, und Annegret hätte in diesem Moment schwören können, dass vor ihrem inneren Auge Bilder abliefen, die sie nicht wahrhaben wollte.

»Hat er den Mädchen manchmal etwas außer der Reihe geschenkt? Schmuck zum Beispiel?«

Sybille Rennicke stierte in Rosikas Gesicht. Was für eine merkwürdige Frage, trotzte ihre Mimik, aber sie schien auch nachdenklich zu werden.

»Fällt mir jetzt nichts ein. Beim besten Willen nicht. Natürlich hat er ihnen manchmal etwas mitgebracht. Barbies. CDs. Ja, aber … «

Sie brach ihre Rede ab. Zuckte mit den Schultern und vermittelte wieder den Eindruck, als würde sie sich über das Geschilderte hinaus erinnern.

»Die Mädchen kamen, nach einem Besuch bei ihrer Großmutter, mal mit goldenen Kettchen an, die Jens ihnen geschenkt hatte. Mir ist aufgefallen, dass das von Sarah richtig echt aussah, antik. Eine wirklich hübsche Kette mit eingearbeiteten Korallenperlen. Die von Mercedes dagegen wirkte billig.« Sie schwieg einige Sekunden. »Aber ich hab die Kette lange nicht gesehen. Ich weiß nicht, ob die Mädels sie überhaupt noch haben. In dem Alter verlieren sie das meiste. Ringe, Ohrringe … «

»Und wie lange ist das her?«

Rosika nickte zustimmend, als Annegret dazwischenging und nachfragte.

»Kurz nachdem er zu seiner Mutter gezogen ist. Im Juni, ein, zwei Monate nach unserer Trennung.«

»Was war denn der genaue Auslöser für die Scheidung?« Annegret wusste jetzt, welche Fragen sie stellen musste, sie brauchte nicht darüber nachzudenken, und Rosika ließ ihr den Vortritt, das machte die Sache leicht.

»Die Abstände zwischen seinen Krankmeldungen wurden immer kürzer, aber das Schlimmste war, dass er zu trinken begonnen hatte. Nachmittags standen regelmäßig Bierflaschen auf dem Couchtisch. Richtig ekelhaft. Und er hat randaliert, auch im Beisein der Kinder. Ich wollte nicht warten, bis er gewalttätig wird.«

»Wir sind dann so weit.« Sybille Rennicke nickte hektisch in Richtung des Fahrers, der zur Wohnzimmertür hereinschaute, und rief, dass sie sofort zum Möbelwagen kommen würde.

»So, Sie sehen selbst, ich muss jetzt los, sonst verpassen wir unsren Zug.«

»Frau Rennicke, eine letzte Frage. Hat Ihr Mann inzwischen eine Wohnung angemietet oder ein Zimmer? Haben Sie eine Idee, wo er unterschlüpfen kann, wenn er allein sein möchte?«

Sie sah es. In Sybille Rennickes Augen leuchtete es kurz auf, kaum wahrnehmbar, wie ein Elementarteilchen, aber sie war auch gleichzeitig entschlossen, jetzt und sofort aufzubrechen.

»Er hat eine Freundin. Die Adresse werden Sie doch herausfinden. Sonst weiß ich nichts. Und ich hoffe auch«, sagte sie beim Hinausgehen, »dass das so bleibt. Ich will von diesem Mann nichts mehr wissen. Das werden Sie doch verstehen, oder?«

Annegret drückte ihr im Vorbeigehen ihre Visitenkarte in die Hand und schaute dieser Frau, wie Rosika auch, hinterher.

»Vielleicht müssen wir noch einen Trip in die Schweiz machen, ha! Schauen wir mal«, sagte er, nachdem ihre Schritte verhallt waren, und wischte sich mit einem blütenweißen Taschentuch die Stirn, das er zuvor wie ein Zauberer aus der Tasche seiner beigefarbenen Dreiviertelhose gezogen hatte.

Das Lombardokind

Er befühlte es, umfasste den linken Oberarm und tastete ihn ab, obwohl er wusste, dass es so weit war. Es war aufgetaut. »Mein Liebchen, mein Liebchen.« Es lag vor ihm, auf Handtüchern gebettet, auf dem Tisch in der Küche seines Elternhauses.

Alles war vorbereitet. Jetzt endlich konnte er sich seinem Meisterwerk widmen. Vater und Mutter schliefen. Tief und fest, ihren tausendjährigen Schlaf. Hand in Hand, mit einem Lächeln auf dem Gesicht. Im Ehebett aus Eichenholz. So lagen sie da, wie immer. Wie er es kannte. Seine vornehme Mutter, mit dem feinen silbrigen Haar, und sein etwas kantiger Vater, mit vorstehenden Wangenknochen und buschigen Augenbrauen.

Bei ihrem Anblick hatte ihn Liebe erfüllt, als schenke jemand rubinroten Wein in eine Karaffe. Mit einem aufschäumenden Wirbel. Er hatte noch einmal die Temperatur im Raum geprüft, obwohl er das bereits gegen acht Uhr getan hatte, Candy, dem braven Chihuahua, am Fußende der mütterlichen Bettdecke übers Fell gestreichelt und die Tür zum elterlichen Schlafzimmer vorsichtig wieder zugezogen.

Und jetzt stand er vor ihm, vor seinem Liebchen. Seinem Geschenk, vor seiner Rosalia Lombardo. Die große Kanüle mit der Formalinlösung war aufgezogen, das Skalpell für den Venenschnitt lag bereit, und der Destilliertopf mit dem Plastikschlauch hing an dem großen Haken unter der Decke. Es war ein Kraftakt gewesen, ihn dorthin zu hieven und zu befüllen. Er stieß seinen Atem in die Maske, die Mund und Nase vor dem stechenden Geruch schützte, und tastete mit der Hand nach seinen dünnen Haarsträhnen, die er ordentlich über sein kahles Haupt gekämmt hatte. Das extra starke Haarspray hielt sie an ihrem Platz.

Neben dem Tisch standen die neuen Eimer. Für das Blut. Den vergänglichen Saft, den er gegen das Elixier des ewigen Lebens austauschen würde, sobald er die kindlichen Gesichtszüge seines Liebchens gerettet hatte. Er betrachtete die lindgrünen bedruckten Gardinen, die die zweiflügligen Fensteraugen verschlossen, lauschte nach einem Geräusch und knöpfte seinen Apothekerkittel zu.

Als er die dünnen Chirurgenhandschuhe überstreifte, wallte es auf. Er griff nach der Spritze, um sie an die Halsarterie zu setzen, und hielt in der Bewegung inne. Es war da. Tränen rollten seine Wangen hinab. Das Gefühl, die Gewissheit, stieg wie ein erhebender, ja beinahe heiliger Odem in ihm auf. Das, was ihm erlaubte zu tun, was er tat, begann durch ihn zu wirken. Er drückte die Nadel vorsichtig, aber bestimmt durch die Haut und begann inbrünstig zu flüstern.

»Ihr Götter! Hat einer von euch ein Herz für Menschen, die wahrlich unschuldig sind. Seht, ich vergehe mich an dem ewigen Kreislauf des Werdens und Vergehens. Ich verdiene schwere Strafe und nehme sie auf mich. Aber damit mein Liebchen weder die Lebenden kränkt noch die Toten, so flehe ich euch an, vertreibt sie aus beiden Reichen und gebt ihr durch meine Hand Unsterblichkeit.«

Herwin-Heinrich Haseloff schluchzte auf. Er wusste, dass es eine mildtätige Gottheit gab, die die furchtbare Bedrängnis nachfühlte, der sterbliche Menschen ausgesetzt waren. Er wusste es, weil es diese Heiligkeit war, die durch seine Augen heiße Tränen weinte. Sein Herz war auserwählt. Auserwählt zu beben, bei jedem ihrer Schluchzer, und angesichts der unerträglichen Qualen, die erlitten wurden, Tag für Tag, immer wieder. Diese mitleidende Gottheit wusste um die Gefangenschaft des Menschen, seine Furcht vor dem Tod und der Dunkelheit des Grabes. Wusste um sein hilfloses Strudeln im reißenden Strom der Zeit, dem nur die wenigsten entkommen konnten. Und darin bestand die ihm zugefallene Gnade. Durch seine Hand durfte Erlösung geschenkt werden, auch wenn er sie selbst wohl niemals erfahren würde.

Mein Liebchen, »mein Lombardokind«. Sie saß im Sessel des wohltemperierten Wohnzimmers, das seine Mutter von jeher peinlich sauber gehalten hatte. Er hatte ein frisches weißes Laken untergelegt, und ihr Anblick verzückte ihn über alle Maßen. Das Werk war vollbracht, aber bevor er es hinübertrug, damit es endlich Ruhe fand, wollte er sich noch ein wenig an seinen rosigen Wangen sattsehen.

»Mein Lombardokind.« Der Ausruf wollte immer wieder und wieder über seine Lippen. Er wusste, dass hinter den schweren silbrig violetten Damastvorhängen bereits der Morgen graute, aber er widerstand der Versuchung. Auch wenn das Tageslicht die ganze Wahrheit seiner Könnerschaft darbieten würde, würde er sein Meisterwerk keinesfalls der Sonne aussetzen. Noch nicht. Nicht heute oder morgen. Aber dieser Tag würde kommen. Denn das, was er geschaffen hatte, durfte nicht wie ein Diamant tief im dunklen Erdreich verborgen bleiben.

Heute Nacht hatte er die Forderung deutlich vernommen. Dieses Kind sollte im Licht der Öffentlichkeit erstrahlen, wie die Rosalia Lombardo von Salafia. Sollte, wie sie, den Sterblichen Trost schenken. Ja, es gab nichts zu befürchten. Er war ein Künstler, der in seiner Virtuosität einem Alfredo Salafia in nichts nachstand. Das musste nur entdeckt werden.

»Mein Lombardokind.« Er gähnte und verspürte das Verlangen nach einer heißen Tasse stark gebrühten Kaffees, aber er hielt es zurück. Sein Raum, seine Werkstatt, wurde schon längst nicht mehr als Küche genutzt. Hier fanden zu heilige Handlungen statt, als dass sie mit der Befriedigung von fleischlichen Gelüsten vermischt werden durften. Der Trockner im Wäschezimmer surrte leise. Er würde gleich einen frischen, gebügelten Kittel nehmen und sich unten in der kleinen Küche der Apotheke ein Frühstück bereiten. Aber vorher würde er es zu ihnen bringen.

Die Luft im Schlafzimmer war kühl, trocken und roch durchdringend nach Myrrhe, Salbei und Weihrauch. Alles war vorbereitet. Sie war leicht wie eine junge Katze. Er legte sie vorsichtig in das große Terrarium und verschloss es mit der gläsernen Abdeckscheibe. Die Ruhestätte seines Lombardokindes. Hier konnte es schlafen, bis es so weit war. Bis es auferstand und die Welt sich in sein mildtätiges Lächeln verlieben durfte.

Hoffnung

Die Sonne zeigte ihre ganze sommerliche Kraft und strahlte von einem unergründlich blauen Himmel. Ein leichter Wind brachte die Blätter der Bäume zum Rauschen und blies ab und an eine frische Brise in den Raum. Für die nächsten zwei, drei Stunden würde es im Schatten unter dem Terrassendach noch erträglich sein. Aber danach war glücklich zu schätzen, wer sich unter einem Baum, am Meer oder in klimatisierten Räumen aufhalten konnte.

Und bleibt es noch ein paar Wochen so, dachte Annegret, wird dem Feuerball dort oben wieder alles Mögliche untergeschoben. Erbarmungslosigkeit, Gefühlskälte und Fatalismus. Dabei tut die Sonne nur, wozu sie geboren wurde. Absichtslos. Frei von Gedanken und Gefühlen. Sie sah auf die Uhr, stützte sich auf ihren Ellenbogen auf, blickte Josef in seine braunen verschlafenen Augen und deutete mit einem Kopfnicken durch die offene Tür in den Garten hinaus.

»Meinst du, dass er schon wach ist?«

Josef verzog seinen Mund zu einem Keine-Ahnung-Ausdruck. Wolnyczak zeltete seit gestern Abend im Garten. Hinten bei der Ziegelmauer, auf der Erde, in der die Knochen der Füchsin ruhten. Der Füchsin, die Josef monatelang gefüttert und in einer schicksalshaften Nacht überfahren hatte.

»Ich kenne seine Gewohnheiten nicht«, sagte er, streckte seine Glieder und stand auf. »Wann bist du mit deinem Tatortanalytiker verabredet?«

Wieso fragt er, wenn er die Antwort doch nicht abwartet? Sie registrierte stirnrunzelnd, wie er in dem kleinen Bad verschwand, und starrte weiter nach draußen. Wolnyczak hatte seine Wohnung polnischen Verwandten überlassen, die sich die Stadt mit dem Titel »Tor zur Welt« ansehen wollten. »Kommt mir gerade recht«, hatte er gestern Abend gemeint, als sie um den Feuerkorb gesessen hatten. »Ist zwar kein Tipi, aber das Zelten nehm ich als Einstimmung für die Reise. Um wieder ein Gefühl fürs Campieren zu bekommen.«

Als Josef ihr vor ein paar Tagen, beiläufig, wie es seine Art war, mitgeteilt hatte, dass Joe eine Woche mit ihnen leben würde, hatte es sie wirklich Mühe gekostet, ihrer giftig aufbrodelnden Galle nicht durch einen bösartigen Wortausbruch Erleichterung zu verschaffen. Ich bin es einfach leid, dachte sie müde, unendlich leid, mich von irgendwelchen Gefühlen zu schwachsinnigen Aktionen hinreißen zu lassen.

»Man müsste wie die Sonne sein«, flüsterte sie. »Einfach strahlen, auf alles Licht werfen. Und wenn sie von Wolken verdeckt wird, kein Grund zur Aufregung. Das wässrige Gewebe hindert sie ja nicht am Scheinen.«

Und was spricht eigentlich dagegen, dachte sie still, sich wenigstens so zu verhalten wie die Sonne, von ihr abzugucken, wie man seinen Frieden findet. Schließlich bin ich Natur, genau wie sie. Sie stöhnte, kratzte sich die Mückenstiche auf den Armen und dachte daran, dass ihr Ärger im Laufe des Abends doch noch ein Ventil gesucht hatte.

Holzscheit für Holzscheit hatte sie überlegt, wie sie Joe eins auswischen konnte. Hatte sie darüber nachgedacht, worin seine Schwäche bestehen könnte, und war schließlich zu einem Ergebnis gekommen. Es war das Alleinsein, das ihm zu schaffen machte! Bestimmt war es das. Deshalb suchte er ja nach seinesgleichen, damit er sagen konnte, er gehöre dazu.

Annegret drehte sich auf den Rücken und schaute zur Zimmerdecke. Natürlich war ihr hinterhältiger Plan nicht aufgegangen. Als sie ihre als Frage getarnte Provokation endlich an den Mann gebracht hatte, hatte sie eine vollkommen andere Wirkung hervorgerufen, als sie beabsichtigt hatte.

»Mal ehrlich, Joe, wozu soll deine Spurensuche gut sein? Hast du wirklich die Hoffnung, dass ein paar indianische Verwandte mehr dich vollständiger oder glücklicher machen? Hast du wirklich die Hoffnung, dass du nach deiner Reise weißt, wer du bist? Dass du sagen kannst, ich bin ein Lakota, ein Verbündeter?«

»Hoffnung!«, hatte er im flackernden Schein des Feuers gerufen, »Hoffnung ist die Verleugnung der Wahrheit!«

Sie hatte im ersten Moment nicht verstanden, wieso er das sagte, was er überhaupt meinte. Hatte verwirrt an den viel zitierten

Spruch »Die Hoffnung stirbt zuletzt« gedacht und bemerkt, dass sie nie über diese Aussage nachgedacht hatte, nicht wirklich jedenfalls, denn was Joe Wolnyczak auf ihr verblüfftes »Aha« hin darlegte, hatte ihr, wenn sie ehrlich war, sehr zu denken gegeben.

Hoffnung, hatte er gemeint, sei wie das Wünschen, es renne immer einem Verlangen hinterher. Morgen hör ich auf zu trinken. Ab morgen werde ich ein neuer Mensch. Voller Energie und gesund. Wenn ich erst clean bin, dann bin ich glücklich. Hoffnung, hatte er gehöhnt, Hoffnung sei ein Trick des Verstandes. Eines Verstandes, der nicht der Diener des Menschen sein will, sondern sein Gott. Hoffnung malt eine glänzende Zukunft aus und vertröstet jeden Tag aufs Neue. Hoffnung, hatte er weiter gehöhnt, Hoffnung sei in seinen Augen ein hübsches Wort mit einem großen Maul. Sie verspreche, das Leben erträglich zu machen. Sicher, warm und geborgen. Hoffnung, hatte Joe gesagt, sei etwas für sogenannte Realisten. Für Menschen, die die Welt vermessen, einteilen, auffressen und zugrunde richten und unterdessen auf die Besiedelung des Mars hoffen.

»Ich kenne diese Verführerin zur Genüge«, hatte er zuletzt müde aufgestöhnt, »ich, für meinen Teil, habe alle Hoffnung fahren lassen. Ich halte mich an das, was ist. Jetzt. Und nicht an das, was einmal war oder sein sollte oder eigentlich sein müsste. Und nach Amerika fliege ich, weil ich einem starken Impuls nachgebe. Was mich dort erwartet? Keine Ahnung. Bin ich Hellseher?«

Sie waren übereingekommen, die Freundin von Jens Rennicke ins Kriminalamt zu bestellen, um sicherzugehen, dass er bei der Befragung nicht dabei sein konnte.

Als Annegret um zehn Uhr fünfundvierzig die Tür zu ihrem Büro öffnete, hielt Frauke Froboess Kule am Halsband zurück, so als müsse sie ihn mit aller Gewalt davon abhalten, Annegret zum Frühstück zu verspeisen, obwohl er sie offensichtlich nur begrüßen wollte. Mit rot gestauchtem Gesicht rief sie ihrer Kollegin zu, dass Gerd Rosika bereits mit der Zeugin in ein Vernehmungszimmer gegangen sei und ausrichten ließe, dass er einen Cappuccino für sie ziehen würde.

Annegret grinste, wünschte ihrer Kollegin einen wunderschönen Guten Morgen und machte sich auf den Weg. Rosika registriert also meine Vorlieben, dachte sie erfreut, hat also beobachtet, dass ich vormittags gern dünnen Automatenkaffee mit süßer, geschäumter Milch trinke. Im Gegensatz zu ihm, lächelte sie gut gelaunt, der, zu welcher Tageszeit auch immer, schwarzen Kaffee bevorzugt, in dem der Löffel stehen bleibt.

Annegret hüpfte die Treppen ins Parterre hinunter, eilte den Gang entlang, öffnete voller Elan die Tür zum Vernehmungsraum Nummer vier und blieb sekundenlang abrupt im Rahmen stehen, bevor sie sich fing und vollends hineintrat. Die Frau war ein Mischling! Darauf wäre sie im Traum nicht gekommen. Milch und Schokolade, eine Afrodeutsche, die das E so breit sprach wie eine Fischfrau.

Bereits am Telefon, als sie Anke Pieschel gebeten hatte, im Landeskriminalamt vorstellig zu werden, hatte sie überlegt, was für eine Frau wohl zu dieser Stimme gehörte. Nie im Leben hätte sie an eine Dunkelhäutige gedacht. Wie auch, genau wie der Slang, deutete auch der Name so gar nicht darauf hin.

Rennicke bevorzugt also hagere Frauen. Mit dieser gedanklichen Feststellung zog Annegret einen Schlussstrich unter den kleinen Schock und reichte der bunt gekleideten Frau mit blondiertem Kraushaar und einem hübschen, wenn auch ausgemergelten Gesicht die Hand. Als sie wieder frei war, langte sie nach ihrem Cappuccino im Pappbecher, prostete Rosika zu und setzte sich neben ihn.

»Frau Pieschel ist etwas früher als verabredet gekommen. Sie hat panische Angst vor Hunden und muss außerdem um zwei ihre beiden Kinder aus der Kita abholen.«

Annegret nickte verständnisvoll, verstand jetzt, weshalb Frauke Froboess Kule am Halsband gepackt hatte, und lehnte sich im Stuhl zurück. Soll er das Gespräch eröffnen, dachte sie, heute bin ich mal der Buddha, der einfach schaut, lächelt und abwartet, was es zu fragen oder zu sagen gibt.

Anke Pieschel saß mit verschränkten Armen lässig im Stuhl zurückgelehnt und schaute aus großen, ungeschminkten Augen, über denen sich gezupfte Augenbrauen wölbten. Ihr Gebaren und das trotzige Glitzern in ihrem Blick verwiesen darauf, mit welcher

Haltung sie gekommen war. Von mir werdet ihr nichts erfahren, ich halte zu meinem Freund!

»Ihre Kinder, Frau Pieschel, sind das Mädchen oder Jungen?«

»Mädchen und Junge.«

»Sehen Sie«, säuselte Rosika freundlich, »wir haben Sie unter anderem auch zu Ihrem und dem Schutz Ihrer Kinder herbestellt. Denn in Hamburg werden Kinder vermisst. Eins ist bereits tot aufgefunden worden. Mädchen. Alle um die sieben Jahre alt. Wir gehen jeder Spur nach. Und Ihr Freund, Jens Rennicke, kannte nun mal alle diese Kinder. Wussten Sie das?«

»Ja«, rief sie triumphierend, »weil das sein Job ist. Was ist daran so besonders? Er hat mich übrigens vorgewarnt. Vorausgesagt, was Sie fragen werden. Dass Sie ihn zum Verdächtigen abstempeln würden, weil er das tote Mädchen kannte und sie angeblich zuletzt gesehen haben soll.«

Annegret spürte, wie sich Wut in ihr zusammenballte. Ich bin eine Sonne, beruhigte sie sich, eine Sonne, die auf alles scheint, auch auf dunkle zusammengebraute Gewitterwolken.

»Wie haben Sie denn Herrn Rennicke kennengelernt?«

Anke Pieschel stutzte; sie hatte die Frage offensichtlich nicht erwartet und kniff mit zusammengepressten Lippen tiefe Falten in ihre Stirn, als würde es beim Nachdenken helfen. Versunken drehte sie mehrmals an einem Ring mit großem hellblauem Glasstein, den sie am Mittelfinger trug, bis sie den Kopf hob und antwortete.

»Ich hab meine Kinder ab und zu abends allein gelassen. Um mal auszuspannen. Die Nachbarn haben sie plärren gehört und hatten nichts Besseres zu tun, als sofort das Jugendamt zu alarmieren.«

»War es Herr Rennicke, der Ihnen daraufhin einen Besuch abstattete?«

»Scheiße. Ja. Und wir haben uns noch am selben Tag verliebt. Wollen Sie ihm daraus auch einen Strick drehen?« Sie schwieg, als wartete sie auf eine Antwort, aber ihr war nur für einen Moment die Luft weggeblieben. »Und wenn Sie es genau wissen wollen, meine Kinder sagen Papa zu ihm. Glauben Sie mir, so einer wie Jens ist bestimmt kein Kindermörder. Ich muss es wohl am besten wissen. Und nur zu Ihrer Information: Meine Tochter hat braunes Haar, ist fünf und liebt ihren neuen Papi über alles.«

Annegret räusperte sich und rutschte bis zur Stuhlkante vor. Rosika reagierte sofort, lehnte sich nun seinerseits zurück und überließ ihr das Feld.

»Ist Ihr Lebenspartner, Herr Rennicke, abends öfters unterwegs?«

»Du meine Güte, natürlich! Aber ich bin nicht so beschränkt wie seine Ex. Ich hab nichts dagegen, wenn er seinen Spaß haben will und einen über den Durst trinkt. Das machen alle richtigen Kerle. Oder nicht? Aber er ist wenigstens so vernünftig und fährt nicht besoffen Auto. Da pennt er lieber bei einem Kumpel.«

Sie stützte ihre Hände auf den Tisch, lehnte sich weit vor, sodass die Knochen ihrer Schultern vorragten, und stierte Annegret ins Gesicht, bevor sie weitersprach und nun jedes Wort überdeutlich formulierte.

»Weil er Rücksicht nimmt. Die Kinder und mich nachts nicht wecken will. So sieht das aus. Und solange er unsere Miete zahlt und mir Haushaltsgeld gibt, hab ich nichts an ihm auszusetzen. Jetzt wissen Sie es!«

Annegret nickte, als würde sie sich bedanken. »Kennen Sie die Kumpel Ihres Partners? Wissen Sie, wer das ist, wo sie wohnen?«

Sie blähte ihre Nasenflügel und neigte beim Lufteinsaugen leicht ihren Kopf nach hinten, sodass Annegret in das aufgestellte Riechorgan hineinsehen konnte. Sie unterdrückte ein Grinsen, weil ihr das Bildnis eines feurigen Stiers in den Sinn kam, und wartete.

»Nein. Und es interessiert mich auch nicht.« Anke Pieschel warf sich zurück in den Stuhl und schaute böse. Aber nicht zu Annegret. Ihr Blick schaute nach innen.

Der erste Zweifel ist gesät, dachte Annegret, ich wette, sie hat selbst schon versucht herauszufinden, wer seine Freunde sind. Aber wie es aussah, war da im Augenblick nichts zu machen, denn in Anke Pieschels Augen gleißten trotzige Funken. Ihre Abwehr stand. Annegret zuckte unmerklich mit den Schultern. Sie konnte sich gut in die Frau hineinfühlen. Es war ihre, Ankes, Angelegenheit, herauszufinden, mit wem ihr Freund um die Häuser zog, nicht die einer wildfremden Kriminalistin.

»Ihr Lebenspartner ist häufiger mal krank. Stimmt das?«

Anke Pieschel stülpte ihre üppigen Lippen vor, rieb sich mit dem Zeigefinger der rechten Hand das Grübchen am Kinn und nickte. »Er hat Depressionen. Weil er seinen Vater nicht kennt. Nie kennengelernt hat. Er ist ein Mann, der weinen kann!«

Ihre Stimme knickte weg, wie Beine, die einen Körper nicht länger tragen können, und Annegret registrierte im Augenausdruck der Frau den hoffnungsvollen Versuch, nun das Blatt vielleicht wenden zu können und die Kriminalisten für den Mann an ihrer Seite positiv einzunehmen. Und sie legte noch nach, sprach davon, dass Rennicke ein Mann sei, der wisse, wie Kinder litten, die ohne Vater groß wurden.

»Ist das in Ihren Augen ein Verhalten, das ihn verdächtig macht?« Sie wartete, und als Annegret Luft holte, hielt sie ehrfurchtgebietend ihren langen rechten Zeigefinger in die Höhe.

»Jens ist ein guter Vater. Und das lasse ich mir von niemandem kaputt machen. Und schon gar nicht ohne Beweise!«

Abschied

Rosika hatte ihr, während sie zusammen durchs Treppenhaus aufwärts Richtung Büro gestiegen waren, eröffnet, dass er sie nach Feierabend gern in sein Lieblingsrestaurant einladen wolle. Sie möge doch sicher italienisches Essen. Der Koch sei ein wahrer Könner, ein Meister seines Faches. Außerdem würde der Laden Wert auf eine gute Weinkarte legen.

»Ich würde gern etwas mit dir besprechen.«

Ihr waren nicht gerade die Augen aus dem Kopf gefallen, aber erstaunt war sie doch gewesen und neugierig natürlich. Ob er nicht erklären könne, worum es gehe, hatte sie erwidert, da sie ihm leider absagen müsse, weil sie zu einer Beerdigungsfeier eingeladen sei. Die Feier sei eine letzte Ehrenerweisung für einen sehr, sehr guten Freund, der verstorben sei. Aber Rosika hatte gemeint, dass er kein Freund von Andeutungen sei und sich lieber ein anderes Mal mit ihr verabrede.

Sie seufzte und prüfte ihre Lippen. Beinahe kirschrot wie die von unserem Tatortanalytiker, dachte sie und musste lachen, weil der Gedanke sie erheiterte. Zwei Kirschmünder.

»Kirschmund, was gibst du kund?«, flüsterte sie ihrem Spiegelbild zu und schaute sofort zur Tür. Nicht dass sie im Landeskriminalamt noch als die, die mit sich selber spricht, die Flüsterin, bekannt wurde. Sie schraubte den Lippenstift zusammen und beobachtete, dass ihre Hände zitterten. Weil ich nicht weinen will, dachte sie, weil Eddys Abgang alles verändert hat. Sie seufzte.

Jetzt war der Tag also gekommen. Der Tag, an dem Eddys Freunde und Stammgäste ein letztes Mal im Stübchen zusammenkamen, um Abschied zu nehmen. Abschied von Eddy, einem Mann, der auch das Weibliche in sich lebte, leben musste, weil es ihm so bestimmt war. Der seine doppelte Identität als Barmann in seinem eigenen Kiezlokal leben konnte. Mit Schminke und Stöckelschuhen, Lippenstift und tiefer Weisheit im Herzen. Und für sie, das war Annegret klar, war es auch ein endgültiger Abschied von einer Lebensspanne, die nun, mit Eddys Tod, unwiederbringlich vorbei war. Einer Zeit der Fluchten ins Stübchen, zu Speise und alkoholischem Trank, zu weinseligen Tänzen und einem großen Katzenjammer danach.

Schon merkwürdig, dachte sie, dass ich erst jetzt, mit fünfzig, die Bereitschaft in mir spüre, erwachsen zu werden. Aus mir selbst heraus zu leben, bereit, mich an nichts und niemanden mehr zu hängen. Nicht an den Job, nicht an den Mann. Weil man ja doch nichts festhalten kann. Nichts und niemanden.

»Wenn einer gehen muss, geht er. So sieht es doch aus«, murmelte sie, zupfte das schwarze ärmellose Leinenkleid zurecht, legte sich den neuen rosafarbenen Seidenschal um und holte aus der Stofftasche, die unterm Waschbecken lag, die ebenfalls neuen schwarzen Sandalen. Wird Zeit, dass ich zu meiner Größe stehe, hatte sie beim Kauf gedacht und sich für die schicken schwarzen Riemchensandaletten mit Absatz entschieden. Sie betrachtete ihre Füße und stopfte das Paar zurück in den Büdel. Die Fahrt in die Simon machte sie lieber mit ihren alten Flachtretern.

»Josef!« Er lag, als sie das Licht anschaltete, auf ihrem Sofa und grinste sie an. Auf dem Tisch standen eine Flasche Châteauneuf-du-Pape und zwei Gläser. Sie wusste, dass ihre Wimperntusche verschmiert war. Vom vielen Weinen und weil sie vergessen hatte, dass sie Mascara aufgetragen hatte, und sich die Augen gerieben hatte. Weil sie nicht gewohnt war, geschminkt zu sein. Außerdem schmerzten ihre Füße, und deshalb stand sie barfüßig vor ihm.

»Ich dachte, ich hab vergessen, das Fenster zu schließen!«

Sie hatte sich schon gewundert, als sie den Flur betrat, dass die Luft in ihrer Wohnung gar nicht stickig war.

»Wie war's?«

Annegret warf sich aufs Sofa und kuschelte sich in seinen Arm. »Sehr schön und sehr rührend. Jemand, den ich nicht kenne, hat eine Eddy-Parodie vorgespielt. Und der Mann hinterm Tresen, der uns mit Drinks versorgt hat, sah auch aus wie Eddy. Wir haben seine Lieblingslieder gesungen. Ich wusste gar nicht, dass Karaoke so schwer ist«, sie kicherte, »ich bin stimmlich natürlich abgeschmiert wie ein Düsenflugzeug.«

Annegret kicherte, und Josef gab ihr einen zärtlichen Kuss auf die Schläfe.

»Jeder hat aufgeschrieben, was er an Eddy geliebt hat, und Karli hat es vorgelesen.« Sie sah ihn mit überquellenden Augen an und versuchte, ihren Blick in seinen zu bohren.

»Er war ein wirklich viel geliebter Mensch!«

»Was man von dir nicht gerade behaupten kann, was?«

Annegret warf Josefs Arm von sich, musste aber gegen ihren Willen lachen.

»Ja«, rief sie, »verdammt noch mal, und deshalb bin ich auch froh, dass du hier neben mir sitzt!«

Josef öffnete den Wein, und sie stand auf, um aus der Küche Streichhölzer zu holen. Als die Kerze brannte, löschte sie das Deckenlicht.

»Ich bin so müde.« Annegret legte ihren Kopf auf Josefs Beine und weinte still. Weil ich glücklich bin, weil er bei mir ist, dachte sie, weil er bei mir ist, auch wenn er weg ist. Genau wie Eddy.

Brandherd

Es war abgelaufen, wie er es sich gedacht hatte. Anke hatte von allein wie ein Wasserfall geredet und ihre Vernehmung bis ins kleinste Detail geschildert. Dick und Doof hatten genau die Fragen gestellt, die er vorausgesagt hatte. Er hatte genau zugehört, nicht nur auf die Worte geachtet, die sie herausstürzte, um ihm zu zeigen, wie aufgebracht sie über die Verdächtigungen war. Nein, er hatte vor allem auf die Unterströmung gelauscht, mit der sie vorbeiperlten. Und sein siebter Sinn hatte sofort gespürt, dass etwas nicht stimmte. Um ihr Geplapper machte er sich keine Sorgen. Es war genau, wie es sein sollte. Wie er es im Sinn hatte, als er sie präpariert und ihr Satz für Satz eine Sichtweise eingeflößt hatte, die ihn für unschuldig erklärte. Und sein Plan, so sah es jedenfalls aus, war aufgegangen. Trotzdem, das fühlte er deutlich, lief sie aus dem Ruder.

»Ich besuch 'nen Freund.«

Als er vom Sofa aufgestanden war, um im Schlafzimmer ein frisches Hemd und Hose in die kleine Sporttasche zu packen, war sie ihm nachgegangen. Hatte sie wie eine Oberlehrerin im Türrahmen gestanden und ihn beobachtet.

»Wer ist denn der Freund, zu dem du gehst? Warum besucht uns eigentlich nie einer deiner Freunde? Warum musst du immer zu ihnen gehen, warum kommt nicht mal einer zu uns? Oder willst du nicht, dass ich deine Freunde kennenlerne?«

Er hatte es gewusst. Sie hatte zu glatt geredet, obwohl die kleinen Stachel, die sie ihr in die Haut gesetzt hatten, bereits schmerzten, sie misstrauisch machten. Jens Rennicke lachte böse auf. Sie konnte ihm nichts vormachen. Es war garantiert kein Zufall, dass sie ihm nach ihrem Besuch bei der Kripo plötzlich Fragen stellte. Das hatte sie noch nie getan.

Er warf die Zeitung mit dem Artikel auf den Boden. »Verlogenes Pack.«

Sie wussten also doch von den anderen Kindern, sonst hätten sie sie nicht mit den Kinderknochen in Verbindung gebracht. Großwildjagd, dachte er, sie blasen zur Großwildjagd, aber sie haben keinen Schimmer, wo sich die Katze aufhält. Sie wissen gar nichts. Sie rechnen sich was aus und bluffen, und beweisen können sie schon gar nichts. Nichts.

Gut, sie hatten zwar einen Punktsieg bei Anke geholt, das musste er zugeben, aber den würde er schon wieder wettmachen. Er wusste genau, wie er sie anpacken musste, damit sie funktionierte. Aus ihren Augen hatte hübsch die Panik geblinkt, als er ihr weisgemacht hatte, dass er seine Freiheit bräuchte. Zu sehr in seiner Ehe gelitten hätte.

»Wenn du willst, pack ich meine Sachen und geh!«

Ihr Aufschrei war genau, was er gebraucht hatte, um seine Nerven zu beruhigen. Er hatte es doch gewusst. Sie würde alles für ihn tun. Das arme Mäuschen. Weil Mäuschen Anke sich dummerweise einen Bau mit nur einem Ausgang gebaut hatte. Wirklich blöd, dass sie auf ihn angewiesen war.

Er starrte im Lichtschein der ruhig brennenden Kerze zur Weidentruhe hinüber und wurde, nachdem die Erinnerung an seine Unterhaltung mit Anke vorbeigeflimmert war, unruhig. Durch seine Beine, so fühlte es sich an, liefen Ameisen, deshalb stand er auf und prüfte, ob die zugezogenen geblümten Vorhänge vor den geschlossenen Fenstern keinen Lichtschimmer durchließen. Er schwitzte, aber er wollte nicht, dass jemand bemerkte, dass er hier war. Gut, dass der Garten nicht einsehbar war, die Laube verborgen hinter hohen Hecken stand. Außerdem gab es kaum Nachbarn. Vis-à-vis vom Grundstück residierte die Straßenmeisterei hinter dicken Holzbohlen, und zur linken Hand führte ein kleiner Pfad an einem unberührten kleinen Hain entlang, der vom Gewerbegebiet und der A 7 begrenzt wurde.

Wenn er nicht gesehen werden wollte, und das war so gut wie immer der Fall, kam er über den Speditionshof, parkte hinter den Lagerhallen, verschwand durch ein Loch im Zaun im Wäldchen, verließ es auf der anderen Seite wieder, eilte den kaum genutzten Pfad hinunter und betrat den Garten durch die kleine Pforte. Die Hallen der Spedition, das hatte er ausgekundschaftet, waren durch Alarmanlagen gesichert. Das Unternehmen beschäftigte weder Nachtwächter noch Werkschützer mit Hunden. Auch von der Seite hatte er also nichts zu befürchten.

Er ging die paar Schritte zurück zur Schlafcouch, setzte sich, stand sofort wieder auf, ging zur Truhe, öffnete das Schloss, mit dem sie gesichert war, und hob den Deckel an. Sie war leer. Schon zu lange leer. Und die Kleine, die zuletzt hier gekauert hatte, war, als er auf ihr lag, einfach untergegangen wie ein havariertes Schiff. Sang- und klanglos, als hätte sie eingewilligt zu sterben, als hätte sie gewusst, was auf sie zukam. Diese stummen großen Augen.

Er musste ihren Blick loswerden. Er wischte sich mit dem Handrücken die Stirn, ging zum Waschbecken und füllte ein Glas mit Wasser. Als er es leer getrunken hatte, warf er sich auf die Schlafcouch, schob die Hände unter seinen Kopf und starrte zur Decke. Er kannte diese Grenze, diese Schnittstelle, an der man um sein Leben kämpfte, sich aufbäumte oder einfach aufgab, sich fallen ließ, immer tiefer sank, bis einen die Dunkelheit umfing.

Er presste den Kiefer zusammen und bemerkte nicht, dass er die Hände unterm Kopf vorgezogen hatte und zu Krallen formte, weil er, wie beinahe jede Nacht, ihr Gesicht vor sich sah. Ganz nah. Rot und schwitzend mit vorgetretenen Augen. Das gehässige Lachen seiner Mutter hörte, weil sie sich darüber freute, dass sie stärker war als er. Weil er, sosehr er sich auch bemühte, mit den Beinen trat und seinen Rücken krumm bog, sie nicht abwerfen konnte, wenn sie sich auf ihn gewälzt hatte, auf ihm lag, um sein Schreien, seine Wut zu ersticken.

»Ich will raus. Lass mich. Ich will nicht schlafen. Ich will nicht still sein. Neeeiiin.«

Aber sie war wie eine menschenleere Wüste. Sein Ruf verhallte ungehört in einer sengenden Hitze, die ihm den Atem raubte. Sie lockerte erst ihren Griff um seine Handgelenke, wenn er ruhig war, und selbst dann wartete sie weiter ab, ob er es auch wirklich blieb. Und jedes Mal war er, ohne dass sie es wusste, kurz vorm Sterben gewesen. War die Verlockung, sein Herz unendlich weit auszubreiten und davonzufliegen, nur noch haaresbreit von ihm entfernt gewesen. Einfach wegzusegeln von diesem Felsen Mutter, dieser Last, die ihn zu ersticken drohte. Aber nur der Teufel wusste, warum er am Ende doch immer wieder gierig nach Luft geschnappt, sie in seine schmerzende Brust eingesogen hatte.

»Das hättest du dir auch sparen können!«

Es war immer die gleiche Bemerkung, mit der sie von ihm gerollt war, ohne zu wissen, dass sie ihn zum hundertsten Mal beinahe getötet hätte.

Ohne zu wissen, dass sie damit einen Hass in ihm nährte, der zur Feuersbrunst wurde, zu einem höllischen Brandherd, den keine Macht der Welt zu löschen vermochte.

Das Geschenk

Zehn Minuten nach ein Uhr. Herwin-Heinrich Haseloff warf, während er mit dem Fuß die weit aufgestellte Eingangstür zur Apotheke löste, einen Blick in den Himmel.

»Wenn wenigstens ein Wind wehen würde!«

Beinahe jeder Kunde hatte heute diese Klage geäußert und fast alle mit glänzender Stirn, verschwitztem Nacken und knappem Atem. Er hatte immer genickt und gelächelt. Aber nicht, weil er mit den Alten und Wetterfühligen mitlitt, sondern weil er immerzu an sein Liebchen denken musste, an sein Lombardokind.

Heute, das fühlte er, war der Tag gekommen, an dem er es der Welt ankündigen würde. Heute würde er die Verheißung seiner Ankunft vorbereiten. Aber immer schön langsam mit den jungen Pferden, mäßigte er sich still selbst, erst wird die Kasse abgerechnet.

»Erst die Arbeit, dann das Vergnügen, nicht wahr, lieber Heinrich?«

Er würde sie nie vergessen. Die Stimme seiner Mutter. Wie sie mit unnatürlich hochgezogenen Augenbrauen vor ihm gestanden hatte. Mittags, am Küchentisch, wenn sie darauf bestand, dass er erst die Schularbeiten erledigte, bevor er runter zu ihnen in die Apotheke durfte, um mitzuhelfen. Aber vollständig wurde die Erinnerung erst, wenn das zustimmende Nicken seines Vaters dazukam. Die leichte Bewegung seines Kopfes, während er still kaute und seine Frau währenddessen mit seinen Augen vergötterte.

Die Liebe, diese Anbetung seines Vaters für die Feine, seine Mutter, die empfand er nun endlich nach. Empfand er endlich selbst. Denn jetzt lag sie auch in seinem Blick. Eine Verklärung, die sein innerstes Empfinden in heilige Höhen hob und sein Herz vor Freude anschwellen ließ, wenn er es betrachtete und sich immer wieder aufs Neue in seine rosigen Wangen, das gelockte Haar und den lächelnden Mund verliebte. Diese Verzückung, dieses innere Jubilieren, das alles rief sein Liebchen hervor, sein Lombardokind.

Und an dieser Liebe, an dieser grenzenlosen Freude, sollte die ganze Welt teilhaben. Jeder. Jeder sollte in seinem Lächeln baden dürfen. Genesen und heilen, wie er selbst. Ja, das war sein Geschenk!

Die Zeitung lag ordentlich gefaltet auf dem Küchentisch, und durch das geöffnete Fenster kam heiße Luft, die die letzten Geruchsspuren des Formalins weiter verdünnte. Er duldete den Luftaustausch nur in der Küche. Und auch hier nur für wenige Momente, denn die ungefilterte Luft war wie der Teufel selbst, da in ihrem Milieu eine zersetzende Kraft wucherte, gegen die anzukämpfen er sein Leben verschrieben hatte. Bakterien, Pilze, Mikroorganismen jeder Art, kleine zerstörende Ungeheuer, die, wenn sie einmal Fuß gefasst hatten, nicht mehr aufzuhalten waren.

Herwin-Heinrich Haseloff schüttelte sich unmerklich, wickelte einen Mentholbonbon aus dem Papier, steckte ihn sich in den Mund und schob den Stuhl zurück, um aufzustehen. So, wie er alle Tätigkeiten verrichtete, verriegelte er mit bedächtigem Handgriff das Fensterkreuz, ging über den kleinen viereckigen Flur in sein ehemaliges Jugendzimmer, setzte sich dort an den Schreibtisch und schlug das Tagesblatt auf.

»Warum musste Beatrice-Marie sterben?«

Die Schlagzeile über dem Aufruf der Kriminalpolizei hatte gestern Abend bereits seine Ohren klingeln lassen. Die Gebeine eines Mädchens seien gefunden worden, hatte er gelesen. Gebeine von einem Mädchen, das vor drei Jahren auf rätselhafte Weise verschwunden war. Und zwei weitere Mädchen wurden vermisst. Blond, hübsch, siebenjährig. Genau wie das inzwischen als Beatrice-Marie Meyer identifizierte Skelett. Die Kriminalpolizei gehe bei den drei Fällen von ein und demselben Täter aus. Die Soko Beatrice werde von einem Tatortanalytiker unterstützt. Sein Täterprofil beschreibe den Kindsmörder als gebildeten und gepflegten Mann. Sozialarbeiter oder Lehrer. Die Ermittlungen würden dies bestätigen. Die Kriminalpolizei bitte um Mithilfe. Wer etwas über den Verbleib von Fleur Wiesmüller und Nicole Jakob wisse, möge sich melden.

»Fleur Wiesmüller.«

Er sprach ihren Namen aus und starrte auf ihr Foto. Im Artikel hatten sie den genauen Ort und Zeitpunkt ihres Verschwindens genannt und natürlich auch den des anderen Mädchens. Aber er war sich sicher, dass sie es war. Sein Liebchen. Er flüsterte nochmals ihren Namen. »Fleur Wiesmüller.«

Nein, es ging nicht. Sein Liebchen trug keinen Namen. Dieses Kind war jenseits von Schall und Rauch. Es war längst zu einer Fackel der unsterblichen Liebe geworden. Es war gestorben, um für immer in seinem und in den Herzen der Menschheit zu leben. Und er war sein Apostel. Derjenige, der für den unsterblichen Nachhall seines Lombardokindes sorgen würde. Der, der sich um seine heilige Einweihung sorgte, damit es seiner Bestimmung zugeführt werden konnte.

Aber er griff zu weit vor. Durch sein Gesicht arbeitete sich ein nervöses Zucken, als er mit den Fingern wackelte, bevor er sie in die dünnen Einweghandschuhe bohrte. Nach einer Sekunde des Zögerns nahm er das bereitgelegte Briefpapier und den Füllfederhalter, legte beides vor sich und wartete. Auf Worte. Heilige Worte, die die barmherzige Gottheit durch ihn sprechen würde. Herwin-Heinrich Haseloff verharrte reglos am hölzernen Tisch, Minute für Minute, bis er endlich die Kappe vom Füllfederhalter abschraubte und niederschrieb, was ihm aufgegeben wurde.

Innig geliebte Mutter der Fleur Wiesmüller,
freue dich. Lass alle Qual hinter dir, denn deine Tochter wurde zum Geschenk für die Menschheit. Freue dich, ihr Körper ist unberührt. Das Wunder der göttlichen Barmherzigkeit hat ihre Seele wieder vollkommen hergestellt. Siehe, und weine nicht, denn was einst sterblicher Leib war, ist nun Leuchtfeuer für die ganze Menschheit. Sie wird zurückkehren!
Freue dich, denn ihr Erscheinen ist nur der Anfang der Glorie. Denn siehe, zurückkehren wird der Leib des ewigen Lebens. Ein Leib, der sein Blut opferte, um der Menschheit Hunger und Durst nach barmherziger Liebe und Trost zu stillen! Kommt. Auch ihr seid geladen, am Tag ihres Erscheinens. Kommt, denn alles ist bereitet. Kommt und nehmt die Verheißung ihres Lächelns entgegen.
Hochachtungsvoll
ein Diener

Sein Kopf fühlte sich an wie ein Ballon, der kurz vorm Platzen war. So sehr strengte es ihn an, seine Tränen zurückzuhalten, aber der Briefumschlag, in den er die göttliche Botschaft steckte, durfte nicht benetzt werden. Er atmete tief durch, befeuchtete den Kleberand mit einem kleinen Schwämmchen, schloss und adressierte ihn. Seine Hand zitterte, aber als er *An die Mutter des vermissten Kindes, Fleur Wiesmüller, in Billstedt* schrieb, gelang ihm ein gestochen scharfes Schriftbild, ohne den geringsten Ausrutscher.

Der Brief

Ihr Telefon hatte, kaum dass sie das Büro betrat, geläutet. Sie hatte Frauke Froboess zugenickt, die wie verabredet Phantombilder aufhängte, die Jens Rennickes Gesichtszüge trugen. Es war Rosikas Idee gewesen, sie anfertigen zu lassen.

»Wir werden ihn hier vernehmen, im Büro. Er wird sich erkennen, und das wird ihn verunsichern. Wir hängen auch Fotos der Mädchen auf und Fotos der Kriminaltechnik vom Knochenfund. Alles in Großformat. Und auch die Karte vom Ziegelteich und von der Umgebung. Das alles wird ihm mächtig einheizen. Vielleicht sogar genug Druck aufbauen, dass er gesteht.«

Münze hatte Rosikas Eifer belächelt, obwohl er bereit war, ihn tatkräftig zu unterstützen.

Heute Abend, so hatten sie es gestern besprochen, würde Münze Jens Rennicke anrufen und kurzfristig vorladen, sodass er keine Zeit hatte, sich eine Strategie zurechtzulegen. Er würde das Anliegen natürlich derart dringlich vortragen, dass Rennicke es nicht ausschlagen konnte. Scheschonka hatte bei den Formulierungen geholfen, damit sie rechtlich im grünen Bereich blieben und er, falls es dazu kam, sich vor dem Staatsanwalt rechtfertigen konnte. Aufgabe des Effeffchens war, den Raum entsprechend dramaturgisch zu gestalten. Und Annegret würde mit Hilfe von Tatortanalytiker Rosika eine Befragungsstrategie erarbeiten, in der alle Kollegen der Soko eine Rolle spielten.

Rennicke sollte den Eindruck gewinnen, dass viele Kriminalisten an der Sache arbeiteten und die Ermittlungen mächtig ernst nahmen.

Annegret wunderte sich, dass Rosika noch nicht anwesend war. Münze, das wusste sie, hatte sich den Morgen freigenommen, um nicht noch mehr Überstunden anzusammeln.

Sie stellte ihre Tasche auf den Stuhl, wartete ein weiteres Läuten ab und entschied sich, erst nach Entgegennahme des Telefonats nach dem Verbleib von Frauke Froboess' Liebling zu fragen.

»Sie kommt zurück!« Annegret hielt den Hörer vom Ohr weg.

Die Frau am anderen Ende der Leitung kreischte, dass es wehtat. »Hallo?«

»Frau Pries! Frau Pries! Fleur kommt zurück, mein kleiner Engel kommt zurück!«

»Frau Wiesmüller?«

»Ja, ja. Fleur kommt zurück. Sie lebt!«

»Woher wissen Sie das?«

»Ich habe einen Brief bekommen. Da steht es drin. Sie kommt zurück!«

Annegret wartete, bis die Frau am anderen Ende der Leitung aufhörte, aufgeregt zu schluchzen.

»Frau Wiesmüller!«

»Ja.«

»Legen Sie den Brief bitte an einen sauberen, trockenen Platz. Passen Sie auf, dass ihn Ihre Kinder nicht in die Finger bekommen. Hören Sie!«

»Ja.«

»Ich komme sofort. Ich bin in einer Dreiviertelstunde bei Ihnen!«

Ihr Gesicht war aufgedunsen, die Haut um ihre Augen rot gerieben und verweint, aber aus den kaum sichtbaren hellblauen Iriden leuchtete überströmende Freude.

»Die Kinder sind in der Kita«, rief sie aufgeregt, und den Brief habe sie auf ihr Bett gelegt.

»Gut.« Annegret schloss die Wohnungstür hinter sich, folgte Fleurs Mutter und fischte aus ihrer Tasche Einweghandschuhe, die sie beim Gehen überstreifte.

»Ist er mit der Post gekommen?« Annegret nahm das schwere Blatt Briefpapier vom ungemachten Bett und fragte, ob es auch einen Umschlag gebe.

»Ja«, hechelte Melanie Wiesmüller, der liege im Wohnzimmer auf dem Tisch. Ob sie ihn holen solle. Annegret nickte und legte eine dünne Klarsichtfolie bereit.

»Der Briefträger kommt bei uns immer früh«, rief sie beim Hinausgehen, weil am Bahnhof seine Tour beginne.

»Er ist sogar extra an die Tür gekommen, um ihn mir persönlich zu geben«, erklärte sie, sobald sie wiederkam, ohne die Lautstärke ihrer Stimme zu drosseln. »Ich bin so aufgeregt!«

Sie reichte Annegret den aufgefetzten Umschlag. »Er hat es in der Zeitung gelesen, dass Fleur vermisst wird, und dachte, dass der Brief wichtig ist.« Der Postbote habe ihr auch geraten, gleich die Polizei zu benachrichtigen. »Gott sei Dank hatte ich Ihre Karte noch«, rief sie und ließ sich auf den Rand des Bettes plumpsen.

Annegret nickte wieder nur stumm, setzte sich zu ihr und las.

»Wieso denken Sie, dass Fleur zurückkommt?« Annegret spürte, dass ihr Körper kalt wurde, und atmete tief durch, um ihren Kreislauf zu stabilisieren.

»Aber es steht doch drin! Sie wird zurückkehren!« Melanie Wiesmüller versuchte, nach dem Brief zu greifen, und fiel beinahe in Annegrets Schoß, weil sie den Arm beiseiteschnellte.

»Vorsichtig«, sagte Annegret sehr sanft, »wir müssen ihn auf Spuren untersuchen.«

»Aber es steht drin. Wörtlich. Sie wird zurückkommen. Ich hab es doch gelesen«, flüsterte Melanie Wiesmüller mit bettelnder Stimme.

»Frau Wiesmüller.« Annegret drehte sich so, dass die Frau ihrem Blick nicht ausweichen konnte, und strengte sich an, die zuckenden Gesichtsmuskeln ihres Gegenübers zu ignorieren. Damit sie sprechen und ihrer Arbeit nachgehen konnte. Sie räusperte sich, um nachzuspüren, ob sie noch da war, ihre Stimme, bevor sie sagte, was gesagt werden musste.

»Vielleicht habe ich unrecht. Hoffentlich. Aber der Inhalt des Briefes hört sich für mich nicht an, als würde der Entführer Fleur zurückbringen.«

»Wer sagt denn, dass sie entführt wurde? Das hört sich doch nach einem Pastor an. Und dass sie verletzt war, geblutet hat. Aber jetzt wieder heil ist. Vielleicht ist sie in einem katholischen Krankenhaus. Und durch den Artikel in der Zeitung wissen die jetzt, zu wem Fleur gehört. Vielleicht ist sie verletzt gewesen und hat ihr Gedächtnis verloren. So kann es doch gewesen sein. Und wenn sie ganz gesund ist, geben sie sie mir zurück.«

Annegret seufzte, ihr war zum Heulen zumute. Hoffnung, dachte sie, Hoffnung verspricht Unmögliches, weil das, was ist, nicht zu ertragen ist.

»Und warum wird im Brief nicht gesagt, wo sie ist, wann sie kommt und wer sie bringt?«

Ihre Stimme klang sanft, als spreche sie mit einem verwirrten Kind.

»Weil Fleur bestimmt erst zum Jugendamt muss. Weil sie mich für eine schlechte Mutter halten. Deshalb.«

Melanie Wiesmüller kippte plötzlich zur Seite und wurde kreidebleich.

»Ich kann nicht mehr«, flüsterte sie. Speichel rann aus ihrem Mundwinkel. »Wenn Fleur nicht wiederkommt, ist mir alles egal. Ich will meinen Engel wiederhaben.« Ihre Stimme wurde immer leiser und piepsiger, wie bei einem sterbenden Vogel, der nicht ins Nest zurückkann.

»Ich rufe jetzt die Ambulanz«, sagte Annegret, »und informiere das Jugendamt, damit Ihre Kinder, bis Sie wieder bei Kräften sind, gut untergebracht sind. Ich kümmere mich um Fleur.«

Annegret streichelte mit der einen Hand den Kopf der Frau, legte mit der anderen den Brief ab und kramte in der Tasche nach ihrem Handy.

»Und sobald ich sicher weiß, was geschehen ist, teile ich es Ihnen mit. Versprochen.«

Der Plan

»Und was jetzt?«

Sie hatte es an der Haltung seines Kopfes gesehen. Er hatte Wort für Wort aufgenommen. Trotzdem rührte er sich nicht. Rosika stand vor dem Besprechungstisch im Büro, auf dem der Brief in der Klarsichtfolie lag, und schien paralysiert zu sein.

Frauke Froboess, die den Brief bereits mehrmals gelesen hatte, hockte mäuschenstill auf dem Stuhl neben ihm und kraulte Kule die Lefzen. Als die Bürotür aufging und erst Scheschonka und nach ihm Münze und dann Fechner den Raum betraten, sahen alle auf, aber niemand von ihnen kreuzte den Blick mit den Ankömmlingen.

Kule humpelte vor Annegrets Schreibtisch und beschnüffelte, sobald er lag, seinen rechten Vorderlauf, der in einer Neoprensocke steckte.

»Er ist beim Tierarzt«, hatte Frauke Froboess morgens auf Annegrets Frage geantwortet, bevor sie sich auf den Weg zu Melanie Wiesmüller gemacht hatte. »Kule hat sich einen Dorn in den Ballen getreten.«

Annegret wandte sich vom Rottweiler ab und der Kaffeemaschine zu. Die braune Brühe in der Glaskanne war bestimmt mehrere Stunden alt und höchstens noch lauwarm. Sie schaltete die altersschwache Heizplatte aus und setzte sich zu den Kollegen an den Tisch.

»Hört sich an, als wäre das Kind in die Hände einer Sekte gefallen. Oder wer schreibt sonst so einen Scheiß?« Fechners Gesicht zeigte deutlich, wie angewidert er war. »Ich wette, wir finden nichts, keine Spuren«, schob er noch nach und hielt dabei die Klarsichthülle in die Höhe. »Ich wette, der Brief ist präpariert.«

»Und was jetzt?« Es war Frauke Froboess, die Annegrets Frage wiederholte und zum ersten Mal, seit sie ihren Dienst aufgenommen hatte, sprachlos wirkte.

»Wir vernehmen Rennicke. Heute Abend, wie verabredet. Heute ist unsere Chance, ihn in einem angefressenen Zustand in die Mangel zu nehmen. Seine Töchter feiern in Zürich mit seiner Exfrau und ihrem neuen Partner Geburtstag. Eine Situation, die ihn fühlen lässt, dass er vertrieben und ausgegrenzt wurde. Der er machtlos gegenübersteht. Verletzt und aggressiv. Das lassen wir uns nicht entgehen. Wir nutzen unsere Chance, ihn auf schwachem Fuß zu erwischen.«

Scheschonka nickte zustimmend.

»Ich meine auch, dass wir alles tun sollten, um herauszufinden, ob er unser Täter ist. So schnell wie möglich. Bevor er wieder ein Kind töten muss.«

Er ist immer noch am Kämpfen, dachte Annegret, als sie in Münzes Gesicht sah. Er konkurriert immer noch mit Rosika.

»Und der Brief! Sollen wir ihn einfach ignorieren!«

Rosika tauschte einen Blick mit Scheschonka, bevor er sich Münze zuwandte.

»Darum kümmern wir uns parallel. Wir können während der Vernehmung auf den Inhalt anspielen. Herausfinden, ob er ihn verfasst hat oder nicht.« Rosika seufzte. »Oder herausfinden«, sagte er müde, »ob wir von einem zweiten Täter ausgehen müssen oder der Fall vollkommen anders liegt, als es bisher den Anschein hatte.«

Er schüttelte den Kopf, als stellte er selbst in Frage, dass er sich derartig habe täuschen können, und schaute Münze an, als stünde die heilige Inquisition vor ihm und nötigte ihn zur Beichte.

»Gut«, brach es aus ihm heraus. »Meine Erfahrung sagt mir, dass Rennicke den Brief wahrscheinlich nicht geschrieben hat. Aber wissen wir, was sich im Kopf eines Psychopathen abspielt? Zu welchen Tricks er fähig ist?«

Münze zuckte mit den Schultern, erwiderte gleichwohl nichts. Was auch, dachte Annegret, wir werden der Spur des Briefes folgen. Natürlich. Ansonsten bleibt uns tatsächlich nur abzuwarten, was als Nächstes passiert. Und zu hoffen, sie lachte bitterböse nach innen, zu hoffen, dass die kleine Fleur am Leben ist.

Wie tief die Wolken ziehen. Weil sie so schwer sind, voller Regen, der nicht fällt. Annegrets Blick verlief sich über Frauke Froboess' Schreibtisch hinweg in den Himmel, und ihre gerunzelten Augenbrauen drückten ihren Unmut aus. Stundenlang hatte es wieder nach Gewitter ausgesehen, aber der auffrischende Wind hatte die Wolkendecke zerstoben, das Blau freigelegt und schob nun dicke, tief hängende Wolkenbauten durch die Luft.

Sie sah zur Uhr. Sobald Rosika mit Kule vom Spaziergang durch den Stadtpark zurück war, würde Münze zum Hörer greifen und Rennicke herbeiordern. Frauke Froboess, die mit einem Kollegen aus dem K2 vor dem Haus von Rennickes Freundin wartete, hatte vor einigen Minuten gemeldet, dass der Jäger in seinem Bau sei.

Annegrets Herz klopfte hart, als sie sich die ausgetüftelte Vernehmungsstrategie vor Augen führte. Rosika würde den zugewandten, verständnisvollen Cop spielen, der als Mann nachfühlen konnte, wie sehr Rennicke unter der Trennung von seinen Kindern gelitten haben musste. Wie verabscheuenswürdig seine Exfrau war. Überhaupt, wie niederträchtig und schlangengleich das weibliche Geschlecht es doch verstand, das männliche zum Narren zu halten, es zu verführen und am Ende ins Unglück zu reißen. Er würde, so war es verabredet, so weit gehen und den vermissten Kindern die Schuld zuschieben.

Münze würde später dazukommen und Rennicke zur Zeugen-Gegenüberstellung bringen. Auch er würde, wenn auch verhaltener, männliche Solidarität markieren. Und sobald Rennicke an der Angel war, kam ihr Part an die Reihe. Sie würde ihn konfrontieren und unter Druck setzen, sodass er vielleicht, das war jedenfalls der Plan, Schutz und Beistand bei den männlichen Kollegen suchte und sich dabei verriet.

»Ich betone nochmals, Herr Rennicke, wir wollen Sie keinesfalls in Haft nehmen. Es steht Ihnen frei, unserer Aufforderung nachzukommen oder auch nicht. Dann laden wir Sie allerdings schriftlich vor, denn um eine Gegenüberstellung mit der Zeugin werden Sie nicht herumkommen. Das kann Ihnen jeder Staatsanwalt bestätigen. Und es müsste doch auch in Ihrem Sinne sein, sich schnellstmöglich vom Tatverdacht, der auf Ihnen liegt, zu befreien. Außerdem ersparen Sie uns 'ne Menge Arbeit und sich einen Haufen Ärger, weil wir keinen Staub aufwirbeln müssen und Ihre Vorgesetzten und Kollegen gar nichts von unseren Ermittlungen erfahren.«

Münze nickte, verharrte mit leicht gesenktem Kopf und hob plötzlich achtungsgebietend die Hand.

»Ich höre gerade«, rief er gespielt hastig, »dass Kollegen in Ihrer Nähe sind, die Beamten sind in wenigen Minuten bei Ihnen. Sie bringen Sie zu uns ins Landeskriminalamt.« Er lauschte in den Hörer, sagte »Ich bedanke mich« und legte auf. »Er kommt!«

Annegret atmete laut und erlösend aus und warf sich mit dem Rücken gegen die Lehne des Stuhls.

»Gut gemacht.« Scheschonka, der wie Annegret und Rosika mit angehaltenem Atem das Telefonat verfolgt hatte, stieß sich vom Kühlschank ab und verließ ohne ein weiteres Wort und mit Kule an der Leine das Büro.

Als Jens Rennicke das Büro betrat, hatten sich auch die letzten Wolken aufgelöst. Die Sonne hatte den Himmel für den Abend bereitet, und wie in den vergangenen Wochen hielt er ohne Gefolge Einzug. Er war weit nach Westen gewandert, der Stern Sonne, beleuchtete aber durch die großen Fensterfronten das Büro immer noch mit hellem, gleißendem Tageslicht. Trotzdem hatte Annegret die Deckenbeleuchtung eingeschaltet, und es war eine Genugtuung für sie, als Rennicke, sobald er saß und die Fahndungsfotos an der Wand wahrnahm, in der kühlen klimatisierten Raumluft zu schwitzen begann. Wie verabredet verließ Frauke Froboess das Büro, um mit Münze die Gegenüberstellung vorzubereiten. Sobald die Tür geschlossen war, ergriff Rosika das Wort und wiederholte, was Münze bereits am Telefon mitgeteilt hatte.

Es sei eine Zeugin aufgetaucht. Ihr sei in der fraglichen Zeit, als die Leiche von Beatrice-Marie Meyer in Bahrenfeld abgelegt wurde, ein Mann aufgefallen, der sich das leer stehende Haus angeschaut und nachgefragt habe, ob es zum Verkauf stehe. Rosika betrachtete das Fahndungsfoto, gab sich den Anschein, als würde er nachdenken, und sprach unvermittelt weiter.

»Ich will Ihnen sagen, wie ich die Sache sehe. Als sich Ihre Frau scheiden ließ, hat Sie das ganz schön in Rage versetzt. Ist ja auch miese gelaufen, von einem Tag auf den anderen vor die Tür gesetzt zu werden, vor den Augen der Kinder! Also ich muss schon sagen, einem weniger beherrschten Typen wäre da vielleicht die Hand ausgerutscht.«

Rennicke verdrehte die Augen und zuckte mit der Stirn. Kann sein, sagte seine Mimik, aber seine Mundwinkel blieben herabgezogen, und sowohl sein Gesichtsausdruck als auch seine über die Brust verschränkten Arme demonstrierten gleich nach dieser Bekundung wieder abwartende Distanz.

»Aber Sie sind ja kein gewalttätiger Typ. Nicht wahr? Jedenfalls nicht einfach so. Da müssen Sie schon ganz schön provoziert werden. Aber das können Frauen ja besonders gut. Oder? Uns Männer piesacken. Immer wieder den Finger in die Wunden stecken und darin herumstochern. Bis man die Beherrschung verliert.«

Nimmt er jetzt schon die Deckung herunter, fragte sich Annegret, als Rennicke seine Arme löste und seine Hände auf die Oberschenkel ablegte. Sie atmete ruhig, bedacht darauf, auch nicht durch die allergeringste Bewegung ihre Aufgeregtheit zu verraten.

»Aber wenn man ihnen dann zeigt, wer der Herr im Haus ist, fangen sie an zu plärren. Heulen einem die Ohren voll, klammern sich an, betteln und flehen und machen einen noch verrückter.«

Er hatte genickt. Jens Rennicke hatte genickt. Annegret fasste es nicht.

»So ist es doch!«, rief Rosika, als spreche er vor einem Auditorium von unterdrückten Männern. Und Jens Rennicke stimmte wieder zu und diesmal sogar mit dem Anflug eines Grinsens in den Augen.

»Immer wird auf den Männern herumgehackt, dabei erwehren wir uns nur unserer Haut!«

Rosika machte eine Pause. Blieb für einen Moment still, und in diesen wortlosen Sekunden ließ Rennicke seinen angehaltenen Atem los.

»Sie hatten also eine Mordswut auf Ihre Exfrau. Und ich schätze, Sie wussten nicht, wohin damit. Und dann machten Sie diesen Hausbesuch. Sahen die Kleine, die lieb Kind tat, es aber faustdick hinter den Ohren hat. Nicht wahr? So ein Kind, das bei jedem lieb Kind spielte, auch bei Ihnen, stimmt's?«

»Stimmt.«

Seine Stimme klang ruhig und klar. Jetzt hat er ihn, dachte Annegret, jetzt erwacht sein Verlangen, alles zuzugeben, sich zu erleichtern, es auszusprechen. Aber wird er der Versuchung auch nachgeben?

»Und da war Ihre Wut. Und dieses Kind, und … «

»… dann hab ich es getötet, nicht wahr, dass wollten Sie doch sagen? Aber können Sie es auch beweisen?« Rennicke schüttelte den Kopf. »Nein. Können Sie nicht.«

Das ist kein Herauswinden. Annegret sah es genau. Es wirkt vielmehr, als würde er uns auffordern, mehr Druck zu machen, damit er gestehen kann. So viel Druck, dass keine Chance mehr besteht, auszuweichen, und ihm nur noch übrig bleibt, zu kapitulieren.

Annegret runzelte die Stirn. Aber wie? Und vor allem, womit!

»Und als es tot war«, entwickelte Rosika seinen Vortrag unbeirrt weiter, »haben Sie nach einem Ort gesucht, wo Sie das tote Kind ablegen konnten. Deshalb die Nachfrage, ob das leer stehende Haus mit dem verwilderten Garten zu verkaufen sei.«

Rennicke flatterte mit den Lidern, grinste, blieb jedoch still.

»Aber es ist nicht bei der Tötung von Beatrice geblieben, nicht wahr? Man kann sie nicht abstellen, die Situationen, in denen man aus der Haut fahren, gegen die Wand laufen und sie einrennen will. Sie mussten es wieder tun, wieder so einem Liebkind die Maske vom Gesicht reißen.«

»Ja, man findet einfach keinen Frieden.« Rennicke sprach jedes Wort mit monotoner Stimme.

Er gibt alles zu, schrie Annegret stumm und erhob sich vom Stuhl, damit er ihr Gesicht nicht lesen konnte. Aber seine Worte sind wie Seifenblasen, sie zerplatzen, sobald man nach ihnen greift.

Das Telefon läutete. Münze, dachte sie. Die Gegenüberstellung. Wir können die Zeugin nicht länger warten lassen.

»Ich hab es Ihnen aber gleich gesagt. Ich hatte meine Brille nicht auf, und es ist einfach zu lange her.«

Jens Rennicke stand zwischen Männern seines Alters, seiner Größe und Statur, die wie er mit Jeans und T-Shirt bekleidet waren, und schaute mit gleichgültigem Blick von der anderen Seite des Einwegspiegels blindlings zu ihnen hinüber.

»Trotzdem«, forderte Münze, »versuchen Sie es, wer könnte es gewesen sein? Sie schaden niemandem. Wenn Sie sich nicht sicher sind, müssen wir den Mann sowieso laufen lassen.«

Sie seufzte. Nestelte an ihrem Taschentuch, das sie in der Hand hielt, und seufzte wieder.

»Es könnte – ich sage, es könnte – der Zweite von links sein«, piepste die rüstige Dame.

Frauke Froboess und Münze traten einen Schritt vor und wandten sich erstaunt der Zeugin zu.

»Warum er?«

»Weil er einen Bart trägt. Der Mann, damals an der Haustür, der trug auch einen Vollbart. Das weiß ich genau. Das hatte mir Angst gemacht, weil ich sein Gesicht nicht erkennen konnte. Es ist mir gerade eben wieder eingefallen.«

»Angst und Euphorie. Nicht wahr? Der erste Mord hat beides bei Ihnen ausgelöst. Erst Erlösung und dann Skrupel. Deshalb haben Sie sich einen Bart stehen lassen. Weil es Sie verändert hat. Sie sich dahinter verstecken konnten wie hinter einem Gestrüpp.«

Münze hatte Rennicke wieder ins Büro geleitet und ihn auf demselben Platz wie zuvor am Besprechungstisch platziert. Rosika verschwendete keine Sekunde und beschoss Rennicke mit Sätzen, um ihn zu einer unkontrollierten Reaktion zu bewegen.

»Der Mord hat Sie beflügelt und gleichzeitig fürchten lassen, die Kontrolle zu verlieren. Sie hatten einen Menschen getötet. Ein Kind. Ein kleines Mädchen. Es erstickt. Sie waren plötzlich zu etwas Ungeheuerlichem fähig. Das hat Sie erschreckt. Deshalb der Bart, er sollte Sie unkenntlich machen, dabei helfen, zwischen sich und der Tat einen Abstand zu schaffen. Vorerst. Bis Sie den Mord verdaut hatten. Bis Sie sicher waren, dass Sie mit der Tötung von Beatrice-Marie Meyer nicht in Verbindung gebracht wurden.«

Rennicke schlug seine Lider kurz nieder und legte den Kopf schief, in seinen Augen glitzerte es, als spende er Rosika stummen Beifall. Weder Annegret noch Münze konnten ihre Spannung länger verbergen, aber Rennicke machte ihre aufkeimende Hoffnung zunichte. Er blieb kontrolliert und ließ sich nicht aus seiner Bahn werfen.

»Hat mich Ihre Zeugin als Täter identifiziert?«

»Nein.«

Annegret stand vom Stuhl auf und starrte Rennicke an. Alle warteten, auch Rosika, was sie tun würde. Die Frage war in ihr aufgestiegen wie ein gasgefüllter Ballon in den Himmel, und sie sprach sie aus, einfach, weil sie gestellt werden wollte.

»Herr Rennicke, haben Sie sich nach der Trennung von Ihrer Frau einen Vollbart stehen lassen?«

»Ja, das habe ich«, antwortete er freundlich, »aber beweist das irgendetwas?«

Nein, dachte Annegret, das tut es nicht. Trotzdem sind wir einen Schritt weiter. Ich weiß jetzt, was du brauchst. Ich weiß nur noch nicht, wie ich es beschaffen kann!

Überbleibsel

Sie quietschte wieder. Josefs Gartenpforte. Ihre letzte Ölung war aufgebraucht. Annegret drückte den metallenen Griff und schloss das Türchen hinter sich. Sobald sie ums Haus herumgegangen und der gelbe Schein der Wegbeleuchtung abgeschnitten war, umfing sie Dunkelheit. Der neue Mond stand mit fadendünner Sichel am Himmel, und Josef hatte kein Licht, nicht einmal eine Kerze, angezündet.

Er saß im tiefen Schatten auf der Terrasse, und je näher sie ihm kam, desto deutlicher wurden seine Umrisse. Vor ihm, auf dem Tisch, hob sich die Silhouette einer Flasche Rotwein gegen das nächtliche Dunkel ab, und Annegret wusste, auch wenn sie es noch nicht sehen konnte, dass ein leeres Glas auf sie wartete.

»Und, wie ist es gelaufen? Hat er gestanden, dein Psychokiller?«

Sie schüttelte müde den Kopf, stellte ihre Tasche beiseite, tastete mit den Händen nach einem Gartenstuhl und schob ihn sich unter den Hintern.

»Er will gestehen. Aber er ist ein Masochist, er will dafür eine Gegenleistung. Er verlangt nach dem Strick, mit dem wir ihm die Luft abdrehen. Leider haben wir nichts in der Hand. Nicht den kleinsten Beweis. Wir wissen ja noch nicht einmal, ob die Kinder noch leben oder ob er sie längst abgelegt hat!«

Wie sich das anhört. Kinder ablegen, wie Mäntel oder irgendeine Sache. Einen schweren Karton oder eine Akte. Akte Beatrice. So sollten Kinder nicht sterben, voller Angst und Scham. Wie totgeschlagene Sündenböcke. Wie grausam der Mensch doch ist, sinnierte Annegret, und wie wenig er davon wissen will. Sie stieß einen Laut des Unmutes aus, und Josef fragte leise und sehr zärtlich, was denn sei.

»Hoffnung«, raunte sie bitterlich, »Joe hat recht. Kaum ein Mensch will wahrhaben, wie es wirklich um uns steht. Um die Bestie Mensch, die die meiste Zeit ihres Lebens auf der Flucht vor Stumpfsinn, Langeweile, Angst und Wut ist, immer mit der Hoffnung auf ein besseres Morgen.«

Und der Witz ist, dachte sie, dass ich mich selbst gerade jetzt auch kaum ertrage und am liebsten hundert Jahre hinter Dornenhecken schlafen würde, um alles zu vergessen. Den Kindsmord. Und den Täter. Diesen Täter, der vor einigen Jahrzehnten selbst Opfer war. Und wer weiß, wer alles noch vor ihm und wie weit die Kette zurückreicht! Sie schenkte sich Wein ins Glas und trank einen Schluck.

»Die Leichtigkeit des Seins«, raunte sie, ohne Josef anzusehen, »das meint doch, auf das zu schauen, was ist. Ohne Gegenwehr. Es weder anzunehmen noch abzulehnen, es lediglich hinzunehmen, ohne zu sagen, das will ich nicht, weil es nicht so ist, wie ich es mir vorstelle.«

Josef nickte, sie spürte es.

»Ich finde«, schob sie nach, »es gibt kaum etwas Schwierigeres.«

»Ja«, flüsterte er, als könnte seine Stimme die Nacht stören, »aber wenn wir uns weiter weismachen lassen, dass der Sinn des Lebens in der Erfüllung unserer Phantasien und Träume liegt, dann gnade uns Gott.«

Es raschelte im ersten welken Laub des wilden Salbeis und der Minze, die, weil sie alle Kraft für ihre Blüte brauchten, der Sommerhitze ihre Blätter hingaben. Der Igel, dachte Annegret und unterdrückte ein Gähnen. Sie lauschte, wartete darauf, dass der kleine Stachelball etwas Fressbares fand und sie sich über sein lautes Schmatzen freuen konnte.

Ihr Magen knurrte, sie vergaß das Tierchen, zog stattdessen in Betracht, den Kühlschrank zu inspizieren, aber da ihr Rücken schmerzte, blieb sie einfach sitzen. Die Vernehmung. Noch immer zerrte ihr Verstand Erinnerungen daran hervor und forderte sie zur Grübelei heraus. Der Brief.

Münze hatte Jens Rennicke zum Ende der Befragung um eine Schriftprobe gebeten. Aber wie erwartet war auch dieser Versuch ein Flop gewesen. Der Schreiber des Briefes hatte auf die Spitzen des A und M steile Zipfel gesetzt und das W sowie das K mit Schwung ausgeschrieben, bei Rennicke bekamen diese Buchstaben lediglich runde Buckel. Er hatte ihn nicht verfasst, und anzunehmen, dass er einen Komplizen hatte, war wohl auch mehr als hanebüchen. Außerdem hatte seine Stimme, als er nachgefragt hatte, wieso er solch einen geschwollenen Quatsch schreiben sollte, glaubwürdig genervt geklungen.

Annegret überlegte, ob sie Josef von dem Brief erzählen sollte, aber sie entschied sich dagegen. Der Tag war zu lang gewesen. Und jetzt, wo der Rotwein und die Dunkelheit langsam ihre wohltuende Wirkung taten und sie entspannte, wollte sie ihren unruhigen Geist nicht durch weitere Überlegungen anstacheln und auf Hochtouren bringen.

Sie hatte das Klingeln in wirre Traumsequenzen eingebaut. So lange es ging. Davon geträumt, dass ihr Freund Leo vor der Tür stand, in Ottensen, mit einer Tüte Brötchen in der Hand und dem rechten Zeigefinger auf dem Klingelknopf. Wie damals, nach durchzechten Nächten in Eddys Stübchen, als er noch schnell zum Bäcker gelaufen war und sie unterdessen auf dem Sofa einschlief und nur durch sein Dauerläuten wieder wach wurde. Zuletzt, unmittelbar bevor sie realisierte, dass ihr Handy angewählt wurde, und der Schlaf sie endgültig freigab, hatte sie wie Alice im Wunderland mit ratlosem Blick in einen überdimensional großen wie leeren Kühlschrank gestarrt und sich dabei gefragt, womit um Himmels willen sie die Brötchen bloß belegen sollte.

Ihr Magen knurrte. Der Wecker zeigte sechs Uhr früh, und langsam dämmerte ihr, dass etwas Außergewöhnliches passiert sein musste, wenn die Kollegen sie um diese Zeit zum Dienst riefen.

Es war Fechner, der sie aufforderte, so schnell wie möglich in die Lutherkirche nach Bahrenfeld zu kommen.

Im kleinen Vorraum zur Kirche roch es beißend nach Sagrotan und anderen Putzmitteln. Die Flügeltür zum Kirchensaal stand weit offen, und sie erkannte sie schon von Weitem, an ihren Rücken. Sie standen in einem dichten Halbkreis um den Altar. Der Pfarrer, der unverkennbare Bereitschaftsarzt Martensen mit seinen X-Beinen, Scheschonka, Gerd Rosika, Kriminaltechniker Fechner und sein Team, Kollege Münze, und selbst Frauke Froboess fehlte nicht.

Die Sohlen von Annegrets Sandalen waren aus Gummi gefertigt, und deshalb hörte niemand ihre Schritte, als sie durch den Mittelgang der Kirche auf die Gruppe zuschritt. Der Pastor musste sie in seinem Rücken gefühlt haben, denn er war der Erste, der sich umdrehte. Seine Bewegung machte die Kollegen aufmerksam, und nacheinander drehten sich alle zu ihr um. Niemand sagte etwas, sie schauten nur wie gebannt, als ob etwas Unfassbares geschehen sei.

Annegret hätte sich am liebsten in Luft aufgelöst, denn in allen Augenpaaren lauerte die unausgesprochene Frage, ob sie wirklich näher kommen wolle, ob sie tatsächlich die Nerven besitze, sich dem Anblick auszusetzen, den ihre Leiber noch verborgen hielten. Annegret schob Frauke Froboess mit dem Arm beiseite, und wie auf einen geheimen Befehl hin öffnete sich der Kreis und gab den Altar preis.

Auf dem Opfertisch thronte ein großes silbernes Kreuz, und ihm jeweils rechts und links zur Seite standen zwei prunkvolle Kerzenhalter. Kruzifix noch mal, fluchte sie still, um Mut zu schöpfen, zu dem Bündel auf dem Boden zu schauen.

Vor dem Altar saß auf einem Kniekissen eine kindliche Figur mit blonden Locken und rosa Kleidchen am Leib. Annegret blinzelte, und dann gefror ihr das Blut in den Adern. Sie trat einen Schritt näher heran und schlug, um einen Aufschrei zu ersticken, ihre Hand vor den Mund. Sie hatte das Gesicht erkannt, dieses engelsgleiche Lächeln, das ihr Herz beinahe täglich schmerzlich berührte, weil aus diesem Foto Augen schauten, die tiefes Mitleid zu empfinden schienen.

Es war das Kinderporträt, das an die Presse gegangen war und das Frauke Froboess vergrößert und an die Pinnwand geheftet hatte. Das Porträt von Fleur Wiesmüller. Jemand hatte dieses Mädchen zur Puppe, zur Wachsfigur, gemacht. Zu einer Reliquie, zu einem toten Überbleibsel mit Dauerlächeln.

Annegret drehte sich zu Rosika um, und der tiefe Schock, den sein greisenhaftes Gesicht in ihr auslöste, trieb sie dazu, unmotiviert aufzulachen. Als wenn der Tod ihm in Mark und Bein gefahren ist, dachte sie.

Ihr Blick streifte eine hölzerne Figur, die wohl Jesus mit zwei Kindern darstellen sollte. Lasset die Kindlein zu mir kommen, plapperte ihr Kopf, während ihr Magen flau wurde und sie sich nach den Holzbänken umschaute und darauf zuging. Sobald ihre Füße sie nicht mehr tragen mussten, starrte sie in das bunte Kunstglasfenster über dem Altar, in dessen Mitte ein leuchtendes Gelb flammte, durchsetzt mit roten und orangefarbenen Glassplittern.

Wie ein Feuer, dachte sie und drehte ihren Kopf seitlich nach rechts, um sich mit der Betrachtung eines weiteren Kirchenfensters abzulenken. In der Mitte dieses Bleiglasmosaiks strahlten rote Rosen auf einem braunen Sarg. Die Verbindung zu den Blumenbildern von Helene Meyer, Beatrice-Maries Mutter, war sofort da. Fleur, eine duftende Rose, die gebrochen wurde, um als Pressblume ausgestellt zu werden. Dieser Einfall, der wie ein Blitz in sie einschlug, ließ Tränen in ihre Augen schießen. Sie nahm noch wahr, dass Scheschonka sich zu ihr setzte, dann wurde ihr unsäglich übel.

»Geht es wieder?«

Annegret runzelte die Stirn und wunderte sich, dass sie an Scheschonkas Arm lehnte, neigte den Kopf in den Nacken und schaute in seine gesprenkelten Augen.

»Sie sahen plötzlich wie ein Gespenst aus.«

»Ach.« Mit dem tönenden Hauch ihres Atems kam langsam die Erinnerung zurück und in ihrem Gefolge eine große Erleichterung, dass die Übelkeit, an der sie glaubte, sterben zu müssen, fort war. Sie zuckte mit den Fingern. Ihre Hand, die kraftlos auf der Kirchenbank lag, hielt ein Stofftaschentuch, und als sie den Arm hob, um ihr nasses Gesicht zu trocknen, konnte sie sich gleichzeitig aufrichten.

»Ich hab seit gestern Mittag nichts mehr gegessen. Der Anblick dieser Kinderpuppe ist mir auf den Magen geschlagen.«

Scheschonka nickte. »Ja«, sagte er, »mir geht das Ganze auch gewaltig an die Nieren.«

Er machte keine weiteren Anstalten, etwas zu tun oder zu sagen, und deshalb blieb Annegret auch einfach sitzen und lauschte der erregten, beinahe schwärmerischen Stimme des Arztes, die durch die Kirche hallte. Martensen kniete neben Fechner vor dem Altar und begutachtete die präparierte Leiche.

»Eine ausgesprochen professionelle Arbeit. Das ist selten, sehr selten, dass es einer schafft, diese Frische einzufangen. Ein Könner. Das hier hat ein Künstler gemacht. Ein Liebhaber der Präparation, einer, der viel Erfahrung mit Leichenkonservierung hat, der sich mit Chemie auskennt, der das Fachgebiet studiert hat. Das macht man nicht einfach so. Niemals.«

»Nein, das macht man nicht einfach so«, rief Rosika, »natürlich nicht, wenn einer Kinder konserviert, wird ihn schon ein spezieller geistiger Hintergrund dazu antreiben!«

Er stand mit blassem Gesicht neben Frauke Froboess am Besprechungstisch im Büro und verfolgte jede Handbewegung von Münze, der darauf wartete, dass der Kaffee durchlief.

»Und morgen werden wir in der Zeitung auch den berühmten Aufschrei mit der unausweichlichen Frage lesen, die beinahe bei jedem Verbrechen gestellt wird. Warum? Warum richtet jemand ein Kind derartig zu? Was ist das für ein Mensch, für ein Monster?«

Niemand sagte etwas, weil jeder spürte, dass Münzes zurückgehaltene Aversion gegen Rosika sich jede Sekunde Bahn brechen konnte.

»Jedenfalls können wir Rennicke von unserer Liste streichen, auch wenn sein Profil noch so gut passt.« Münzes Stimme klang eisig, als er das sagte. »Das ist jedenfalls meine Meinung, auch wenn ich kein Tatortanalytiker bin.«

Annegret schluckte das kleine Stückchen Zimtbrötchen, an dem sie gekaut hatte, und atmete gegen die wieder erstarkende Übelkeit an. Als der Bildreporter die Lutherkirche gestürmt hatte und das Überraschungsmoment nutzte, um seine Sensationsfotos zu schießen, war sie bewusstlos gegen Scheschonkas Schulter gesackt. Und während sie sich langsam von ihrem Aussetzer erholte, hatten sich ihre Kollegen bereits auf den Weg ins Landeskriminalamt gemacht. Zur Lagebesprechung, um die Pressearbeit zu organisieren und sicherzustellen, dass die Mütter der vermissten Kinder die grauenvolle Nachricht nicht durch die Zeitung erfuhren.

Und um das weitere Vorgehen zu besprechen, angesichts dieses außergewöhnlichen Leichenfunds. Sie war erst dazugestoßen, als die Analyse der Geschehnisse ihren frostigen Höhepunkt erreichte.

»Und was«, fragte Frauke Froboess, »wenn wir es mit zwei Tätern zu tun haben?«

»Und was«, fragte Münze mit gepresster Stimme zurück, »wenn wir die Gebeine von Beatrice nur deshalb fanden, weil sie zur ersten Versuchsreihe gehörte, weil bei ihr die Leichenpräparation misslang oder nicht perfekt genug ausfiel? Was«, fragte Münze mit grimmiger, immer lauter werdender Stimme weiter, »wenn unser Täter Kinderleichen irgendwo in einer Kühltruhe hortet und jetzt, wo er seine Kunst beherrscht, ein Artefakt nach dem anderen ausstellt? Was, wenn wir als Nächstes Nicole Jakob als menschliche Puppe präsentiert bekommen?«

Münzes Energie hemmte bei allen das Sprachzentrum. Niemand erwiderte etwas, die Vorstellung allein, dass seine Mutmaßungen zutrafen und womöglich die nächste Aktion des Täters voraussagten, blockierte den Verstand der anwesenden Kollegen.

Annegret mochte sich gar nicht ausdenken, wie die Presse reagieren würde. Und um was für ein Vielfaches die öffentlich geschürte Hysterie den Druck erhöhen würde, einen Täter dingfest zu machen. Sie seufzte. Wir werden es nicht verhindern können, dachte sie, die Revolverblätter verdienen einfach zu viel Geld damit, den Leuten das Gruseln beizubringen und ihnen einen unruhigen Schlaf zu bereiten, indem sie täglich von der kinderfressenden Bestie berichten.

Und natürlich würden auch sie, die Kriminalisten, wieder mit Spott und Verunglimpfung bedacht werden, weil ein frei laufender Psychokiller, dessen Spur im Sande verlief, die Hoffnung auf ein ruhiges und sicheres Leben verhöhnte. Und sie werden es herausfinden, die Journalisten, dass unser Fangnetz zerrissen und unser Ermittlungsansatz wie ein Kartenhaus auseinandergefallen ist. Annegret stöhnte leise auf, bevor sie ihre Gedanken zu Ende brachte.

Und sie werden auch recherchieren, dass wir unseren Tatverdächtigen, das Ass, das wir in den Händen zu halten glaubten, gleich dazuwerfen können. Denn, ob Münzes Kassandrarufe nun wahr werden oder nicht, Tatsache ist, wir haben nicht die geringste Ahnung, wer hinter dem Verschwinden der Kinder, ihrer Ermordung und der Konservierung von der kleinen Fleur steckt. Nicht die geringste!

Annegret trank ein kleines Schlückchen Wasser, um ihren trockenen Hals zu befeuchten, wechselte einen Blick mit Scheschonka und räusperte sich.

»Beginnen wir also damit, herauszufinden, wer in Hamburg Präparationen anfertigt, wer sich mit Leichenkonservierung auskennt. Vielleicht bekommen wir dadurch eine Idee, eine Richtung, für unsere Ermittlungen. Denn, so viel steht meines Erachtens zumindest fest, es war nicht Jens Rennicke, der Fleur Wiesmüller präpariert und wie eine heilige Reliquie ausgestellt hat.«

Capobianco

Die Sonne brannte schicksalsergeben vom Himmel und trieb die mittägliche Hitze, ungemildert durch Wolken, zu Rekordtemperaturen. Die Vegetation der Stadt litt unter der Dürre. Einzelne Büsche verdorrten bereits, und obwohl es erst Mitte August war, fegte der heiße Südwind gelbe Blätter aus den Kronen der Bäume. Manche Dinge sind einfach nicht zu beeinflussen, dachte Annegret und schloss die Beifahrertür ihres Cabriolets auf.

Noch empfand sie die Mittagshitze als angenehm, denn die heiße Luft wärmte ihre Füße und Beine, die im klimatisierten Büro kalt geworden waren. Noch machten ihr die hohen Temperaturen nicht zu schaffen, aber es war bereits absehbar, dass sie in wenigen Minuten bedauern würde, dass sie morgens statt nach einem luftigen Kleid mal wieder nach Jeans und T-Shirt gegriffen hatte.

Sie öffnete die Tür, stellte ihre Tasche auf den Sitz, ging ums Auto herum, öffnete die Fahrertür, klemmte sich hinters Steuer, steckte den Schlüssel ins Zündschloss, drehte ihn und betätigte den Schalter, der das Verdeck automatisch aufklappte. Die Sonnenbrille saß bereits auf ihrer Nase, also gab es nichts weiter zu tun, als den Wagen zu starten und nach Alsterdorf in die psychiatrische Klinik zu steuern. Um Melanie Wiesmüller aufzusuchen, um das Versprechen einzulösen, das sie ihr gegeben hatte, um ihr mitzuteilen, was mit ihrer Tochter geschehen war.

Annegrets Hände zitterten, als sie den Motor startete. Aber sie hatte es gewollt. Trotz des Angebots von Frauke Froboess und Münze, ihr diesen Gang abzunehmen. Sie hatte abgelehnt, weil ihr daran gelegen war, in dieser Angelegenheit Wort zu halten und einem Menschen, einer Frau, einer Mutter, deren Leben einzustürzen drohte, wenigstens mit dieser Geste eine Konstante zu vermitteln.

»Ich empfehle dir Agnello al forno oder Arresto di vitello. Beides ausgezeichnet zubereitet.«

Rosika schaute über den Rand der Speisekarte zu ihr hinüber, um zu prüfen, ob Annegret einen seiner Vorschläge annahm.

»Mir ist nicht nach Fleisch, schon gar nicht nach Fleisch von Tierbabys«, entgegnete sie, klappte die Karte für den Mittagstisch zu und nippte an ihrer Apfelschorle.

Rosika tauschte mit dem Kellner einen bedauernden Da-kann-man-nichts-machen-Blick und bestellte für sich Lammbraten aus dem Ofen und für seine Kollegin eine Pizza Funghi.

»Wie gefällt dir das Capobianco?«

Annegret zuckte mit den Achseln. Sie fühlte sich hundemüde, und ihr stand der Sinn nicht nach oberflächlichem Geplänkel.

»Nett«, sagte sie, ließ ihren Blick über die steinernen Mauern, den weiß getünchten Ofen, die Holztische mit rot-weiß karierten Tischdecken gleiten und legte ihre gefalteten Hände auf den Tisch. »Schön kühl.«

»Und wie hat Frau Wiesmüller die Nachricht vom Tod ihrer Tochter aufgenommen?«

»Gefasst.« Annegret wartete, bis das Grollen in ihrem Magen nachließ. »Ich konnte glücklicherweise den leitenden Arzt sprechen und ihn zu meiner Vorgehensweise befragen. Ob ich der Mutter des Opfers von der Leichenpräparation erzählen soll. Oder ob ich mit der Information beginne, wo wir Fleur gefunden haben, und dann abwarte, ob sie weiter nachfragt. Aber er meinte, ich solle zunächst nur mitteilen, dass Fleur tot sei, weil sie damit ohnehin rechnen würde. Deshalb sei sie ja zusammengebrochen, auch wenn sie es sich selbst gegenüber noch nicht eingestehen könne. Er hat angeboten, wenn ich einverstanden sei, nach und nach im Rahmen der therapeutischen Gespräche aufzudecken, wie Fleur aufgefunden wurde und in welchem Zustand sie ihre Tochter begraben werden wird.«

Rosika führte das Glas an seine kirschroten Lippen und nippte am Wein.

»Die Beerdigung sollte unbedingt observiert werden. Serientäter besuchen häufig die Gräber ihrer Opfer.«

Annegret bewegte zustimmend ihren Kopf. »Ja. Wird aber wohl 'ne Weile dauern, bis die Gerichtsmedizin die Leiche freigibt.«

»Ich werde für ein paar Tage in Berlin sein. Für eine Tatortanalyse. Scheschonka weiß Bescheid. Sobald hier Bewegung ins Spiel kommt, bin ich wieder im Team dabei. Du kannst mich Tag und Nacht anrufen, falls etwas Unerwartetes passiert.«

Annegret nahm ihre Hände vom Tisch, damit der Kellner die Pizza servieren konnte. Sie griff sofort nach Messer und Gabel und schnitt sich ein Stückchen ab. Während sie das heiße Teigteilchen mit der Zunge durch ihre Mundhöhle hin- und herwarf und dabei hechelnd atmete, offenbarte Rosika den eigentlichen Grund ihres Treffens.

»Das Bundeskriminalamt bildet eine neue Abteilung. Eine Spezialabteilung für die Aufklärung von Serienverbrechern. In Wiesbaden. Gleichzeitig wird eine Akademie für die Ausbildung zum Tatortanalytiker an der Fachschule für Kriminalistik aufgebaut. Du weißt, warum ich dir das alles erzähle?«

»Ich kann es mir denken«, nuschelte Annegret mit vollem Mund.

»Ich will dich anwerben«, sagte Rosika. »Ich bin dazu autorisiert. Die Abteilung für Serienverbrechen wird auf Anfrage der Landeskriminalämter aktiv. Es ist also ein Job mit viel Abwechslung.«

»Und was passiert mit Kule?«

Rosika sah sie irritiert an. »Er ist dabei, wie immer, wie jetzt auch.«

Und was passiert mit mir und Josef?, überlegte Annegret still. Wenn ich nach Wiesbaden gehe, in die Stadt, in der Gerd Rosika lebt, und von dort durch die Republik reise, um Psychokiller zu jagen. Ich wäre nie mehr allein. Außer spät am Abend, im Hotel, wenn ich mir die Minibar hinter die Binde kippe, um abschalten zu können, bevor ich todmüde ins Bett falle und wie ein Stein schlafe.

»Die Pizza war ausgezeichnet. Ausgezeichnet, wirklich.« Sie legte das Besteck ab, tupfte mit der Serviette ihre Lippen fettfrei und betrachtete das kindlich wirkende Gesicht von Gerd Rosika.

»Ich werde mir dein Angebot durch den Kopf gehen lassen. Solange du in Berlin bist. Mehr kann ich jetzt dazu nicht sagen.«

Das Werk

Die S-Bahn ratterte in den Hauptbahnhof ein, und da sein Anschlusszug nach Altona bereits auf dem Gleis gegenüber wartete, löste er sich von den fett gedruckten Schlagzeilen, die auf den Titelseiten prunkten, und eilte wie andere Mitreisende auch über den Bahnsteig, in der Hoffnung, einen Sitzplatz zu ergattern.

Er hatte Glück und warf sich auf die Bank gegenüber einem schwergewichtigen Mann, der breitbeinig hinter einem aufgeschlagenen Boulevardblatt verschanzt schwitzte.

»Der Mörder, der Kinder zu Puppen macht! Grauenvoller Fund in der Lutherkirche in Hamburg Bahrenfeld.«

Die Schlagzeile war ihm auf der kurzen Fahrt von Hammerbrock zum Hauptbahnhof in die Augen gesprungen. Aber es hätte merkwürdig gewirkt, wenn er sich vorgebeugt hätte, um die Fotos besser studieren zu können, um seine Ahnung zu bestätigen. Das wäre zu auffällig gewesen. Aber jetzt hatte er ihr Bild genau vor Augen, und es kostete ihn Mühe, seine Ungeduld zu beherrschen. Sobald die S-Bahn in Altona einfuhr, stand er auf, um als Erster aus der Tür zu springen und schnell zum Kiosk zu laufen, um alle Zeitungen zu kaufen, die mit diesem Thema titelten.

»Unvorstellbares Grauen unter dem Kreuz.«

»Professionell konservierte Kinderleiche in Lutherkirche in Hamburg Bahrenfeld abgelegt!«

Ihn trieb ein starkes Verlangen, alles, was da geschrieben stand, zu lesen. Sie war wieder aufgetaucht, und er wollte wissen, was mit ihr passiert war.

Sobald er das bedruckte Papier in den Händen hielt, hastete er mit weit ausholenden Schritten zu seiner Bank am Stuhlmannbrunnen, zu seinem Verbündeten, dem Pferdemann, und las schnell und gierig alle Artikel, die von dem Puppenkind in der Kirche berichteten.

Nachdem er die schwarzen Worte verschlungen hatte, ließ er seine Arme sinken, um das Gelesene zu verdauen. Sie war also wieder da, als Puppe. Das Rätsel um ihr Verschwinden war gelöst.

Auch wenn die Zeitungsleute bisher nur herausgefunden hatten, was ihr widerfahren war, und nicht, wer dafür verantwortlich zeichnete. Aber das war ihm ohnehin schnurzpiepegal. Das Beste an dieser Angelegenheit war, dass die Kripo nicht die geringste Peilung hatte und den, der das Kind mit einer Formalinlösung vollgepumpt hatte, gleichzeitig für den Mörder hielt.

Er legte die Zeitungen beiseite, grinste seinem Freund, der ihn über alle Stürme hinwegtrug, verschwörerisch zu und machte sich leichtfüßig auf den Weg ins Rathaus.

Gut, dass er früh dran war, weil er eine Bahn eher genommen hatte. Eigentlich, um noch eine Thermoskanne mit Tee und Kaffee vorzubereiten und einen Teller mit Keksen zu bestücken. Für die Familienkonferenz, auf der verhandelt wurde, ob das Kind Karoline Weber in einer Wohngruppe besser untergebracht sein würde als im Messie-Haushalt bei seiner Mutter, den drei Hunden, sechs Welpen und fünf Katzen.

Aber nun hatte er die zehn Minuten Vorsprung zum Lesen der Artikel aufgebraucht. Eine glückliche Fügung, die ihm aufs Neue bestätigte, was er in seinem tiefsten Innern ohnehin wusste. Er war unberührbar. Weil er, wie der Zentaur, halb von dieser und halb von einer anderen Welt war. Seine vielen Tode hatten ihn dazu gemacht. Er war nicht wie alle anderen. Er war aus einem anderen Stoff gemacht, und das gab ihm die Erlaubnis, die Freiheit, zu tun, was immer er wollte.

»Herr Haseloff! Haben Sie davon gehört? Haben Sie es in der Zeitung gelesen?«

Frau Beerbaum, die Putzkraft von Pastor Unselt aus der Lutherkirche, war am Morgen seine erste Kundin gewesen, und als sie ihn mit ihrer Frage überfallen hatte, hatte er noch in verständnisvoller, freudiger Erwartung gelächelt. Gleich, so hatte er gedacht, würde sie von dem Lächeln des Liebchens schwärmen, von seiner heiligen Ausstrahlung, von dem Glück, das durch es erfahrbar wurde. Würde sie mit ihm rätseln, wer die Kirche beschenkt habe.

Aber als sie nach ihrem Ausruf und einigen Sekunden spannungsgeladenen Schweigens das Wort ausstieß, das ihn in tiefster

Seele erschütterte, war der Morgen für ihn zu einer höllisch qualvollen Tortur geworden.

»Grauenhaft.«

Die Attitüde des Entsetzens und der Ablehnung kam mit jedem neuen Kunden in seine Apotheke, und das Schlimmste war, er musste sich ihre Gespräche anhören, mit denen sie sich gegenseitig ihre Abscheu bestätigten. Makaber, widerwärtig, grausig, schauderhaft. Nur davon sprachen sie.

Ja hatten sie denn alle keine Augen im Kopf! Waren sie bereits derart verblendet, dass sie das gnadenvolle Geschenk nicht erkennen konnten? Die Liebe, die ihnen zuteilwurde! Aber das Schlimmste an diesem Vormittag war, dass er mit der bangen Frage, mit dem Nicht-Wissen, durchhalten musste, was mit seinem Liebchen, dem Lombardokind, geschehen sollte.

Niemals, das war ihm in den langen Stunden seines Martyriums hinterm Verkaufstresen zur Gewissheit geworden, würde er es dulden, dass sie es in die dunkle Erde, in die Finsternis, legten. Niemals. Und wenn ich es mit meinen eigenen Fingern wieder ausgraben muss, hatte er gedacht und gewusst, dass sein Schicksal besiegelt war. Dieses Kind war ihm zum Schutz anvertraut worden. Er war sein Apostel. Auserwählt, die Botschaft seines tröstenden Lächelns in die Welt zu bringen.

Als er endlich, endlich um halb eins die Apotheke schließen konnte, war er kraftlos in die kleine Küchenzeile gewankt und hatte sich erschöpft auf den Hocker fallen lassen. Sosehr ihn auch danach dürstete, die Zeitungen zu lesen, so sehr fürchtete er sich auch davor.

Wie konnte ich mich nur derartig täuschen, grübelte Herwin-Heinrich Haseloff, hat denn nicht einmal der Pastor erkannt, welch Schatz ihm da vor den Altar gelegt worden war? Dass er im Körper, im Gesicht seines Liebchens das goldene Lächeln der ewigen Liebe eingeschlossen hatte wie die Natur ein Insekt in einem Bernstein. Waren sie denn alle blind? Sah denn keine dieser verirrten Seelen, welch Trost sie den Betrübten spendete?

Er langte mit zittriger Hand nach dem Wasserglas, das er sich morgens auf der Spüle bereitstellte, ließ aus dem Hahn Wasser hineinlaufen und trank es mit großen Zügen leer. Der Knall, mit dem er es zurückstellte, bezeugte seinen Entschluss, für sein Liebchen einzustehen. Wie immer die Dinge auch liegen, dachte er, stand auf und legte seinen weißen Kittel ab, ich muss um seinetwillen meine Furcht überwinden.

Ja, da gab es kein Vertun, er musste die Mittagspause nutzen, um loszugehen und sich die Pressemeldungen besorgen. Vielleicht, so hoffte er bang, als er seine Geldbörse in die Gesäßtasche seiner beigefarbenen Sommerhose schob, vielleicht ist ja auch ein verständiger Artikel dabei. Und wenn nicht, dann wird es wohl zu meinem Werk gehören, den Unwissenden und Blinden zu predigen, ihnen die Augen zu öffnen, auf dass sie es einzulassen vermögen. Sein mitleidiges Lächeln, von Herz zu Herz. Dieses Maria-gleiche Lächeln, das alle Unbill des Lebens aufzuheben vermochte.

Karussell

Der Fahrtwind tat gut. Durchwühlte ihr Haar und pustete die Gedanken aus ihrem Kopf.

Die warme Luft, die auch nachts höchstens auf neunzehn Grad abkühlte, war jetzt in der Abenddämmerung ideal, um mit offenem Verdeck zu fahren. Der Feierabendverkehr war vorüber, und die Straßen waren frei, sodass sie zügig die Stadt und den Stress des Tages hinter sich lassen und ins Wochenende steuern konnte.

Sie, Münze und Frauke Froboess hatten nach der mehr als nervigen Pressekonferenz den Nachmittag über beinahe nichts anderes getan, als aufgebrachte und verängstigte Bürger zu beruhigen und sich mit Halbverrückten herumzuplagen, die die reißerischen Artikel der Tagespresse zum Anlass nahmen, einen Kriminalbeamten zu finden, den sie in ihre paranoiden Phantasien verwickeln konnten.

»Heute macht er es mit Kindern, morgen mit Frauen und dann sind wir Männer an der Reihe.« Wie man sich denn vor solch einem Wahnsinnigen schützen und verhindern könne, im Wachsfigurenkabinett zu landen?

»Trinken Sie Milch mit Honig und baden Sie heiß«, hatte sie dem Blödmann geantwortet, aber es gab auch Anrufer, bei denen sie sprachlos den Hörer aufgelegt hatte.

Den Höhepunkt dieser Irrsinnsgespräche markierte die absurde Besorgnis einer Krankenschwester mit Burn-out-Syndrom, die meinte, dass das Kind auf den Bildern so lebendig und zugleich derartig mitleiderregend aussehe, dass sie die Angst umtreibe, ob es auch wirklich tot sei. Ob sie zur Beruhigung ihrer Nerven vorbeikommen dürfe, um seinen Puls zu messen?

Annegret stieß ihren Atem aus und drosselte die Geschwindigkeit. Ich werde mich heute betrinken, dachte sie, den ganzen Scheiß ersäufen, bis nicht ein dienstlicher Gedanke mehr wagt, mich zu belästigen!

Sie roch das Feuer der brennenden Kohlen, sobald sie ums Hauseck herum war. Weder Josef noch Joe Wolnyczak waren zu sehen, aber auf dem Terrassentisch stand Schüssel an Schüssel voll mit Gemüse. Champignons, geschnittene Paprikaviertel, Kartoffeln, Tomaten und verschiedenartig eingelegter Tofu. Frisches Brot duftete neben Kräuterbutter und Schafskäse, dicke violette Oliven glänzten im Schein der Lampions, doch das alles ließ Annegret kalt.

Ihre Augen suchten auf Tisch und Boden nach dunkelgrünen Flaschen, in denen schmackhafter Rotwein abgefüllt war. Der Cannaunao stand neben Wasserflaschen und einer Kiste alkoholfreiem Bier vor der gemauerten Wand, die Josefs Terrasse uneinsehbar vom Nachbargrundstück trennte. Sie öffnete eine Flasche, nahm vom Beistelltisch neben dem Grill ein Glas und füllte es randvoll. Nachdem sie sich ein Stück vom Fladenbrot gebrochen hatte, setzte sie sich in den Stuhl, der ihr einen Blick in den Garten erlaubte, und harrte, während sie dem Gefiedel der Grillen lauschte, dem Lauf der Dinge.

Als Josef mit einer Schüssel Quark in der einen Hand und einem Körbchen mit Besteck in der anderen aus der Datscha trat, hatte sie bereits ihr erstes Glas geleert. Wolnyczak folgte ihm und balancierte mit seinen großen Händen ziemlich ungeschickt ein Tablett mit Tellern und diversen Grillsoßen.

»Wieso«, rief sie den Männern mit angenehm schwerer Zunge entgegen, »haben wir eigentlich solche Scheiß-Angst vor dem Tod?«

Wolnyczak verteilte die Fläschchen und Gläser mit Dips und Grillsoßen auf dem Tisch, brachte die Teller zum Teewagen und stellte den Stapel neben die Gläser, bevor er das Tablett an die Wand lehnte, eine Bierflasche aus der Kiste angelte und sich zu Annegret setzte, während Josef mit einer Zeitung die Glut anfachte.

»Ist es halb leer oder ist es halb voll?«, kicherte sie, hob das Glas und prostete dem Freund zu.

»Was verstehst du unter dem Tod?«

»Flatline. Gerade Linie auf dem Monitor. Kein Herzschlag. Kalte Haut, steifer Körper. Auflösung. Fleisch, freigegeben für Würmer, Maden, Ameisen und Käfer aller Art.«

Annegret atmete tief durch und stierte in den Garten. Der Faden ihrer Gedankenspule war abgespult. Ja, dachte sie, was versteht man eigentlich unter Totsein? Sie öffnete ihren Mund und ließ langsam weitere Wörter hervorkommen.

»Nie mehr lachen oder weinen. Keine Sorgen, keine Angst. Kein Gefühlsausschlag mehr, weder in die eine noch in die andere Richtung. Kein Gedanke mehr an Gestern oder Morgen. Kein Grün, kein Blau, kein Blütenduft und Amselgesang. Keine Fragen, kein Vorbehalt. Nichts dergleichen. Davonschweben, wie ein Windhauch.«

»Könnte man sagen«, fragte Joe, »dass Totsein heißt, dass der Körper keinen Widerhall mehr auf Sinneseindrücke geben kann und in der Folge davon das Denken aufhört, das sich ja darauf bezieht, was gehört, gesehen, gefühlt und geschmeckt wird?«

Annegret überlegte einen Augenblick, zumindest versuchte sie es, und nickte schließlich.

»Dann ist demnach die Angst vor dem Tod, die Furcht davor, dass das Wahrnehmen, das Interpretieren und Phantasieren, das Erinnern, Wünschen und Träumen und das Dramatisieren aufhört?«

»Oh ja«, flüsterte Annegret und dachte an die Angst vor dem Alleinsein in ihren eigenen vier schweigenden Wänden. Dem Stillsein. An die Befürchtung, ohne zielgerichtete Überlegungen stumpfsinnig und depressiv zu werden. Unglaublich. Was passiert eigentlich, wenn der Verstand schweigt? Ich jedenfalls hab keine Ahnung, bei mir löst ein Gedanke den nächsten ab. Sie sah Joe an.

»Es sind also die Gedanken, die uns bestätigen, dass wir leben, und darauf drängen, wie wir unser Leben führen sollten?«

»Ich denke, also bin ich! Glauben wir jedenfalls«, rief er und legte den Kopf schief.

Wie ein Rabe, dachte Annegret, wie ein schalkhafter, kluger Rabe, der mit seinem scharfen Schnabel die verworrensten geistigen Knoten zerhackt. Sie goss sich ihr Glas voll und lächelte Josef zu, der den Grillrost belegte. Weiß ich eigentlich, dass ich bin, dass ich existiere, wenn ich gedankenlos bin, überlegte sie. Kann man das überhaupt sein?

»Aber«, fragte sie aus dieser Verworrenheit heraus und hörte selbst, dass ihre Stimme lallte, »wie hört man auf zu denken? Oder konkret gefragt, wie kann beispielsweise ein Psychopath damit aufhören, sich auf bestimmte Gedanken zu fixieren, damit er den Kreislauf des Tötenmüssens durchbrechen kann?«

Wolnyczak lachte auf. »Tja, unter faulen Äpfeln hat man wenig Wahl!«, stieß er aus und ließ einen großen Schluck Bier die Kehle hinunterrinnen.

»Was«, rief Annegret gespielt empört, »du hältst uns alle für faule Äpfel!«

Wolnyczak überhörte ihr Angebot, auf eine spaßige Gesprächsebene zu gehen, leckte sich die Lippen und seufzte.

»Jedenfalls leben wir in einer Gemeinschaft, die gedankliche Fixierung produziert, oder nicht? In einer Konsumgesellschaft, die täglich neues Begehren und Besitzenwollen schürt, die nach der Maxime lebt, haste was, biste was. Geld und Geltung. Und wer da nicht mithalten kann, der kreist mit seiner inneren Kommunikation eben nicht um ein Eigenheim, ein neues Auto, eine Weltreise oder eine Schönheitsoperation, sondern der fixiert sich auf Alkohol, Sex- und Glücksspiel. Dein Psychopath ist da in trauter Gesellschaft.«

Annegret starrte ihn an, jedenfalls wirkte es so, aber sie sah ihn gar nicht, sie war damit beschäftigt, den rotweinigen Schleier in ihrem Verstand zu durchdringen. Das muss man erst einmal begreifen, dachte sie, als ihr seine Worte klar wurden. Wir plappern den lieben langen Tag hauptsächlich mit uns selbst. Und anstatt die Gedanken, die einem so durchs Hirn ziehen, mal zu hinterfragen, folgen wir ihnen und richten ein Unglück nach dem anderen an! Oh Gott, ich fürchte, dachte sie und trank einen Schluck Wein, wir leben in einer Gesellschaft voller verrückter, gewalttätiger Menschen.

Wolnyczak grinste ihr zu, als hätte er ihrem stummen Monolog gelauscht, als wüsste er, was sie in erschrecktes Staunen versetzt hatte.

»Wenn wir nicht anfangen, die Wirkungsweise unseres Verstandes zu begreifen, dann werden wir uns selbst vergiften«, sagte er mit ruhiger Stimme. »Wir werden uns gegenseitig töten und vergiften. Wir sind ja schon kräftig dabei.«

Es war noch dunkel, als sie wach wurde und es in ihrem Kopf kreiste, als drehe sich darin ein Kettenkarussell. »Der Baum der Erkenntnis.« Dieser Satz fuhr als einziger Fahrgast jede Runde mit, und Annegret überlegte, noch benommen und benebelt von den Strömen von Rotwein, die sie in sich hineingegossen hatte, wie es anging, dass man Gedanken hören konnte. Speichel lief in ihrem Mund zusammen, und als sie ihn schluckte, war sie kurz davor, sich zu übergeben. »Der Baum der Erkenntnis.« Sie rülpste leise, legte sich vorsichtig auf den Rücken und stellte die Beine auf. »Die Früchte dieses Baumes fallen in der Stille. Wenn keine Hand, kein Verstand nach ihnen greift. Wenn alles Begehren und Wünschen erlischt.«

Das hatte er geantwortet. Joe Wolnyczak, der vorm Kamin auf der Luftmatratze leise vor sich hin schnarchte, als Josef danach gefragt hatte, wie das Denken denn jemals Ruhe geben könne. Ihr Hirn stand zu dem Zeitpunkt bereits knietief im Alkohol, und Joes Worte waren wie weiße Wolken, hoch oben, dadurch getrieben, hinweg über einen großen, ausladenden Apfelbaum, mit roten glänzenden Früchten. Verbotenen Früchten, die jedem das Wasser im Munde zusammenlaufen ließen.

»Baum der Erkenntnis«, murmelte Annegret, atmete langsam und tief durch und erinnerte sich, dass Krieger Joe etwas gesagt hatte, was sie an Tatortanalytiker Rosika hatte denken lassen.

»Wissen, das sich der Verstand zusammenbastelt, ist wie der Splitter eines Spiegels. Er zeigt niemals das vollständige Bild. Der Splitter zeigt immer nur die eingeschränkte Perspektive des Betrachters, der ihn hält. Echte Erkenntnis hingegen muss fallen wie ein Apfel, der reif ist. In jedem von uns passieren Einfälle. Aber sie werden missachtet und gehen im Geplapper unserer eifrig bemühten Gedanken unter. Dieses Fallen wird nur bemerkt, wenn es im leeren, stillen Raum eines sehr wachen Bewusstseins geschieht. Nur dann wird es wie eine Sternschnuppe am Himmel wahrgenommen und kann seine wohltuende Wirkung entfalten.«

Das ist es also, was Rosika tut, wenn er bei Zeugenbefragungen und Vernehmungen zuhört. Er lauscht auf Einfälle. Schaut, ob vom Baum der Erkenntnis ein saftiger roter Apfel fällt. Eine Frucht, die ihm dabei hilft, einen Mörder zu fangen.

Annegret schluckte wieder gegen ihren rebellischen Magen an, schloss die Augen und seufzte erleichtert. Das Karussell lief endlich langsamer.

Hilfegespräch

Der Anruf kam Mittwochabend um zweiundzwanzig Uhr drei. Annegret hatte ihren Wäscheständer vor der offenen Balkontür in der Küche aufgeklappt und mit weißer Wäsche behängt. Auf ihrem Kopf trug sie um die frisch gewaschenen Haare ein Handtuch gewickelt, und im hohen Pasta-Topf auf dem Herd perlte das kochende Wasser für die bereitgelegten Bandnudeln. Das Handy lag auf dem Tisch, neben Butter, Salzfässchen und einem großen Stück Parmesankäse, und als es zum dritten Mal zugleich vibrierte und den Klingelton hören ließ, griff Annegret mit einem ergebenen Augenaufschlag danach.

»Pries.«

Als sie es zurücklegte und das feuchte Handtuch vom Kopf zog, war ihre sanft gebräunte Gesichtshaut erblasst. Sie schaltete den Herd aus und streifte, während sie ins Schlafzimmer ging, ihr Hemd über den Kopf.

Irgendwie habe ich es geahnt, dachte sie, öffnete den Kleiderschrank und griff nach Hose und T-Shirt. Und jetzt ist es also geschehen. Der Täter hatte im stillen Zentrum des Trubels und der Aufregung, die die Presse seit Tagen verursachte, wieder zugeschlagen. Hatte unbemerkt nach einer Kinderhand gegriffen und sein Opfer mit sich gelockt.

Der Einsatzleiter der Polizeirevierwache Altona stand neben Kriminalhauptkommissar Münze im Hexenberg vor der Eingangstür des Wohnhauses 21, hielt einen rosa Kinderpulli in der Hand und sah der Kollegin aus dem Landeskriminalamt entgegen. Sobald Annegret zu den Männern trat, stellte sich der große, stattliche Mann namentlich vor und informierte, ohne Umschweife, die Kommissare über den Stand der Ermittlungen.

»Huntemann. Wir haben bereits Wohnung, Keller und Dachboden gründlich abgesucht. Auch die von den umliegenden Häusern. Nichts. Hundestaffel ist unterwegs, aber auch davon versprechen wir uns nicht viel. Ehrlich gesagt. Karoline Weber ist siebenjährig und blond!« Der Polizist schaute die Hausfassade hoch und mahlte mit seinen Backenzähnen.

»Das Kind ist laut Angaben der Mutter gleich nach der Schule nach Hause gekommen, hat Mittag gegessen und ist dann wie jeden Nachmittag auf den Bauspielplatz gegangen. Die Tochter darf im Sommer bis acht Uhr draußen bleiben. Meistens spielt sie nachmittags bei der GWA und dann im Hinterhof. Die Frau sagt, sie hat Kinderstimmen gehört und angenommen, dass ihre Tochter auch dabei sei, aber als sie um kurz nach acht Uhr noch nicht zum Abendbrot hochgekommen war, hat sie vom Balkon aus nach ihr gerufen, und erst da erfuhr sie von einem Nachbarkind, dass Karoline nicht im Hof spielt.«

»Verstehe ich richtig, dass die Mutter das Kind, nachdem es zum Bauspielplatz unterwegs war, nicht mehr gesehen hat?«

Der Einsatzleiter nickte Münze zu. »Korrekt. Frau Weber ist, nach ihren Angaben, erst kurz nach acht Uhr im Viertel herumgelaufen, um nach ihrer Tochter zu suchen. Sie gibt an, dass sie sich in der Regel auf ihre Tochter verlassen könne, deshalb sei sie sehr besorgt gewesen. Um neun, nachdem sie von anderen Nachbarkindern erfahren hatte, dass Karoline an diesem Nachmittag auch nicht auf dem Bauspielplatz war, hat sie das Mädchen auf der Davidswache als vermisst gemeldet. Die haben die Anzeige an uns weitergeleitet, weil sie in Vorbereitung für eine Großrazzia sind.«

»Wer kümmert sich gerade um die Frau?«

»Eine Polizeipsychologin ist bei ihr. Aber die wird es dort, fürchte ich, nicht lange aushalten. Ist ein Messie-Haushalt. Die Frau hält Hunde. Unter anderem einen Pitbull.«

Annegret und Münze sahen sich an.

»Wissen Sie, ob das Jugendamt über die Zustände Bescheid weiß?«

Kollege Huntemann zuckte mit den Schultern. »Kann schon sein. Aber danach haben wir nicht gefragt.«

»Nachtschicht also«, raunte Münze, trat einige Schritte beiseite, fingerte sein Handy aus der Hosentasche und veranlasste, dass Jens Rennicke ausfindig gemacht und zur Befragung ins Landeskriminalamt gebracht wurde. Ein Polizeifahrzeug mit zwei Hundeboxen, in denen die tierischen Schnüffler gesichert wurden, fuhr vor und hielt in der Feuerwehreinfahrt zum Hinterhof der gelb geklinkerten Wohnanlage.

»Revierwache Altona«, fragte Annegret, »Huntemann?« Der Einsatzleiter zog aus der Innentasche seiner Uniformjacke eine Visitenkarte und reichte sie ihr.

»Wir bleiben im Kontakt«, sie sah ihm eindringlich in seine graugrünen Augen, »und sobald das Kind gefunden wird, bitte ich um Benachrichtigung.«

Selbst wenn ich Rosika anrufe, wird er wohl kaum innerhalb einer Stunde von Berlin nach Hamburg kommen können. Annegret massierte mit den Fingerspitzen ihre Stirn. Dann werde ich eben mit Münze vorliebnehmen, dachte sie und atmete tief durch. Ihr Kollege, der am Kühlschrank stand, fragte, ob er ihr auch einen Kaffee einschenken solle. Sie zögerte, nickte dann aber und erhob sich von ihrem Schreibtischstuhl. Ein Beamter hatte gerade eben durchgegeben, dass Rennicke im Vernehmungsraum 3 wartete.

Er sah erstaunlicherweise aus wie aus dem Ei gepellt. Sehr gerader Rücken. Hellblaues Hemd, gebräunte Haut, blondes zurückgekämmtes Haar. Und im Hintergrund seiner Pupillen flackerte dieses unbestimmte Dauergrinsen, das Annegret von Anfang an bei ihm wahrgenommen hatte.

»Herr Rennicke, es ist spät und wir wollen Ihre Zeit nicht lange in Anspruch nehmen, deshalb komme ich gleich zur Sache. Wie haben Sie heute Ihren Nachmittag verbracht? So ab fünfzehn Uhr. Wenn's geht, bitte mit sehr genauen zeitlichen Angaben.«

»Worum geht es denn? Wenn ich Ihnen Auskünfte gebe, dann darf ich doch wohl erfahren, wofür sie dienlich sind!«

»Reine Routine. Noch.« Annegret bemühte sich, ihren Gesichtsausdruck unbestimmt zu halten, aber der bohrende Kopfschmerz, der von ihrer verspannten Schultermuskulatur herrührte, machte es ihr nicht gerade leicht. Ich kann mir nicht helfen, dachte sie und deutete ein Lächeln an, aber ich könnte ihm ins Gesicht springen und ihn würgen.

»Gut«, sagte Rennicke, »ich sehe schon, Sie wollen mir nichts sagen. Also, ich war bis vierzehn Uhr im Büro. Dann bin ich zum Altonaer Bahnhof. Mittagspause. Hab mir zur Abwechslung einen

Döner geholt und mich an den Stuhlmannbrunnen gesetzt. Ich esse sonst in der Kantine, aber zur Auswahl standen Pfannkuchen oder Grützwurst mit Kartoffelmus, und ich mag beides nicht. Fünfzehn Uhr war ich zurück im Büro. Aber nur kurz. Eine halbe Stunde später bin ich mit dem Fahrrad in die Bernstorfstraße. Familie Lesniak. Um halb sechs etwa bin ich noch mal zurück ins Büro. Ich Depp hatte mein Handy vergessen! Und gegen sieben war ich zu Hause. Die Adresse kennen Sie ja.«

Münze notierte die Angaben, obwohl das Band lief. Als Annegret danach fragte, ob Karoline Weber ein von ihm betreutes Kind sei, hielt er mit dem Schreiben inne und hob den Kopf, um Rennickes Gesicht zu studieren.

»Natürlich. Mutter und Tochter waren Montagvormittag bei mir im Büro. Nachbarn hatten sich gemeldet und von unhaltbaren Zuständen für das Kind gesprochen. Wir hatten am Freitag die Wohnung besichtigt und kurzfristig ein Hilfegespräch vereinbart, weil die Sache dringlich schien. Die Mutter hält unter anderem einen Kampfhund. Stellen Sie sich die Schlagzeilen vor, wenn der das Kind beißt. Dann stehen wir wieder unter Beschuss. Meine Vorgesetzte macht mir die Hölle heiß, wenn ich da nicht schnell reagiere.«

Er lügt, dachte Annegret, obwohl man es ihm nicht ansieht. Und er ist unser Mann. Jede Wette. Ich rieche es, ich fühle es, ich weiß es. Aber ich kann es, verflucht noch mal, nicht beweisen.

Leere Hände

Sie saßen, wie in letzter Zeit beinahe täglich, um den Besprechungstisch und schwiegen. Münze, Frauke Froboess und Annegret.

Draußen ließ die Hitze langsam nach, der stetige Wind, der am Tag um Häuserecken und durch Baumkronen strich, wurde durch die Abendluft kühler und machte die Atmosphäre erträglicher. Aber obwohl sie im klimatisierten Büro nichts von der Wärme spürten, rauchten ihre Köpfe wie heiß gelaufene Motoren.

»Er lügt«, stieß Münze aus, »aber wie hat er es angestellt, Karoline Weber unbemerkt aus ihrem Umfeld zu entfernen? Zwischen vierzehn und fünfzehn Uhr haben wir eine weiße Stunde. Der Verkäufer von der Dönerbude kann sich nicht an Rennicke erinnern, zu viel Laufkundschaft, sagt er, gerade zwischen eins und drei. Er arbeite allein, da achte er auf das Fladenbrot, den Spieß und ob das Wechselgeld stimme, nicht auf die Gesichter. Außerdem, meinte er, sähen heutzutage alle gleich aus, da könnte man kaum noch einen vom anderen unterscheiden.«

Münze schlug mit der flachen Hand auf den Tisch. »Unser Verdächtiger hat einen weißen Flecken auf seiner Landkarte, eine Mittagstunde, von der wir nicht wissen, wie er sie verbracht hat.«

Annegret seufzte laut. Sie verstand die Wut ihres Kollegen. Wie gerne, das wusste sie, würde Münze den Fall lösen, bevor Rosika zurück aus Berlin war. Außerdem war Rennicke wie ein glitschiger Fisch, der ihnen immer wieder aus den Händen sprang. Sie hatten die letzten zwei Arbeitstage von morgens bis spät in den Abend damit verbracht, seine Angaben genau zu überprüfen. Um ihn festsetzen zu können, um eine Spur zu entdecken, die sie zu dem Kind führte, um es zu finden, bevor er es tötete. Frauke Froboess hatte mit Anke Pieschel gesprochen und sogar in einem unbeobachteten Moment die Kinder befragt, ob sie am Abend mit ihrem Papa gespielt hätten. Es sah so aus, als wäre er wirklich gegen sieben zum Abendessen zu Hause gewesen. Und laut Aussage der Freundin hatte Jens Rennicke, nachdem die Kinder im Bett waren, den Abend vor dem Fernseher verbracht. Sie selbst habe gegen zweiundzwanzig Uhr eine Schlaftablette eingenommen und sich hingelegt.

Annegret betrachtete ihre zu kurz geschnittenen Fingernägel und ließ den Verlauf der Lagebesprechung weiter Revue passieren. Sie war wirklich voller Bewunderung gewesen, als ihre neue Kollegin berichtete, dass sie im Badezimmer der Pieschel heimlich spioniert und im Spiegelschrank tatsächlich eine angebrochene Packung Schlaftabletten vorgefunden hatte.

»Nehmen wir einmal an«, hatte Frauke Froboess gemutmaßt, »die Pieschel hat sich früher hingelegt. Die Frau leidet seit Tagen an Sommergrippe! Im Kinderzimmer dudelt abends zum Einschlafen der Kassettenrekorder, dann hätte Rennicke um zwanzig Uhr die Wohnung unbemerkt verlassen können.«

Was aber nicht zu beweisen ist, dachte Annegret gereizt, kratzte ihren Arm und stieß heftig den Atem aus, als sie sich an ihren Besuch bei Frau Weber erinnerte. Außer einer Phobie vor Flöhen, Läusen, Milben und anderen Kleinstvampiren hatte er nichts eingebracht.

Gut, sie wussten jetzt, dass das Mädchen jeden Wochentag die mütterliche Wohnung gegen vierzehn Uhr verließ, um so lange den Kinderclub am Hein-Köllisch-Platz zu besuchen, bis der Bauspielplatz um halb vier öffnete. Und sicherlich wusste auch Rennicke von dieser Routine, denn schließlich war es seine Aufgabe, herauszufinden, wie das Mädchen seine Tage verbrachte und ob das Zusammenleben mit der Mutter ihre Entwicklung beeinträchtigte oder gefährdete.

Bestimmt hatte er genau zugehört, als Karoline Weber ihm vom Kinderclub und dem Bauspielplatz erzählte, und ebenso wahrscheinlich war der Wolfsmann dabei auf eine Idee gekommen, wie er sie aus ihrem vertrauten Umfeld wegschnacken konnte. Rein theoretisch hätte er sie in der Zeit zwischen vierzehn und fünfzehn Uhr abgreifen können. Rein theoretisch. Pech nur, dass Frau Weber sich leider nicht mehr an die Gesprächsinhalte zwischen ihrer Tochter und dem »Heinzi vom Amt« erinnern konnte, da sie mit anderem beschäftigt war, als genau hinzuhören, was ihre Tochter bei dem Hilfegespräch erzählt hatte.

»Ich musste doch immer an die Welpen denken. Ob ihnen nichts passiert, die krabbeln doch schon aus der Kiste. Und dass die Nachbarn sich bestimmt wieder beschweren. Über das Gebell. Gerti und Bulle mögen es nicht, wenn ich weg bin. Die sind immer bei mir. Die sind nicht gewohnt, dass ich ohne sie weggehe! Und ich durfte sie ja nicht mitbringen, die Hunde, das hat der doch verboten!«

Annegret unterdrückte den heftigen Impuls, ihren Kopf zu kratzen, und erwiderte Münzes Blick, der sie aufforderte, etwas zu sagen. Aber was, dachte Annegret grimmig, was gibt es zu sagen? Aus dem Protokoll der Familienkonferenz ist nicht mehr herauszulesen, als wir ohnehin wissen. Und noch können wir mit einem Fahndungsfoto von Rennicke weder auf die Straße noch an die Öffentlichkeit. Der Staatsanwalt macht uns die Hölle heiß, wenn wir keine Beweise bringen. Bleibt nur der Wagen.

Fechner und sein Team waren am Lupo dran. Scheschonka hatte durchgesetzt, dass das Auto des Koordinators auf Spuren untersucht wurde. Die Last der Indizien wiege zu schwer. Niemand, so hatte ihr Chef druckvoll gegenüber der Staatsanwaltschaft argumentiert, könne seit der letzten Vermisstenmeldung noch glauben, dass es sich um einen Zufall handle, dass Rennicke jedes kindliche Opfer persönlich oder zumindest vom Hörensagen kannte.

»Die Öffentlichkeit wird unsere Abteilung in Stücke reißen, wenn sie davon erfährt und wir nicht gehandelt haben.«

»Gut!« Annegret atmete tief ein und wackelte mit ihren schlecht durchbluteten Zehen, bis sie die Kraft spürte, unter diesen Tag einen Schlussstrich zu ziehen, damit sie selbst und auch ihre Kollegen ruhigen Gewissens in den Feierabend gehen konnten.

»Fakt ist, wir wissen nicht, wie die Mumifizierung ins Täterprofil passt. Vermutlich gar nicht, aber das werden wir heute nicht mehr klären. Wahrscheinlich müssen wir tatsächlich von zwei Tätern ausgehen, wie die geschätzte Kollegin Froboess bereits anmerkte. Wie auch immer, nach Stand der Dinge können wir nicht ignorieren, dass Jens Rennicke potenziell weiterhin als Täter in Frage kommt. Alles andere wäre mehr als fahrlässig. Warten wir also ab, was die Kriminaltechnik herausfindet. Ob sie Spuren findet, mit denen wir Rennicke beweisen können, dass er das Kind mit dem Auto transportiert hat.«

»Die KTU wird nichts bringen. Jede Wette! Auch dafür wird er gesorgt haben.«

Kollege Münze sieht vorwurfsvoll aus, dachte Annegret, aber wen klagt er an? Wir geben alle unser Bestes. Und selbst, wenn wir morgen weiterhin mit leeren Händen dastehen, ändert es nichts daran, dass in jedem Augenblick doch trotzdem alles möglich ist. Potenziell möglich ist. Auch, dass ein Jens Rennicke Fehler macht und wir ihn dabei ertappen.

Schuld

Ihre Kollegen hatten vor zehn Minuten das Büro verlassen, und auch sie wollte sich gerade vom Stuhl erheben und ihre Sachen zusammenpacken, als die Tür aufging.

»Frau Pries, wie schön, dass ich Sie noch antreffe! Was meinen Sie, ist es nötig, Gerd Rosika zurückzubeordern?«

Annegret schob den Becher mit kaltem, abgestandenem Kaffee beiseite und betrachtete das müde Gesicht ihres Chefs. »Warten wir den Bericht der KTU ab«, erwiderte sie und gähnte hinter vorgehaltener Hand, bevor sie ihm unaufgefordert über Ermittlungsergebnisse, die ihm noch unbekannt sein mussten, Meldung machte.

»In Sachen Leichenpräparation sind wir keinen Schritt weiter. Im herkömmlichen Sinne gibt es sie nämlich so gut wie gar nicht mehr. Nennt sich jetzt Plastination. Und zumeist werden auch nur einzelne Körperteile für den Anatomieunterricht zukünftiger Ärzte plastiniert. An speziellen Instituten. Tierpräparatoren arbeiten, laut Kollegin Froboess, die sich übrigens ausgezeichnet macht, mit anderen Stoffen als Mediziner. Mit Arsen, Cyanid, Quecksilber und diversen anderen Giften, die in unserer Kindermumie nicht vorkommen. Außerdem ziehen sie die gegerbte Haut des Tieres über einen künstlichen Körper. Ist eine ganz andere Methode als bei der konservativen Leichenpräparation. Fazit: Wir haben nicht die geringste Ahnung, wer unser Künstler ist und wo wir ihn suchen sollen.«

Annegret zog ihre Lippen breit, hob gleichzeitig die Brauen und stellte ihre Augen auf, um damit ihr Bedauern auszudrücken, ihm keine heiße Spur präsentieren zu können. Gerd Scheschonka spiegelte mit seiner Gesichtsmimik die von Annegret, setzte sich zu ihr an den großen Tisch und hörte weiter, was sie zu berichten hatte.

»Ich hab mit der Exfrau von Rennicke telefoniert. Nach Zürich. Aber das Goldkettchen von Beatrice Meyer, Sie erinnern sich, das Erbstück, ist beim Auspacken nicht aufgetaucht. Auch da Pustekuchen. Sie war ziemlich genervt und ist, glaube ich, froh, wenn wir dem Vater ihrer Kinder nichts beweisen können, wenn er ein unbeschriebenes Blatt bleibt und kein Schimmer von seiner bösen Seite ans Licht kommt. Sie meint wohl, ihre Kinder zu schützen und ihre zweite Ehe, wenn sie etwas verheimlicht oder verdrängt. Ich rufe sie morgen noch einmal an, um ihr deutlich unter die Nase zu reiben, dass der Schutz ihrer Töchter den Tod anderer Kinder nach sich zieht. Um sie zu fragen, ob das Seelenheil ihrer Kinder wichtiger ist als das nackte Leben von anderen!«

Annegret hatte sich beinahe unmerklich in Rage geredet. Ihr Atem ging kurz, ihr Kiefer schmerzte, denn ein nicht nachlassender innerer Druck trieb sie immer wieder aufs Neue an, sich anzustrengen, eine Lösung zu finden, damit sie das kleine Mädchen, das irgendwo ganz allein und verängstigt gefangen gehalten wurde, noch retten konnten.

Scheschonka nickte bedächtig und betrachtete sie mit traurigen Augen.

»Meine Zwillingsschwester ist vor zweiundvierzig Jahren verschwunden. Plötzlich. Spurlos. Ohne Grund, jedenfalls wusste ich keinen und unsere Eltern auch nicht. Sie war fünfzehn. Und natürlich gab es jede Menge Streit und Konflikt, aber es war nichts passiert, was ihr Weggehen gerechtfertigt hätte. Jedenfalls nicht aus meiner Sicht. Ich bilde mir ein, dass sie lebt. Ich suche sie immer noch, in jedem Frauengesicht, und wenn ich in den Urlaub fahre, kann ich mich nicht wirklich erholen, weil ich ständig an sie denken muss, ob sie vielleicht gerade hier ist, auf dieser griechischen Insel, auf der ich meine Ferien verbringe. Ich weiß nicht, ob ihr etwas Schlimmes widerfahren ist oder ob sie einfach nur wegmusste. Einer Liebe gefolgt ist oder ihrem Schicksal. Meine Eltern sind mit diesem Gram gestorben. Ich würde alles geben, um zu erfahren, was damals geschehen ist. Ob sie noch lebt. Ob sie auf Hilfe gehofft hat, die nie kam, obwohl wir natürlich alles getan hatten, um sie wiederzufinden.«

Annegret wusste nicht, was sie sagen sollte. Das ist es also, dachte sie, was ihn schmal und verletzlich aussehen lässt. Scheschonka atmete tief ein und blickte ihr dabei in die Augen. Für Sekunden war es sehr still, bis der alte Kühlschrank mit Getöse ansprang und brummte, als leiste er Schwerstarbeit.

Scheschonka lächelte. »Ich genieße trotzdem mein Leben«, sagte er. »Ich habe über die Jahre aufgehört, mich selbst ständig in Frage zu stellen. Mich immer wieder damit zu quälen, ob ich womöglich schuld an ihrem Verschwinden bin, ob ich besser auf sie hätte aufpassen müssen. Wir sind zweieiig und sehr verschieden. Ich war bereits mit fünfzehn ein Eigenbrötler und habe lieber hinter Büchern gesessen, als mit Elsie um die Häuser zu ziehen.«

Meine Güte, stöhnte Annegret innerlich, und ich hab zu Hause nicht einmal ein Bier im Kühlschrank oder eine Flasche Wein im Regal, um mich zu entcountern.

»Die Frage der Schuld hat mich jahrelang beschäftigt. Deshalb wollte ich sogar Philosophie studieren. Und sie tut es noch, die Schuld, denn unser Beruf fordert die Begegnung mit ihr immer wieder heraus. Die Frage nach dem Schuldigen. Nicht wahr, Frau Pries? Gerade bei so einem Fall, der hier vorliegt, da wird doch immer zuerst nach dem Warum gefragt. Und dieses Warum ist doch eigentlich die Frage nach den Schuldigen. Danach, wer und was alles dazu beigetragen hat, dass ein Kind Opfer eines Gewaltverbrechens wurde. Und da könnten doch auch Sie sich selbst bezichtigen, Frau Pries, weil Sie noch mehr Überstunden machen könnten, Ihre Kraft noch nicht bis zum Burn-out erschöpft haben. Naheliegender ist natürlich, den Täter schuldig zu sprechen. Aber der hat sich auch nicht ausgesucht, wie er aufgewachsen ist und dass ihm eine Schwäche innewohnt, sich den bösen Gedanken in seinem Gehirn immer wieder zuzuneigen, bis sie zur Tat werden müssen! Und was ist mit der Mutter? Ist sie schuld, weil sie kein Mitgefühl für sich selbst und andere empfinden kann? Oder bin ich am Ende der Bösewicht, weil ich mehr Personal beschaffen müsste, damit jeder Schritt von Rennicke überwacht wird und Hundertschaften jeden einzelnen Stein in Hamburg umdrehen, um das verlorene Kind zu finden?«

Ja, dachte Annegret und starrte ins Leere. Und die vorherigen Generationen sprechen wir gleich mitschuldig, denn sie haben das Feld bestellt, die Saat gelegt, die heute aufgeht. Und die Generation vor der Generation und so weiter.

»Oder sollen wir an die Erbsünde glauben! An die Vertreibung aus dem Paradies, weil das böse Weib Eva den Deppen Adam verführte, mit ihr zusammen vom Baum der Erkenntnis zu essen. Ich für mein Teil habe diese Theorie verworfen. Denn wenn das, was wir Gott nennen, uns die Gabe verlieh, uns zu fokussieren und abstrakt zu denken, warum sollten wir sie dann nicht nutzen? Das Denken ist an sich ja auch keine schlechte Sache, im Gegenteil. Nein. Der Mensch hatte gar keine Wahl! Das denke ich. Sobald das Feuer entzündet war, der Homo sapiens wahrnahm, dass er sich mit schlauen Ideen persönlichen Vorteil verschaffen und damit Macht ausüben konnte, war die Menschheit verdammt, sich zu bekriegen. Und nun«, rief Scheschonka, als erzähle er das Märchen von Hänsel und Gretel, die sich im Wald verirrten, »und nun leben wir mittlerweile in einer Gesellschaft, in der wir der Geister, die wir riefen, nicht mehr Herr werden. Das Feuer unserer Leidenschaften nicht mehr unter Kontrolle bekommen. Wissen Sie, was ich glaube, Frau Pries? Ich glaube, dass uns nur noch eine Mutation retten kann. Eine spontane Abänderung der Eigenschaften des Menschen. Eine Bewusstseinserweiterung, die uns sehen lässt, dass wir die Welt in Brand gesteckt haben und statt Wasser immer weiter Öl ins Feuer gießen.«

»Ja«, flüsterte Annegret. »Es ist schwer, sich einzugestehen, dass man niemanden retten kann, dass es nicht hilft, gegen Sturm und Fluten zu schlagen.«

Scheschonka hob seine Schultern unnatürlich hoch, ließ sie gleich darauf wieder fallen und betrachtete Annegret sekundenlang stumm.

»Und welchen Trunk bevorzugen Sie, um nachts schlafen zu können?«, fragte er mit der unbeteiligten Mimik eines Arztes, der sachlich darauf konzentriert war, eine Diagnose zu stellen.

»Oh«, rief Annegret aus und stand auf, um ihren Rücken zu strecken. Sie wusste, dass sich unter ihren Augen dunkle halbmondartige Ränder gebildet hatten, ihre Haut grau und stumpf aussah, dass sich die Sorge in ihr Gesicht eingeschrieben hatte. Sie schaute schließlich morgens in den Spiegel.

»Rotwein, Weißwein, Weißbier, sofern vorhanden. Und Sie, Herr Scheschonka?« Sie sammelte die auf dem Tisch verstreuten

Akten zusammen, legte sie aufeinander und brachte den Stapel zu ihrem Schreibtisch. Ihr Herz klopfte; wenn er mir jetzt das Du anbietet, muss ich ihn enttäuschen, dachte sie und drehte sich mit entschlossener Miene um.

»Scotch. Mit Soda und Eis. Am liebsten in einem Irish Pub, bei lauter Folkmusik. Das haut einem die Gedanken aus dem Kopf.«

»Wo?«

»Börsenbrücke. Finnegan's Wake?«

Annegret fischte ihre fein gewebte Strickjacke von der Stuhllehne, sagte »Okay« und entschied im Treppenhaus, beim Herabsteigen der Stufen, ihr Auto auf dem Parkplatz vorm Landeskriminalamt stehen zu lassen.

Rauchmelder

Gut, dass der Anruf erst am Abend kam, als sie wieder nüchtern und ansprechbar war. Kurz vor Anbruch der Dämmerung, nachdem sie die meiste Zeit des Tages verschlafen hatte und befürchtete, die Nacht wach zu liegen und über den Fall »Beatrice« zu grübeln.

Fechner hatte am Nachmittag angerufen und deprimiert übermittelt, dass sie nichts Verwertbares gefunden hätten. Dieser Rennicke ist ein Sadist, hatte er gesagt. Im Kofferraum hätte eine neue, unbenutzte Plastikfolie gelegen. Ausgebreitet, so, als wolle er zeigen, dass er an alles gedacht hat. Sonst nichts, nichts jedenfalls, das Karoline Weber zugeordnet werden könne. »Ach so«, hatte Fechner noch nachgeschoben, »der Keilriemen ist kaputt. Muss ziemlich quietschen, wenn er anfährt. Vielleicht können wir das Detail bei einer Befragung gebrauchen!«

Annegret stöhnte, drehte den Wasserhahn auf und spülte sich kaltes Wasser ins Gesicht. Ich bin im Moment zu nichts zu gebrauchen, hatte sie bereits Mitte der Woche zu Josef gesagt, solange wir das Mädchen suchen, werde ich in meiner Wohnung übernachten. Dieser Fall macht mich fertig! Annegret betrachtete ihr Spiegelbild. Sie sah blass aus, obwohl die Sonne jeden Tag aufs Neue unverdeckt am Himmel stand.

Wie in den Städten des Südens, dachte sie, als sie aus der Tür trat und die Straße hinunterblickte. Die Mittagshitze hält die Menschen tagsüber im Haus, aber sobald die Sonne untergeht, treibt es alle auf die Straße, nach draußen, um sich bei Speise und Trank die Zeit gemeinsam zu vertreiben, da bei den hohen Temperaturen ohnehin keiner schlafen kann. Weil das Blut zu warm ist und die Gemüter erregt sind. Weil die Nacht Abkühlung verspricht und das Warten auf den Regen für Stunden in Vergessenheit gerät.

Das Taxi hielt. Annegret öffnete die Beifahrertür und nannte dem Fahrer das Ziel. Luruper Hauptstraße.

Sie bemerkte den dunklen Qualm schon von Weitem. Die Straße war abgesperrt mit Polizeiautos, auf deren Dächern das Licht der Martinshörner kreiste. Sie bezahlte, stieg aus und zeigte dem Beamten am rot-weißen Band ihren Ausweis. Münze hatte ihr die Hausnummer durchgegeben. Unnötigerweise. Eichen-Apotheke. Zwei Löschfahrzeuge standen direkt vor dem Haus, eins mit ausgefahrener Leiter, und auch ihre Rundumkennleuchten warfen stumme Lichtkegel gegen Hauswände und in staubige Baumkronen. Feuerwehrmänner mit Gasmasken gingen und kamen aus dem zweigeschossigen Haus. Etwas weiter die Straße hoch parkten zwei Krankenwagen nebeneinander, und vor den offenen Hecktüren der Transporter stieß sie auf Kollege Münze, Frauke Froboess und ihren Chef Scheschonka. Ein Feuerwehrmann, der für die Personenrettung zuständig war, saß vor dem Wagen auf einer Rolltrage, und einer der vier Rettungssanitäter prüfte seinen Blutdruck.

Münze hatte ihr wie meistens nur das Nötigste gesagt. »Zwei ungewöhnliche Leichen.« Und dass ihre Anwesenheit am Fundort unbedingt erforderlich sei.

Annegret begrüßte die Männer und ihre Kollegin per Handzeig, vermied es, Scheschonka anzugrinsen, und vermisste für Sekunden Rosika.

»Unsere Chefermittlerin ist da. Sind Sie so weit?«

Der Feuerwehrmann nickte Scheschonka zu, und Münze und Frauke Froboess zückten ihre Notizblöcke.

»Der Notruf kam von einem Nachbarn. Er hat Qualm aus den Fensterritzen im Obergeschoss steigen sehen, als er mit seinem Hund Gassi ging. Ist 'ne Einfachverglasung. Wir sind rein ins Haus und sofort wieder raus, um Gasmasken anzulegen. Schwarzer Rauch überall, wie eine Wand, vollkommen undurchsichtig. Plastikbrand. Giftig wie Kampfgas. Der Trockner war die Quelle. Wahrscheinlich ein technischer Defekt. Ich hatte den Auftrag, die oberen Zimmer nach hilflosen Personen abzusuchen, obwohl die Wohnung bereits eine tödliche Gaskammer war. Ich hab sie im Bett entdeckt, umgeben von dickem Rauch. Ich hab erst ihn und dann sie runtergetragen. Zwei weitere Opfer, hab ich gedacht, die erstickt sind, weil sie sich das Geld für Rauchmelder gespart haben.«

Annegret zuckte leicht zusammen. Sie hatte schon oft an die Anbringung dieser kleinen runden Dinger gedacht, aber es bisher immer wieder aufgeschoben.

»Tja, in der Hektik, im dicken Rauch und mit Gasmaske im Gesicht ist die eigene Sensibilität eingeschränkt. Ich hab zwar schon beim Runtertragen gemerkt, dass etwas mit den beiden nicht stimmt. Aber ich war darauf konzentriert, sie rauszubringen. Na ja, und als der Arzt die beiden Alten untersucht hat, sind ihm natürlich die Augen übergegangen.«

»Das sind Mumien! Präparierte Leichen.« Der Rettungsarzt, der während der Zeugenaussage des Feuerwehrmannes abseits telefoniert hatte, trat zu ihnen und schüttelte erschüttert den Kopf. »So was kommt einem auch nicht alle Tage unter!«

»Übrigens, wir haben noch einen ausgestopften Hund gefunden. Chihuahua oder so was in der Art.« Der Feuerwehrmann griff nach seinem Helm und der Maske und sprang von der Trage.

Scheschonka bedankte sich bei ihm, und als er davonschritt, stieg Scheschonka hinter Annegret in den Rettungswagen.

»Wer ist eigentlich der Eigentümer des Hauses?«, fragte sie nach hinten, ohne sich umzudrehen.

»Herwin-Heinrich Haseloff. Apotheker. Wahrscheinlich der Sprössling dieser Dame.«

Annegret starrte auf die von oben bis unten mit schwarzem klebrigem Ruß bedeckte mumifizierte Leiche. Ihre Augen waren geschlossen, und sie vermittelte den Eindruck, als schliefe sie den heiteren Schlaf der Gerechten.

»Die Bereitschaftspolizei ist auf dem Weg und bringt den Apotheker ins Landeskriminalamt.«

Der Mann hat ein ungewöhnliches Hobby, dachte Annegret und verließ das Auto, um auch die männliche Mumie zu begutachten, bevor sie in die Gerichtsmedizin gebracht wurde.

»Sieht aus, als würde uns König Zufall helfen, unseren Täter zu schnappen.« Münzes Augen funkelten, als er ihr das zurief.

Schade, dass Rosika nicht beim Verhör dabei ist, dachte Annegret und nickte ihrem Kollegen zu.

Stupor

In seinen Augen irrte Panik, und es war zu sehen, dass er wirklich überrascht gewesen sein musste, als plötzlich die Polizei bei ihm aufgetaucht war, um ihn in Haft zu nehmen. Von der linken Kopfseite hingen ihm dünne Haarsträhnen herab, und er versuchte beständig, mit fahriger Hand sie über sein Haupt zu legen.

Aber er war zu aufgeregt. Die zerzausten Strähnen glitten bei jeder Bewegung seines Körpers von der glänzenden Glatze. Unter dem weißen Wollpullover mit rot gestrickten Einfassungen an Hals und Armen lugte das hellblaue Pyjamaoberteil hervor, und in der Eile seiner Abführung ins Landeskriminalamt war er wohl auch nicht dazu gekommen, Socken und Schuhe anzuziehen. Jedenfalls steckten seine Füße in roten Filzpantoffeln.

Er sagte nichts. Fragte nichts. Spielte kein Spiel, sondern knetete unablässig seine Hände, denen man ansah, dass sie niemals hart gearbeitet hatten, und ab und an versuchte er, dem ruhigen Blick von Annegret standzuhalten, aber sobald er sie ansah, begannen seine Lider heftig zu zucken, und erst, wenn er sie senkte, beruhigten sich auch seine Nerven.

»Er weiß nichts von dem Brand in der Wohnung seiner Eltern«, hatte Münze sie noch kurz informiert, bevor sie beide den Vernehmungsraum betraten und sich an den Tisch gegenüber dem Inhaftierten setzten. Hinter dem Wandspiegel warteten Frank Scheschonka und Frauke Froboess mit äußerster Anspannung darauf, zu welchen Aussagen sich der Apotheker hinreißen lassen würde. Annegret stellte das Aufnahmegerät an, belehrte den Vorgeführten über seine Rechte und stellte ihre erste Frage.

»Herr Haseloff, haben Sie heute Ihre Apothekerkittel gewaschen und anschließend in den Trockner gesteckt?«

»Natürlich. Heute ist Samstag. Ich ziehe jeden Tag einen frischen Kittel an, und samstags, während ich Rezepturen fertige oder Arzneimittel prüfe, je was anfällt, wasche ich sie. Danach kommen sie in den Trockner, und am Sonntag komme ich, um sie zu bügeln!«

Er beruhigt sich, dachte Annegret, das Erzählen von seiner täglichen Routine beruhigt ihn.

»Sie arbeiten in der Apotheke Ihrer Eltern?«

»Korrekt gesehen bin ich der Inhaber. Meine Eltern sind verstorben.«

»Ja«, sagte Annegret und dachte, das wissen wir. »Wer hat denn die Totenscheine ausgestellt?«

Herwin-Heinrich Haseloff sprang mit dem Blick zu Münze und wieder zurück zu Annegret.

»Der Hausarzt«, flüsterte er, »Dr. Schweiger.«

Münze bat um die Adresse, aber Herwin-Heinrich Haseloff zuckte mit den Schultern.

»Er ist tot. Letztes Jahr gestorben. An einem Herzanfall. Mit vierundsechzig Jahren. Die Praxis wurde aufgelöst.«

»Woran sind denn Ihre Eltern gestorben«, fragte Münze und tippte, wenn auch kaum wahrnehmbar, mit den Fingerspitzen seiner gekrümmten Hand auf die Tischplatte.

Er wird wütend. Ist ungeduldig, notierte Annegret, er zeigt seine Schwachpunkte.

»Meine Mutter ist an altersbedingtem Herzversagen gestorben. Mit siebenundachtzig. Das Herz meines Vaters hat genau zwei Tage später ebenfalls versagt. Er hat ihren Tod nicht verwunden. Sie waren immer zusammen, seit ihrer Hochzeit. Er hat sie abgöttisch geliebt.«

»Liegen Sie auch in Ihrem Grab beieinander?« Münzes Frage klang in Annegrets Ohren beinahe gehässig, aber ihr Kollege hatte verstanden, worauf sie hinauswollte, und das genügte ihr für den Moment.

»Sie liegen Seite an Seite. Ja.« Seine Pupillen wurden groß und starrten Münze an, als ahnte er den Abgrund, auf den er zugetrieben wurde, obwohl er noch nicht wirklich glauben mochte, in welche Richtung die Befragung führte.

»Jetzt nicht mehr, Herr Haseloff!«

»Nein!«

»Nein«, wiederholte Annegret. »Jetzt liegen sie in der Gerichtsmedizin, denn in Ihrem Haus hat es gebrannt.«

»Gebrannt«, echote der Apotheker.

Annegret nickte. »Der Trockner. Ein technischer Defekt. Es hat eine sehr starke Rauchentwicklung gegeben.«

Sie wartete, bis er sie ansah, bevor sie die entscheidende Frage stellte, die Frage, die ihm keinen Ausweg mehr ließ und ihn ins Schachmatt setzte.

»Was glauben Sie, Herr Haseloff, wie kommen Ihre mumifizierten Eltern in die Wohnung über der Apotheke? Wieso lagen sie dort? Im Ehebett statt in einem Grab, wie es üblich ist?«

Er sackte in sich zusammen und schwieg.

»Haben Sie Ihre Eltern getötet und anschließend konserviert?«

Er staunte, weitete seine Augen unnatürlich, als sähe er etwas Ungeheuerliches, wie einen sich ausbreitenden Pilz einer Atombombe. Als fasse er nicht, was sie gefragt hatte, als würde das Wahrgenommene seinen Verstand übersteigen.

»Die Gerichtsmedizin findet sowieso heraus, woran Ihre Eltern gestorben sind«, schob Münze nach, und Annegret empfand sein Auftreten zum ersten Mal seit ihrer Zusammenarbeit als grob und vorverurteilend.

»Ich bin kein Mörder!«, raunte Herwin-Heinrich Haseloff und ließ seine Schultern noch tiefer sacken, als sie ohnehin hingen. »Ich habe die Wahrheit gesagt. Sie lagen in ihrem Ehebett, weil ich es versprochen hatte. Mein Vater ist morgens aufgewacht, und sie lag tot neben ihm. Er ist seit diesem Tag nicht mehr in die Apotheke gegangen, sondern bei ihr geblieben. Er hat verboten, dass ich einen Arzt hole, und mir erklärt, was ich tun muss, damit sie nicht verfällt. Beide nicht verfallen. Mir eine Rezeptur von Alfredo Salafia gegeben. Zur Leichenpräparation. Er hat mir gezeigt, wie es geht. ›Mach dasselbe auch mit mir‹, hat er gesagt. ›Leg uns nebeneinander ins Bett, lass uns hier in Frieden ruhen.‹ Ich hab es ihm versprochen.«

Münze faltete seine Hände, legte sie vor seinen Bauch, schüttelte demonstrativ den Kopf und zeigte damit, dass er das Vorgetragene für einen riesengroßen Haufen Bullshit hielt. Für eine aufgetischte Story. Annegret ahnte, dass es nicht lange dauern würde, bis ihr Kollege seine Körpersprache mit deutlichen Worten unterstreichen würde, und räusperte sich.

»Ich glaube Ihnen, Herr Haseloff.« Münzes Kopf schnellte zur

Seite, aber sie ignorierte ihn und führte ihre Gedanken weiter aus. »Aber wir haben da noch etwas, das uns Rätsel aufgibt.«

»Candy? Der Hund?«

»Nein, Herr Haseloff. Ein Kind. Ein konservierter Leichnam von einem kleinen Mädchen. Fleur Wiesmüller. Wir haben sie in der Lutherkirche in Bahrenfeld vorm Altar gefunden.«

Er ließ seinen für einen Moment aufgereckten Kopf vornüberfallen, murmelte »Das Liebchen. Mein Liebchen« und verstummte. Dicke Tränen klatschten auf die Tischplatte. Drei, vier, fünf. Annegret zählte die fallenden Tropfen, bis er sie mit seinem Blick, der tiefste Verzweiflung ausdrückte, zu bannen versuchte.

»Ihr dürft sie nicht in die Erde legen. Seht ihr denn nicht, wie sie lächelt, welche Hoffnung sie gibt? Bitte. Sie ist nicht dazu gemacht. Sie hat Angst allein im Dunkeln. Bitte. Seht ihr denn nicht, dass sie im Licht bleiben muss? Versteht das denn keiner? Bitte!«

Sein Wortschwall war mit dem letzten Flehen zu einem Aufschrei geworden, der merkwürdig in seinem Hals vergurgelte. Annegret spürte, dass sie traurig wurde, und atmete tief durch.

»Haben Sie das Kind getötet?«

Er schüttelte heftig den Kopf.

»Ich habe es gefunden. Es ist ein Geschenk.«

Münze stöhnte auf. Annegret schnellte mit ihrer Hand hoch und machte ihm mit einem unmissverständlichen Seitenblick deutlich, dass er sich beherrschen solle.

»Es war schon tot. Aber noch nicht lange. Es war noch warm. Und es hat gelächelt. Das Liebchen. Gelächelt. Ja. Wie ein Engel.«

Herwin-Heinrich Haseloff begann unvermutet zu röcheln, starrte Annegret aus unbewegten Pupillen an und ruderte mit den Armen, als sei er ein Boot, das in Gefahr war, zu kentern.

»Ruf sofort einen Arzt. Schnell.«

Münze griff nach seinem Handy, und Annegret versuchte, den inzwischen vom Stuhl gestürzten Apotheker in die stabile Seitenlage zu bringen. Frank Scheschonka und Frauke Froboess preschten in den Raum und blieben auf Höhe des Tisches wie angewurzelt stehen.

Chefermittlerin Annegret Pries hing kniend über dem Tatverdächtigen, der mit geballten Fäusten und steif wie ein Brett auf dem Rücken lag und aus stecknadelgroßen Pupillen an die Decke starrte. Sie versuchte ein ums andere Mal, ihn auf die Seite zu heben, aber sobald es ihr gelungen war, kippte er wieder in die Rückenlage zurück, da seine Arme, die er eng an den Körper gepresst hielt, nicht zu bewegen waren.

Wünsche

»Könnte ein Herzanfall sein oder Kreislaufkollaps. Allerdings lassen die Fixierung der Pupillen und die Erstarrung des Körpers auch einen Stupor vermuten«, hatte der Notarzt gesagt, aber was es auch sei, der Patient müsse schnellstens in die Notaufnahme gebracht werden.

Scheschonka hatte veranlasst, dass das Krankenzimmer des Apothekers bewacht wurde, und sich mit grauer Gesichtshaut von den Kollegen bis zur angesetzten Dienstbesprechung am Montagmorgen verabschiedet. Münze und Frauke Froboess hatten sich ebenfalls getrollt, aber erst nachdem sie sich versichert hatten, dass keine Aufgaben anstanden, die nicht bis zum Wochenanfang warten konnten. Alle Kollegen der Soko Beatrice verbrachten die angebrochene Nacht und den freien Sonntag in Bereitschaft, mit der zwiespältigen Hoffnung, sich einerseits erholen zu können und andererseits gerufen zu werden, um dem unerträglichen Zustand der Hilflosigkeit zu entgehen.

Annegret hatte den immer leiser werdenden Schritten hinterhergelauscht und war, ihrem Bedürfnis folgend, einfach sitzen geblieben, um sich in der einsetzenden Ruhe kurz zu entspannen, bevor auch sie das Landeskriminalamt verlassen würde.

Sie zog den zweiten Stuhl heran, legte ihre Beine hoch und gab dem Gefühl, weinen zu müssen, nach. Ihr Herz wurde weiter, und sie schämte sich nicht für ihr Mitgefühl mit diesem absonderlichen Mann, der erst seine Eltern und nun ein totes Kind vor der Dunkelheit des Grabes retten wollte. Wer will dort unten schon liegen?, dachte Annegret, schniefte und glaubte ihren Augen kaum, als Tatortanalytiker Gerd Rosika plötzlich im Türrahmen stand.

»Schon alles vorbei?«

Sie wischte sich mit den Handrücken über die Lider und stellte ihre Füße auf den Boden.

»Nicht ganz. Fechner und sein Team sind noch in der Wohnung des Apothekers. Lutherhöhe, in Bahrenfeld. Sobald sie einen Hinweis finden, wo das Kind sein könnte, ruft er an. Aber ich gehe davon aus, dass die Verbindung zwischen Apotheker Haseloff und dem mumifizierten Kind eine einmalige Sache ist.« Sie deutete auf das Aufnahmegerät.

»Wir haben die Bandaufnahme von der Vernehmung. Wenn du reinhören willst?«

Er wollte. Als die Audioaufnahme die Stelle spielte, an der sie Münze aufforderte, den Notarzt zu rufen, drückte sie die Stopptaste.

»Es kam ganz plötzlich. Erst hörte es sich an, als würde er ersticken, dann ist er umgekippt und steif geworden. Sein Puls ging wie bei einem Fisch unterm Eis.«

»Wir müssen herausfinden, wo er das tote Kind gefunden haben will«, sagte Rosika langsam und nickte Annegret anerkennend zu.

»Du glaubst also auch, dass er die Wahrheit sagt?«

»Ja. Zumindest erklären seine Aussagen die Unvereinbarkeit vom Täterprofil mit der Leichenkonservierung. Damit wäre Rennicke wieder unser Hauptverdächtiger. Und vielleicht gibt uns der Fundort von Fleur Wiesmüller einen Hinweis darauf, wo unser Täter die Kinder versteckt. Aber um das herauszufinden, müssen wir warten, bis Haseloff wieder stabil ist. Und wenn wir mit ihm sprechen, muss ihm das Gefühl vermittelt werden, dass wir sein Werk verstehen, sein Anliegen nachvollziehen können. Anders werden wir ihn nicht zum Sprechen bewegen, falls er tatsächlich in eine körperliche wie geistige Starre gefallen ist.«

Wieder eine Feinheit, die uns nicht bewusst war, dachte Annegret. Die wilde Hoffnung, Karoline Weber lebend zu finden, hat uns zu schnell und unüberlegt vorgehen lassen, ohne die Perspektive unseres Gegenübers zu berücksichtigen.

»Kule wartet auf seinen Spaziergang durch den Stadtpark. Kommst du mit?«

Warum nicht?, dachte Annegret, ich bin zwar hundemüde, aber schlafen kann ich deswegen noch lange nicht. Sie versenkte ihr Handy in der Hosentasche und folgte ihrem Kollegen.

Auf den Wegen, abseits der großen Freizeit- und Grillwiese, war es angenehm ruhig und dunkel. Annegret ließ ihre Gesichtszüge fallen und blendete auch das Stimmengewirr und die vielen Klänge unterschiedlicher Musik aus, die von der dicht mit Menschen allen Alters und Nationalitäten bevölkerten Rasenfläche zu ihnen drangen. Rosika hatte zwar einige Mühe, Kule davon abzuhalten, seiner Nase zu folgen und dem Geruch von gegrilltem Fleisch nachzugehen, aber nach wenigen Zurechtweisungen trabte der Hund voraus und nahm mit weniger anregenden Spuren vorlieb. Annegret verlangsamte ihren Schritt, passte ihn dem von Rosika an und überlegte kurz, ob sie wissen wollte, warum er nach Berlin gerufen worden war, aber ihre überreizten Nerven geboten ihr, lieber zu schweigen.

»Hast du dir mein Angebot überlegt? Interessiert es dich, nach Wiesbaden zu kommen?«

»Nein, noch nicht.« Annegret betrachtete ihn von der Seite. Wie jung er aussieht, dachte sie. Welches Geheimnis steckt wohl dahinter? Die Überlegung, mit welcher Frage sie ihn anregen konnte, es zu lüften, verursachte eine Muskelverhärtung in ihrem Nacken. Sie drehte ein wenig ihren Hals und blickte, dem Stillschweigen ergeben, zum sternenklaren Himmel auf, gerade rechtzeitig, um den verglühenden Schweif eines sterbenden Meteors in seinem Fall zu beobachten.

Sie war kurz davor, sich zu wünschen, Karoline Weber lebend zu finden, doch sie ließ den Gedanken fallen, weil ihr der Film »The Missing« durch den Sinn flimmerte, der gestern Nacht im Spätprogramm gelaufen war, in dem Tommy Lee Jones einen weißen Indianer spielte.

»Ich wünsche nicht«, hatte er seiner ihm fremden Enkelin geantwortet, als sie ihn gefragt hatte, ob auch er hoffe, dass sie alle wieder eine Familie sein könnten.

Annegret lächelte in Erinnerung an die Szene. Die Mutter des Mädchens hasste ihren Möchtegern-Indianer-Vater, der sie vor vielen Jahren verlassen hatte und auf den sie nun angewiesen war, um ihre ältere Tochter aus den Händen von Mädchenräubern zu befreien. Aber, dachte Annegret leise seufzend, es war nur allzu gut zu verstehen, dass das jüngste Enkelkind noch in dem Glauben lebte, dass das Wünschen half, damit das eintreten konnte, was eintreten sollte. Musste! Sie stellte sich den Unwägbarkeiten des Lebens noch voller Zuversicht entgegen. Ihr Großvater hingegen wusste, dass das Wünschen einen Mann auf die falsche Fährte setzen konnte. Auf eine Fährte, die ihn dazu verdammte, jahrelang herumzuirren wie ein Jagdhund ohne Spur, und die ihn zu nichts anderem führte als zu einer Enttäuschung nach der anderen. Er, der weißhäutige Indianer, hatte durch das Leben gelernt, die Wirklichkeit dem Wunsch vorzuziehen. Und er wusste, dass nur dann das geschah, was geschehen sollte, sich die Wahrheit nur dann vollziehen konnte, wenn das Handeln nicht durch persönliche Motive verfälscht und auf Umwege gelenkt wurde.

Und die Wahrheit, hielt sich Annegret vor, während sie gähnte, ist unschuldig und nicht korrupt. Sie kann verdeckt werden. Bemäntelt und verschwiegen, umgangen und schöngeredet werden, aber irgendwann tritt sie ans Licht. Warum also kostbare Zeit mit Wünschen verschenken, anstatt auf das zu schauen, was ist? Im Bewusstsein, dass das, was ist, längst passiert ist und nicht rückgängig gemacht werden kann.

Bienenhotel

Die S-Bahn ratterte dicht an der Rückseite der Häuserzeile vorbei, die nur durch eine steile Böschung und einen schmalen Streifen Hinterhof von der Hochbrücke getrennt war. Auf dem Kamm der Böschung wucherte der Überlebenskünstler Ahorn. Überall sprossen seine jungen Stämme empor. Dazwischen nur wenige andere Sträucher. Den Boden bedeckte Schöllkraut.

Überall Schöllkraut, dachte er und betrachtete, sobald die Bahn an der Stresemannstraße entlangfuhr, das Paket, das er neben sich auf dem leeren Sitz abgelegt hatte. Gleich würden sie in den Bahnhof Holstenstraße einfahren, dann war es nur noch eine Station bis Diebsteich. Er hatte die große Holzscheibe in Packpapier eingeschlagen, damit es aussah, als trage er einen Spiegel.

Einmal war er mit einem unverpackten Bienenhotel unterwegs gewesen. Ein Mal und nie wieder. Warum sind denn da so viele Löcher in der Holzscheibe? Wozu ist das denn gut? Was soll das sein, ein Zigarettenhalter? Haha?

Zuerst hatte er die Fragen noch beantwortet und selbst dumme Kommentare ernst genommen. Aber als er einsehen musste, dass kaum einer fragte, weil er wirklich interessiert war, sondern meistens, um sich lustig zu machen, transportierte er seine Unterkünfte für Insekten in Tüten und Packpapier.

S-Bahn-Station Diebsteich. Er griff nach der Holzscheibe und klemmte sie sich unter die Achsel. Gut, dass er lange Arme hatte und kräftige Beine. Er schätzte es, die Stadt spazierend kennenzulernen. Sie zu seinem Terrain werden zu lassen, auf dem er sich auskannte. Es zu begehen und die Kraft der Erde unter seinen Turnschuhen zu spüren, die Kraft, die grünes Leben hervorbrachte, das aus jeder noch so kleinen Ritze wucherte. Deshalb studierte er auch Biologie und Sport. Bewegung und Natur. Das waren seine Leidenschaften.

Er liebte es, stundenlang unterwegs zu sein, um Ecken, Spalten und Ränder auszumachen, in die er Samen aller Art streuen und dabei die kleinen Keime ermuntern konnte, das Betonpflaster zum Bersten zu bringen. Und da, wo die Stadt grün und voller pflanzlicher Vielfalt war, jedoch die landschaftliche Pflege den Unterschlupf für wilde Bienen und andere geflügelte Lebewesen gründlich wegputzte, suchte er stille Plätze, um den kleinen obdachlosen Bestäubern ein Heim anzubieten.

Das war seine Art, sich zu beheimaten, seine Art, am Leben der Stadt teilzunehmen, es mitzugestalten. Und es öffnete ihm Türen. Weder in Berlin noch hier in Hamburg hatte er damit ein Problem gehabt, eine Unterkunft zu finden. Eins kam immer zum anderen, ohne dass er sich anstrengen musste.

Becks hatte bei »Provieh« einen Aktivisten kennengelernt, der wieder einen kannte, der 'ne leere Wohnung hatte. Ein ehemaliger Krimineller oder so. Egal. Dreizimmerwohnung. Becks hatte den Mietvertrag unterschrieben und durfte zwei Zimmer untervermieten. An ihn und Ramses. Perfekt.

Und nun war er unterwegs zum Randstreifen der A 7. Ungefähr in einer Stunde würde es dunkel werden. So lange hatte er Zeit, sein Ziel zu erreichen, und auch Kraft, das schwere Holz unter seinem Arm geklemmt zu tragen. Im Rucksack lagen Werkzeuge, die er benötigte, um die Scheibe zu befestigen. Er hatte den Baum bereits ausgesucht, den Stamm, der das Bienenhotel tragen würde.

Vor zwei Wochen hatte er den Weg gründlich studiert, war er ihn mit dem Fahrrad abgefahren, hatte er ausgekundschaftet, wie er möglichst ungesehen an das Wäldchen an der A 7 herankam.

Sasha Ude wechselte den Arm, mit dem er die Herberge trug, und streckte seinen Nacken, um die langen Dreadlocks, die unter dem Rucksack klemmten, freizuziehen. Freude beflügelte seinen Schritt. Das Gebiet war ideal, um Wildbienen und andere Flieger anzulocken und ihnen ein attraktives Revier zu offerieren. Ein langer Abschnitt des Holstenkamp führte durch einen langen wie breiten Grünstreifen, umgeben von Industriegebieten. Friedhof reihte sich an Friedhof und dazwischen kleine ruhige Einzelhaussiedlungen mit großen Gärten. Am Ende der zweispurigen Straße breitete sich eine Kleingartenkolonie aus. Durch den Pfad, der unmittelbar am umzäunten Gelände der Straßenmeisterei vorbeiführte, gelangte man auf einem schmalen Trampelpfad in ein kleines Wäldchen, das bis zur Autobahn reichte. Und genau in diesem naturbelassenen Hain wartete sein Baum.

Wie auch schon bei seinem ersten Besuch begegnete er keinem einzigen Gartenkolonialisten. Die letzten Wochenendbesucher hockten bereits vor der Glotze, und die Familien mit Kindern waren, da das Wochenende vorbei war, schon nach Hause gefahren, um ihre Kleinen zeitig ins Bett zu bringen. Hier und da hörte er Stimmengemurmel, ein Auflachen, und manchmal bellte ein Hund, aber er sah niemanden. Sie hatten sich alle zurückgezogen auf ihre nicht einsehbaren Terrassen, hinter hölzernen Sichtschutz oder dichte Hecken, um in Ruhe ihren Abend zu genießen.

Die Dämmerung war aufgezogen, und bekleidet mit seiner anthrazitfarbenen Tarnhose und dem schwarzen Shirt lief er wie ein Schatten durch den mit Hecken gesäumten Weg. Sasha Ude wusste, dass er auch deshalb beinahe unsichtbar war, weil niemand erwartete, dass er hier herumlief, weil keiner mit ihm rechnete, niemand darauf gefasst war, dass so einer wie er hier aktiv wurde.

Der Weg, in den er jetzt einbog, führte rechts an hohen Hecken und links direkt am Wäldchen vorbei. Nur noch wenige Meter, und er würde durch eine schmale Schneise in den dunklen Schatten der Bäume treten. Aufregung erfasste ihn. Freudiger Tatendrang.

In einigen Wochen würde er wiederkommen, um nachzuschauen, ob die Herberge angenommen und bevölkert worden war. Er blieb stehen, setzte erst das Paket und dann den Rucksack ab, um die mitgebrachte Taschenlampe herauszuholen. Sobald er sie sicher in der Hand hielt, drehte er sich noch einmal um und verließ den offiziellen Weg der Kleingartenkolonie. Der Lichtkegel seiner Taschenlampe sprang über den unebenen Pfad, er stolperte, weil ein Schatten ihn erschreckte, und als er einen Ast knacken hörte, blieb er unter einer großen Buche, deren Krone weite Teile des Hains überspannte, stehen.

Das Licht seiner Taschenlampe reflektierte in den großen Augen eines starken schwarz-weißen Katers, der ebenfalls in seinem Schritt innegehalten hatte und still im Laub verharrte. Sein rechter vorderer Lauf hing wie eingefroren in der Luft. Er stand auf drei Tatzen und starrte ihn an.

»Hey«, flüsterte Sasha, »ich durchquere dein Revier nur kurz, ich bin gleich verschwunden.«

Der Kater drehte sich kurz um, wie um sicherzugehen, dass

sich kein Verfolger an seine Fersen geheftet hatte, und sprang aus seiner geduckten Haltung heraus davon.

Wird Zeit, dass ich das schwere Ding loswerde, dachte er und hob den Fuß für den nächsten Schritt, um endlich seinen Plan auszuführen, als er erneut innehielt, die Stirn runzelte und den Kopf schief legte.

Noch eine Katze, dachte er zuerst, denn wieder hatte es sich nach knackenden Zweigen angehört. Er lauschte, überlegte, ob es hier wohl Wildschweine gäbe oder Rehe, aber alles blieb still. Sein Arm begann zu schmerzen.

Er legte die Baumscheibe sehr vorsichtig zu Boden und schüttelte ihn aus, bevor er die Umgebung gründlich ausleuchtete. Die Rückwand der Lagerhalle schimmerte von Weitem durch das dichte Geäst und gab ihm Orientierung. Er musste weiter geradeaus, dann links abbiegen und parallel zum Drahtzaun laufen, der das Gelände vom Industriegebiet trennte, bis zur kleinen Eberesche, in die er ein gelbes Band gehängt hatte.

Sasha Ude stockte mit der Bewegung seines Arms. War da nicht eben ein Schatten gewesen? Die Silhouette eines Mannes? Er versuchte, ihn mit dem Lichtkegel aufzuspüren, aber die Gestalt war verschwunden. Weg, wie in Luft aufgelöst.

Seine Hand zitterte. Ich sollte weniger kiffen, dachte er, ich sehe schon Gespenster. Im Wald, da sind die Räuber.

Sasha Ude schluckte, als sein Gehirn plötzlich Trickkiste spielte und eine Angstphantasie nach der anderen hervorzauberte. Er leuchtete wieder den Weg hinunter bis zum Zaun, bog mit dem Lichtschein links ab, dahin, wo er gleich entlanggehen würde, und beruhigte sich langsam.

Ich hätte am Tag kommen sollen, sagte er zu sich selbst, musste aber nicht lange auf eine Gegenrede warten. Wie oft, hielt er sich vor, hatten Kinder und Jugendliche schon junge Beete zertrampelt und Insektenunterkünfte zerstört, als sie ihn bei seinen Aktionen beobachtet hatten. Viel zu oft. Deshalb war er nachts unterwegs, damit seine Kästen, Holzscheiben, Samen und Pflanzen eine Chance bekamen, genutzt zu werden und zu wachsen.

»So«, flüsterte er. Und wenn du erst wieder auf der Straße bist, lachst du über dich selber. Er bückte sich, um sein Bienenhotel ein letztes Mal unter den Arm zu quetschen, spürte, dass jemand hinter ihn trat, und stürzte, getroffen von einem gewaltigen Schlag, kopfüber zu Boden.

Seine Vorderzähne bohrten sich in seine Unterlippe, und das Licht, das plötzlich vor seinen Augen gleißte, machte ihn glauben, dass die Sonne aufging. Er hörte Füße scharren und dass der Mensch hinter ihm heftig atmete. Seine Hand umklammerte immer noch die Taschenlampe.

Wer ist das, dachte er verwirrt, tastete mit den Händen über den Waldboden nach Halt und versuchte sich aufzurichten. Ich muss erklären, warum ich hier bin, raste es fieberhaft durch seinen Kopf. Jemand hat Angst vor mir. Ich muss ihm die Baumscheibe zeigen.

Blut rann über seine Wange, und als er endlich auf seinen Knien hockte und sich zu dem Angreifer umwandte, sauste etwas Dunkles, Hartes auf ihn zu und traf ihn mitten ins Gesicht. Die Sonne strahlte wieder auf, in einem goldenen Lichtkranz, wie er es noch niemals zuvor gesehen hatte, es blendete so sehr, dass er das Bewusstsein verlor.

Vampire

Die Sonne knallte unbeirrt vom Himmel, und Annegret machte sich nicht die Mühe, die metallenen Jalousien hochzuziehen. Sie stellte die Lamellen waagerecht, sodass sich die Luft in ihrem Schlafzimmer durch die aufgestellte Balkontür austauschen konnte.

Auf dem Boden, neben dem Stuhl, lag ihr T-Shirt. Sie griff danach, hielt es unter die Nase und warf es zurück auf den Boden. Es stank nach Rauch. Nach verbranntem Plastik und Schweiß. Sie hob die Jeans an, ließ sie aber gleich wieder fallen. Nackt, wie sie war, zog sie eine Strähne ihres aschblonden Haares vor ihre Nasenlöcher und entschied endgültig, zu duschen.

Es war noch früh, kurz nach neun, als sie die Große Rainstraße betrat und sich über die menschenleere Ruhe freute. Stille in der Stadt. Sie hatte fast vergessen, wie es sich anfühlte, am Sonntagmorgen durch Straßen zu gehen, die alltags von Frauen, Männern, Kindern und Hunden beinahe überquollen. Der Bäcker in der Ottensener Hauptstraße hatte geöffnet. Sie würde sich ofenfrische Brötchen besorgen und sobald sie zurück in ihrer Wohnung war, das Krankenhaus anrufen, während der Kaffee durch die Maschine tropfte. Ich erledige das, damit mein Kopf frei ist, und dann atme ich tief durch und frühstücke, komme, was wolle.

Es dauerte einige Zeit, bis die Verbindung mit dem Arzt vom Dienst hergestellt wurde und sie nach Herwin-Heinrich Haseloffs Befinden fragen konnte und ob er bereits vernehmungsfähig sei. Die Krankenschwester vertröstete sie immer wieder aufs Neue.

»Der Doktor ist noch bei einem Patienten. Der Doktor muss noch kurz eine Patientenakte ergänzen. Der Doktor ist kurz noch mal aufgehalten worden, aber gleich ist er am Apparat.« Die Luft in ihrer Wohnung war aufgestaut und warm, sie hatte schlecht geschlafen, und Müdigkeit lag schwer auf ihren Lidern.

Das Warten schürte ihre Ungeduld, und als sie endlich das zuständige Ohr am anderen Ende der Leitung hatte, in das sie hineinsprechen konnte, dem sie verdeutlichen konnte, dass der

Apotheker ein wichtiger Zeuge in einem Mordfall sei und unbedingt eine Aussage machen müsse, besser heute als morgen, fühlte sie sich gereizt und erschöpft.

Annegret spürte, dass der Arzt auf Distanz ging, sie hörte es an seinem Schweigen.

»Hören Sie«, schob sie deshalb mit eindringlicher Stimme nach, »die Information, die der Kriminalpolizei fehlt, ist lebenswichtig für ein Mädchen, das vermisst wird!«

Annegret atmete ein und krallte ihre Hand um den Hörer, als das erste Wort der Erwiderung des Arztes »Nein!« lautete. Sie hielt den Atem an und zwang sich, ihm weiter zuzuhören, obwohl sie ihm am liebsten kreischend ins Wort gefallen wäre.

»In keinem Fall heute!« Unmöglich, er bedauere. Vor Mitte der Woche würde er eine Befragung nicht verantworten können. Sein Patient liege in einem katatonen Stupor, mit lebensbedrohlichen Symptomen. Zurzeit würde er auf der Intensivstation der psychiatrischen Abteilung versorgt werden und sei nicht ansprechbar.

Annegret deckelte ihre Wut und presste durch ihre zusammengebissenen Zähne: »Gut, Mittwoch also. Mittwochmorgen ist Herr Haseloff zur Zeugenvernehmung bereit!«

Sie wartete, hörte an der Art, wie der Arzt einatmete, dass er immer noch gegen ihr Verlangen anreden würde, und sah sich hilfesuchend in ihrem eingestaubten Wohnzimmer um.

Das könne er nicht versprechen, erwiderte der Arzt, man müsse schauen, das sei nicht so definitiv voraussehbar, wie sie es gerne hätte.

Bevor es passierte, einfach so, bevor ihr der Kragen platzte, ohne dass sie es hätte stoppen können, war es stumm in ihr geworden. Stumm und kalt, bevor sie aufbrauste, um jeden Widerstand hinwegzufegen.

»Nein, Herr … «, schrie Annegret und musste eine Leerzeile lassen, da sie seinen Namen in der Aufregung vergessen hatte, bevor sie lautstark weitersprach. »Kapieren Sie denn nicht, es geht um das Überleben eines jungen Mädchens! Sieben Jahre alt. Jeder Tag zählt, um vielleicht noch ihr Leben retten zu können. Das verantworten Sie durch Ihr Verhalten mit! Ist Ihnen das eigentlich klar! Mittwoch kommen mein Kollege und ich zur Vernehmung.

Sie werden doch wohl irgendeine Pille haben, die den Zeugen vorübergehend ansprechbar macht!«

»Na hören Sie mal!«

»Nein«, schrie sie und bemerkte erst jetzt, wie sehr sie tatsächlich unter Druck stand.

»Mittwoch und keinen Tag später. Und nur, damit Sie wissen, wie es läuft: Ich werde meinen Vorgesetzten informieren. Und der wird den Oberstaatsanwalt scharfmachen. Der Oberstaatsanwalt wiederum, darauf können Sie Gift nehmen, wird seinen Draht zum Oberbürgermeister nutzen, damit er Ihrem Chefarzt die Hölle heißmacht! Sie haben da keine Wahl, Mann!«

Seine Stimme blieb ganz ruhig, und vielleicht brachte sie das zum Einsturz, vielleicht war aber ihre Kraft auch einfach aufgebraucht, war sie durch die Nächte mit wenigem Schlaf und der vielen Grübelei einfach ausgelaugt.

»Sie stellen also das Leben des Kindes über das Leben von Herrn Haseloff, verstehe ich Sie richtig, Frau Kommissarin? Spielen Sie Gott?«

Annegret starrte in den Hörer, wusste nicht, was sie antworten sollte, und legte ihn wie etwas fremd Gewordenes vorsichtig auf die Gabel. Sie starrte eine Weile vor sich hin, setzte sich endlich aufs Sofa und heulte laut auf.

»Scheiße! Verdammt, er hat recht.« Aber trotzdem! Ich könnte gegen die Wand rennen. Mir die Zähne ausbeißen. Vor Wut explodieren. Ich will einfach nicht, dass das Kind stirbt.

»Ich will nicht, ich will nicht, ich will nicht.«

Sie hämmerte mit den Fäusten aufs Sofa. Ich will nicht mit dem sinnlosen Tod eines kleinen Mädchens leben. Soll er meinetwegen mit dem Tod des Apothekers zurechtkommen. Aber ich komm nicht damit klar, wenn Karoline Weber stirbt, ich will sie retten. Ich will. Verdammt, denn ich hab keine Lust, mich jahrelang für schuldig zu erklären! Sie sprang auf und setzte sich sofort wieder.

Deshalb hat Scheschonka mir also von seinem vermissten Zwilling erzählt, dachte sie plötzlich. Aus Erfahrung. Aus Fürsorge, damit ich erst gar keinen Schuldkomplex entwickle. Aber so einfach ist das nicht.

Annegret nahm die leere Reisetasche, die wie immer, wenn sie ein paar Tage in ihrer Wohnung verbrachte, auf dem Boden im Flur lag, ging ins Schlafzimmer und warf frische Kleidung hinein. Sie stellte alle Fenster auf Kipp, und nachdem sie die Kaffeemaschine ausgestellt und die Tüte mit den Brötchen in ihre Handtasche gestopft hatte, griff sie als Letztes nach ihrem Autoschlüssel, den sie auf die Kommode im Flur hinzuwerfen pflegte, und verließ ihre Wohnung.

Selbst das Öffnen der kleinen eisernen Pforte kostete sie Mühe. Die Verspannung in ihren Schultern, die bereits während der Fahrt nach Geesthacht eingesetzt hatte, war so stark geworden, dass Annegret laut hätte schreien können.

Josef und Joe Wolnyczak saßen am Terrassentisch vor ausgebreiteten Landkarten und sahen, als sie ihre Schritte hörten, auf. Annegret ließ, sobald sie auf der Terrasse stand, ihre Tasche fallen, setzte sich mit eingezogenem Kopf auf einen Gartenstuhl und begann, während ihr Tränen aus den Augen rannen, tonlos zu erzählen. Sie beendete ihre Rede mit dem Satz, dass ihr das Leben des Apothekers egal sei, obwohl auch er letztendlich nur dasselbe gewollt habe wie sie. Ein Kind retten, vor Schmerz, dem Alleinsein und Dunkelheit.

»Ich fühle mich so mies, dieser Fall wächst mir über den Kopf, er bringt mich an meine Grenzen. Ich kann nicht mehr. Wenn wir das Kind nicht bald lebend finden, weiß ich nicht, was werden soll!«

»Man weiß nie, was wird«, erwiderte Wolnyczak ungerührt und faltete die Karte zusammen.

»Du solltest dir Knoblauch ins Zimmer hängen, damit die Vampire, die an dir saugen, Abstand halten!«

Annegret runzelte die Stirn, spürte, wie rasende Wut in ihr aufbrauste, und schaute grimmig zu Josef.

»Die Gedanken, mit denen du dich herumplagst, sind wie ausgehungerte Vampire«, grinste Freund Wolnyczak. »Leere, blutlose Hüllen, die sich erhalten, indem sie Gehirne martern. Angsteinflößende Szenarien entwerfen, die irgendwann in der Zukunft stattfinden sollen. Aber was ist Zukunft? Ein Gedanke. Der einzige Moment, in dem sich das wirkende Leben abspielt, ist immer jetzt.

Und das Leben ist kein Gedanke. Keine Erinnerung, kein banges Voraussehen. Schau dir deine Ängste an. Sobald du Schritt für Schritt nur auf das schaust, was gerade geschieht, zerfallen sie zu Staub.«

Ich marter mich selber. Ja, dachte Annegret grimmig, da hat er recht.

»Aber warum! Warum mach ich das?«, rief sie und verzog ihr Gesicht, da ein stechender Schmerz durch ihren Schädel blitzte.

Wolnyczak lachte. »Stell dir vor, du machst einfach nur deine Arbeit, ohne dir Szenarien auszudenken. Stell dir vor, dein Verstand ist still und ruhig, hat nichts zu saugen, keine Sorge, über die er grübeln, keine Gefahren, die er kontrollieren müsste. Was dann?«

»Dann«, überlegte Annegret laut, »dann würde ich es wohl mit der Angst zu tun bekommen, weil ich fürchte, die Orientierung zu verlieren.«

Wolnyczak nickte.

Annegret dachte an Rennicke, der nach Rosikas Anschauung, die sie ja teilte, nur unter der Voraussetzung imstande war, mit dem Morden aufzuhören, dass er aus seiner gedanklichen Geisterbahn ausstieg. Aussteigen konnte. Aber wie soll das gehen?, dachte Annegret empört. Ich sitze ja selber in meinem Kettenkarussell und fühle mich dazu verdammt, eine Fahrt nach der anderen mitzumachen.

»Erinnere dich!« Wolnyczak hatte sich über den Tisch gelehnt und hielt seinen Mund dicht an ihr Ohr. Sie beherrschte ihren Ärger und signalisierte Joe mit einem Wimpernschlag, dass sie gewillt war, ihm zuzuhören.

»Die Äpfel vom Baum der Erkenntnis fallen nur, wenn keine Hand nach ihnen greift. Wenn kein Wunsch, kein Hoffen länger einen Gedanken erzeugt.«

Er betrachtete sie still, und sie erwiderte stumm den Blick aus seinen dunklen Vogelaugen. »Wenn du dem Kind helfen willst, dann hör auf, die Retterin zu spielen!«

Annegret wurde blass. »Spielen Sie Gott?« Das hatte doch auch der Arzt gefragt. Was nahmen sich diese Kerle eigentlich heraus!

»Das tue ich doch gar nicht«, trotzte sie böse. »Ich weiß nicht, wie es in deinem Kopf aussieht, aber ich weiß jedenfalls nicht, wie ich mit Denken aufhören soll. Ich lade mir lieber erst gar keine Schuld auf, dann muss ich mir auch keine Gedanken machen.«

Ich will nicht, schrie sie innerlich, während sie Joe Wolnyczak mit einem zähnebleckenden Blick herausforderte. Ist mir egal, was er sagt. Wie soll denn das Denken enden? Wie denn!

»Blödsinn.«

Wolnyczaks Stimme klang weich, und auch in seinem Gesicht fand sie kein Verziehen, auf das sie sich hätte stürzen können. Sie wich seinen Rabenaugen aus und wandte sich ratlos an Josef. Er lächelte mitfühlend. Für einen kurzen Moment war sie irritiert, fühlte es sich an, als müsse sie sich hinschmeißen und mit den Fäusten den Boden bearbeiten, aber sie widerstand dem kindlichen Bedürfnis und setzte sich sehr gerade auf. Wie eine Klapperschlange, die auf den richtigen Moment wartet, um mit einem gezielten Vorstoß ihre Zähne in die Haut des Angreifers zu schlagen.

»Blödsinn«, wiederholte Wolnyczak ruhig und ungerührt, »du hast nur Angst, das zu sein, was wir alle sind. Was zum Vorschein kommt, wenn du die Schuld nur anschaust, ihr aber nicht erlaubst, durch dich zu wirken. Du weichst dem aus, indem du weiter nach einem Ausweg suchst, ihn erzwingen willst, obwohl du wie in einer tiefen Grube sitzt, in der nichts anderes geht, als nach oben, ins Licht, zu schauen.«

»Du hast doch nicht die geringste Ahnung«, zischte sie, »was soll denn das sein, vor dem ich ausweiche, was denn? Ich kann mir in meinem Job gar nicht erlauben, wegzuschauen!«

»Finde es selbst heraus«, sagte Wolnyczak sanft, »denn es nützt dir nichts, wenn ich es dir sage.«

Wolken

Sie hatte tief und fest geschlafen. Den ganzen Sonntagnachmittag und auch nachts. Wie ein Baby. Annegret schaute in den kleinen Spiegel über dem antiken, aber gepflegten Keramikbecken mit den altmodischen Hähnen für Warm- und Kaltwasser und lächelte sich zu. Endlich, dachte sie, endlich ein Tag, an dem ich ausgeschlafen bin.

Wolnyczaks Aufforderung, sie solle selbst herausfinden, wovor sie ausweiche, hatte gestern Mittag ihre Wut auf die Spitze getrieben, eine Wut, die sie nur mit einer bis zum Anschlag zusammengepressten Nackenmuskulatur beherrscht hatte. Sonst hätte sie, wer weiß mit welchen Wortausbrüchen noch, auf ihn eingedroschen, damit er ihr endlich recht gab. Zugab, dass es beinahe aussichtslos war, sich nicht schuldig zu fühlen. Aber ihre Zurückhaltung hatte wahrscheinlich die Sauerstoffzufuhr zu ihrem Hirn gedrosselt, jedenfalls waren plötzlich Schwärme von kleinen schwarzen Punkten vor ihren Pupillen aufgetaucht.

Freund Wolnyczak war aufgestanden, hinter sie getreten und hatte seine großen wunderbaren Hände auf ihre Schultern gelegt. Und kurz darauf war der ersehnte wie gefürchtete Zusammenbruch geschehen, hatte sie endlich kapitulieren können.

Und sobald der Schmerz von ihr gewichen war, den Wolnyczak wie einen in sie eingefahrenen Teufel vertrieben hatte, hatte sie eine Jahrhundertmüdigkeit ergriffen, die selbst ihre Knochen erweichte. Sie hatte dagesessen wie eine Gummipuppe. Und weil sie sich zu schwach fühlte, allein vom Stuhl aufzustehen, hatte Josef sie untergefasst und in die Datscha begleitet. Ihr aus den Kleidern geholfen, sie gebettet, mit einem Laken bedeckt und in den Schlaf geküsst.

Und heute früh, oh Wunder, fühlte sie sich wie Phönix, auferstanden aus der Asche. Voller Energie. Vielleicht, überlegte sie, ist der Mensch wirklich mit dem Himmel vergleichbar. Nur, dass durch seine Atmosphäre Gedanken und Gefühle ziehen statt Wolken. Und ein Unterschied zwischen Himmel und menschlichem Verstand ist wohl noch, dass die blaue Sphäre sich niemals verwechselt und in die Verlegenheit gerät, sich für eine Wolke zu halten. Aber ich, dachte sie und lachte ihr Spiegelbild an, ich halte mich bisweilen für eine Wolke, besonders dann, wenn ein spannungsgeladenes Unwetter unterwegs ist.

Scheschonka brachte die Nachricht ins Büro, in die Besprechungsrunde, nachdem Fechner sie informiert hatte, dass in der Wohnung des Apothekers nicht der geringste Anhaltspunkt ausgemacht worden sei, der darauf rückschließen lasse, dass er Karoline Weber oder die bis zum heutigen Tage spurlos verschwundene Nicole Jakob getötet habe.

»Die Leichen hat er ohnehin in der elterlichen Wohnung über der Apotheke präpariert, und die ist durch den Brand unbewohnbar geworden«, sagte er. Außerdem seien in der Kühltruhe ausschließlich Spuren von Fleur Wiesmüller ausfindig gemacht worden.

»Ist es eigentlich strafbar, Leichen zu präparieren?«, platzte Frauke Froboess plötzlich heraus und bewirkte bei ihren Kollegen ratloses Schulterzucken.

»Ich mach mich schlau«, stöhnte Scheschonka und rieb sich sein unrasiertes Kinn.

»Morgen Vormittag ist die Beerdigung von Fleur Wiesmüllers Leichnam. Friedhof Öjendorf. Das Amt hat alle Vorbereitungen erledigt. Das Kind wird zur Verabschiedung aufgebahrt und dann beerdigt. Aus Rücksichtnahme auf die Gefühle der Mutter sowie der Öffentlichkeit wird Fleur nicht verbrannt, sondern bekommt eine Erdbestattung, obwohl es für die städtische Kasse kostengünstiger wäre.«

Er seufzte und verdrehte kurz die Augen, bevor er das leidige Thema weiter erörterte.

»Frau Wiesmüller wird von einer Pflegerin begleitet. Sie ist immer noch in stationärer Behandlung. Der Termin für die Beerdigung wurde zwar geheim gehalten, aber wir können ziemlich sicher davon ausgehen, dass die Presse trotzdem Wind davon bekommt. Es ist demnach nicht absehbar, ob die Beisetzung ein Spektakel oder eine eher ruhige Angelegenheit wird, so wie es sich eigentlich gehört. Ich denke, Sie, Frau Pries, und Kollege Rosika sollten morgen unbedingt bei der Trauerfeier anwesend sein, um festzustellen, wer die Zeremonie besucht. Außerdem veranlasse ich, dass Beamte in Zivil den Friedhof begehen und von auffälligen Personen die Personalien feststellen.«

»Und was ist, wenn Jens Rennicke die Beerdigung besucht?«, fragte Frauke Froboess im selben Moment, als die Überlegung auch in Annegret laut wurde.

»Was soll sein?«, trompetete Scheschonka. »Es ist schließlich nicht strafbar, einer Beerdigung beizuwohnen. Wäre nur interessant, von wem er es erfahren hat und in wessen Auftrag er sich dort aufhält. Außerdem macht er sich damit verdächtig, doch solange wir dem Staatsanwalt keine Beweise auf den Tisch legen können … « Scheschonka sparte sich den Rest der Ausführungen und zeigte bedauernd seine leeren Handflächen.

Sie lag da, die kleine Mumie, aufgebahrt in einem weißen Sarg, umgeben von einem Kreis aus Blumen, im flackernden Lichtschein großer weißer Kerzen. Lächelnd, als würde ihr das Blitzlichtgewitter gefallen, das durch die Kameras der Pressefotografen und Bildreporter ausgelöst wurde. Die Geräusche der digitalen Kameras pfiffen durch die kleine im Halbdunkel gehaltene Kapelle und riefen einen Friedhofsmitarbeiter herbei, der sich mit leiser, aber entschiedener Stimme dieses pietätlose Verhalten verbat und drohte, die Polizei zu rufen, sollte auch nur noch ein einziges Foto gemacht werden.

Die Reporter zogen umgehend und ohne Widerstand ab. Sie haben ja, was sie wollen, dachte Annegret und verließ nach der Meute die angenehm kühle Kapelle. Sie und Rosika waren, wie die Presseleute auch, früher gekommen. In der Hoffnung, keinen der Besucher zu übersehen. Der Platz, von dem aus sie verdächtige Personen ausspähen wollten, war ausgewählt. Annegret bewegte sich dorthin und postierte sich unweit des Eingangs unter dem vorstehenden achteckigen Dach der Kapelle. Von hier aus konnten sie den Parkplatz überschauen und registrieren, wer ankam und in den Trauerraum hineinging. Konnten sie überblicken, ob sich jemand heimlich unter die Besucher mischen wollte. Außerdem schützte sie der Standort vor der Sonne, die den Streifen Rasen in der Mitte des Parkplatzes fahl und gelblich aussehen ließ. Wie ausgelutschtes Wassereis.

Annegret schaute auf die Uhr an ihrem Handgelenk. Noch fünfundzwanzig Minuten, bis die Trauerfeier offiziell begann. Eine Trauerfeier, auf der niemand eine Rede halten würde. Ein sprachloses Ritual, begrenzt auf eine Stunde, in der das Kind im offenen Sarg lag, damit seine Nächsten sich von ihm verabschieden konnten. Sie wechselte ihr Standbein, lehnte sich mit dem nackten Oberarm an die Mauer der Kapelle und nickte Rosika zu, der aus dem kleinen Kirchenbau trat.

Er blinzelte und fragte, ob sie etwas dagegen einzuwenden habe, wenn er noch kurz den Stummel seiner Zigarre zu Ende paffe. Warum sollte ich?, dachte sie und nahm ihre Sonnenbrille vom Kopf, setzte sie auf die Nase und beobachtete hinter den dunklen Gläsern, wie er über den weichen Asphalt zu seinem schwarz lackierten Landrover schritt. Aufrecht und kraftvoll, aber ohne sich aufzurecken. Er geht wie Kule, dachte sie breit grinsend, wie sein Rottweiler, er hat es sich von ihm abgeschaut.

Als ihr Kollege hinter dem hoch stehenden Wagen verschwand, entwich ihr ein Seufzer. Josef hatte gestern Abend erzählt, dass Freund Wolnyczak ihn angerufen habe, weil ein Mieter von Josefs Wohnung von seinen zwei Mitbewohnern seit zwei Tagen vermisst wurde. Er sei Sonntag los und seitdem verschwunden.

Annegret seufzte wieder, als wenn Josef vor ihr stünde und die Vergangenheit sich wiederholte. Ob man wisse, wohin und was der Zweck seiner Unternehmung gewesen sei, hatte sie gefragt.

»Nicht wirklich.«

Josefs Stimme hatte ratlos geklungen. Der junge Mann sei, so viel habe er verstanden, unterwegs gewesen, um ein Haus für Bienen oder Insekten irgendwo anzubringen.

»Josef«, hatte sie so freundlich wie möglich ausgerufen, »ich bin jetzt wirklich mit anderen Dingen beschäftigt! Du glaubst doch nicht im Ernst, dass ich mich um deine Aktivisten kümmere!« Er habe es nur bemerken wollen, hatte er erwidert, falls sie zufällig etwas hören würde. Sasha Ude heiße der junge Mann.

»Sasha Ude«, wiederholte sie ärgerlich. Josef hat mir einen Floh ins Ohr gesetzt, der Blödmann. Als wenn ich nicht schon genug Vampire am Hals hätte.

Sie pflückte ein Haar vom Saum ihres Kleides, das sie auch auf Eddys Beerdigung getragen hatte, und verfolgte über den Rand der Brille die gemächliche Fahrt zweier Autos über den Parkplatz. Annegret hörte das Zuschlagen einer Fahrertür und sah gleich darauf Rosika über den Platz schreiten.

Aus den beiden viertürigen Autos stiegen sieben Personen. Eine davon war Jens Rennicke.

Argusaugen

Er strich mit einer Hand die schwarze Anzughose glatt, und erst nachdem er sein Sommerjackett, das er mit dem linken Unterarm trug, über das kurzärmelige weiße Hemd gezogen hatte, schaute er zu ihnen hinüber. Zur Kommissarin und der Muräne, dem kleinen Mann, der ihm gefährlich werden konnte.

Jetzt tickert es in ihren Köpfen, dachte er schadenfroh, wieso ich hier auftauche, wie ich das begründen werde. Seine Chefin zappte das Auto zu und stakelte auf schwarzen Lackpumps und im engen Kostüm mit einem Kollegen an ihrer Seite auf die Kapelle zu. Er wartete und schloss sich der kleinen schwarz gekleideten Gruppe als Letzter an.

Als die Journalisten und Fotografen aus dem Schatten der Bäume auf sie zustürmten, blieb sie stehen und lächelte über weißen Rosenblüten hinweg in die Kameras.

»Frau Dr. Kötter, was ist Ihr Beweggrund, an Fleur Wiesmüllers Beerdigung teilzunehmen?«

Die leicht übergewichtige Dienststellenleiterin des Fachamts für Jugend- und Familienhilfe Altona senkte den Blumenstrauß und holte deutlich sichtbar Atem ein. Jens Rennicke senkte den Kopf und betrachtete die Spitzen seiner schwarzen Halbschuhe, um nicht Gefahr zu laufen, mit einem hämischen Gesichtsausdruck abgebildet zu werden. Denn was jetzt verlautbart wurde, war ein Gebräu aus selbstdarstellerischen Phrasen, das er selbst in mühevoller Arbeit, vorsichtig und tropfenweise, seiner Vorgesetzten eingeflößt hatte. Er war in Wahrheit der Initiator dieser Abordnung von Beamten und Angestellten, die angetreten war, um öffentlichkeitswirksam ihre Abscheu und Trauer über den sinnlosen Tod eines Kindes aus ihrer Klientel zu bekunden.

»Eine Aktion, auf die der Oberbürgermeister sicherlich aufmerksam wird. Eine Initiative, die, trotz der Tragik, das positive Gesicht der Stadt zeigt, den Zusammenhalt durch das soziale Gemeinwesen.«

Die Kötter hatte sich an diesem Köder beinahe verschluckt.

»Meinen Sie?«

Und jetzt, wo sie in Begriff stand, sowohl ihre Rede als auch ihren gelbblonden Schopf in die Schlagzeilen zu halten, würde sie jedem, der es hören wollte, weismachen, dass es ihre Idee gewesen war.

Der Beschuss wurde eingestellt. Die Shutter der Digitalkameras schwiegen, und für einen Moment kehrte Friedhofsstille ein, bis Frau Dr. Kötter ihren rot geschminkten Mund öffnete und sie mit lauter Stimme vertrieb.

»Fleur Wiesmüller, daran möchte ich hier und heute erinnern, war ein Kind, das in der Obhut der Stadt Hamburg aufwuchs. Wir, die Mitarbeiter von verschiedenen Fachämtern für Familienhilfe, hatten Verantwortung für ihr Wohlergehen übernommen. Mit unserer Unterstützung war sie zu einem Schulkind herangereift, das sich seinem Alter gemäß entwickelte. Ein fröhliches Kind. Ein kleiner Engel, wie seine Mutter es beschrieb. Warum wir heute hier sind? Wir sind hier, um unser tiefes Bedauern auszudrücken, weil diese fruchtbare Arbeit durch die grausame Tat eines offensichtlich tief gestörten Menschen zunichtegemacht wurde. Wir sind heute hier, weil wir bedauern, dass Fleur Wiesmüller nicht vergönnt war, zu einer tatkräftigen Bürgerin unserer Stadt heranzuwachsen. Und das wäre sie, denn jeder, der sie kannte, das dokumentieren unsere Berichte, legte Zeugnis davon ab, dass sie ein intelligentes und soziales Kind war.«

Er wagte immer noch nicht aufzuschauen, befürchtete weiterhin, seine Gesichtsmimik nicht unter Kontrolle halten zu können. Lieber beobachtete er weiter die Füße der Frauen, die durch das lange Stehen in der Mittagshitze anschwollen. Es klang einfach zu hohl und albern, was die Kötter auswendig gelernt vortrug. Er hoffte inständig, dass sie jetzt zum Schluss ihrer Rede kam.

»Wir sind heute hier, um von einer Tochter der Stadt Abschied zu nehmen. Und wir sind auch hier, um ihren Mörder zu warnen, dass wir mit Argusaugen auf unsere Kinder schauen und alles Menschenmögliche tun werden, damit sich solch grausame Tat nicht wiederholt! Ich danke Ihnen.«

Die Reporter nahmen ihren Bildbeschuss wieder auf, und als die ihn umstehenden Kollegen zu klatschen begannen, beeilte er sich, seine Handinnenflächen ebenfalls gegeneinanderzuschlagen. Die Presse hatte Stoff genug, um ihre Leser mit den neuesten Nachrichten über den Kindermörder von Hamburg zu füttern, und gab den Weg frei, was auch höchste Zeit wurde, denn bei den Frauen der Trauergruppe zerlief bereits die Wimperntusche zu schwarzen Augenrändern. Als die Kollegin vor ihm über die Schwelle des Eingangs in die Kapelle trat, wendete er sich zu den Kriminalbeamten hin und ging einige Schritte auf sie zu.

»Um Ihnen Arbeit abzunehmen. Ich bin stellvertretend für alle Mitarbeiter der Fachämter für Familienhilfen hier. Frau Dr. Kötter hatte das dringende Bedürfnis, mit ihrer Teilnahme an der Beerdigung ein öffentliches Signal zu geben. Sie hat mich gebeten, in meiner Eigenschaft als Koordinator und stadtteilübergreifender Mitarbeiter des Fachamts, an der Abordnung teilzunehmen. Das wird Sie Ihnen gerne bestätigen. Guten Tag.«

Er war zu schwungvoll davongegangen. Hatte außerdem nicht bedacht, dass seine Pupillen den Wechsel von grellem Sonnenlicht in die schattige Kapelle nachvollziehen mussten. Beinahe wäre er auf dem glatten Steinboden ausgerutscht, aber glücklicherweise hatte er sich während des Stolperns noch fangen können. Niemand hatte seinen Fauxpas gesehen, allenfalls gehört.

Zwei seiner Kollegen drehten sich zu ihm um. Er missachtete sie und trat näher an den Sarg heran. Seine Vorgesetzte beugte sich vor und hob fragend die Augenbrauen, er reagierte nicht, obwohl er ärgerlich wurde. Ich bin gestolpert, na und? Verdammt, das passiert jedem mal. Er begann zu schwitzen.

Sie sieht aus wie eine Puppe, dachte er und wagte nicht, den obersten Knopf seines Hemdes zu öffnen. Gleich öffnet sie die Augen, glotzt mich an, zeigt mit dem Finger auf mich und fängt zu kreischen an, phantasierte er und unterdrückte ein Grinsen, weil er sich vorstellte, wie sie sich in ihrem Sarg aufsetzte, alle Umstehenden das nackte Grauen packte und sie aus der Kapelle stürmten und stolperten.

Das Schwitzen hörte auf, als er einige von ihnen mit aufgeschlagenen Knien und blutenden Lippen auf dem Boden liegen sah. Er schluckte, dachte, wie lange das Spektakel denn noch dauern sollte, als die Kötter ihre fleischigen Lippen bewegte, kurz etwas murmelte, tat, als würde sie ein Kreuz vor der Brust schlagen, und sich abwendete.

Schon als er den beinahe glühenden Griff der Autotür in der Hand hielt, wusste er, dass sie sich im Wagen nach ihm umdrehen und fragen würde, was denn vorhin in der Kapelle mit ihm los gewesen sei. Sie konnte Unregelmäßigkeiten nicht ausstehen. Hasste es, wenn nicht alles nach ihren Vorstellungen lief.

Aber er wusste, wie er sie ruhig bekam. Wusste, auf welche Knöpfe er drücken musste, damit sie ihr Betroffenheitsgesicht zog und die Schnauze hielt. Dass er an seine Töchter gedacht hätte, die nun in der Schweiz lebten, würde er beichten. Und dass er sie nicht mehr beschützen könne. Das sei ihm durch den Sinn gegangen, deshalb habe er gezögert, weil er Angst gehabt hatte, vor dem Anblick des Kindes im Sarg, Angst, dass seinen Töchtern auch etwas passieren könne.

Er würde sie mitleidheischend ansehen und sich dabei vorstellen, wie er ihr die Kehle zudrückte, und sie würde glauben, dass er kurz davor sei, zu weinen, und sich schnell abwenden. Sie hatte keine Kinder und war unverheiratet. Promovierte Erziehungswissenschaftlerin. Familien und ihre Konflikte interessierten sie nur im professionellen Rahmen, rein theoretisch. Es war nicht das erste Mal, dass er sie sich mit dieser Masche vom Hals hielt.

Bahrenfeld

»Wir haben einen Leichenfund im Bahrenfelder Ziegelteich!«

Annegret hatte die Bürotür noch nicht hinter sich geschlossen, als Kollege Münze ihr den Satz entgegenrief.

»Der Anruf kam kurz nachdem ihr weg seid. Apropos, wo ist denn Tatortanalytiker Rosika abgeblieben?«

»Im Stadtpark, mit Kule.«

»Warten wir also, bis er kommt?«

Annegret nickte und hustete. Der Wechsel von heiß zu kalt fiel ihr schon seit Tagen schwer. Ich bin kurz davor, mich zu erkälten, dachte sie. Im Hochsommer! Bei dieser Affenhitze. Sie nahm ihre Strickjacke von der Stuhllehne, schlüpfte hinein und setzte sich an den Besprechungstisch

»Die Leiche. Ist sie männlich, Anfang zwanzig?« Annegret schaute in Münzes Richtung. Er beantwortete ihre Nachfrage mit einem Rumpelstilzchen-Blick. Wer hat dir das denn gesagt, fragten seine Augen.

»Habt ihr Ausweispapiere gefunden oder sein Handy? Kennen wir seinen Namen?«

Ihr Kollege machte eine verneinende Geste. »Seine Hosentaschen waren leer. Keine Jacke, kein Rucksack oder dergleichen.«

»Was war er denn für ein Typ? Mit Anzug oder ohne, wie wirkte er?«

»Wollten wir nicht auf Tatortanalytiker Rosika warten?« Münze genoss es offensichtlich, seine Frage mit einem ironischen Ton zu unterlegen und sie zappeln zu lassen. Annegret stellte ihre Augenbrauen hoch und ließ ihn nicht aus den Augen, bis er nachgab.

»Er hatte Rastazöpfe. Mittelgroß. Schlank. So eine Art sportlicher Junghippie. Oder, Frauke?«

»So ungefähr«, stimmte sie zu.

Die junge Kollegin mit der frechen Zahnlücke thronte hinter ihrem Schreibtisch, der nach wie vor in der Mitte des Raums vor heruntergelassenen Metalljalousien stand, und beobachtete erwartungsvoll, wie Annegret sich vom Stuhl erhob und sich auf sie zubewegte.

»Sasha Ude. Müsste in der Eichenstraße vierzehn in Hamburg Eimsbüttel gemeldet sein. Er wird von seinen beiden Mitbewohnern vermisst. Deren Namen kenne ich nicht. Schicken Sie bitte eine Streife hin, damit einer von ihnen den Toten identifiziert. Und falls es tatsächlich die Leiche von diesem Ude ist, müssen die beiden noch heute zur Zeugenvernehmung herkommen.«

»Ist das nicht Josefs Adresse?«, fragte Münze.

Annegret nickte langsam und vielsagend. »Er vermietet seit einiger Zeit unter«, stieß sie mit einem Tonfall aus, der kein weiteres Nachfragen erlaubte.

»Jens Rennicke hat also tatsächlich die Beerdigung von Fleur Wiesmüller besucht. Das ist harter Tobak«, entrüstete sich Frank Scheschonka, »er scheint sich sehr sicher zu fühlen!«

Er war, wie beinahe an jedem der vergangenen Tage, zur Lagebesprechung ins Büro gekommen, um Ermittlungsergebnisse zu erfahren, Aufgaben zu verteilen und Fragen zu stellen.

»Glücklicherweise waren er und seine Kollegen schon weg, als Melanie Wiesmüller und andere Angehörige des Kindes kamen.« Annegret presste den Kiefer zusammen, als sie sich erinnerte, wie schamlos sich die Pressefotografen am Leid der Mutter geweidet hatten. Selbst am offenen Grab hatten sie keine Ruhe gegeben und die kleine Gruppe Trauernder belästigt, bis der Bruder von Melanie Wiesmüller die Beherrschung verlor und einem Bildreporter die Kamera aus der Hand geschlagen hatte. Tumult am Sarg. So etwa würde morgen bestimmt eine Schlagzeile in der Blödzeitung titeln.

»Kommen wir zum Leichenfund im Ziegelteich. Kollege Münze, wieso glauben Sie, dass die Soko Beatrice sich um den Mord kümmern sollte?«

Weil der Fundort womöglich kein Zufall sei, antwortete Münze seinem Chef. Der junge Mann habe mit eingeschlagenem Hinterkopf und einem bis in die Stirnhöhle getriebenen Nasenbein im Ziegelteich gelegen. Im Stadtteil Bahrenfeld! Münze betonte das Wort »Bahrenfeld« auf der ersten Silbe und gab ihm dadurch eine besondere Gewichtung. Das Skelett von Beatrice-Marie Meyer sei, wie er, Scheschonka, wisse, ebenfalls in Bahrenfeld gefunden worden. Wenige hundert Meter vom Ziegelteich entfernt. Der Apotheker wohne in Hamburg-Bahrenfeld und behaupte, die Kinderleiche lediglich gefunden zu haben. In seinen Augen müsse in jedem Fall geklärt werden, ob der männliche Tote in Verbindung mit dem Kindermord stehe. Der Mörder, das hätten sie bereits zu einem früheren Zeitpunkt festgestellt, scheine einen Bezug zum Stadtteil zu haben.

»Wir sollten«, forderte Münze, »zumindest klären, um wen es sich bei der Leiche handelt und ob der Verstorbene mit Jens Rennicke bekannt gewesen ist oder Kontakt zu einem der vermissten Mädchen hatte.«

»Und was schlagen Sie vor?«

»Wir müssen ihn zunächst identifizieren und dann herausbekommen, was er im Stadtteil gemacht hat. Versuchen, seine Wege nachzuvollziehen. Vielleicht bringt uns das weiter, wenn nicht, geben wir den Fall an die Kollegen vom K2.«

Scheschonka sah in die Runde, fragte die Kriminalisten nach ihrer Meinung. »Frau Froboess, Sie sehen aus, als wenn Sie einen Vorschlag hätten!«

»Bahrenfeld. Immer wieder Bahrenfeld. Mir geht einfach die Gartensiedlung nicht aus dem Kopf. Wir suchen doch nach dem Unterschlupf unseres Täters. Nach dem Ort, wo er die Kinder hinverschleppt. Was, wenn wir mit einem Bild vom Toten die Kleingärtner ganz offiziell befragen, wer diesen jungen Mann kennt, und dabei, unter der Hand, Jens Rennickes ›Fahndungsfoto‹«, sie zeigte auf die Pinnwand, »mit vorlegen. Es wäre doch eine Möglichkeit«, rief sie aufgeregt, weil ihr alle interessiert zuhörten, »nach Karoline Weber zu fahnden, einen Blick in diese Kolonie zu werfen, ohne noch weiter auf Hinweise zu warten, die dem Staatsanwalt erlauben, die Lauben per Befehl durchsuchen zu lassen!«

Scheschonka schien zu überlegen. »Was sagen Sie dazu, Frau Pries?«

»Gute Idee. Ausgezeichnet. Wenn Kollegin Froboess zwei vertrauenswürdige Kollegen aus dem K2 an die Seite gestellt werden, dürften wir eigentlich keine Probleme mit vorgesetzten Etagen bekommen. Und ich wette, Kollege Münze hat auch schon vor Augen, wer bei dieser verdeckten Ermittlung mitmacht.«

Kule erhob sich von seinem Platz vor Annegrets Schreibtisch, und wie immer, wenn er mit seinem imposanten Körper durch den Raum schritt, folgten ihm alle Blicke der Anwesenden.

Als er aus seinem Wassernapf neben dem Kühlschrank laut schlabbernd Wasser trank, klingelte das Telefon auf Münzes Schreibtisch. Annegret beobachtete mit schnell galoppierendem Herzschlag, wie ihr Kollege den Hörer abnahm und lauschte. Die Dinge sind, wie sie sind, versuchte sie sich zu beruhigen, als sie bemerkte, wie sie mit verkrampft ineinanderverschlungenen Fingern still flehte, dass sich ihre Ahnung nicht erfüllte.

»Okay«, war das Einzige, was Münze in die Sprechmuschel sagte, und: »Danke für den Anruf.«

Sobald er aufgelegt hatte, betrachtete er Annegret für Sekunden, als sei sie ein Gemälde oder eine ihm fremde Erscheinung, bis er schließlich bestätigte, was sie nicht hören wollte.

»Bei dem Toten«, sagte er langsam und jedes Wort betonend, »handelt es sich tatsächlich um Sasha Ude.«

Das hübsche Gesicht des jungen Mannes aus gutem Hause, der die Welt bisher für einen großen Abenteuerspielplatz gehalten hatte, war kreidebleich. Seine Augen irrten immer wieder durch den Raum, und er schien vollkommen aus der Fassung geraten zu sein. Benjamin Eckhard, genannt Becks, ein großer athletischer Kerl, fühlte sich bis ins Mark erschüttert, weil jemand die Spielregeln verletzt und ihn das Fürchten gelehrt hatte. Er saß da wie ein Häuflein Elend und stierte Annegret an, als sei sie ihm eine Erklärung schuldig.

»Sie wissen also nicht, was er in Bahrenfeld wollte?«

»Nein. Ja. Nicht genau. Nein.« Er atmete schwer, ließ den brünetten Kopf hängen und riss ihn wieder hoch.

»Sie haben ihm die Nase eingeschlagen.« Man sah seinem Gesichtsausdruck an, dass er den Anblick seines getöteten Freundes vor Augen hatte. »Regelrecht nach innen in den Kopf geschlagen! Wer macht so was? Er hat doch höchstens ein paar Samenbomben geworfen. Oder Häuser für Igel gebaut. Holz mit gebohrten Löchern aufgehängt. Für Insekten. Deshalb foltert man doch niemanden!«

»Wieso wissen Sie nicht, was Ihr Mitbewohner vorhatte, wie er den fraglichen Sonntag verbrachte? Sprechen Sie nicht miteinander?«

»Doch natürlich. Aber Ramses, also Rudolf Hammerschmidt, und ich waren von Mittwoch bis Sonntag in Berlin. Wir haben 'ne Demo mit vorbereitet. Gegen Massentierhaltung. Sasha ist nicht mit, weil er nicht immer nur gegen was sein will, hat er gesagt.«

Die Erinnerung an Sasha, seinen Freund, grub in Benjamin Eckhards junges Gesicht tiefe Falten.

»Er war voll der friedliche Typ. Der reinste Optimist. Hat bis zuletzt immer an das Gute im Menschen geglaubt.«

Seine Stimme versagte, und Annegret ließ ihm Zeit, sich zu fangen. Gleichzeitig gab sie mit ihrem Schweigen Rosika die Gelegenheit, falls er es für nötig erachtete, in die Vernehmung einzugreifen. Aber ihr Kollege blieb still auf seinem Stuhl zurückgelehnt sitzen.

»Soweit ich weiß, verstehen Sie und Herr Hammerschmidt sich doch auch als Gartenguerilleros, oder nicht?« Durch das Gesicht des Zeugen zuckte ein undefinierbarer Ausdruck.

»Wieso wussten Sie also nicht, was er vorhatte? Sie waren doch quasi Genossen ein und derselben Bewegung.«

»Ich hab immer Samenbomben dabei. Für alle Fälle.«

Benjamin Eckhard hob seinen Rucksack vom Boden hoch, durchwühlte ihn und brachte einen Gefrierbeutel mit kleinen Kugeln zum Vorschein. Mit Daumen und Zeigefinger fischte er vorsichtig eine der kleinen Tonmurmeln heraus und reichte sie Annegret. Sie nahm sie, hielt sie in ihrer Handfläche, ließ sie darin ein wenig rollen und gab sie zurück. Als er sie zurückgelegt hatte, war er in der Verfassung, weiterzusprechen.

»Ich arbeite auch hin und wieder an wild gepflanzten Beeten mit, aber ich bin anders als Sasha. Er war ein richtiger Stadtstreicher. Ist tagelang rumgerannt, um Plätze auszumachen, die er renaturieren konnte. Er war eher der Einzelgänger. Ihm hat nichts gefehlt, wenn er seine Stadtwanderungen gemacht hat. Im Gegenteil. Ich weiß nicht, ob Sie das verstehen. Er war so eine Art Waldschrat, ohne Wald. Ein Stadtschrat. Ja genau, das war er.«

Er betrachtete Annegret und schwieg, aber es war spürbar, dass er weitersprechen würde, sobald die Traurigkeit, die das Erzählen über seinen Freund auslöste, seine Kehle wieder freigab.

»Ramses und ich sind Aktivisten. Wir brauchen die Konfrontation, müssen was tun, um unsere Wut rauszulassen. Deshalb sind wir auch nach Berlin gefahren.«

»Wann«, wollte Annegret wissen, »haben Sie denn angefangen, sich um ihren Mitbewohner Sorgen zu machen?«

»Sonntagabend. Ramses, Sasha und ich waren um zehn in der Tapas-Bar verabredet. Auf ein Bierchen. Zum Erzählen, wie was gelaufen ist und so weiter. Er ist nicht gekommen. Das war komisch. Wir sind ja gewohnt, dass er zu spät kommt. Fast immer, aber wenn er gesagt hatte, er kommt, ist er auch gekommen. Da war er zuverlässig wie der Nordstern.«

»Und als er noch weitere Tage wegblieb, was haben Sie da gedacht, was mit ihm ist?«

»Dass er irgendwo verletzt herumliegt oder so. Oder irgendwo eingebrochen ist. Er hat manchmal von Industrieruinen erzählt oder von Russen, die ihre Pitbulls nachts frei laufen lassen, und von Waschbären, die durch die Stadt laufen und Mülltonnen plündern.«

»Wo?«

»Neugraben, Fischbek, die Ecke, glaube ich.«

»Hatte Sasha Ude irgendwelche Feinde? Wurde er schon mal tätlich angegriffen?«

»Nee. Die Leute haben sich eher über ihn lustig gemacht, wenn er unterwegs war. Viele haben ihn für einen Spinner gehalten. Deshalb ist er oft nachts unterwegs gewesen. Aber nicht nur. Soweit ich weiß, hat er an einem Nachschlagewerk gearbeitet. Über Heil- und Wildkräuter im urbanen Raum.«

Tja, dachte Annegret, weiß ich, welche Wege Josef wandelt, während ich arbeite? Nein. Könnte ich sagen, wo er jetzt gerade ist, was er macht? Nein.

»Hat«, fragte Rosika plötzlich, »Ihr Mitbewohner jemals über seine Aktivitäten im Stadtteil Bahrenfeld erzählt?«

Benjamin Eckhard stöhnte laut auf, kratzte sich den Kopf und überlegte.

»Also vor Wochen hat er mal erwähnt, dass Bahrenfeld ihn überrascht hat. Dass da im Hinterland zwischen Autobahn und S-Bahn-Schienen ein großer Grünstreifen existiert. Sonst nix. Als er das erzählt hat, wusste ich, wo er die Tage rumgestrichen ist, aber ich hab ihn nicht gefragt, ob und was er vorhat. Wenn man das getan hat, musste man bei ihm mit einem längeren Vortrag rechnen. Und ehrlich gesagt hat mich die Flora und Fauna von Bahrenfeld nicht wirklich interessiert. Ich hatte andere Sachen im Kopf.«

»Vielleicht«, stöhnte Annegret, als der Zeuge längst gegangen war und sie und Rosika immer noch nebeneinander am Tisch saßen, »bringt ja die Sichtung seiner Festplatte Licht ins Dunkel.«

»Mhm!« Rosika betrachtete das Ziffernblatt seiner Armbanduhr. »Und vielleicht«, stöhnte er zurück, »weiß der Zeuge Rudolf Hammerschmidt mehr als unser Freund Benjamin Eckhard. Kaffee?«

»Cappuccino.«

»Wie kann es angehen, dass jeder Ermittlungsansatz ins Leere führt!«

Annegret schlug die Beifahrertür des Landrovers zu und legte grollend den Sicherheitsgurt an. Der Computerspezialist aus dem K2 hatte sie gerade benachrichtigt, dass das Opfer Sasha Ude leider kein Tagebuch über seine Aktionen führe und auch keine Notizen mache oder dergleichen. Er dokumentiere jedoch akribisch, an welchen Plätzen in Hamburgs Stadtteilen Heilkräuter wild wüchsen. Ein beachtliches Register. Der Ordner »Stadtteil Bahrenfeld« sei bereits eingerichtet, das Opfer habe die Karte des Stadtteils einkopiert, ansonsten sei er noch leer.

Rosika trat behutsam das Gaspedal, machte aber keine Anstalten, Annegrets Gesprächsangebot anzunehmen. Wehe, wenn Haseloff nicht mit offenen Augen im Rollstuhl sitzt, drohte sie stumm, dann hole ich ihn höchstpersönlich aus seinem Koma. Sie lachte laut auf, als ihr bewusst wurde, dass sie mal wieder in eine ihrer längst bekannten Fallen getappt war. Ich überspiele meine Hilflosigkeit mit einer gewalttätigen Phantasie. Toll! Als sie sich vorstellte, wie sie den bewusstlosen Apotheker schüttelte, auf ihn einschlug und ihn anschrie, lachte sie wieder kurz auf.

Rosika sah zu ihr rüber. »Ist was?«

»Nix. Nur Kopfkino.«

Wie schön Hamburg ist, dachte sie Minuten später, als sie die Meenkbrücke über den Alsterstreek überquerten. Der Nebenfluss der Elbe floss, idyllisch eingerahmt von Weiden und anderen Gewächsen, gemächlich durch sein begradigtes Bett.

Für einen Moment glättete sich ihre Stirn, beruhigte das Grün der Meenkwiese und des daran anschließenden Haynsparks, an dem sie entlangfuhren, ihre aufgebrachten Nerven, aber als Rosika wenig später in die Martinistraße einbog, kehrte ihre gereizte Stimmung zurück.

Wehe, dachte sie wieder, ließ aber den Rest der Drohung unausgesprochen. Was ist jetzt?, fragte sie sich stattdessen und kommentierte ihr Tun. Jetzt steige ich aus dem Auto, laufe über das heiße Betonpflaster und versuche herauszufinden, wo sich die psychiatrische Abteilung der Klinik Eppendorf befindet.

Dann sehen wir weiter!

Die grauhaarige Stationsschwester, mit dem Körper einer strammen, wehrhaften Matrone, führte sie zu Herwin-Heinrich Haseloffs Krankenzimmer. Ihre Gummisohlen quietschten rhythmisch auf dem Linoleum, während sie berichtete, dass er seit gestern Abend von der Intensivstation runter sei.

»Der Patient steht unter starken Beruhigungsmitteln. Der Arzt sagt, maximal eine halbe Stunde.« Sie öffnete die Tür, hielt ihren Arm, als sei es ein lahmer Flügel, betrachtete das goldene Ziffernblatt der nach Annegrets Geschmack zu fest gebundenen Armbanduhr und informierte mit strengem Tonfall, dass sie genau um elf Uhr dreißig ihren Kopf durch den Türspalt schieben und darauf achten werde, dass die Weisungen von Dr. Steeger auch eingehalten würden.

Steeger, genau, dachte Annegret, so hieß der freundliche Arzt vom Dienst, mit dem sie sich herumgeschlagen hatte.

Ihr Chef, Frank Scheschonka, hatte tatsächlich, auf ihre Bitte hin, mit ihm am Montag telefoniert, allerdings, um höflich darum zu bitten, dass er all seine ärztliche Kunst anwenden möge, um den Schwerkranken in einen vernehmungsfähigen Zustand zu versetzen.

Wie es aussah, hatte seine Vorgehensweise gefruchtet.

Herwin-Heinrich Haseloff saß im Rollstuhl am Fenster neben seinem Bett und schien den Boden zu betrachten. Seine Haut wirkte bleich und aufgeweicht. Beinahe wie eine frische Wasserleiche, assoziierte Annegret und schämte sich sogleich für ihre unpassenden Einfälle.

Sie schaute sich um, nahm einen Stuhl und setzte sich ihm gegenüber. Rosika zog den zweiten, blau gepolsterten Stuhl unterm Tisch hervor, schob ihn zu dem Kranken heran und platzierte sich neben seine Kollegin. Sie hatten verabredet, dass er die Zeugenbefragung führte, deshalb lehnte sich Annegret im Stuhl zurück und versuchte sich zu entspannen. So gut es ging, aber es ging nicht.

Ich kann nicht anders, begehrte sie auf, presste ihre Lippen aufeinander und verschränkte die Arme über der Brust. Ich hoffe und wünsche inständig, dass wir endlich einen Schritt weiterkommen, dass dieser verdammte Mumifizierer endlich den Mund aufmacht und alles sagt, was er weiß.

»Ich habe das Liebchen gesehen«, flüsterte Rosika beinahe zärtlich, »es lächelt wie die Muttergottes.«

Er hat das Band noch einmal abgehört, schoss ihr durch den Sinn, er benutzt seine Sprache. Ich könnte, dachte sie, wirklich noch viel von ihm lernen. Wiesbaden! Ich hab überhaupt noch nicht darüber nachgedacht. Keine Sekunde.

»Sein Lächeln spendet so viel Trost und Hoffnung. Es ist ein Segen.«

Der Apotheker hob langsam seinen Kopf und versuchte mit trübem Blick, den Sprecher zu erfassen.

»Es ist ein Geschenk, nicht wahr?«, fragte Rosika und lehnte sich nach vorn, um dem Apotheker näher zu kommen.

Herwin-Heinrich Haseloff hauchte sehr, sehr leise »Ja«.

»Es lindert mit seinem Lächeln Schmerz. Es nimmt die Angst vor dem Tod, nicht wahr?«

Der Apotheker nickte wieder. »War immer mit meinen Eltern zusammen. Ganzes Leben«, flüsterte er matt. »Immer zusammen. In der Apotheke. Das Liebchen … «, seine Stimme brach ab, und sein Kopf sank auf die Brust. Annegret wagte kaum zu atmen, und auch Rosika verharrte sehr still auf seinem Stuhl.

»Das Liebchen. Das Geschenk, es hat Sie in Ihrer Einsamkeit getröstet. Ja? War es so?«

Der Apotheker gab mit einer kaum wahrnehmbaren Bewegung der rechten Hand seine Zustimmung.

»Wo haben Sie es denn gefunden, das Geschenk, das Liebchen?«

»Parkplatz«, hechelte Haseloff leise. »Friedhof.«

»Friedhof Holstenkamp? Sie haben das Kind auf dem Parkplatz vom Friedhof Holstenkamp gefunden, richtig!«, rief Annegret, setzte sich auf und umklammerte mit festem Griff die Stuhllehnen. Ihr ging das Ganze zu langsam. Genauer, dachte sie, ich will es genauer wissen.

»Liebchen. Ja.«

Herwin-Heinrich Haseloff baumelte mit dem Kopf, als könnte sein Halswirbel ihn kaum noch halten, aber sie ging darüber hinweg, setzte an, um nach Tag und Uhrzeit zu fragen, als Rosika ihr sehr sacht seine Hand auf die ihre legte. Sie zog sie reflexartig weg, starrte ihn für Sekunden wütend an, beherrschte sich dann aber. Mit mir gehen die Gäule durch, dachte sie, ich sollte aufpassen, dass ich nicht alles verderbe.

»Sie haben es gefunden und ihm das Leben gerettet?«

»Nein!« Rosikas Frage schien Lebensgeister in dem Apotheker zu wecken. Er schaute trotz des gekrümmten Rückens hoch und betrachtete den fremden Gesprächspartner genau.

»Tot, war tot«, flüsterte er heiser. »Liebchen, neues Leben. Ewiges Leben.«

Herwin-Heinrich Haseloff stieß jedes Wort einzeln mit seinem schwachen Atem aus, und Annegret war unsäglich froh, dass sie sich hatte zügeln lassen.

»Kein Grab, nein«, hechelte er und sackte gleich darauf wieder in sich zusammen.

»Ja natürlich, ich verstehe.« Rosika sprach knapp über dem Flüsterton. »Das hatten Sie bereits mit Ihren Eltern getan, nicht wahr? Sie vor der Trennung, der Dunkelheit, dem Zerfall bewahrt. Und dem Liebchen, Ihrem Geschenk, haben Sie die gleiche Gnade zuteilwerden lassen. Ist das richtig?«

Der Apotheker nickte, ohne aufzuschauen.

»Herr Haseloff, ich danke Ihnen! Ich habe nur noch eine letzte Bitte, können Sie uns sagen, an welchem Tag und zu welcher Uhrzeit Sie Ihr Geschenk erhielten?«

Der Apotheker stieß seinen Kopf vor, und Annegret ging ein Licht auf. Rosika nennt Fleur Wiesmüller immer nur »das Liebchen« oder »das Geschenk«, dachte sie, vermeidet, ihren Namen oder »Mädchen« zu sagen. Er hält die Distanz ein, die Haseloff braucht, um mit ihm in Kontakt treten zu können. Ich hätte wahrscheinlich kein einziges Wort aus ihm herausgebracht!

Als Herwin-Heinrich Haseloff Tag und Uhrzeit stammelte, fiel ihr ein Stein vom Herzen. Rosika bedankte sich, zog seine Uhr aus der Hosentasche, bemerkte, dass die Schwester gleich käme, um sie beide zu verabschieden, und er, Haseloff, jetzt sicherlich seine

Ruhe bräuchte. Der Apotheker zitterte. Versuchte Oberkörper und Kopf aufzurichten. Es war nicht zu übersehen, dass er noch etwas mitteilen wollte. Rosika neigte sich zu ihm hin und lauschte.

»Keilriemen«, hechelte der Apotheker, »kaputt.«

»Sie haben das Auto gesehen, in dem das Liebchen zum Parkplatz gefahren wurde?« Annegret war mit der Frage herausgeplatzt und neigte sich jetzt ebenfalls mit rot glühenden Wangen zu dem Apotheker.

Sein »Ja« klang gequält, aber es war ein klares »Ja«. Annegret platzte beinahe vor Spannung.

»Und Sie haben gehört, dass der Keilriemen des Fahrzeugs quietschte. Wollen Sie uns das sagen?«

Haseloff bewegte seinen baumelnden Kopf und quälte wieder ein »Ja« heraus.

»Konnten Sie die Automarke erkennen, die Farbe des Pkws? Konnten Sie den Fahrer beobachten?« Annegret war jetzt nicht mehr zu halten. »Bitte«, rief sie, »Herr Haseloff, würden Sie den Fahrer wiedererkennen?«

Herwin-Heinrich Haseloff brachte kein »Nein« hervor, er versuchte es, aber seine Kraft war erschöpft.

»Nein?«, fragte Annegret enttäuscht und bekam es gleich darauf mit der nackten Angst zu tun, als der Apotheker die Geräusche hervorbrachte, die er auch während seiner Vernehmung im Landeskriminalamt gemacht hatte, kurz bevor er kollabierte.

Die Schwester öffnete die Tür, warf den Kriminalisten beißende Blicke zu, bestand darauf, dass sie das Krankenzimmer sofort verließen, während sie zum Patienten stürzte, seinen Puls fühlte und gleich darauf den Notknopf drückte.

Die Fessel

Das Haus war schön. Modern. Sachlicher, klarer Stil, wie sie es mochte. Emil und sie hatten es gemeinsam ausgesucht und schließlich gekauft, weil es in einer kinderfreundlichen Siedlung lag. Mit einem überschaubaren, pflegeleichten Garten und mit ausreichendem Abstand zum nächsten Nachbarn. Die Fensterrahmen waren aus Holz gefertigt, wie auch die Böden, selbst in der Küche. Ein mit Natursteinen gepflasterter Weg führte zur Straße, die ringförmig die Häuser verband.

Draußen auf einem Ast des jungen Holunderbaums, den sie erst gestern gepflanzt hatte, saß eine kleine Kohlmeise und schaute neugierig in ihre Küche. Der kleine Vogel rührte sie, war aber durch seine bloße Existenz nicht in der Lage, ihre niedergedrückte Stimmung zu heben.

Sybille Rennicke umfasste mit beiden Händen den Kaffeebecher, um ihre kalten Finger zu wärmen. Obwohl draußen die Sonne schien und das Thermometer vor einer Stunde bereits bei zwanzig Grad Celsius gestanden hatte, fror sie, wie fast immer.

»Lass dich mal auf eine Schilddrüsenunterfunktion untersuchen«, hatte ihr ihre Freundin Maren letzte Woche während eines abendlichen Telefonpläuschchens geraten.

Aber das kam gar nicht in Frage. Noch fühlte sie sich in Zürich zu fremd, als dass sie sich getraut hätte, einen Arzt aufzusuchen. Für die Kinder schon, das war leicht, da musste sie nur eine Mutter in der Siedlung fragen, aber für sich selbst!

Nein. Sie konnte auf keinen Fall riskieren, mit einer schlechten Nachricht nach Hause zu kommen. Das würde momentan ihre Kraft übersteigen.

Sie trank einen Schluck Kaffee und nahm freudlos wahr, wie sich das Licht in den weißen Schranktüren ihrer nagelneuen Küche spiegelte. Und außerdem liegt mein ewiges Frieren ohnehin am zu niedrigen Blutdruck, dachte sie und legte mit ihren langen, dünnen Fingern die grobmaschige Strickjacke fest um ihren Körper.

Das Ticken der dreieckigen Küchenuhr hallte durch die nüchtern eingerichtete Küche und trieb sie hoch vom Stuhl, hin zum gardinenlosen Fenster. Die Kohlmeise war längst davongeflogen, aber ihr war das gleichgültig. Nichts da draußen in ihrem Vorgarten oder auf der Straße zog ihre Aufmerksamkeit auf sich.

Sie stand völlig reglos vor der blitzenden Edelstahlspüle hinter den makellos geputzten Scheiben ihres Küchenfensters und stieg im Geiste, Stufe für Stufe, die marmorne Treppe ins erste Stockwerk ihres Hauses hinauf, schritt über den hellblauen Sisalteppich und öffnete die Tür zum Schlafzimmer. Auf dem dunkel gebeizten Frisiertisch mit dem ovalen Spiegel stand sie, ihre Schmuckschatulle, und da lag sie drinnen. Versteckt unter den mit rotem Samt ausgelegten Fächern, eingeschlagen in ein Papiertaschentuch.

Es surrte an ihrem Ohr. Sybille Rennicke sprang zurück, fuchtelte mit den Armen, verspritzte Kaffee in alle Richtungen und ließ vor Schreck den Becher fallen. Das Porzellan zerbrach auf dem Boden, und die langbeinige Schnake schwirrte im Zickzackflug an die Decke und tastete die weiße Tünche ab.

Sie atmete heftig und umfasste mit ihrer Hand die Kehle. Geh jetzt endlich, befahl eine Stimme in ihrem Kopf. Du musst es tun. Du hättest es schon längst tun müssen! Ihre Beine zitterten. Sie sah begehrlich zum Stuhl, stakste aber an ihm vorbei und wiederholte mit ihrem Körper, was ihre Vorstellung bereits vorweggenommen hatte.

Als das Goldkettchen mit den Korallenperlen am Zeigefinger ihrer rechten Hand baumelte, fielen mit einem Ruck alle Schleier, die bisher die nackte Wahrheit vor ihrem Verstand verborgen gehalten hatte.

»Oh mein Gott!«, flüsterte sie ein ums andere Mal. Was bin ich nur für ein Mensch!

Sie schaute in den Spiegel und hatte glasklar den Morgen vor Augen, als ihre Eifersucht sie, mit der Absicht, die Kette an sich zu nehmen, ins Zimmer der Mädchen getrieben hatte. Es war ein trüber, nebliger Donnerstag gewesen, der Wochentag, an dem im Stundenplan ihrer Tochter eine Doppelstunde Sport eingetragen war.

Der Tag, an dem Sarah das Kettlein lieber nicht trug, weil es auf keinen Fall verloren gehen sollte. Aber dort war es nirgends zu finden. Sie hatte schon Mercedes als Diebin in Verdacht, als sie es später beim Putzen im Badezimmer fand, auf dem Badewannenrand! Das hübsche Stück, das ihr so schmerzlich in die Augen stach, wenn es am Hals ihrer Tochter blinkte.

Selbst schuld, hatte sie gedacht und den Wasserablauf der Wanne als ihren Komplizen betrachtet.

Sybille Rennicke legte das Kettlein auf den Tisch und stöhnte.

»Die ist doch viel zu wertvoll für Sarah«, hatte sie abends vorm Fernseher geklagt, als die Kinder mit den Geschenken vom Besuch bei der Oma nach Hause gekommen waren. Jens hatte die Mädels abgeholt und schon bei ihrer Ankunft genervt geguckt, als sie gemeint hatte, dass es vielmehr ein Schmuckstück für eine erwachsene Frau sei.

Natürlich hatte sie gewusst, als sie es an sich genommen hatte, dass sie es niemals tragen konnte. Allenfalls heimlich. Aber das war ihr egal. Und dann, am Nachmittag nach der Schule, das große Geheule, als Sarah die Kette von Papa nicht mehr finden konnte. Sie einfach nicht begreifen konnte, wie sie weggekommen war.

»Mama! Hast du sie genommen?«

Als Antwort auf die bedrohliche Frage hatte sie die Empörte gespielt.

»Pass halt besser auf deine Sachen auf«, hatte sie entgegnet und hinzugefügt, dass es an Sarahs Faulheit und Unordnung läge, wenn sie weggekommen sei, wie schon so vieles. Und beim Gutenachtkuss, als sie ihre Tat bereits bereute, hatte sie Worte des Trostes gesprochen, dass das Kettlein schon wieder auftauchen würde, bestimmt. Sarah müsse nur überlegen, wo sie es zuletzt hingelegt habe.

In diesem Moment, am Bett ihrer Tochter, hatte sie wirklich erwogen, es zurückzugeben. Aber die Tage waren vergangen, und der blanke Hals ihrer Tochter gefiel ihr gut, besser als mit dem Goldkettchen, und so geriet es in Vergessenheit. Lag es die meiste Zeit in einer leeren Streichholzschachtel auf dem Kleiderschrank im Schlafzimmer, bis sie ihre Habe zusammengepackt hatte, um nach Zürich zu ziehen, in eine andere Stadt, ein fremdes Land, in ein neues Leben.

Aber auf dieses neue Leben griff das alte hinüber und trübte die

Freude an dem neuen Haus und das Zusammenleben mit ihrem zukünftigen Ehemann. Seitdem die Kommissarin sie angerufen hatte, waren ihre Nächte schlaflos und ihre Tage von Angst und Sorge zernagt.

»Ich bin nicht schuld, wenn das Mädchen stirbt«, flüsterte sie, »das lass ich mir nicht einreden. Nein.«

Ihrer Stimme, das hörte sie wohl, fehlte die rechte Überzeugung, und als ihr der Spiegel eine welke Frau mit trüben Augen und strohigem Haar vorhielt, legte sie das Erbstück in ihre Faust und stand auf. Auf jeder Stufe, die sie hinunterstieg, verweilte sie für Sekunden, spürte sie der süßen Versuchung nach, sich umzudrehen, um für diese schreckliche Halskette, die sie an ihre Vergangenheit fesselte, ein neues Versteck zu finden. Unten am Fuß der Treppe angekommen, blieb sie für einen Moment stehen, um einem Gedanken nachzuhängen, den sie bisher noch nicht erwogen hatte.

Ich könnte sie durch den Spalt des Wasserablaufs der Badewanne werfen oder wegschmeißen. Niemand würde je etwas davon erfahren. Niemand!

Was bist du nur für ein Mensch, durchfuhr es sie wieder, bevor sie endgültig ins Wohnzimmer ging und an den hochbeinigen Sekretär herantrat, um den Brief zu schreiben. Den Brief, mit dem sie die Lüge und alle Schuld, die sie sich aufgeladen hatte, wegschicken würde.

Ich werde um Diskretion bitten, dachte sie, dass nichts davon in den Zeitungen erscheint.

Zum Schutz der Mädchen.

»Bitte«, flehte sie zu dem Gott, der immer dann in ihrem Bewusstsein erschien, wenn sie starke Verzweiflung umklammerte, »lass diesen Kelch an uns vorübergehen. Mach, dass nichts davon in Zürich bekannt wird. Bitte, lass uns in unserem neuen Heim Frieden finden. Bitte!«

Pegasus

Am Himmel verbreiteten sich Wolken. Graue Dunstschleier, getrieben von einem warmen, feuchten Wind. Die Blätter rauschten, aber ab und an stieß die übermütige Luft auch in die Baumkronen und fegte das trockene Laub aus dem Geäst oder fuhr ins Haar, wie jetzt in seines, und brachte die Frisur in Unordnung. Aber das war ihm egal.

Schlimmer war, dass dieser Südwestwind, jedenfalls kam es ihm so vor, in der Nacht durch das offene Fenster in seinen Kopf gefahren war und langsam, aber sicher seine Nerven blank legte.

Er schlief nachts ohnehin kaum, aber seit einigen Tagen nickte er nur noch für Sekunden ein. Jens Rennicke beobachtete den Pferdemann und senkte, weil das wunde Gefühl in seinem Kopf ihn dazu zwang, den Blick. Die Magie war vorbei.

Die siegreiche Energie, die wilde Kraft des Zentauren, wollte nicht mehr auf ihn überspringen. Heute nicht und die vergangenen Tage auch nicht. Er war immer vergeblich gekommen. In jeder Mittagspause, in der er zu seiner Parkbank ging, um seinen Verbündeten aufzusuchen, um sich an seinem Anblick zu stärken, war er enttäuscht worden. Und der umtriebige Wind machte alles nur noch schlimmer.

Erinnerungsbilder blitzten in seinem Verstand auf. Die herabhängenden langen Arme. Der baumelnde Kopf mit den Dreadlocks. Die aufgestellten, hin- und herschaukelnden Beine. Jens Rennicke runzelte die Stirn und schluckte, obwohl seine Zunge wie ein kleines pelziges Tier in seiner Mundhöhle lag.

Er hatte im ersten Moment geglaubt, einen Polizisten getötet zu haben. Beim Aufleuchten der Taschenlampe war er, ohne zu überlegen, mit einem Satz hinter die Büsche gesprungen. Sein Puls hatte gerast, und in der Aufregung hatte er gedacht, dass sie bereits das Grundstück umstellt hatten und auf ihn warteten.

»Mundtot. Ich wollte ihn nur mundtot machen«, murmelte er und strich sich mit der Hand durchs wirre Haar, »damit er nicht die anderen ruft.«

Er hatte einen Bogen geschlagen und sich angeschlichen, wie ein Indianer. Und dann, nachdem seine Hand mit dem Stein das Gesicht zerschlagen hatte und Blut in die langen, verfilzten Haare sickerte, hatte er begriffen, dass ihm seine Phantasie einen Streich gespielt hatte.

Er betrachtete seine Handflächen und atmete schwer. Seit diesem fatalen Moment der Täuschung hatte sie Besitz von ihm ergriffen. War die Überzeugung übermächtig, dass ihm die Muräne auf der Spur war und jeden Augenblick hervorschnellen und zuschnappen konnte. An jeder Biegung, jeder Ecke hatte er erwartet, dass jemand auftauchen würde, um ihn zu stoppen. Er war den kleinen Pfad entlanggegangen, extra langsam, um nach dem Kind zu sehen, aber kein Polizist, kein Scharfschütze hielt ihn auf.

Und als er mit der Schubkarre in den Wald zurückgekehrt war, stand der Mond hell wie ein Lampion am Himmel und leuchtete die Szenerie aus, damit man ihn besser sehen konnte. Aber auch das half nicht. Der Junge war schwer, und es hatte ihm einiges abverlangt, ihn über Stock und Stein bis zum Loch im Zaun zu kutschieren, den Körper hindurchzuzerren und in den Kofferraum zu bekommen. Und die ganze Zeit hatte er auf die Hand gewartet, auf eine Hand, die sich auf seine Schulter legte und zu der eine Stimme gehörte. Eine Stimme, die »Moment mal, Freundchen, keine falsche Bewegung« sagte.

Er lachte freudlos auf. Selbst als er die Brücke über die Gleise überquerte und ihm eine Polizeistreife entgegenkam und er gedacht hatte, dass es jetzt so weit sei, war es ihm vorgekommen, als sei er ein Geist. Nichts von alledem, was er voller ängstlicher Aufregung vorweggenommen hatte, passierte.

Gleich, so hatte er gefiebert, gleich halten sie mich an. Leuchten ins Auto. Sehen den Dreck und das Blut an meinen Händen, an meinem Hemd und der Hose. Werden sie misstrauisch und öffnen den Kofferraum. Aber der Peterwagen war wie ein satter Haifisch an ihm vorbeigeglitten, ohne Notiz von ihm zu nehmen.

Und trotzdem, hatte die Stimme in ihm weiter weisgesagt, wird, sobald er vom Holstenkamp in die Siedlung um den Ziegelteich einbog und hielt, jemand hinter einem der Fenster stehen, der ihn, einer Ahnung folgend, ins Visier nahm. Zuerst wird derjenige nicht glauben, was er sieht, aber dann wird er zum Telefon rennen und die 110 wählen.

Er hatte den Jungen in die Folie, die er für die Kriminaltechniker extra in den Kofferraum hineingelegt hatte, eingeschlagen. Beinahe wäre er bei dem Versuch, den Jungen über seine Schulter zu heben, gestürzt, aber es hatte ihm nichts ausgemacht, weil das Spiel ja ohnehin zu Ende ging. Schwitzend und dreckig, mit Blutflecken an der Kleidung, hatte er ihn dann über den Weg gezogen, bis zum abschüssigen Ufer, dorthin, wo die Äste der Weide ins Wasser hingen, wo er treiben konnte, ohne sofort entdeckt zu werden. Dort hatte er die Folie unter ihm herausgezogen, und der Bursche war ins Wasser gerollt.

Und auch in dieser Situation hatte er nach jedem Handgriff einen Moment auf heulende Martinshörner gelauscht, auf Motorengeräusche von heranpreschenden Wagen, aus denen Polizisten sprangen und ihre Waffen auf ihn richteten. Aber alles war ruhig geblieben. Allein eine Eule war über ihn hinweggestrichen, und als er in sein Auto eingestiegen war, hatte das weiße Licht der Straßenlaterne geflimmert, aber sonst war nichts geschehen. Nichts.

Er war blutverschmiert zurück ins Industriegebiet gefahren, hatte auf dem Weg durch den Hain das Paket an sich genommen und in der Laube, auf dem Schlafsofa liegend, gewartet, dass es hell wurde.

Seitdem war er nicht mehr da gewesen. Im Wochenendhäuschen. Nicht, weil Angst ihn abgehalten hätte. Nein. Sondern weil sein brennendes Verlangen erloschen war. Einfach so. Ohne sein Zutun. Das Spiel, Angst und Verzweiflung in Kinderaugen zu zwingen, reizte ihn nicht länger. Dieses Spiel, das er so weit trieb, bis der Körper unter ihm aufgab und der Blick dicht vor seinen Augen brach, gab ihm nichts mehr.

Jens Rennicke versuchte, die Uhrzeit von seiner Armbanduhr abzulesen, aber die Ziffern verschwammen immer wieder vor seinen Augen. Er gab es auf, die Zeit festzustellen, und trieb weiter mit seinen Erinnerungen mit. Er hatte in den Vorrat der Wasserflaschen für die kleine Weber geringe Dosen von Nitrazepam gemischt.

Das Antidepressivum verschrieb ihm seine Ärztin schon seit

Monaten. Die Höhe der Dosis, damit es schlaffördernd wirkte, hatte er zuvor an Ankes Nachwuchs ausprobiert. Es war ihr gar nicht aufgefallen, im Gegenteil, sie hatte sich gefreut, dass die Kinder abends nicht stritten, sondern früh einschliefen.

Als er daran dachte, was aus Karoline Weber werden sollte, streiften seine Augen wieder über die Figuren des Stuhlmannbrunnens. Das Wasser, die Kekse, den Zwieback und die Chips würde sie finden, sobald das Tageslicht durch die Ritzen der Holzlatten fiel. Er hatte, für den Fall, dass er einige Tage nicht zu ihr konnte, vorgesorgt. Der Rest war nun nicht mehr seine Sache.

Gleich, dachte er, gleich windet sich der Fisch aus den Armen der Zentauren und springt im hohen Bogen zurück ins Meer. Niemand wird ihn fangen, auch nicht der Pferdemann. Ich werde pfeilschnell durch die Fluten schießen, wie ein Delphin, bis ich es spüre, bis ich weiß, dass es so weit ist, dann springe ich durch die Wasseroberfläche und verwandle mich in Pegasus. Ich fliege hoch und höher, bis die Hitze der Sonne meine Flügel verbrennt und sie mich nicht mehr tragen können, bis ich abstürze. Abstürzen muss.

Jens Rennicke schloss die Augen und genoss den Schwindel, der ihn erfasste. Er phantasierte ein durch die Luft trudelndes Pferd, das schneller und schneller der Erde entgegenfiel und endlich mit verkohlten Federn und mit zum Himmel gestreckten Beinen aufschlug. Er öffnete die Augen und lächelte. Jetzt ist es vorbei, triumphierte er innerlich, jetzt ist der Kampf um den Fisch entschieden, jetzt ist endlich Ruhe.

Leerstand

Als Annegrets Handy klingelte und auf dem Display »Froboess« zu lesen war, wusste sie, dass die Flaute vorüber war, spürte sie förmlich, wie der Wind die Segel bauschte, wie sie von einer Energie ergriffen wurde, die vorwärtswollte.

»Wir haben hier einen Kleingärtner, der will Jens Rennicke gesehen haben. Er ist sich nicht absolut sicher, weil es einige Wochen zurückliegt und er ihm nur ein einziges Mal begegnet ist, aber ihm kommt das Gesicht bekannt vor! Er weiß allerdings nicht, ob er in der Kolonie eine Laube bewohnt oder nur jemanden besucht hat.«

Annegret atmete tief durch und bemühte sich, ruhig zu bleiben.

»Schauen Sie bitte, dass Sie vom Vorstand des Vereins jemanden auftreiben. Jemanden, der uns Auskunft geben kann, welche Lauben unbewohnt sind und leer stehen. Wir treffen uns im Büro des Vorstandes dieser Kleingartenkolonialisten.«

Kule war, während sie telefonierte, von seinem Platz vor ihrem Schreibtisch zu seinem Halter getrottet, der an den zusammengestellten Tischen vor einem Berg Akten hockte und Vernehmungsprotokolle analysierte. Beide, Hund und Tatortanalytiker, schauten sie aus weit aufgestellten Augen fragend an.

Annegret informierte Rosika in Stichworten, während sie nach ihrer Tasche griff, über den Schreibtisch ihrer Kollegin hinweg in den sich beziehenden Himmel schaute und daraufhin ihre Strickjacke von der Stuhllehne fischte.

Der Vorstandsvorsitzende des Kleingartenvereins »Kolonie Kiesgrube e.V.« war eine gänzlich andere Erscheinung, als Annegret es sich vorgestellt hatte. Schlank, moderne Brille, offener Blick, weißes Hemd und dunkelgraue Anzughose. Das Büro wirkte allerdings muffig und altbacken, genau wie viele der Gärten, deren Grundstücke sie vom Holstenkamp aus eingesehen hatte. Der sympathische Vorsitzende des Kleingartenvereins stand mit Frauke Froboess um einen Tisch mit gemusterter Plastikdecke, an dem ein Vereinsmitglied im Blaumann saß, der mit seinen grauen Kotletten und der schütteren Langmähne wie ein Altrocker wirkte.

»Plagge. Manfred.« Der junge Mann streckte Annegret und Gerd Rosika seine Hand entgegen und machte dabei ein Gesicht, als hätte er etwas angestellt, wobei er ertappt worden war.

»Ich habe es Ihrer Kollegin schon gesagt, wir hatten letzte Woche eine außerordentliche Vereinssitzung, weil unser alter Vorsitzender gestorben ist. Bei einem Routineeingriff im Krankenhaus. Sepsis!« Manfred Plagge legte eine kurze Sprechpause ein, mit der er sein Beileid bekundete, und hob, bevor er weitersprach, die Hände zu einer ergebenen Geste.

»Ich kenne mich mit den Unterlagen noch nicht aus. Aber Moni, Frau Bayer, müsste jeden Moment kommen. Sie führt die Mitgliederlisten und so weiter. Wir unterstützen Sie natürlich so gut wir können. Ich bin extra aus der Filiale gekommen, nachdem mich Ihre Kollegin hier angerufen hat.«

Frauke Froboess räusperte sich und deutete mit der Hand auf den Mann am Tisch.

»Das ist der Zeuge Higgert. Alfred Higgert.«

Der Rentner, dessen Alter schwer einzuschätzen war, erzählte unaufgefordert, unter welchen Umständen er meinte, Jens Rennicke begegnet zu sein.

»Wir hatten hier Ratten. 'ne richtige Invasion. Alle waren einverstanden, dass der Kammerjäger kommt. Ich bin rum, mit dem Fahrrad, um sicherzustellen, dass jeder informiert ist. Manche Kolonisten sind schnell am Meckern, wenn sie meinen, dass über ihre Köpfe hinweg entschieden wird. Er ist mit 'nem Müllbeutel unterwegs gewesen, wenn es der auf dem Fahndungsfoto war, er sah ihm jedenfalls verdammt ähnlich. Ich hab ihn angesprochen. Gefragt, ob er Bescheid weiß. Das weiß ich noch, weil er wie ein kaputtes Auto geguckt hat. Als ob ich Japanisch geredet hätte. Tja, das war's. Mehr weiß ich nicht!«

»Haben Sie gesehen, aus welchem Garten er kam?«

»Nee. Aber er ist den Weg vorbei an der Straßenmeisterei gekommen. Aber gleich rechts davon sind die Müllcontainer. Er kann von überall aus der Kolonie gekommen sein.«

»Trotzdem.« Annegret runzelte die Stirn. »Wir brauchen die Namen der Anlieger aus dieser Ecke der Siedlung!«

»Tut mir leid!« Manfred Plagge schaute wie ein um Mitleid bettelndes Hündchen. »Frau Bayer hat den Schlüssel zum Aktenschrank!«

Auf dem kleinen Parkplatz vor dem Vereinshaus knirschte der Sand. Manfred Plagge machte schnell ein paar Schritte zur offenen Tür hin und lachte erleichtert. »Sie kommt. Frau Bayer ist jetzt da!«

Die behäbige Frau, die in jungen Jahren bestimmt die Köpfe vieler junger Männer verdreht hatte, schnaufte beim Atemholen, als sie die drei Stufen zum Vereinshaus hochstieg. Ihr üppiger Körper wogte im eng sitzenden T-Shirt mit Glitzerbesatz, und Annegret musste an ein übergewichtiges Nashorn denken, das seinen massigen Körper nur schwerlich in Bewegung brachte, dem man aber lieber aus dem Weg ging, sobald es Fahrt aufgenommen hatte.

»Monika Bayer. Guten Tag, die Damen und Herren Kriminalbeamte. Tag, Herr Plagge. Hallo, Alfred.« Nachdem sie alle begrüßt hatte, tupfte sie mit einem Papiertaschentuch ihre Stirn trocken, während sie laut hoffte, dass es heute endlich regnete.

Rosika, der sie seit ihrer Ankunft fasziniert beobachtete, sprang beiseite, als er gewahr wurde, dass er den Zugang zum stählernen Aktenschrank verstellte, den sie aufzuschließen gedachte. Als die Tür offen stand, wandte sich Moni Bayer an Annegret.

»Also, mit welchen Auskünften kann ich Ihnen heute dienen? Die aktuelle Mitgliederliste haben Sie ja längst!«

Frauke Froboess' Wangen färbten sich rosarot, und in ihren Augen flammte kurz eine Mischung aus Schuldgefühl und Wut auf. Annegret grinste nach innen, konzentrierte sich aber in der nächsten Sekunde wieder auf die Beantwortung der Fragen. Ob es Lauben gäbe, die unbewohnt seien. Leer stünden oder zeitweilig leer stünden. Und wer genau die Gartenhäuser entlang des Weges zur Straßenmeisterei bewohne. Annegret lächelte freundlich, wurde aber von Moni mit einem kalten Blick abgespeist.

»Für die Auskunft brauch ich keinen Aktenordner aufschlagen. Das kann ich Ihnen auch so sagen. Alle unsere Lauben sind verpachtet oder verkauft. Die Eigentümer oder Pächter melden sich bei uns nicht an oder ab, wenn sie verreisen oder krank sind. Sie sind nur verpflichtet, jedes Wuchern von Pflanzen auf Wege und zu Nachbargärten hinüber zu unterbinden. Dafür müssen sie sorgen. Ansonsten herrscht hier Gestaltungsfreiheit. Nicht wahr, Herr Plagge?«

Der Vorsitzende nickte und bekannte mit seinem gespielt unglücklichen Gesichtsausdruck, dass es Meinungsunterschiede unter den Mitgliedern der Kolonie gab.

»Die Gartensiedlung ist heiß umkämpftes Gelände. Die Stadt ist schon lange daran interessiert, es für exklusive Wohnraumbebauung zu erwerben. Bahrenfeld ist begehrtes Bauland. Im Senat wird immer wieder der Ruf nach Zwangsverkäufen laut. Wir versuchen, dagegen anzusteuern, indem wir mit einer hundertprozentigen Auslastung den Wert der Naherholung, insbesondere für Familien mit kleinen Kindern, deutlich machen. Und junge Kleingärtner gewinnt man durch Gestaltungsfreiheit. So ist es nun einmal, Frau Bayer. Die ältere Generation muss schon Zugeständnisse machen, wenn sie ihre Kleingartenkultur erhalten will.«

Moni machte eine schnippische Handbewegung, holte einen Ordner aus dem Schrank und legte ihn auf dem Tisch ab, bevor sie ihn öffnete. Sie fuhr mit ihrem kleinen, schwulstigen Finger über das Register, schlug mit geübter Handbewegung die abgelegten oberen Seiten zurück und faltete eine Karte auseinander, in der fein säuberlich die Namen der Laubenbewohner notiert waren, deren Gärten an die Straßenmeisterei grenzten. Sie las die Namen der Reihe nach vor, und als sie zum nördlich gelegenen Eckgrundstück kam, stieß sie ein helles »Oh!« aus.

»Jürgen Hildebrand. Ich hab hier tatsächlich vermerkt, dass er für einige Zeit im Ausland ist.«

Annegret tauschte mit Rosika einen bedeutungsvollen Blick, während Frauke Froboess die folgerichtige Frage stellte.

»Und wer sorgt dafür, dass der Garten nicht verwildert?« Weder Moni Bayer noch Manfred Plagge wussten eine Antwort.

»Da kann nichts wuchern«, meldete sich Alfred Higgert zu Wort. »In dem Garten steht das Laub zentimeterhoch, schon seit Jahren, da wächst kein Halm Rasen oder sonst was. Der Hildebrand hat nur einen verkrüppelten Apfelbaum stehen, und der macht das Elend auch nicht mehr lange mit. Die Hecke außen zum Weg hin schneidet der Nachbar mit, schon immer, auch als der Garten noch von seinen Eltern gepflegt wurde.«

Annegret tastete mit der rechten Hand ihren rückwärtigen Hosenbund ab und presste die Lippen aufeinander. Ihre Dienstwaffe lag, wie meistens, im Tresor im Landeskriminalamt.

Aber Frauke Froboess trug ihr Schulterholster, und während Annegret auf den ledernen Gurt starrte und fieberhaft nachdachte, legte ihre junge Kollegin die Hand auf den Griff der Pistole, als wenn sie die Gedanken ihrer Vorgesetzten erriete.

»Ich würde mich gerne mit meinen Kollegen beraten«, sagte sie mit unruhigem Blick, den sie schließlich an Manfred Plagges fragendes Gesicht heftete.

»Ich muss sowieso zurück in den Markt. Wird höchste Zeit. Sie können das Büro gerne nutzen. Herr Higgert hat einen Schlüssel für die Tür.«

Weidengeflecht

Ein heftiger Windstoß fegte in das muffige Büro.

»Da braut sich was zusammen«, sagte Rosika und suchte nach dem Lichtschalter.

Annegret schaute, sobald die Glühbirne in der Strohlampe leuchtete, auf ihre Armbanduhr. Halb ein Uhr Mittag und draußen war es dunkel geworden.

Rosika stand im Türrahmen, und Frauke Froboess saß mit halben Hintern auf dem Tisch. Annegret rieb sich die Hände, suchte nach Worten und brachte hervor, was sie bewegte.

»Jeder Staatsanwalt wird nachvollziehen, dass die Gefahr für das Kind mit jedem Tag, den es vermisst wird, steigt. Es gibt jetzt, dank der guten Arbeit von Kollegin Froboess, Hinweise, die vermuten lassen, dass Jens Rennicke in der Kolonie seinen Unterschlupf hat und Karoline Weber hierher verschleppt haben könnte. Wir haben einen Zeugen, und es gibt eine leer stehende Parzelle. Ich schlage also Folgendes vor, wir informieren Kollege Münze. Geben ihm alle nötigen Daten, und er soll sich mit Scheschonka beraten, ob das MEK mobilisiert werden soll.«

Frauke Froboess und Rosika nickten, und Annegret konnte an ihren angespannten Gesichtern ablesen, dass sie wussten, worauf ihre Ansprache hinauslief.

»Ich persönlich möchte keine Sekunde mehr warten«, stieß Annegret mit zittriger Stimme aus, nachdem sie das im Telegrammstil gehaltene Telefonat mit Kollege Münze beendet und ihr Handy ausgeschaltet hatte. »Ich werde jetzt das Grundstück begehen, auch auf die Gefahr hin, dass ich mich blamiere.«

»Periculum in mora!« Rosika stand auf und folgte Annegret.

Frauke Froboess öffnete die Lasche ihres Holsters und sprang mit einem einzigen Satz die drei Stufen hinunter. Als von Ferne das erste Donnergrollen zu hören war, hoben alle ihr Gesicht zum Himmel. Über der Elbe schoben sich dunkelgraue Wolkenberge über- und ineinander, und hin und wieder zuckte ein Blitz aus ihnen hervor, gefolgt von Donnergrollen.

Ich hätte statt einer Strickjacke meinen Regenmantel mitnehmen sollen, überlegte Annegret. Er hängt schon seit Wochen am Haken der Garderobe im Büro. Mit was für Banalitäten ich mich herumplage, schimpfte sie still, bis ihr klar wurde, dass es erträglicher war, sich vorzustellen, vom Regen nass geschüttet zu werden, als mit der Möglichkeit zu rechnen, ein totes kleines Mädchen zu finden.

Sie streckte ihren Rücken und lief einen Schritt schneller, sodass sie als Erste das Tor zur Parzelle 43 erreichte. Es bestand aus undefinierbarem grau gestrichenem Material und versperrte Vorübergehenden die Sicht in den Garten. Die obere Leiste des dunkelrot gestrichenen Rahmens schloss mit einem grauen Überkletterschutz ab, der an eine Reihe von spitzen metallenen Krokodilzähnen erinnerte. Annegret wartete, bis Frauke Froboess ihre Dienstwaffe in der Hand hielt, und drückte langsam die Klinke der mannshohen Pforte hinunter. Sie war unverschlossen.

Als sie sie vorsichtig aufsperrte, bot sich ihr genau der Anblick, den Zeuge Higgert beschrieben hatte. Grauschwarzer laubbedeckter Boden und ganz am Ende des Grundstücks, an einen hohen Lattenzaun gedrückt, ein kleines, baufälliges Steinhäuschen mit spitzem Satteldach. An seiner linken Seite lehnte ein windschiefer Schuppen. Der Apfelbaum davor, der eher ein Bäumchen war, zierte als einzige Pflanze diese Gartenwüste.

»Wenn er im Haus ist, stehen wir genau in seiner Schusslinie«, flüsterte Frauke Froboess.

Annegret nickte, aber Rosika beruhigte sie.

»Es ist unwahrscheinlich, dass er im Haus ist«, überlegte er leise. »Er wird tagsüber arbeiten, sich unverdächtig verhalten, oder er liegt krankgeschrieben zu Hause auf dem Sofa. Und ich geh auch nicht davon aus, dass er eine Waffe mit sich herumträgt!«

Rosika drängte sich behutsam zwischen den Frauen durch und ging mit wehendem Haarflaum voran. Die Baumkronen im Wäldchen gleich neben dem Garten bogen sich in den aufgekommenen Sturmböen hin und her, und welke Blätter wirbelten über das Grundstück durch die Luft. Annegret behielt, trotz Rosikas Entwarnung, die vorgezogenen Gardinen des einzigen Fensters, rechts von der hellgrauen Eingangstür im Auge. Frauke Froboess lief mit gezogener Waffe neben ihr her, und Annegret zweifelte keine Sekunde, dass sie sie abfeuern würde, sollte sich der Stoff hinter dem viergeteilten Glas auch nur andeutungsweise bewegen. Vor der schmalen Haustür des Gartenhauses legte Rosika den Zeigefinger über seine geschlossenen Lippen und deutete zur Rückseite der Behausung.

Er schlich davon und kam gleich darauf wieder.

»Ein winziges Fenster im oberen Stockwerk. Falls er nach hintenraus flüchten will«, flüsterte er, »wird es ihn einige Mühe kosten.«

Annegret nickte mehrmals, warf Frauke Froboess einen fragenden Blick zu und wusste, dass sie bereit war, sie zu sichern, sobald sie die altersschwache Tür eintreten würde. Sie war verschlossen, das hatten beide Frauen zuvor geprüft und dabei im stummen Einvernehmen festgestellt, dass der Riegel im Vierkantloch reichlich Spiel hatte. Ein gezielter Tritt, und er würde aus der Falle springen.

Annegret kam sich vor wie Karatekid, als sie sich darauf konzentrierte, die richtige Stelle des Türblattes zu treffen. Als sie mit Getöse aufflog, stolperte sie getrieben vom Schwung ihres Beines über die Türschwelle. Frauke Froboess war sofort dicht hinter ihr und zielte mit der Walther in alle Richtungen des niedrigen Raums. Er war, abgesehen von einem Schlafsofa und einer Truhe aus Weidengeflecht, leer.

Rosika war im Türrahmen stehen geblieben. Er verharrte still wie seine Kolleginnen in der warmen aufgestauten Luft des Zimmers, um auf verdächtige Geräusche zu lauschen. Als es still blieb, tastete sich Frauke Froboess die steile hölzerne Stiege hoch. Sie konnte noch so leise auftreten, es half nichts, jede Stufe knarrte unter ihrem Gewicht. Annegret lief der Schweiß von der Stirn, und sie pustete erst ihren angehaltenen Atem aus, als ihre Kollegin von oben herab »Sicher« rief und die Treppe hinunterpolterte.

»Nur ein kleines Schlafzimmer mit Bett, Schrank und Waschbecken. Schrank ist leer, und Bett sieht unbenutzt aus.«

Frauke Froboess sprach immer noch im Flüsterton. Annegret deutete auf die Schlafcouch. Auf der Sitzfläche lagen eine ordentlich zusammengefaltete Wolldecke und ein Sofakissen. Daneben ein kleines Beistelltischchen mit einem schlichten Messinghalter, in dem eine halb heruntergebrannte Kerze steckte.

Rosika trat an die Truhe aus geflochtener Weide heran, zog ein Taschentuch aus seiner Hosentasche, legte es in seine Handfläche und hob das Hängeschloss an. Er sagte nichts, fragte nur mit dem Blick, was seine weiblichen Kolleginnen zu tun gedachten.

»Aufschneiden«, flüsterte Annegret, »fragt sich nur, womit!«

Sie sah Frauke Froboess hinterher, die sich auf dem Fuße umdrehte und das Häuschen verließ. Sie schaut bestimmt im Schuppen nach einer Astschere oder dergleichen, dachte sie, streifte sich Einweghandschuhe über und öffnete die verschrammten Pressholztüren der Spüle, fand aber nur einen Eimer, Handfeger und Schaufel und drei sorgfältig gefaltete und übereinandergelegte Feudeltücher vor sowie eine Flasche Allesreiniger. Im Besenschrank daneben war das oberste Bord mit Kaffeegeschirr vollgestellt, das darunter mit Tellern und Gläsern, aber ein Besteckkasten war nirgends zu finden.

»Damit könnte es gehen!«

Frauke Froboess hielt eine rostige Rosenschere in der Hand und machte sich sogleich daran, den ledernen Beschlag der Truhe abzuschneiden. Das Schneiden war mehr ein stumpfes Sägen, und bisweilen erinnerten die Bewegungen des Werkzeuges an einen Vogel, der mit seinem Schnabel eine harte Oberfläche bearbeitete, aber schließlich schaffte sie es, die Lasche vom übrigen Weidengeflecht abzutrennen. Bevor sie jedoch wagte, einen Blick in die Truhe zu werfen, befragte sie mit besorgtem Augenausdruck Annegret.

Es war Rosika, der den leicht gewölbten Deckel mit beiden Händen umfasste, vorsichtig anhob und öffnete. Am Boden der luftdurchlässigen Kiste lag eine Schafwolldecke und darauf ein winzig kleiner roter Hackenschuh von einer Barbiepuppe. Annegret entdeckte mit bloßem Auge einzelne blonde lange Haare. Sie schaltete sofort ihr Handy an und wartete ungeduldig, dass Münze sich meldete.

»Hör zu«, rief sie, sobald der Kontakt hergestellt war, »wir brauchen hier vor Ort dringend Fechner und sein Team. MEK-Einsatz ist nicht erforderlich. Wir suchen weiter nach dem Mädchen. Bitte mit Scheschonka abklären, ob Fahndung nach Rennicke anlaufen soll!«

Sie ist hier. Annegret war sich plötzlich sicher, hob den Kopf und betrachtete die Stiege.

»Gibt es oben Dachkammern oder andere Möglichkeiten, ein Kind zu verstecken?«

Frauke Froboess drehte sich sofort um und erklomm die steilen Stufen ein zweites Mal. Annegret hingegen trat in den Garten, um herauszufinden, ob sie frische Grabespuren entdecken konnte. Vielleicht hat er ein Erdversteck gegraben, dachte sie, konnte aber keine verdächtige Stelle ausmachen. Wo zum Teufel, grübelte sie, kann man hier ein Kind verstecken?

Ihr Handy klingelte. Münze.

»Scheschonka meint, Fahndung nach Rennicke erst, sobald wir Kind gefunden haben. Falls Negativergebnis, will er ihn die nächsten Tage rund um die Uhr observieren lassen. Fechner ist unterwegs.«

Annegret nickte stumm und bewegte sich erst, als riesige Regentropfen auf ihre Schädeldecke klatschten. Im Türrahmen wäre sie beinahe mit Rosika zusammengestoßen.

»Komm mal mit!«

Er führte sie vor die Truhe, die jetzt von der Wand abgerückt stand. Hinter der Fußleiste kam ein Stromkabel hervor. Es führte zu einer direkt darüber angebrachten Steckdose.

»Hör mal!«

Annegret lauschte. Erst hörte sie nur den Regen und das entfernte Grollen aus den Wolkenbergen. Aber dann nahm sie es wahr. Ein feines Surren, wie das Flügelschlagen einer Libelle. Rosika deutete auf den Boden.

»Wie ein Ventilator, hör doch mal!«

Sie sah ihm erstaunt ins Gesicht. Jetzt, wo er es sagte, konnte sie sich vorstellen, dass das Geräusch von einem Lüfter stammen könnte. Annegret ergriff den einen Tragegriff der Truhe, Rosika den anderen, und als sie das Möbel beiseite gestellt hatten, zerrte Frauke Froboess den rot bedruckten Läufer von seinem Platz.

Herztöne

Sie starrten alle drei auf den eisernen Ring, mit dem man die Bodenklappe anheben konnte, als Fechner draußen vor der Tür seinen schwarzen Herrenschirm ausschüttelte und gleich darauf in den Raum sprang. Das Geräusch von aufflatternden Vögeln wiederholte sich, und ein Kollege aus der Kriminaltechnik folgte ihm. Beide Männer blieben nebeneinander im Eingangsbereich stehen, da sie die angespannte Lage spürten.

»Wir haben schon reichlich Spuren gelegt. War nicht zu verhindern.« Annegret schluckte und deutete auf den Boden. »Die Bodenluke haben wir gerade eben erst entdeckt.«

»Ein Erdkeller?«, fragte Fechner.

»Da unten läuft ein Ventilator, ein Heizlüfter oder so was in der Art!«

Die Augen des Kriminaltechnikers wurden groß, und Annegret trat einen Schritt beiseite, da Rosika nach dem gusseisernen Ring langte und die Klappe anhob. Frauke Froboess' Beine begannen zu zittern, und Annegret musste sich sehr beherrschen, damit es ihr nicht ähnlich erging, als sie entlang der sehr steilen Treppenstufen hinab in die dunkle Erdkammer schaute.

»Wartet«, rief Fechner, »ich schließ schnell einen Scheinwerfer an, wer weiß, was da unten herumliegt.«

Er lief mit seinem Kollegen durch den Garten zum Multivan, mit dem er den schmalen Weg blockierte, und schleppte in jeder Hand eine metallene Kiste herbei. Bevor er mit tropfenden Haaren die Kabeltrommel ausrollte, damit Annegret die Beleuchtung mit in den Erdkeller nehmen konnte, streifte er Plastiküberschuhe über seine durchnässten Sandalen.

Nicht nachdenken. Keine Phantasien, instruierte sich Annegret, während sie die wenigen Stufen rückwärts ins Loch hinabstieg. Als ihr linker Fuß den unbekannten Boden ertastete, schlug in unmittelbarer Nähe ein Blitz ein. Das ohrenbetäubende Krachen verschlug ihr den Atem, und für einen Moment krallte sie ihre Hände in das Holz, glaubte sie, dass ihre Beine ihr den Dienst versagen würden.

»Es ist, was ist, in welchem Zustand auch immer das Kind ist«, beschwor sie sich selbst, »wir werden damit leben müssen!«

Der Boden unter ihren Füßen fühlte sich kalt und fest an. Annegret reckte ihre Arme und nahm den Scheinwerfer aus Fechners Händen entgegen. Fechner schaltete ihn ein, und gleich darauf stieg auch Rosika die Treppenleiter hinunter. Ihre Haare berührten die hölzerne Kellerdecke. Sie dachte kurz an Spinnen und ihre Netze, an dicke Staubflocken, wischte aber die Gedanken beiseite und duckte ihren Kopf ein wenig.

Der Ventilator sprang wieder an, und das Geräusch setzte gleichzeitig die Muskulatur ihres Armes in Bewegung. Der starke Lichtschein glitt über ein metallenes Bord mit leeren Einmachgläsern, vergilbten Pappkartons und verstaubten Flaschen weiter über eine Pappschachtel mit alten Kriegsorden, kroch über den lehmigen Boden, gelangte zum Heizlüfter und leuchtete endlich das kreideblasse Gesicht von Karoline Weber aus. Das Kind lag, zusammengekrümmt wie ein Embryo, auf einer Matratze unter einer bis zum Hals hochgezogenen Daunendecke. Neben der Matratze lagen und standen leere Plastikflaschen und einige zerrissene Keks- und Chipstüten.

»Der Puls ist sehr schwach«, flüsterte Rosika, der sich sofort neben das verkrochene Wesen gekniet und ein kleines schlaffes Händchen unter der Decke hervorgezogen hatte. Annegret richtete den Scheinwerfer gegen die Decke des Erdkellers und beobachtete unter Tränen, wie Rosika es anhob, um es in die Decke zu wickeln.

»Krankenwagen«, schluchzte sie nach oben in das helle Viereck, über dem die Gesichter von Frauke Froboess, Fechner und seinem Kollegen hingen, »wir brauchen einen Krankenwagen!«

Sie atmete ein paarmal tief ein, um sich zu beruhigen, und schrie dann mit beinahe überschnappender Stimme, dass die Fahndung nach Rennicke sofort aufgenommen werden solle.

Rosika hatte unterdessen das kleine Mädchen in seine Arme genommen und trug sie zum Einstieg des Erdkellers. Gemeinsam hoben sie das Kind den Kollegen entgegen, die das kalte, klamme Bündel durch die aufgestaute warme Luft des Zimmers zur Schlafcouch trugen.

Sobald Annegret ihren Kopf aus der Luke streckte, sprang Frauke Froboess zu ihr, reichte ihr die Hand und zog sie heraus.

»Sie lebt«, flüsterte die junge Kollegin mit erstickter Stimme und fiel ihr hemmungslos aufheulend in den Arm.

Annegret sah über ihren blonden Kopf hinweg Rosika dabei zu, wie er sich vorsichtig zu dem Kind setzte, seinen Kopf streichelte und leise auf Karoline einsprach, ihr erzählte, dass nun »alles gut« sei.

Ein Gefühl taumelnder Glückseligkeit stieg in ihr auf, begleitet von euphorischen Gedanken. Er hat sie leben lassen, jubilierte sie innerlich. Er konnte das Kind nicht töten. Etwas ist passiert. Etwas, das ihr das Leben gerettet hat. Annegrets Gesicht strahlte wie eine Sonne, bis eine schreckliche Ahnung es zu einer Grimasse des Lächelns erstarren ließ. Sie packte die Oberarme ihrer Kollegin, drückte sie von sich und fingerte hastig ihr Handy aus der Hosentasche.

»Münze! Schick sofort eine Streife in die Großheidestraße. Die Beamten sollen nachschauen, ob Rennicke bei seiner Mutter ist!«

»Was ist denn los?«, fragte Frauke Froboess und zuckte zusammen, weil wieder ganz in der Nähe ein kräftiger Donnerschlag Luftwellen erzeugte.

Der Wind peitschte den Regen, und Fechner, der unter seinem Schutzanzug klatschnasse Kleider trug, schloss die Tür.

»Rennicke hat das Kind leben lassen«, rief Annegret in Rosikas Richtung, »vielleicht bedeutet das, dass er keine weiteren Kreise mehr ziehen muss, kein Stellvertreteropfer mehr braucht. Vielleicht richtet er inzwischen seine Killerphantasien gegen die Verursacherin seiner Mordswut!«

Frauke Froboess riss ihre Augen weit auf. »Meinst du«, fragte sie mit stockendem Atem und ohne zu bemerken, dass sie dazu übergegangen war, ihre Vorgesetzte zu duzen, »dass er vorhat, seine Mutter zu töten?«

»Wir sollten es jedenfalls nicht darauf ankommen lassen«, warf Rosika ein und schaute zur Tür.

Der Kollege aus der Kriminaltechnik winkte den Notarzt und zwei Sanitäter mit Tragebahre in das Häuschen. Alle Kollegen wichen vor dem Eilschritt des Lebensretters zurück, der, nachdem er die Pupillen und die Herztöne des Kindes kontrolliert hatte, sofort einen Katheter legte und es an den Tropf hängte. Niemand sagte etwas, alle waren nur heilfroh, als die Sanitäter Karoline Weber in glänzende Folie wickelten und davontrugen.

»So«, rief Fechner, nachdem er durch das kleine Fenster über der Spüle beobachtet hatte, dass der Krankenwagen mit blinkendem Martinshorn auf dem Weg ins Krankenhaus war.

»Alle raus jetzt. Ich will Beweise sammeln, die diesen Unmenschen für den Rest seines Lebens hinter Gittern bringen!«

Das Spiel

Sie musste das Drehen des Schlüssels im Schloss gehört haben. Die Kanaille, denn sobald er die Tür aufgedrückt hatte, stand sie vor ihm. Mit in die Hüften gestemmten Armen. Breitbeinig, mit Plüschhasen an den Füßen, in einem neuen roten Morgenmantel aus dünnem Jersey.

Er grinste, dachte kurz, dass Morgenmantel am Abend Abendmantel heißen müsste, aber sobald das Wortspiel ausgereizt war, verging ihm das Lachen. Spannten ihn erneut wortgewandte Gedanken in ihre Netzwerke ein. Geleitete ihn sein Verstand zurück in die Vergangenheit, zu den bunten, scharf gestochenen Bildern des gestrigen Abends, die in seinem Gedächtnis fein säuberlich abgespeichert waren und ungestüm darauf warteten, wieder vorgeführt zu werden.

»Was willst du denn hier?«

Ihr Atem hatte nach Rum gerochen, und er hatte sich mit abgewandtem Gesicht an ihrem drohenden Körper vorbeigedrängelt. An dieser abweisenden Frau mit der frisch gelegten Dauerwelle und den braunen Balken im Gesicht. War dem feindseligen Blick der blauen Eisaugen einfach ausgewichen und hatte den kläffenden Winzling mit einer Wilden-Mann-Grimasse ins Wohnzimmer gejagt.

»Jens! Antworte mir gefälligst.«

Aber sie konnte ihn mal. Er hatte sich auf das alberne mit Kissen überhäufte Sofa geworfen, in die laufende Glotze gestarrt und wie ein Automat Chips in sich hineingeworfen.

»Ich wohn jetzt wieder hier«, hatte er gesagt, ohne sie anzuschauen, »morgen bring ich meine Sachen.« Wenn sie auch nur ein Wort erwidert, schlag ich sie tot, hatte er gedacht und damit das Spiel eröffnet. Das war nicht seine Absicht gewesen, er war nicht gekommen, um mit ihr zu spielen. Es war einfach so aufgekommen, das eisige Gefühl, das Wissen, dass er sie töten könnte.

Sie hatte sich an das andere Ende des Sofas gesetzt, ihr Gesicht verschlossen und den Film zu Ende geschaut. Irgendeine Liebesschnulze mit vorhersagbarer Handlung.

»Ich geh ins Bett. Willst du etwa noch weiter fernsehen!«

Er hatte sie nur stumm angeschaut und gedacht, sobald sie anfängt zu quengeln und mich ins Bett sabbeln will, reiß ich ihr den Kopf ab.

»Dann mach den Ton wenigstens leiser.«

Er hatte sich nicht gerührt, nicht den kleinsten Finger krumm gemacht. Sie hatte keine Macht mehr über ihn. Sie ahnt, wittert, fühlt es, die Gefahr, die von mir ausgeht, hatte er gedacht, dass ich bis zum Äußersten geh. Sie muss es spüren. Sie ist meine Mutter. Mutter, hatte er innerlich gehöhnt, sich aber äußerlich nichts anmerken lassen, nur still triumphiert, als sie Richtung Schlafzimmer abzitterte, selbst wenn sie es mal wieder geschafft hatte, das letzte Wort zu behalten.

Als er irgendwann nachts vorm Fernseher aufgewacht und in sein ehemaliges Jugendzimmer gegangen war, war ihm der kleine viereckige Raum wie eine kalte, unbewohnte Höhle vorgekommen. Eine Höhle, in die er Zuflucht nahm, obwohl er wusste, dass sie hin und wieder von einer Schlange aufgesucht wurde. Einer Giftschlange auf zwei Beinen, gezeichnet mit dunkelbraunen Strichen, die die tödliche Gefahr ihres Blickes verstärkten, der, geriet man in seinen Bann, einen festhielt und lähmte.

Die rote Lampe auf seinem Nachttisch hatte die ganze Nacht durch gebrannt. Weil er nicht schlafen konnte, weil er auf den Regen wartete, auf den Sturm, den Donner, auf zuckende Blitze. Darauf, dass etwas passierte, das alles zerschlug, in Stücke haute, auch wenn er nicht wusste, was das sein sollte.

Er drehte den Kopf, sah das Plastikding auf dem Rücken liegend an, und plötzlich schnellte sein Arm zur Seite und fegte die Lampe vom Nachttisch und schleuderte sie zu Boden. Das verhasste Stück, mit dem gebogenen Hals und dem hängenden Lampenschirm. Schon als Junge war sie ihm viel mehr Sinnbild für einen Versager als eine Lampe gewesen.

Überhaupt hatte er sein Zimmer gehasst, das jeden Abend zu einer Gefängniszelle wurde, zu einem Raum, der sich zusammenzog und aus dessen Enge es kein Entrinnen gab.

Er lauschte, wollte herausfinden, ob sie schon wach war und sich für die Arbeit fertig machte. Aber aus der Wohnung außerhalb dieser vier Wände drang kein Ton, kein Lebenszeichen zu ihm. Hinter der Tür war es genauso still wie in dem Zimmer, in dem er lag, wo nicht einmal ein Wecker tickte. Keine Bücher in den Regalen standen. Keine Bilder von den Wänden schauten und nur die bekritzelte grüne Schreibunterlage auf dem Schreibtisch an seine kindliche Vergangenheit erinnerte. Selbst die Schubladen waren leer geräumt.

Und draußen hinter dem Fensterglas schossen, wallten und flossen Wolkenfluten vorbei und verliehen dem Tag einen unwirklichen grauen Charakter. Weder in dieser öden Zelle noch außerhalb davon gab es einen Anhaltspunkt, der ihm sagte, was vor sich ging.

Er lauschte. Endlich! Sie hatte ihre Zimmertür geöffnet. Wenn sie ihren Kopf durch den Spalt schiebt, um mich zu wecken und zur Arbeit zu schicken, klemm ich ihn ihr mit der Tür ab. Er wartete, aber die Schritte gingen hin und her, blieben jedoch niemals vor seiner Tür stehen. Die Klinke blieb unberührt. Sie hielt den Abstand ein.

Erst als es lange Zeit still blieb, nachdem die Haustür geklappt hatte, setzte er sich auf, um in der Küche nach Essbarem zu schauen. Bestimmt hat sie nur Aal, Schillerlocken und anderes Fischzeugs im Kühlschrank, dachte er angeekelt, während er durch den Flur schlurfte.

Er nahm den Chromgriff in die Hand, öffnete die Tür, beugte sich vor und fuhr mit der Nase zurück. Und Hundefutter! Er langte nach einer Flasche Rum, die sie bestimmt für Sonntag gekauft hatte, warf die Eisschranktür zu und ging ins Wohnzimmer.

Sie hat den Kläffer mitgenommen, fiel ihm mit einem Mal auf, sie hat Angst, dass ich ihrem Köter was antue. Er schüttelte ungläubig den Kopf, warf sich in die Kissenberge und wusste plötzlich, dass er hier auf sie warten würde. Dass er darauf wartete, dass das Spiel weiterging, darauf, dass sie das Falsche tat, das Falsche sagte und damit einen Funken schlug, der ihn in Brand setzte.

Feuerschutz

Das heftige Gewitter war in nordöstlicher Richtung abgezogen und hatte einer großen grauen Wolkendecke Platz gemacht, aus der es unaufhörlich schüttete. Annegret streifte die Sandalen von den Füßen, streckte die Beine aus und gab dem Schweregefühl ihrer Augenlider nach. Sie war allein im Büro zurückgeblieben, nachdem sie zuvor mit ihren Kollegen aus der Kleingartensiedlung ins Landeskriminalamt zurückgekehrt war.

Rosika war gar nicht erst mit hoch ins Büro gekommen. Er hatte einen großen Stockschirm aufgespannt und war mit Kule in den Stadtpark spaziert. Und Münze saß, wie in letzter Zeit immer häufiger, mit Frauke Froboess in der Kantine. Für den Mittagstisch war es zwar längst zu spät, aber irgendetwas Essbares wurde immer bis zum späten Abend in den gläsernen Vitrinen angeboten. Sie selbst war mit Frank Scheschonka am Besprechungstisch sitzen geblieben, weil weder ihr Magen nach belegten Brötchen noch ihre Beine nach Bewegung verlangten. Sie und Rosika hatten auf der Rückfahrt von der Kleingartenkolonie ins LKA bei einem Bäcker angehalten und die gekaufte Nervennahrung gleich während der Fahrt verschlungen.

»Es fühlt sich an, als ob ein kindlicher Anteil von einem selbst gerettet wurde«, hatte Scheschonka gesagt, und sie hatte verstanden, was er gemeint hatte, auch wenn sie es nicht mit Worten erklären konnte, sie ihm nur zugelächelt hatte. Ihr Chef erwartete aber auch keine Antwort.

Es war nicht das erste Mal, dass sie schweigend zusammensaßen und die Anwesenheit des anderen genossen. Und heute hatten sie still das Überleben des Kindes gefeiert. Natürlich waren durch ihr Hirn Sätze gedriftet, mit denen sie ihn in ein Gespräch hätte hineinziehen können. Ob er von seiner verlorenen Schwester gehört habe. Aber das war ihr wie sinnloses Getöse vorgekommen.

Erst als es Zeit wurde, den Staatsanwalt zu treffen, um ihn über die Aktion in der Gartenkolonie ins Bild zu setzen und um sicherzustellen, dass der Befehl für das Betreten und die Durchsuchung der Kleingartenlaube nachträglich ausgestellt würde, hatte er ihr gemeinsames Schweigen gebrochen.

»Er wird anerkennen, dass ihr im Zugzwang wart, dass ihr handeln musstet, um das Leben des Kindes zu schützen«, hatte er gemeint, »da müssen wir uns keine Sorgen machen.«

Annegret riss die Augen und den Mund weit auf, gähnte und schaute zur Tür. Gut, dass er endlich da war, sie wäre beinahe vom Stuhl gerutscht, betäubt von einer überwältigenden Müdigkeit, der sie sich kaum noch erwehren konnte. Sie hatte den Kollegen erwartet. Er war einer der zwei Beamten, die Jens Rennicke in der Wohnung seiner Mutter verhaftet hatten. Sie stand auf und ging dem jungen Mann einige Schritte entgegen.

»Wir haben ihn in die Ausnüchterungszelle gebracht«, sagte er, rieb seine Hand kurz an der Hose und reichte sie Annegret. »Der hat uns auf der Fahrt hierher den ganzen Wagen vollgekotzt.«

»Oh!« Mit dieser Sachlage hatte sie nicht gerechnet. Irritiert fiel ihr auf, dass sie barfüßig vor dem jungen Kommissar stand, und sie kratzte sich verlegen den Hinterkopf, bevor sie fragte, ob sie ihm einen Kaffee anbieten könne.

»Aber immer!«

Sie lächelte müde, nahm einen sauberen Becher vom Kühlschrank, schob ihm Thermoskanne, Zuckertopf sowie Milchtüte hin und bat ihn, nachdem er sich gesetzt hatte, die Festnahme genau zu schildern.

»Wir sind hoch in den dritten Stock und haben geklingelt, aber der Gesuchte hat nicht geöffnet. Aus der Wohnung drangen keine Geräusche. Nichts. Alles totenstill. Trotzdem haben wir noch ein paarmal den Klingelknopf gedrückt. Aber hinter der Tür hat sich nichts gerührt. Da wir Weisung hatten, die Lage vor Ort erst zu schildern, bevor wir Maßnahmen ergreifen, wollten wir zunächst zurück zum Wagen, um über Funk nach dem weiteren Vorgehen zu fragen. Aber dann haben wir gehört, dass jemand die Treppe hochkam, und haben gewartet, weil wir dachten, dass es vielleicht die zur Fahndung ausgeschriebene Person ist. Dass er vom Einkaufen zurückkommt oder weiß der Teufel. Mein Kollege hatte schon vorsichtshalber die Dienstpistole in der Hand. Aber es war ’ne ältere Frau mit ’nem Pinscher im Arm. Wir haben ihr das Fahndungsfoto gezeigt und gefragt, ob sie den Mann kennt und zufällig weiß, ob er sich in der Wohnung aufhält. Wie sich herausstellte, war es die Mutter von diesem Jens Rennicke. Sie war, glaub ich, froh, dass wir da waren. Sie wirkte unsicher, hat gesagt, dass ihr Sohn komisch sei, ganz anders als sonst, und sie richtig Angst vor ihm hätte. Na ja, das hat uns natürlich gewarnt. Wir haben kurz überlegt, ob wir die Sache dem MEK übergeben sollen, aber als die Mutter des Gesuchten unsere Frage, ob er eine Waffe besitze, verneinte, haben wir sie aufgefordert, die Tür aufzuschließen und im Hausflur zu warten. Dann sind wir rein in die Wohnung. Tja. Er hing auf dem Sofa, beinahe schon unterm Wohnzimmertisch. So was hab ich noch nicht gesehen, ich mein, so ein Wohnzimmer. Dermaßen voller Plüsch und Kitsch!«

Annegret nickte und deutete ein Grinsen an. Der Raum war ihr gut in Erinnerung.

»Das ganze Zimmer hat nach Rum gestunken. Der war voll wie zehn Eimer. Wir mussten ihn wach rütteln. Hat ’ne ganze Zeit gedauert, bis er zu sich gekommen ist, aber als er aufrecht stand, hat er sich ohne Gegenwehr die Handschellen anlegen lassen und ist ohne Aufhebens mitgekommen. Na ja, das war’s.«

Während er das S leise und länger als nötig durch seine Vorderzähne zischte und dabei eine Miene zog, mit der er sein Bedauern ausdrückte, nichts Spektakuläres berichten zu können, öffnete Rosika die Bürotür. Der vor Nässe glänzende Rottweiler folgte ihm auf dem Fuße und trabte, sobald er über die Schwelle getreten war, eilig zu seinem Platz vor Annegrets Schreibtisch.

»Das ist Kule«, sagte sie und lachte mitten in die weit aufgestellten Augen des Kollegen.

»Ich hab ’ne Scheiß-Angst vor Hunden«, rief der Beamte, »ich bin als Kind gebissen worden. Eine richtige Phobie ist das!« Er machte eine Sprechpause und starrte sekundenlang zu dem Hund. »Sie wissen ja, wo ich zu finden bin, Kollegin Pries! Und den Bericht schick ich in Kopie. Gehorcht der«, fragte er Rosika tonlos, »komm ich hier heil raus?«

»Aber nur, wenn Sie den Macker raushängen lassen.«

Rosika reckte seine Brust und schritt breitbeinig zum Tisch.

»Bitte«, flehte der Kollege gespielt überängstlich, bevor er sich erhob und sich anschickte, das Büro unversehrt zu verlassen, »geben Sie mir Feuerschutz, Kollegin Pries. Bitte!«

»Feierabend!« Annegret schlüpfte in ihre Sandalen und beugte sich vor, um die silbernen Riemchen zu schließen. »Rennicke liegt bis morgen früh in der Ausnüchterungszelle«, erklärte sie, nachdem sie sich ächzend und mit rot angelaufenem Kopf aufrichtete. »Das Kind ist versorgt. Der Täter festgesetzt. Ich leg mich heut früh ins Bett und schlaf mich endlich aus!«

Das Haus

»Hey!«, hatte Josef ausgerufen, als sie ihn angerufen hatte, um zu erfahren, ob er zu Hause sei. »Du kommst ja wie bestellt. Wir haben um acht Uhr eine Hausbesichtigung!«

Sein freudiger Tonfall, überhaupt die Energie, mit der er sprach, erinnerte sie an einen jungen Hund, der ungestüm spielen wollte.

»Reicht es, wenn ich mich bei Ankunft entscheide, ob ich dabei sein will?«, hatte sie gefragt, während ihr müder Geist sich anstrengte, nicht durch die unermüdliche Hin- und Herbewegung der Scheibenwischer in Trance zu fallen. Der Regen, dachte sie, ich werde ihn genießen, sobald ich in der Horizontalen liege, sobald ich endlich meine Augen schließen kann, sobald ich endlich abschalten darf.

Das Haus lag am Ende des breiten Sandwegs, und der Makler, ein großer, bierbäuchiger Mann mit langen, dünnen Beinen, wartete unter einem aufgespannten Herrenschirm in der Einfahrt. Annegret gähnte, sie hatte sich breitschlagen lassen und war mit Josef in die Nähe des kleinen Dörfchens Pinnow in Mecklenburg gefahren.

Josef fuhr auf das Rasenpflaster, zog die Kapuze seiner Regenjacke über den Kopf, bevor er ausstieg, und begrüßte den Verkäufer der Immobilie per Handschlag. Wortlos fingerte er sein Portemonnaie aus der Gesäßtasche seiner Hose, holte daraus den Personalausweis hervor und gab sie dem Hünen. Der reichte Josef im Gegenzug einen Schlüsselbund, sagte, dass er wie verabredet in einer Stunde zurück sei, und stakste mit offensichtlich steifem Rücken davon. Annegret stieg aus dem Volvo, gähnte ununterbrochen und rieb sich ihre immer kleiner werdenden Augen.

»Warst du schon hier?«

Er nickte. »Es ist toll, es wird dir gefallen. Lass uns zuerst ums Haus gehen.«

Er guckt, als wenn dahinter das Meer brausen, die Wellen an den Strand schlagen und Möwen im Wind stehen würden, dachte sie skeptisch, sah seinen blau betuchten Rücken hinter der Ecke des alten Rotklinkers verschwinden und lief ihm hinterher. Josef stand auf einer überdachten hölzernen Veranda und schaute über eine abschüssige Wiese auf einen Teich. Sie stieg die wenigen Treppenstufen zu ihm hoch und betrachtete, wie er, das Idyll.

Der Regen fiel in dünnen Fäden vom Himmel, verlor sich im stillen von Schilf umstandenen Wasser, rann über das Blattwerk der Bäume und Büsche ringsherum und wusch ihre Farben, sodass überall kräftiges Grün im Abendlicht glänzte. Für einen kurzen Augenblick fing sie der Zauber der Landschaft ein, bis sie der Schmerz in ihrem Steißbein nötigte, sich nach einer Sitzgelegenheit umzuschauen. Eine Bank wäre gut, dachte sie und streckte ihre verspannten Muskeln.

»Hier muss eine Holzschaukel her«, sagte Josef, »so eine, wie sie in amerikanischen Spielfilmen vorkommt.«

»Mit schönen gepolsterten Kissen«, ergänzte sie und gähnte wohl zum tausendsten Mal an diesem Abend.

Es ist zu früh, dachte sie dann, zu früh, um mir ein Haus anzuschauen. Ich bin noch zu gebunden an den Fall. Zu müde von der vergangenen Aufregung. Und morgen geht es weiter, wenn wir Rennicke vernehmen. Aber das Mädchen wird überleben, das ist das Wichtigste. Das Wichtigste haben wir geschafft. Und über Wiesbaden muss ich auch noch nachdenken, fiel ihr ein, obwohl sie sich ziemlich sicher war, dass sie Hamburg nicht verlassen würde. Es sei denn, räumte sie ein, dass Josef sich in eine Sioux verliebt, in eine Verbündete, und im Indianerland bleibt. Bei dem letzten Gedanken setzte ihr die Hexe einen Schuss in den unteren Rücken.

»Annegret!«

Josefs Stimme tönte aus dem Innern des Hauses, und der ungläubige Klang darin ließ darauf schließen, dass er sie nicht zum ersten Mal rief. »Wo bleibst du denn?«

Sie streckte vorsichtig ihren Rücken, machte einen Schritt vorwärts und blieb stehen. Ich kann nicht. Ich will nicht. Ihre Beine zitterten. Sie lehnte sich an die Hauswand und rutschte langsam in die Knie, bis sie endlich auf dem hölzernen Boden ankam.

Alles in ihr sträubte sich, in dieses wirklich hübsche Haus zu gehen und es zu besichtigen. Was soll das?, dachte sie, er wird in wenigen Wochen für Monate nach Dakota fliegen. Und ich bin allein. Was soll ich allein in einem fremden Haus!

Ein großer grauer Vogel mit langem Hals flog über die Wiese zum Teich. Fischreiher hat Hunger, ging ihr durch den Sinn, und als er elegant landete, bemerkte sie, dass ihr Magen sich flau anfühlte.

»Was ist los? Warum kommst du nicht? Du musst dir den Kamin anschauen. Das werden gemütliche Winter. In der Wohnküche ist ein richtig alter Holzküchenherd. Und das Badezimmer oben ist riesig! Mit Badewanne!«

Josef stapfte redend aus der Terrassentür und baute sich vor ihr auf. Sie schüttelte den Kopf.

»Ich hab Hunger, und außerdem bin ich hundemüde«, klagte sie, »es sieht wirklich schön aus, alles hier, aber es ist nicht der richtige Zeitpunkt für eine Besichtigung. Nicht für mich!«

Er runzelte die Stirn. Steckte seine Hände in die Hosentaschen und schaute über die Wiese zum Teich.

»Ich könnte Forellen züchten«, sagte er, »ich könnte es zumindest lernen.«

Sie musste lachen. »Ich sehe es schon vor mir, irgendwann quillt der Teich mit Fischen über, und du musst den armen Viechern eins über den Kopf hauen, damit deine gesamte Zucht nicht elendig verreckt!«

»Okay, der Plan muss genau durchdacht werden. Aber etwas solltest du noch sehen, bevor wir uns ein Restaurant suchen.«

Er reichte ihr die Hand, zog sie vorsichtig hoch und führte sie links ums Haus, durch eine kleine Gruppe Apfelbäume, zu einem aus roten Backsteinen gemauerten Stallgebäude.

»Hier wurden zum Hausgebrauch Schweine und Hühner gehalten.«

Annegret schaute über den Rand der ordentlich ausgefegten Box. Josef zog sie weiter in den Raum, hin zu einer Tenne, auf der einige Strohballen standen, und legte den Finger über seinen geschlossenen Mund. Er beugte sich vor und bedeutete ihr, das Gleiche zu tun.

»Oh!«

Annegret staunte Josef groß an. Hinter dem ersten Ballen, auf einem alten Jutesack, lag eine große grau-weiß melierte Katze und säugte ihre winzigen Babys.

»Da ist bestimmt ein kräftiger Kater dabei«, flüsterte Josef und richtete sich auf. »Ich werde das Haus kaufen«, sagte er, »und wenn ich zurück bin, ziehen wir gemeinsam ein. Wenn du willst.«

Schwitzkasten

Sie hatte tief und traumlos geschlafen. Sobald sie gelegen hatte, hatte das süße Fallen in die Unbewusstheit begonnen, und kein Gedanke war stark genug gewesen, es aufzuhalten. Weder Überlegungen, die die Vernehmung von Rennicke geistig vorwegnehmen wollten, noch die Erwägung, einen gemeinsamen Haushalt mit Josef zu führen. Der Regen und das Rauschen der Blätter hatten sie in den Schlaf getragen.

Annegret schaute zum Bett hinüber, in dem Josef seelenruhig schlief. Sie nahm einen Schluck Kaffee und genoss, dass er ihr heute Morgen seit Langem wieder schmeckte. Auch das Butterbrot hatte sie mit Appetit verspeist, obwohl sie spät zu Abend gegessen hatte.

Alles schien verändert an diesem frühen Morgen. Die Luft war kühl, die Hitzewelle gebrochen. Innerhalb der Datscha hielt sich zwar noch die Wärme, aber der Sommer rollte aus, sein Atem war schwach geworden. Über Nacht war mit dem Wind der Hauch des Herbstes gekommen, hatten sich kühle Strömungen in die Atmosphäre gemischt. Heute würde sie wieder in Jeans und Stiefel steigen und eine warme Jacke mit ins Büro nehmen. Annegret las die Zeit von ihrer Armbanduhr. Sechs Uhr dreißig. Um acht würde ein Beamter Jens Rennicke zur Vernehmung bringen. Sie konnte in aller Seelenruhe ins Landeskriminalamt fahren.

Jens Rennicke gehörte zu den Menschen, die selbst im Dschungel ohne Wasser und Festiger im Haar gut ausschauten, denen fünf gespreizte Finger reichten, jedenfalls eine Zeit lang, um frisiert und gepflegt auszusehen. Vielleicht, sinnierte Annegret, entstand dieser Eindruck, weil sein Bartwuchs schwach war und sein schmales Gesicht eher spitz werden würde, als Gramesfalten zu werfen. Der Mann, der das Leben von mindestens drei Kindern auf dem Gewissen hatte, wirkte zu ihrem Missmut dazu noch gefasst und keineswegs wie ein gestörter, von gewalttätigen Phantasien getriebener Täter.

Man sieht den Menschen nicht an, was in ihnen steckt, dachte sie, strich sich eine Strähne aus dem Gesicht und informierte den Inhaftierten über seine Rechte.

Rosika, der neben ihr wartete, würde gleich wie besprochen das Verhör eröffnen. Er hatte sich, im Gegensatz zu ihr, auf die Vernehmung vorbereitet, deshalb war es mehr als recht und billig, dass er die Führung übernahm. Sie waren inzwischen ein eingespieltes Team, im Verlauf der Befragung würde sich zeigen, ob sie etwas dazu beitragen konnte, dass dieser Mann seine Taten gestand und für den Rest seines Lebens hinter Mauern verwahrt wurde, die ihn für immer davon abhalten würden, jemals wieder ein Kind zu töten.

»Herr Rennicke, wir haben in der Kleingartenkolonie Kiesgrube e.V. in der Parzelle 43 überall im Innern der Laube Ihre Fingerabdrücke gefunden sowie andere Spuren wie Blut. Und in dem Weidenkorb fanden wir lange blonde Haare, die wir zweifelsfrei den Kindern Nicole Jakob und Fleur Wiesmüller zuordnen können. Ihre Täterschaft ist damit also geklärt. Aber trotzdem sind noch einige Fragen unbeantwortet.«

Jens Rennickes stumpfer Blick belebte sich, und Rosika nahm es als Aufforderung, weiterzusprechen.

»Ich frage mich beispielsweise, warum wir keine Haare von Karoline Weber fanden.«

Das rechte Auge des Sozialarbeiters zuckte heftig.

»Weil sie nicht drinnengelegen hat in der Truhe«, sagte er tonlos, »weil es aufgehört hat, weil es nicht mehr ging.«

Das hätte er sich gedacht, meinte Rosika im Tonfall eines gutmütigen Schutzmannes und nickte bedeutungsvoll.

Rennicke legte seinen Kopf schief, betrachtete Rosika, und der beinahe unhörbare Seufzer, mit dem er seine Lider senkte, ließ darauf schließen, dass er überlegte, ob er sich erklären wollte oder nicht.

»Ich hätte nicht zur Beerdigung gehen dürfen!« Rennicke lehnte sich vor, faltete seine Hände, als würde er beten wollen, und fixierte Rosika.

»Ich hätte sie nicht anschauen dürfen. Nicht am Sarg stehen. So eine darf gar nicht beerdigt werden. Die ist nicht tot!«

Er wartete, studierte ihre Gesichter.

Er will herausfinden, ob wir uns lustig machen, dachte Annegret und erwiderte Rennickes bohrenden Blick mit ausdrucksloser Miene.

»Sie ist schuld«, flüsterte er heiser, »sie saugt mich aus!«

Rosika machte ein unbeeindrucktes Gesicht, tat, als könne er dem Gesagten folgen, und Rennicke sprach nach kurzer Redepause mit leiser Stimme weiter.

»Sie hat Schuld. Sie lächelt einen an, aber in Wirklichkeit will sie einen töten. Sie saugt mich aus. Ich weiß es jetzt, sie ist schuld.« Er wartete wieder, schaute bedeutungsvoll und atmete schwer. »Sobald ich leer bin, wird das Böse kommen.«

Der Körper des Koordinators bebte jetzt unmerklich im schnellen Rhythmus seines Herzschlags, und auch seine Stimme hatte sich verändert. Ihre Tonlage war höher.

»Ihr alle werdet denken, dass ich es bin, weil es aussieht wie ich. Aber ich bin es nicht. Und alle werden denken, dass ich es war.« Rennicke starrte Rosika an.

»Dass Sie was waren?«

»Der sie getötet hat. Aber das Böse wird sie töten. Das ist so sicher wie das Amen in der Kirche.«

Er kicherte, und Annegret lief es kalt den Rücken hinunter.

»Es wird die Mutter töten.«

Jens Rennicke warf seinen Kopf wie ein aufgezogenes Spielzeug vor und zurück, kreuzte seine Arme über der Brust und lehnte sich im Stuhl zurück.

»Kann man es irgendwie stoppen? Das Leerwerden«, fragte Rosika, als ob es gälte, ein Kreuzworträtsel zu lösen. Interessiert. Nüchtern, ohne Aufgeregtheit.

»Nein! Zu spät, zu spät.«

»Herr Rennicke, bevor Sie weg sind, wollen Sie da nicht noch etwas Gutes tun?«

»Was! Was denn? Was. Was?«

»Uns sagen, wo wir den Leichnam von Nicole Jakob finden, damit die Mutter trauern und es beerdigen kann, endlich Ruhe findet.«

»Die ist weg. Verbrannt. In der Müllverbrennung. Denk ich. Ja. Sonst wäre sie ja aufgetaucht. Ist sie aber nicht. Die ist weg.«

Jens Rennicke wirkte jetzt, als wenn er mit sich selbst spräche, als glitte er in einen Bewusstseinszustand, der für die Kommissare nicht einsehbar war.

»Sie haben das Kind in den Müll geschmissen«, rief Annegret überwältigt von der Entrücktheit des Mannes vor ihr.

»In einen Sack mit alten Klamotten. Ja, ja. Von Anke. Hatte sie mir mitgegeben für die Altkleidersammlung. Aber ich hab ihn in den Müllcontainer geworfen. Drüben, bei den Senioren.«

»Gegenüber von der Gartenkolonie?«

Jens Rennicke nickte und wackelte noch eine Weile mit dem Kopf.

»Kann ich ein Glas Wasser haben«, fragte er plötzlich und wandte sich an Annegret.

Irgendwie löste sein Blick ein flatterndes Gefühl in ihrer Magengrube aus. Aber sie überging diese Regung. Er hat einen Kater, beschwichtigte sie sich, er ist nur durstig. Beruhige dich. Sie warf einen schnellen Blick zum Einwegspiegel, hinter dem ihr Chef, Kollege Münze und Frauke Froboess die Vernehmung verfolgten.

Sie wollte auf keinen Fall wie eine Hysterikerin dastehen, also stand sie mit gespielt gleichgültiger Miene auf, um den Beamten vor der Tür darum zu bitten, einen Plastikbecher mit Trinkwasser abzufüllen. Sie blieb in der offenen Tür stehen, um ihn in Empfang zu nehmen, bedankte sich, schritt um den Tisch und war im Begriff, den Becher abzustellen, als er ihren Arm packte, aufsprang, dabei den Stuhl, auf dem er gesessen hatte, umwarf, sie an sich riss und ihren Hals zwischen seinen Unterarm und Brustkasten klemmte.

Annegret ruderte mit den Armen, versuchte, ihren Kopf frei zu bekommen, aber als er mit der freien Hand ihr linkes Ohr verdrehte, ließ sie sie widerstandslos herabbaumeln. Rosika war unterdessen aufgesprungen und hatte, weil er wie Annegret keine Waffe trug, den Beamten vor der Tür zur Hilfe gerufen. Der schwarz uniformierte Polizist zog geistesgegenwärtig seine Dienstwaffe und forderte Rennicke auf, die Kriminalhauptkommissarin sofort freizugeben.

Rennicke lachte kalt und drehte sich seitwärts, sodass Annegret ihm als Schutzschild diente.

»Ich brech ihr das Genick«, rief er, und sie las an Rosikas bleicher Gesichtshaut ab, dass er die Drohung sehr ernst nahm.

Hoffentlich ist Rennicke noch nicht vollkommen besessen, dachte sie und verzog vor Schmerz ihr violett anschwellendes Gesicht.

»Er soll die Waffe auf den Tisch legen.«

Rosika machte eine beschwichtigende Geste und bat den Beamten, der Aufforderung des Untersuchungshäftlings Folge zu leisten. Der Wachmann zögerte, aber als Annegret aufstöhnte, weil Rennicke den Schwitzkasten so eng machte, dass ihr die Augäpfel vortraten, legte er sie widerwillig hin.

»Herr Rennicke«, bat Rosika, »was auch immer Sie vorhaben, nehmen Sie mich als Geisel.«

Rennicke antwortete nicht, ließ aber Annegrets Ohr los, nahm die Waffe und befahl den Männern, sich bis vor die Tür zurückzuziehen. Als sie dort vor dem offenen Eingang standen, schleuderte er Annegret von sich, wartete, bis ihr stolpernder Lauf auf Händen und Füße stoppte und sie sich aufgerappelt hatte, bevor er sich an Rosika wandte.

»Alle raus, bis auf die Muräne.«

Seine Stimme klang eisig, trieb beißende Tränen in Annegrets Augen. Ihr Hals brannte wie Feuer, und ihr Kehlkopf schmerzte, als sie die unsägliche Scham, Angst und Wut zu schlucken versuchte, um einen klaren Kopf zu behalten, um aufrecht gehen zu können.

Aber es half alles nichts, noch niemals zuvor hatte sie sich gedemütigter gefühlt als in diesem Moment, als Rennicke ihnen hinterherrief, dass sie die Tür hinter sich schließen sollten.

Leinen los

»Frau Pries!« Scheschonka und Frauke Froboess waren, sobald Rennicke sie als Geisel freigegeben hatte, in den Flur gekommen. »Brauchen Sie einen Arzt?«

Sie schüttelte den Kopf und starrte ihren Chef an. Er hat es gesehen, schoss ihr durch den Kopf, er hat beobachtet, dass ich wie ein geprügelter Hund davongeschlichen bin. Sie schniefte und hielt sich nur mit größter Mühe gefasst.

»Das MEK ist verständigt. Kriminalhauptkommissar Münze beobachtet weiter die Lage vor Ort und ist per Handy im Kontakt mit dem Einsatzleiter.«

Annegret fasste sich an den Hals und bannte Frauke Froboess' Mitleidsblick mit gleichgültigen, unbeugsamen Augen.

»Geben Sie mir sofort Ihre Dienstwaffe, das ist ein Befehl.« Ihre Stimme war zwar heiser, verfehlte aber trotzdem nicht ihre Wirkung. Die junge, unerfahrene Kollegin schnippte, von der Entwicklung der Dinge verunsichert, die Lasche des Holsters auf und reichte ihr die Pistole.

»Nein, Frau Pries!« Scheschonka verstellte den Weg, um sie aufzuhalten. »Das erlaube ich nicht!«

»Weg da!« Annegret entsicherte die Walther, zielte auf ihn, und er trat in der Sekunde des Schocks unwillkürlich zur Seite.

Ich hätte niemals den Raum verlassen dürfen, dachte Annegret. Niemals. Und dann fiel der Schuss. Frauke Froboess schrie auf. Scheschonka starrte Annegret an, und Münze stürzte auf den Flur.

»Er hat sich selbst erschossen. Rennicke hat sich in den Kopf geschossen«, rief er, wanderte mit erschrockenem Blick von einem zum anderen und warf sich erschüttert und haltsuchend gegen die Wand.

Es war Frauke Froboess, die mit überschnappendem Gekicher die atemlose Stille brach. Annegret reichte Scheschonka die Waffe, und Gerd Rosika trat über und über mit Blut bespritzt aus der Tür, als die Männer vom MEK den Flur entlang auf sie zueilten.

»Gut so!«

Der Gedanke ummantelte Annegrets Gedankenchaos wie Blitzeis und bewirkte, dass sie endlich wieder durchatmen konnte.

»Und dann?« Josef hockte auf der Kante seines Bettes und hielt Annegrets Hand. Ihr blasses Gesicht hob sich nur wenig vom weißen Bezug des Kissens ab, das ihren mit einer Halskrause versehenen Hals stützte.

»Scheschonka hat darauf bestanden, dass er mich ins Krankenhaus fährt, damit meine Wirbel und der Kehlkopf untersucht werden. Lebende haben Vorrang, hat er gesagt. Rosika ist ins Hotel, um sich zu waschen und den Schock zu verdauen. Münze hat übernommen und gemeinsam mit Frauke Froboess alle notwendigen Schritte eingeleitet.«

»Hat Scheschonka überhaupt noch etwas dazu gesagt, dass du ihn mit einer Waffe bedroht hast?«

»Bis jetzt nicht. Aber das kommt bestimmt morgen, spätestens wenn die Dienstaufsicht aktiv wird, wenn untersucht wird, ob es tatsächlich ein Selbstmord war.«

Josef betrachtete sie zärtlich und strich ihr eine Locke aus dem Gesicht.

»Ich habe den Kaufvertrag unterschrieben. Fehlt nur noch deine Unterschrift. Wenn mir in Dakota etwas passiert, gehört es dir.«

Sie versenkte sich lange in seinen Blick. Stumm. Gedankenlos. Und dann kamen die Bilder, eines nach dem anderen, wie eine innere Diashow, die von einem unsichtbaren Sprecher kommentiert wurden. Ein Boot mit einem Mann darin, der aussah wie Josef. Leinen los. Schwappende Wellen tragen es langsam davon, treiben es aufs Meer hinaus. Ein Kind am Strand, die kleine Annegret, mit einer Puppe im Arm. Große sehnsuchtsvolle Augen, die dem Schiffchen hinterherschauen. Die glasig werden, zu Glasaugen. Der Beobachter, der wortlos spricht, sagt, dass nichts bleibt, wie es ist. Dass Leben Sterben heißt. Von Augenblick zu Augenblick. Eine Frau, Annegret, die ins Wasser watet, die Hand ausstreckt, um das Boot, das beinahe schon am Horizont verschwindet, zurück an Land zu ziehen. Sie weint, sitzt neben dem Kind, das seine Puppe hält, im Sand. Klitschnass, todtraurig, weil sie es nicht schafft, ihren Wunsch wirklich werden zu lassen. Es nie geschafft hat und schon lange weiß, dass das Leben sich bewegt wie die Wellen des Ozeans, es aber dennoch nicht wahrhaben will.

Annegret zuckte zusammen, blinzelte mehrmals und schloss müde ihre Augen. Ich kann immer noch nichts dazu sagen, dachte sie und konnte nicht verhindern, dass ihr Tränen in die Augen stiegen. Ich will immer noch nichts von diesem Haus wissen. Weil es ohnehin nur ein Traum ist. Wie rosa Zuckerwatte, die ich nur anschauen darf, aber niemals essen. Deshalb.

Sie schniefte. Ich will das Haus nicht, weil es mich enttäuschen wird, weil das Leben darin sowieso nicht wird, wie ich es mir wünsche! Wie ich es haben will!

»Noch zwei Wochen, dann hebt der Flieger ab.«

Sie nickte und öffnete die Augen. »Ich weiß.«

Es wird mir nichts anderes übrig bleiben, dachte sie und schluckte schwer, ich werde wohl oder übel lernen müssen, das Wünschen aufzugeben, denn ich habe keine Kraft mehr, blind auf die Erfüllung zu hoffen. Sie wusste nicht genau, warum es ihr gerade jetzt einfiel, aber sie sprach es aus.

»Ich werde Scheschonka bitten, mir zukünftig nur noch Fälle zu geben, bei denen es nicht auf die ersten vierzehn Stunden ankommt. Ich werde ihn bitten, Münze und Frauke Froboess in die erste Reihe zu stellen. Falls er mich nicht vom Dienst suspendiert, weil ich ihn mit einer Waffe bedroht habe! Die Froboess ist eine tolle Kriminalistin. Jung, intelligent und bereit, sich Herausforderungen zu stellen.«

»Gute Idee. Hast du Hunger?«

»Ja.«

Als Josef mit lautem Geklapper den Spaghetti-Topf aus dem Schrank gekramt hatte, setzte sich Annegret im Bett auf.

»Ach übrigens«, rief sie, während er Wasser in den Topf füllte, »Rosika hat mir ein Angebot gemacht. Er will mich bei einem Projekt in Wiesbaden dabeihaben. Klingt spannend.«

»Oh!« Josef setzte den Topf auf den Herd, holte zwei Zwiebeln und Knoblauch aus dem Tonkrug und schnitt alles klein. »Das musst du mir beim Essen genauer erzählen«, sagte er und langte nach der Pfanne.

Uroboros

Der Himmel war bewölkt, aber die Luft war still, der Wind hatte sich gelegt, und hin und wieder löste sich ein ausgedörrtes Blatt von einem Ast und fiel sehr sanft zu Boden. Sie hatte den Motor schon längst ausgeschaltet, trotzdem mochte sie das Auto noch nicht verlassen. Sie betrachtete weiter die noch überwiegend grünen Baumkronen und seufzte.

Münze hatte sie abends angerufen und gefragt, ob sie krankgeschrieben sei. Scheschonka habe für den kommenden Tag eine Besprechung angesetzt, der Chef wollte, bevor die Dienstaufsicht Fragen stelle, den bisherigen Gang der Dinge analysieren und die abschließenden Aufgaben der Soko Beatrice besprechen. Er rufe an, um zu klären, ob sie dabei sei.

Annegret seufzte wieder und öffnete die Fahrertür. Die Luft war frisch. Nicht eigentlich kalt, aber von einer Temperatur, bei der es einer Jacke oder eines Pullovers bedurfte, damit man nicht fror. Sie griff nach ihrer teuren, aus feiner Baumwolle gefertigten Jeansjacke und verschloss den Wagen. Die Halskrause hatte sie gleich nach dem Aufstehen abgelegt und stattdessen einen Schal um ihren Hals geschlungen.

Der Schmerz in ihrer Nackenmuskulatur gebot ihr, sehr langsam die Stufen des Landeskriminalamtes zu erklimmen, aber das machte ihr nichts aus, im Gegenteil, die Entschleunigung der Gangart kam ihrer melancholischen Stimmung entgegen.

»Liebe Kollegen, ich möchte heute, im Anschluss an diese Sitzung, mit Ihnen gemeinsam die erfolgreiche Arbeit der Soko Beatrice feiern. Der Mörder von Beatrice-Marie Meyer, Nicole Jakob, Fleur Wiesmüller und Sasha Ude ist zweifelsfrei gefasst. Durch seine Hand wird kein weiteres Kind sterben. Er hat, wenn auch indirekt, seine Taten gestanden, und die Kriminaltechnik verfügt über die nötigen Beweise, um jeder richterlichen Untersuchung standhalten zu können. Dazu kommt«, sagte Scheschonka und machte ein geheimnisvolles Gesicht, »dass heute ein Brief auf meinem Schreibtisch gelandet ist, in dem die geschiedene Frau von Jens Rennicke auf die Kleingartenkolonie aufmerksam macht. Und uns dieses Kettchen zusendet, mit der Bitte, zu prüfen, ob es der verstorbenen Beatrice-Marie Meyer gehört!«

Scheschonka reichte Kollege Fechner die Goldkette.

»Apotheker Haseloff wird wegen Strafvereitelung angeklagt, und natürlich wird geprüft, inwieweit er sich durch die Konservierung der Leiche von Fleur Wiesmüller und denen seiner Eltern strafbar gemacht hat.«

»Das sollten wir auch bei der Exfrau von Rennicke überlegen«, platzte Münze wütend in die Rede seines Chefs, »oder warum meldet sie sich erst jetzt? Karoline Weber hätte längst tot sein können!«

Annegret hatte Scheschonkas Worte, die nach ihrem Geschmack etwas zu salbungsvoll klangen, gehört, aber sie schwammen an ihr vorbei, drangen nicht wirklich bis in ihr Gehirn vor. Auch Münzes Wut ließ sie unberührt, obwohl sie sie durchaus nachempfinden konnte. Sie war es ja selbst gewesen, die das Gewissen dieser Frau aufgestöbert hatte.

Rosika führte den extragroßen Kaffeebecher zum Mund, und Annegret atmete tief durch. Sie fühlte sich abgeschirmt, als stecke sie in einer Seifenblase, und es fiel ihr schwer, geistig anwesend zu bleiben und nicht mit auftauchenden Gedankenfetzen abzudriften.

»Jens Rennickes Selbstmord gibt dem Erfolg der Soko Beatrice leider eine tragische Note … «

Annegret lächelte nach innen. Eine tragische Note, wiederholte sie still und hörte Fanfarenklänge, die durch schräge Töne gestört wurden. Ein befleckter Sieg, fiel ihr ein, sie sah Rosikas mit Blutspritzern übersätes Gesicht vor ihrem inneren Auge und seufzte unwillkürlich.

Ihr Chef taxierte sie freundlich, hob fragend seine Augenbrauen, aber da sie nicht reagierte, sprach er weiter. Er wolle auch von einer erfreulichen Begleiterscheinung der Ermittlungsarbeit berichten, wenn man es so ausdrücken dürfe, nämlich, dass die Mutter von Karoline Weber das Sorgerecht für ihre Tochter behalten werde. Sie habe mit tatkräftiger Hilfe der Nachbarn ihre Wohnung entrümpelt und geschworen, dass sie ihre Sammelsucht besiege, wenn sie ihre Tochter heil zurückbekäme. »Das Jugendamt stellt ihr eine Haushaltshilfe beiseite.«

Eigentlich, überlegte Annegret, und trieb wieder mit ihren Gedanken ab, sind wir wie Uroboros, die sich selbst in den Schwanz beißen. Räuber und Gendarm. Wir spielen dieses Spiel seit Kindertagen. Das Gute jagt das Böse und glaubt an den Erfolg seiner Bemühungen, obwohl es sich aus der Ferne betrachtet doch immer nur im Kreis herumdreht und sich selber fängt. Trotzdem tun wir, als wenn das Böse in der Welt abnähme, wenn so einer wie Rennicke aus dem Spiel ist. Dabei ist es doch nur eine absurde Theorie, dass der Mensch ausschließlich gut sein könnte. Jeder kann es an sich selbst beobachten. Wir sind ein Mikrokosmos, in dem jegliche Energien wirken, auch sehr gewaltige, genauso wie in der Natur. Weil wir Natur sind. Wir müssen nur lernen, damit umzugehen, statt das Böse zu verteufeln und das Gute in den Himmel zu heben. Annegret hatte, ohne es zu bemerken, mit der flachen Hand auf den Tisch gehauen und damit ausgelöst, dass sich alle Augen auf sie richteten.

Sie schluckte und entschied sich für die Flucht nach vorn.

»Herr Scheschonka, wie wollen Sie damit umgehen, dass ich Sie gestern mit der Dienstwaffe von der Kollegin Froboess bedroht habe?«

Ihr Chef betrachtete sie, murmelte »Gut, dann besprechen wir es eben im Team« und klärte Rosika und Münze über die Abläufe im Flur vor den Vernehmungsräumen auf, während sich Rennicke mit dem Tatortanalytiker verschanzt hatte.

»Gut, also, lassen Sie mich ein paar Worte vorausschicken, bevor ich Ihre Frage beantworte. Damit es zu keinen Missverständnissen kommt oder zu Nachahmungseffekten.«

Scheschonka grinste, aber da unklar war, ob er scherzte oder nicht und deshalb niemand lachte oder belustigt reagierte, kehrte er seine ernste Miene wieder hervor.

»Nach meiner Beobachtung hat der inhaftierte Jens Rennicke, bevor er sich selbst erschoss, noch einmal genau das mit Ihnen getan, was er wahrscheinlich seine gesamte Kindheit durch erdulden musste. Er hat Sie schwer gedemütigt. Sie körperlich drangsaliert.

Ihre Gefühle missachtet und Sie von sich gestoßen, als wären Sie ein seelenloses Stück Fleisch.«

Annegret schluckte, das hatte sie nicht erwartet, diese öffentliche Einsicht in ihre Gefühlswelt während und nach der furchtbaren Konfrontation mit Rennicke. Sie hatte mit einer Rüge gerechnet, mit einer Abmahnung, nicht mit dieser getreuen Einfühlung in ihre Psyche. Aber es ist die Wahrheit, rief sie sich innerlich zu, bevor sie weiter hörte, was Scheschonka ausbreitete.

»Sie standen unter Schock, Frau Pries, daran besteht kein Zweifel, und ich an Ihrer Stelle wäre schamerfüllt gewesen und bis ins Innerste gekränkt. Ich verstehe Ihre Reaktion als intuitiven Versuch, Ihre Integrität wiederherzustellen. Sie wollten Rennicke, und wenn es Ihre Unversehrtheit gekostet hätte, demonstrieren, dass Sie sich nicht von seiner destruktiven Energie ins Bockshorn jagen lassen, und darüber hinaus, unterstelle ich Ihnen, konnten Sie es nicht hinnehmen, dass Ihr Leben womöglich über das von Kollege Rosika gestellt wurde. Ist das richtig?«

Annegret nickte und schluckte schwer. Nicht, weil ihr Kehlkopf schmerzte, sondern weil sie gegen eine Flut von brennend heißen Tränen ankämpfte.

»Ich bin froh, eine Kollegin von Ihrem Schlag in meinem Team zu haben, Frau Pries, auch wenn ich so etwas nicht noch einmal dulden kann und werde. Ich schlage also vor, dass wir alle hier im Raum diese menschlich nachvollziehbare Situation vergessen und tun, als hätte sie nicht stattgefunden. Auch der internen Ermittlung gegenüber, denn schließlich spielt es für die Vorgänge im Vernehmungsraum keine Rolle.«

Testosteron

Der Spiegel der Damentoilette im zweiten Stockwerk des Landeskriminalamtes reflektierte ein müdes und zugleich sehr entspanntes Gesicht. Ein Gesicht, das Annegret jeden Tag beim Zähneputzen und Haarekämmen betrachtete, das ihr aber jedes Mal, wenn sie es bewusst musterte, merkwürdig fremd blieb. Als wohnte ich in meinem Körper und schaute aus ihm heraus, dachte Annegret, die nach der Ansprache ihres Chefs das dringende Bedürfnis verspürt hatte, sich zurückzuziehen. Schutz zu suchen und für einige Minuten allein mit sich zu sein. Ihr war es vorgekommen, als wenn Scheschonkas Worte sie gläsern gemacht hätten, durchschaubar, verletzlich.

»Der Mensch«, flüsterte Annegret ihrem Spiegelbild zu, »weigert sich, vollständig zu sein.«

Sie lächelte sich freundlich an und ließ ihr Gesicht zur Maske erstarren. Alle sollen glauben, dass ich freundlich bin, kontrolliert, intelligent, mutig, kraftvoll, dachte sie, ließ ihre Gesichtszüge fallen und überlegte, welche positiven Eigenschaften sie sich noch zuschreiben musste, damit sie als anerkennungswürdige Persönlichkeit angesehen wurde.

Aber ihr fiel nichts weiter ein, weil ihr Fleur Wiesmüllers präpariertes Gesicht vor Augen stand. Nur in diesem Zustand hat man es drauf, dachte sie, ist man perfekt, nicht mehr aus der Bahn zu werfen. Ein liebes Kind, ein feines Mädchen.

Vielleicht ist das die Botschaft des Apothekers. Hier habt ihr das ewige Lächeln, die kindliche Unschuld, das sorgenfreie Sein. Die Illusion, die euch tröstet, wenn ihr mal wieder fehltretet. Annegret beobachtete, wie ihre Nase rötlich anlief und gleich darauf ihre Pupillen unter Wasser standen. Und dabei hatte dieses Mädchen, um des Geliebt-werden-Willens, schon so viel in sich absterben lassen.

Sie betrachtete sich mit verschwommenem Blick und blinzelte die Tränen aus den Augen. Und irgendwann fühlt es sich an, als sei es ein Bedürfnis, sich zurückzuhalten, zu schweigen und den

Gedanken zu glauben, mit denen man sich selbst bemitleidet, quält oder angreift. Annegret senkte ihren Kopf. Und ich gehöre auch zu denen, die lieber sterben würden, als verletzlich zu sein, dachte sie traurig. Ich hasse es geradezu.

Genau wie Rennicke. Er wollte auch nicht verletzlich sein, lieber ist er zum reißenden Wolf geworden. Rosika hat so recht. Der Täter spricht durch seine Taten. Das Verbrechen repräsentiert den Verbrecher. Aber das kann man nur wirklich verstehen, wenn man sich selbst durchschaut. Solange man zu denen gehört, die Schwäche verabscheuen, hört und sieht man nicht, was einer durch seine Taten mitteilt.

Annegret schniefte und streckte sich selbst die Zunge heraus.

»Und dann wundern wir uns«, rief sie laut, »wenn unter Jugendlichen der Begriff ›Opfer‹ als schlimmstes Schimpfwort gehandelt wird.«

Ich werde zu Rennickes Beerdigung gehen, entschied sie spontan und griff nach ihrer Tasche. In Gedenken daran, dass auch er unschuldig zur Welt gekommen ist, und weil es so nicht weitergehen darf, dass aus hilflosen Kindern brutale Gewalttäter werden, weil wir uns seit Äonen vormachen, dass friedfertiges Handeln einfach so an die Stelle von Gewalt gesetzt werden könnte, wenn es nur wirklich gewollt würde. Alles Lüge! Oder warum ist unsere Welt ein Schlachtfeld! Ich jedenfalls würde gerne damit aufhören, Josef zu bevormunden, eifersüchtig auf Freund Joe Wolnyczak zu sein und so manches mehr, dachte sie und betrachtete sich mit funkelnden Augen, bevor sie sich abwandte und zur Tür ging. Aber, rief sie nach innen und blieb für Sekunden stehen, ich kann nicht, weil ich nicht weiß, wie ich die Gedanken abschalten soll, die mich immer wieder anstacheln, ein böses Mädchen zu sein!

Die Toilettentür wurde aufgestoßen, und Annegret konnte gerade noch rückwärts ausweichen, um sie nicht vor den Kopf gestoßen zu bekommen und von Frauke Froboess umgerannt zu werden.

»Sorry, Frau Pries, Annegret. Meine Blase. Ich pinkle mir gleich in die Hose!«

Blöde Kuh! Sie hatte es nur gedacht, aber mit dem Ausruf war auch die Wut da, die Idee, missachtet worden zu sein, mal wieder, war der Impuls da, anzugreifen. Sie hörte, wie Frauke Froboess wohlig aufstöhnend ihr Wasser ins Klo abließ, schüttelte über sich selbst den Kopf und machte sich auf den Weg zurück ins Büro.

Ich habe wirklich einen Urknall, dachte sie und blieb auf dem menschenleeren Flur stehen. Jetzt bin ich doch tatsächlich am Überlegen, wie ich der Froboess den Türstüber zurückzahlen kann. Dabei hatte die Kollegin es nur eilig, wegen ihrer schwachen Blase oder weil sie eine Entzündung hat, überlegte Annegret. Der Wirbelwind sollte mal zum Arzt gehen oder einen Yogakurs belegen. Und ich, ich sollte in meinem Alter endlich mal aufhören, mir jeden Scheiß reinzuziehen, denn das ist der Treibstoff für eine Runde Geisterbahn. Und ab geht die Fahrt!

»Frau Pries! Sie kommen genau richtig!« Scheschonka reichte ihr ein Sektglas mit rosa perlender Flüssigkeit und klirrte sein Glas an das ihre. »Auf die gute Zusammenarbeit!«

»Auf Sie«, entgegnete Annegret.

Er könnte ein Freund werden, dachte sie für einen flüchtigen Moment, genau wie Rosika. In jedem Fall aber ist er ein Verbündeter. Annegret dachte kurz an Joe Wolnyczak und dass die Gruppe der Sioux, die Lakota, von denen er stammte, sich »Verbündete« nannten.

Frauke Froboess stürmte durch die Bürotür, schenkte sich ihr Sektglas voll, gesellte sich zu ihnen, entblößte ihre Zahnlücke, hob ihr Glas, stieß mit ihnen an und nahm, wie es ihre Art war, Scheschonka in Beschlag.

Sie tauschten einen einvernehmlichen Blick, der Chef und Annegret, bevor sie zu ihrem Arbeitsplatz schlenderte, im Vorbeigehen »Na, Kule« flüsterte und sich in den Schreibtischstuhl fläzte.

Fechner war bereits gegangen, jedenfalls war er nirgends zu entdecken. Rosika stand mit Münze zusammen, und sie konnte am verschlossenen Gesicht ihres langjährigen Kollegen ablesen, dass er immer noch Vorbehalte gegen den Tatortanalytiker hegte. Soll er, dachte sie versöhnlich, es ist ohnehin Rosikas letzter Tag hier im Landeskriminalamt.

Annegret lächelte ihm zu, und der lieb gewonnene Kollege

aus der Landeshauptstadt Hessens schnappte sich Frauke Froboess' Schreibtischstuhl, schob ihn um Kule herum und setzte sich neben sie.

»Was ist mit Wiesbaden?«, fragte er und hielt ihr sein Sektglas hin. Sie stieß mit ihrem leeren Glas dagegen und zuckte mit den Schultern.

»Ich hab noch nicht darüber nachgedacht, aber ich fürchte, es kommt daher, dass es mich nicht verlockt, Serienmörder zu jagen. Meine Nerven spielen nicht mehr mit. Zu aufregend für mich, vor allem, wenn die Opfer Kinder sind!«

Und außerdem, erklärte sie zu ihrer eigenen Verwunderung, sehe es danach aus, als wenn es sie demnächst weiter Richtung Osten verschlagen werde. »Forellen züchten.« Annegret schüttelte innerlich über sich selbst den Kopf und spürte zugleich, dass sie sich befreit fühlte.

Kule erhob sich, ging zu seinem Halter und legte mit treuem Augenaufschlag sein mächtiges Haupt auf seinem Oberschenkel ab. Rosika kraulte die Ohren des Hundes und räusperte sich leise, bevor er zu erzählen begann.

Er habe als junger Mann für einige Zeit bei seinem Onkel gelebt, einem Schweinezüchter. Ein harter alter Mann. Menschenscheu, aber tierlieb. Der Alte habe von Hunden genauso viel verstanden wie von den Schweinen. Was er, Rosika, aber vor seinem Aufenthalt in der Eifel nicht gewusst habe. Und schon gar nicht, welche Hunderasse der Onkel bevorzugte. Rottweiler, fünf Stück und ein Rauhaardackel. Die seien alle frei übern Hof gelaufen und hätten ihm furchtbare Angst eingejagt. Aber dann habe er den Onkel beobachtet. Sich abgeguckt, wie der alte Mann mit den Tieren umgegangen sei. Das habe sein Leben verändert.

»Und wie?« Wahrscheinlich, dachte Annegret verwundert über Rosikas Offenbarungen, hat er bereits geahnt, dass ich sein Angebot ausschlagen werde, weil ich nie nachgefragt und kein Interesse gezeigt habe.

»Ich war damals ziemlich lebensmüde. Alle Jungen bekamen Bartwuchs, nur ich nicht. Meine Freunde wurden breit und muskulös, fingen an, wie Männer auszuschauen, und ich wurde immer noch für zwölf gehalten und von den Türstehern der Diskotheken ausgelacht. Sex, Liebe, Beziehung kannte ich nur aus Filmen und Büchern. Kein Mädchen wollte mit einem Milchbart wie mir zu tun haben. Meine Eltern konnten mein Elend nicht mehr mit ansehen und schickten mich gleich nach dem Abitur aufs Land zu Onkel Arnold.«

Rosika kicherte. »Ein neunzehnjähriger Knirps und ein hagerer Eigenbrötler, beide ohne vorzeigbare Oberarme und ohne Hoffnung auf einen Titel in Bodybuilding. Aber als ich mitbekam, dass dieser graue wortkarge Opa ohne große körperliche Anstrengung, allein durch seine ruhige Willenskraft, die Hunde gehorsam hielt, schöpfte ich Mut, sah ich, dass Respekt und Anerkennung nicht von einem normalen Testosteronspiegel abhängen.«

Annegret betrachtete Rosika von der Seite.

»Liegt darin das Geheimnis deines jugendlichen Aussehens?«, fragte sie leise.

»Ja, ganz simpel, einfach zu wenig männliche Hormone.«

»Ich würde gerne mit dir arbeiten«, sagte sie, »weiter von dir lernen, aber ich denke eher daran, kürzerzutreten, als meinen Beruf auszubauen.«

So oder so ist das Leben

Die Sonne schien. Der Himmel war blau, aber es war ein kaltes Blau, jedenfalls kam es Annegret so vor, als sie mit einem Korb in der Hand vor die Datscha trat. Der Wetterbericht hatte für die Nacht eine Regenfront angesagt, doch im Wind trieb noch keine einzige Wolke. Die Luft roch nach Rauch und reifen Kastanien und jetzt, am späten Nachmittag, auch ein wenig nach nassem Laub.

Sie stellte den Korb ab, rieb sich die Hände warm und knöpfte ihre Strickjacke zu, bevor sie ums Haus lief, um einige Scheite Brennholz unter dem Vorstand des Schuppens zu holen. Drinnen in der Datscha war es mollig warm, beinahe zu warm. Trotzdem wollte sie schnell zurück vor den Kamin, in den Schaukelstuhl, um weiter ihren Tagträumen nachzuhängen, um vom Leben im neuen Haus zu phantasieren, das sie vor wenigen Tagen besichtigt hatte und von dem sie die Schlüssel zu allen Türen in ihrer Handtasche verwahrte. Und um das Herzklopfen und die Aufregung herunterzufahren, die sie erfasste, sobald sie an den kommenden Morgen dachte, daran, Josef zum Flughafen zu bringen.

Ich werde mir Bücher besorgen, alles Wissenswerte über die Forellenzucht. Sie lachte, während sie die groben Klötze vom Stapel nahm.

»Jetzt habe ich tatsächlich ein Hobby, mit dem ich mir die Zeit vertreiben kann. Ich könnte sogar sonntags Zuchtteiche besuchen, damit die Tage nicht allzu lang werden.«

Josef hatte seine Sachen längst gepackt. Der Treckingrucksack stand seit zwei Tagen prall gefüllt neben der Tür. Er hatte gemeinsam mit Wolnyczak alles genau geplant und schien die Ruhe selbst zu sein.

Im Gegensatz zu mir, dachte sie, griff unachtsam nach einem Holzscheit und trieb sich einen Splitter in den Finger. »Aua!«

Sie holte den groben Span mit ihren Schneidezähnen unter dem Nagel hervor und steckte sich den verwundeten Zeigefinger in den Mund. Die Stationen der Reise, ja, die hat er geplant, aber dass er überhaupt Dakota bereisen würde, hatte er bis vor wenige Monaten noch nicht geahnt. Wer weiß, dachte Annegret und betrachtete die kleine Wunde, wie ich tatsächlich meine Zeit verbringen werde, während er das Leben der Lakota-Sioux kennenlernt.

Der Korb war beinahe voll. Noch zwei Scheite, entschied sie, und griff nach einem, hielt aber sofort in der Bewegung inne und drehte sehr langsam ihren Kopf nach links. Ein kleines Rotkehlchen war auf der obersten Reihe des Holzstapels gelandet und wartete zutraulich darauf, die freigelegten Asseln und Spinnen aufzupicken.

»Ich bin gleich so weit«, flüsterte Annegret und legte das letzte Scheit in den großen Weidenkorb, bevor sie sich vorsichtig zurückzog.

Draußen vor der Tür, unter dem Terrassendach, trat sie auf der dicken Strohmatte ihre Holzclogs sauber, und als ihre Hand schon die Klinke berührte, ließ sie den Arm sinken und wandte sich dem Garten zu, sah hinüber zur Mauer, an der die Kletterrose der Sonne ihre späten Blüten entgegenstreckte, und senkte ihren Blick zur Erde, dorthin, wo die Knochen der Füchsin lagen.

»Ich werde das alles hier sehr vermissen«, flüsterte sie, weil sie mit einem Mal wusste, dass es ihr letzter Tag in der Kleingartensiedlung, in Josefs Datscha, war.

Ja, dachte sie, ich werde nicht hier, wo mich alles an ihn erinnert, auf ihn warten. Ich will mich nicht an die Vergangenheit klammern, während er die tollsten Abenteuer erlebt. Ich werde meine Sachen packen, und morgen früh nehme ich endgültig von dem Leben an diesem Ort Abschied.

Vorbei ist vorbei!

Der Regen flutete geradezu über die Windschutzscheibe, und obwohl die Scheibenwischer hin- und herschlugen, schafften sie es kaum, die Sicht frei zu halten. Es war noch dunkel, die Scheinwerfer der entgegenkommenden Fahrzeuge zersplitterten tausendfach in den Wassertropfen und ließen die Fahrt zeitweilig zum Blindflug werden, aber das machte ihr nichts aus. Im Gegenteil, sie war sogar froh darüber, denn das Wetter verbot ihr, sich einsam und verlassen zu denken.

Das Flugzeug hatte abgehoben, trug Josef und Wolnyczak

hoch über die Wolken. Auf und davon. Ich werde ihn schrecklich vermissen, dachte Annegret und wagte nicht, ihren Blick von der Straße zu nehmen. Beide werde ich vermissen. Auch Freund Wolnyczak.

»Gute Reise«, flüsterte sie und nahm gleichzeitig den Fuß vom Gaspedal, da die Sicht immer schlechter wurde. Sie folgte der gestrichelten Linie der Hindenburgstraße Richtung City Nord mit vierzig Stundenkilometern und fiel vom Fahren durch den Regen beinahe in einen tranceähnlichen Zustand, in dem es ihr vorkam, als rauschten die Tropfen durch ihr Gehirn.

Annegret nahm von Weitem wahr, dass die Ampel Höhe Bebelallee auf Gelb sprang, und bremste, obwohl es noch nicht nötig war, vorsorglich stotternd ab. Als sie stand, hörte es im selben Moment zu regnen auf. Als wenn jemand den Wasserhahn zugedreht hätte, dachte sie und verfolgte die Jagd der Scheibenwischer über die Frontscheibe, bis das Glas stumpf wurde und das Gummi quietschte.

Als sie die Wischblätter ausschaltete, fühlte sie sich von der Ruhe benommen, die sich urplötzlich verbreitete. Sie lachte, weil es sich so unwirklich anfühlte, und schaltete aus Reflex das Radio ein. Alles hat einmal ein Ende, selbst eine Regenfront und schlaflose Nächte, dachte sie, weil es hell wurde und der neue Morgen anbrach.

Es war sieben Uhr, so früh war sie selten unterwegs ins Büro. Eine gute Gelegenheit, um in Ruhe mit Scheschonka zu sprechen, überlegte sie und gab Gas.

Der Sprecher in der Morgensendung wies auf Baustellen in der Stadt hin, die den Berufsverkehr behinderten. Nachdem er seine Liste heruntergespult hatte, kündigte er die große, die unvergessliche Hildegard Knef an.

»So oder so ist das Leben, so oder so ist es gut. So wie das Meer ist das Leben,
ewige Ebbe und Flut. Heute nur glückliche Stunden, morgen nur Sorgen und Leid.
Neues bringt jeder Tag, was da auch kommen mag, halte dich immer bereit.

Du musst entscheiden, wie du leben willst, nur darauf kommt es an, und musst du leiden,
dann beklag dich nicht, du änderst nichts daran. So oder so ist das Leben. Ich sage: Heute ist heut!
Was ich auch je begann, das hab ich gern getan, ich hab es nie bereut.
Man lebt auf dieser Welt und sucht das Glück und weiß nicht, wo es liegt auf Erden wohl.
Der eine sieht im Geld sein Ziel und sein Geschick, der andere glaubt, dass nur die Liebe lohnt.«

Annegret bog vom Bruno-Georges-Platz in den Parkplatz ein und erschrak, weil sie die letzten Kilometer Fahrt zum Landeskriminalamt nicht erinnerte, aber nur kurz, weil die rauchige Stimme der Knef sie erneut in ihren Bann zog und sie ihre Bestürzung vergessen ließ.

»So oder so ist das Leben. Ich sage: Heute ist heut!
Was ich auch je begann, das hab ich gern getan, ich hab es nie bereut!«

Outro

Sein Haar hing wirr herab, Schweiß lief ihm die Schläfen hinunter, und immer wieder stieß er mit dem Spaten in die Erde, um ihm so schnell wie möglich näher zu kommen. Es endlich zu befreien, von seiner unsäglichen Angst, die es doch haben musste.

»Mein Liebchen, mein Liebchen. Ich bin endlich da. Ich habe dich gefunden.«

Er wischte sich mit einer Hand über die Lippen, weil Speichel aus seinen Mundwinkeln rann. Und obwohl er nach Luft rang, sagte er sich, dass er schneller arbeiten musste. In wenigen Stunden brach der Morgen an, und der Wetterbericht hatte einen sonnigen Tag vorausgesagt. Bis dahin sollte sie im Rollstuhl sitzen, der noch zwischen den Azaleen stand. Um acht Uhr wurden die Tore des Friedhofs geöffnet, wenn alles glattlief, würde er es um acht Uhr fünfzehn in den Kofferraum legen können.

Nur einen Moment, einen Moment, beschwichtigte er sich selbst, dann mach ich weiter, aber die wellenartig auftretende Übelkeit erlaubte es nicht. Er würgte, stützte sich auf den Stiel der Schaufel und blickte hoch zum Mond, der kreisrund über ihm am Himmel stand und beinahe hell wie eine Sonne leuchtete. Er lauschte, die Azaleen- und Rhododendrenbüsche, die die Kinderbegräbnisstätte umstellten, standen unbewegt in der windstillen, kalten Nachtluft.

Bis vor wenigen Minuten hatte er sich noch zwischen den immergrünen Pflanzen versteckt gehalten, hatte er noch vor Kälte gezittert und die Ohren gespitzt, bis die Stille hörbar wurde und er sich sicher fühlte.

»Ich hole dich heim«, flüsterte er und sackte in die Knie, Tränen rannen über sein mit Erde verschmiertes Gesicht. »Gleich, gleich grabe ich weiter. Ich bin da, ich bin da. Bei dir.«

Er versuchte sich aufzurichten, sich am Stiel der Schaufel hochzuziehen, aber es gelang ihm nicht. Seine Beine zitterten. Lange, das ahnte er entsetzt, würde er sich nicht mehr aufrecht halten. Als er umkippte, fiel er mit dem Gesicht genau vor die kleine

Engelsstatue aus Plastik, die von einigen Plüschtieren umringt auf dem Grab gestanden hatte. Ich ruhe mich nur ein wenig aus, redete er sich ein, bis es wieder geht, bis ich wieder zu Kräften komme. Die Luft trocknete den Schweiß auf seiner Haut, und er schaute begehrlich zu seiner Jacke, die er über den nächsten Grabstein gelegt hatte. Das Licht des Mondes schmerzte in seinen Augen.

»Nur noch einen Moment«, flüsterte er und schloss die Lider. Er sah das Gesichtchen vor sich, das Lächeln seines Lombardokindes, »mein Liebchen!«.

Die Sehnsucht, ihm nahe zu sein, ergriff sein Herz. Es fühlte sich an, als würde es von einer großen Hand umfasst.

Herwin-Heinrich Haseloff konnte nichts dagegen tun, das Herzweh drückte auf seine Blase.

Wie früher, nachts, als er noch ein Schuljunge war. Ein Bettnässer. Der Moment des Loslassens zauberte ein schwaches Lächeln in sein Gesicht. Der heiße Urin wärmte seine eiskalten Beine, machte sie wieder fühlbar.

Sie ist tot, dachte er, tot. Sie kann nicht mehr schimpfen und mich zwingen, Lebertran zu schlucken. Er versuchte hochzukommen, aber er konnte seine Beine nicht spüren, sie hingen an ihm wie kalte nutzlose Schläuche.

»Liebchen«, flüsterte er und blickte in die leeren Augen des Plastikengels.

Seine Stimme klang jetzt leidenschaftslos, er hörte es selbst, nahm wahr, dass er aufgab. Nie mehr, gestand er sich ein, würde er es zu sich ins Bett legen. An seine Seite, wenn er nicht schlafen konnte, wenn die große Angst kam, dass er verrückt werden würde. Sie war zu weit weg und er zu schwach, um sie zu holen.

»Liebchen«, gurgelte er kaum hörbar und schloss die schmerzenden Augen.

Seine fahlen Lippen bewegten sich unmerklich, und ab und an flatterten die Wimpern seines rechten Auges, während er innerlich die Götter anrief und sie bat, Mitleid zu haben.

»Ihr Götter«, flehte er inständig und mit letzter Kraft, »nehmt es zu euch, in das Reich der Toten. Lasst es nicht allein und verängstigt im Dunkeln liegen. Ewigkeit um Ewigkeit. Ich verdiene schwere Strafe. Habt Mitleid, denn ich war es, der sich vergriff am unendlichen Kreislauf des Werdens und Vergehens. Ihr Götter! Habt Mitleid mit dem unschuldigen Kind, lasst es nicht von aller Welt verlassen in der Dunkelheit liegen! Ich nehme alle Schuld auf mich, denn ich war es, der … «

»Ist er tot?«

»Keine Ahnung. Sieht so aus. Aber bleib hier, fass lieber nichts an. Der wollte womöglich 'ne Kinderleiche ausbuddeln. Wahrscheinlich ist das so ein perverses Schwein.«

»Soll ich die Polizei rufen?«

Bodo Marwitz, Gärtner der Friedhofsanlage Öjendorf, überlegte angespannt, während er stirnrunzelnd seinen Lehrling betrachtete.

»Ruf zuerst die Verwaltung an, die sollen den Chef informieren und dann die Polizei.«

»Hoffentlich ist der tot«, tönte der Auszubildende, während er die Nummer in seinem Handy anwählte, »so einer wie der gehört doch sowieso an die Wand gestellt!«

Sabine Vesper
ENDSTATION OCHSENZOLL
Broschur, 176 Seiten
ISBN 978-3-89705-828-6

»Sabine Vesper ist es gelungen, einen Kriminalroman zu schreiben, der gute Leseunterhaltung bietet. Ruhige, in sich gekehrte Phasen wechseln sich mit aktionsreicheren ab. Gegen Schluss steigert sie das Tempo und zieht so den Leser weiter in den Bann der Geschichte.«
Pinneberger Zeitung

Sabine Vesper
TAGE DER GEWALT
Broschur, 224 Seiten
ISBN 978-3-95451-121-1

Drei Tote in nur einer Woche. Einziges gemeinsames Merkmal: Alle drei waren Kampfsportler. Eine Spur führt in die Hamburger Pit-Fighting-Szene, deren Kämpfe nicht selten mit dem Tod eines der Kontrahenten enden. Gegen den Willen von Kommissarin Annegret Pries lässt sich ihr Kollege Gonschorek undercover in diese Szene einschleusen und gerät in tödliche Gefahr.